부생육기
浮生六記

봄날 꿈처럼 덧없는 인생이지만
우린 사랑하였고
그래서 행복하였네

浮生六記

부생육기
浮生六記

심복 지음
김지선 옮김
박황재형 그림

중국 문학에서 가장 사랑스러운 여성
진운의 달콤쌉쌀한 사랑 이야기

달아실

# 슬픔 .
# 시간 .
# 기억의 공간

"덧없는 인생, 꿈과 같으니 즐거움을 누릴 일이 얼마나 되겠는가![浮生若夢 爲歡幾何]"

이백李白은 일찍이 봄밤 도리원桃李園에서 연회를 열며 인간의 유한함을 이렇게 탄식하였다. 부생浮生, 덧없는 인생이라는 말은 이백의 『춘야연도리원서春夜宴桃李園序』에서 나왔다. 세속에 얽매이지 않으며 신선처럼 호방하게 살았지만 누구보다 치열하게 살았던 이백의 삶을 심복沈復 역시 동경하고 있었으리라. 후회 없이 방랑하였고 세상의 진부함에 물들지 않으려고 노력했으며 자신의 삶을 끊임없이 사랑하였던 심복은 "인생은 덧없다"는 말부터 우리에게 던진다.

심복(1763~1825)의 자字는 삼백三白, 호號는 매일梅逸로 절강성浙江省 소주蘇州 사람이다.『부생육기浮生六記』는 심복이 직접 겪었던 경험들을 사실적으로 서술한 자서전적 산문으로「규방기락閨房記樂」,「한정기취閑情記趣」,「감가기수坎坷記愁」,「낭유기쾌浪遊記快」,「중산기력中山記歷」,「양생기도養生記道」등 총 여섯 권으로 이루어져 있다. 심복은 사랑, 정취情趣, 슬픔, 방랑, 유구琉球, 양생 등 여섯 가지 키워드로 지나간 시간들을 재구성하고 기억을 완성해나간다. 한 사람의 이야기가 단순히 시간적 흐름을 따라 서술되는 것이 아니라 여섯 가지 다른 시선에 의해 서술되는 것이『부생육기』의 특징이다.

　이 중 가장 독특한 설정은 아내 진운陳芸과의 사랑 이야기를 쓴「규방기락」이『부생육기』제1권에 수록되었다는 점이다. 전통 시기 유교를 중시하였던 사회에서 '사랑'은 문학에서 드러내고 쓸 수 있는 주제가 아니었다. 초사楚辭에서처럼 임금에 대한 신하의 충성이 사랑이라는 은유로 표현되거나, 아니면 재자가인才子佳人 이야기, 문인과 교류하였던 기녀의 일화 등에서 사랑이라는 단어가 등장하곤 했다. 물론 후자들은 사대부 문인들에게 인정받지 못하였다.

청춘 남녀의 애정이 아니라 부부의 사랑을 서술한 작품은 여성 문학에서도 거의 찾아보기 힘들다. 전통 시기 규방은 늘 휘장 아래에 감추어진 비밀의 공간이었기 때문이다. 심복은 그 틀을 깨고 부부가 사랑하며 살았던 규방 안 일상을 담백하게 묘사하였다. 그리고 『시경詩經』에서 남녀의 사랑을 노래한 「관저關雎」가 첫 번째 시로 수록되었던 것을 따라 「규방기락」을 제1권에 두었다고 밝혔다. 공자孔子도 분명 그 점을 인정하고 있었을 것이다. 인간에게 가장 고귀하고 숭고한 감정은 바로 사랑이라는 것을.

『부생육기』 전체를 관통하고 있는 정서는 아내에 대한 심복의 사랑이다. 진운은 한평생 심복에게 가장 강렬한 영감을 불어넣어 준 존재였다. 하지만 애정이 깊었던 만큼 그 삶은 순탄하지 않았다. 진운은 시부모님으로부터 오해를 받았고 미움을 사서 쫓겨났고 끝내 병을 얻게 되어 죽었다. 마음으로는 절규하고 있지만, 심복은 아내의 죽음을 담담하게 묘사하고 있다. 사랑의 기쁨과 이별의 고통이라는 양극의 감정은 제1권 「규방기락」과 제3권 「감가기수」로 나누어져 있고, 부부의 사랑은 전혀 다른 시선에 의해 재구성된다.

# 인생은 한 폭의 그림처럼

심복은 화가이기도 했다. 회화에 대한 이해가 높았기에 늘 멋스럽고 운치 있는 삶을 추구하였다. 이는 제2권 「한정기취」에 잘 나타나 있다. 심복이 꽃꽂이를 하고 분경盆景을 가꾸고 정원과 건축을 감상하는 기준은 늘 한결같았다. 바로 "모든 구도가 잘 어우러져 그림처럼 보여야 한다"였다. 이때 구도는 서양의 원근법과는 거리가 멀다. 예컨대 "큰 것 속에서 작은 것이 보이고, 작은 것 속에서 큰 것이 보이게 해야 한다"는 말을 어떻게 이해해야 할까. 동양화에서 인간의 시선을 통해 직접적으로 볼 수 있는 실경實景은 그리 중요하지 않다. 대신 비어 있는 공간인 여백, 마음으로 읽는 풍경인 허경虛景이 중요한 요소가 된다. 그것을 이해할 줄 알아야 제대로 멋을 아는 사람이 될 수 있다.

심복의 멋스러움을 가장 잘 이해한 사람 역시 진운이었다. 벌레들을 박제해서 그림처럼 재현해보라고 제안한 것도, 못난 돌들을 주워와 실제 산과 호수의 느낌이 나게 분경을 만들도록 아이디어를 낸 것도 진운이었다. 심혈을 기울여 만들어놓은 분경이 동네 고양이들의 난투극에 의해 부서진 것을 보고 부부가 슬퍼한 장면은 너무도 사랑스럽다. 임어당林語堂이 "진운은 중국 문학에서 가장 사랑스러운 여인이다"라고 했던 말에 공감하게 되는 순간이다. 이 때문에 진운은 중국 독자들이 가장 사랑하는 여성 인물 『홍루몽紅樓夢』의 임대옥林黛玉과 비교되기도 한다.

## 구름 따라, 바람 따라

세속에 얽매이지 않고 자유분방하게 살았던 심복의 인생관은 '방랑'이라는 형태로 나타난다. 심복에게 방랑은 두 가지 의미를 지닌다. 하나는 말 그대로 여기저기 돌아다니며 유람하는 삶이고, 다른 하나는 평생 제대로 된 일자리를 구하지 못하고 전국을 떠돌며 생계를 이어간 것을 의미한다. 제4권 「낭유기쾌」를 쓰게 된 계기 역시 막우幕友를 하였던 경험과 무관하지 않다. 막우란 명청明淸 시대에 지방 관서나 군軍에서 관직이 없이 업무를 보좌하던 이들을 가리킨다.

명청 시대에 과거를 보기 위해서는 팔고문八股文을 공부해야 했다. 팔고문을 잘 쓰기 위해서는 기계적으로 유교 경전을 외우고 글을 쓰는 훈련을 해야 했다. 하지만 심복의 심성에 팔고문 공부는 맞지 않았다. 과거를 보지 않았기에 요즘으로 말하면 소위 비정규직으로 평생 전전긍긍하면서 산 셈이다. 그럼에도 심복은 방랑하며 떠돌아다니는 인생을 스스로 '쾌快', 즐거움이라고 표현하였다. 사대부이면서 생계가 궁해지자 장사하러 광동廣東까지 떠나지만 이를 서글픔보다 철없는 유쾌함으로 풀어내고 있다.

심복의 방랑 생활은 바다 밖 유구까지 향한다. 제5권 「중산기력」에서 중산中山은 유구를 가리키는 말로 유구는 오늘날 일본 오키나와 현에 있었던 왕국이다. 과학이 발달하지 않았던 그 시절, 배를 타고 의지할 수 있었던 것은 오직 바람과 나침반이었다. 중국에서 유구로 가려면 하지夏至에 부는 남서풍을 타고 갔다가 동지冬

至에 부는 북동풍을 타고 돌아올 수 있었다. 숫자로 체계화된 방위가 아니라 십간十干과 십이지十二支에 기반한 나침반, 그리고 바람의 흐름에 따라 바다를 오갔던 이야기는 인간과 자연이 합일되었던 시간에 대한 그리움을 불러일으키기도 한다.

그렇게 배를 타고 온갖 위험들을 극복하며 바다 너머 유구에 간 심복은 신기한 외국의 풍경과 그들의 일상을 그림처럼 자세하게 기록하였다.「중산기력」은 심복의 방랑 생활을 극적으로 보여주는 문학이면서 유구의 생활과 문화를 알려주는 역사 자료이기도 하다. 새로운 세계를 경험하면서도 심복이 늘 그리워한 대상은 진운이었다. 광동에서 희아라는 기생을 만났을 때도, 보통 사람들은 좀처럼 볼 기회가 없는 바다를 볼 때도 심복은 진운을 떠올린다.

"천지가 넓은 것을 보았으니 이번 생은 헛되지 않았네요."

답답한 규방에서 벗어나 태호太湖에서 수평선을 바라보며 진운이 한 말이다. 그래서 사람들은 길을 따라 여행을 떠나나보다. 하지만 떠남의 궁극적인 목적은 다시 돌아오기 위해서다. 심복은 돌아오는 길에 해적을 만나고 태풍을 만나 죽을 고비를 겪고 나서야 느끼게 된다. 베옷을 입고 나물 반찬만 먹어도 자족하며 사랑하는 사람과 함께하는 삶, 방랑의 끝에 다시 돌아갈 현실이 있다는 것은 얼마나 행복한 일인가.

## 생명에 대한 강렬한 의지

　제3권 「감가기수」에서 진운이 죽는 순간을 함께 지켜본 독자라면, 제4권 「낭유기쾌」와 제5권 「중산기력」에서 이따금 밝은 표정으로 나오는 진운을 보면서 무한한 아쉬움과 안타까움을 느끼게 될 것이다. 이처럼 시간을 거꾸로 돌리기도 하고 하나의 사건을 다른 시점에서 보여주는 것이 『부생육기』를 읽는 묘미 중 하나이다. 그런데 그토록 유쾌하게 방랑을 하다가 마지막 제6권에 「양생기도」라는 글이 나오는 것은 아무리 봐도 어색하다. 언뜻 봐도 「양생기도」는 온통 오래 건강하게 사는 법을 모아둔 글로 보인다.

　「양생기도」를 읽다보면 끊임없이 반복적으로 나오는 단어는 '몸'이 아니라 '마음'이다. 심복은 목소리를 낮추고 차분함을 유지한 채 마음을 편하게 해야 오래 살 수 있다는 말을 강조한다. 심복이 「양생기도」를 쓴 목적은 '힐링', 아픈 마음을 치유하는 데 있었다. 무생無生, 즉 삶이 없음 혹은 삶 자체를 부정함으로써 삶의 의미를 깨닫게 되었다는 말을 한다. 그림을 그리고 시를 짓는 것은 심성을 고요하게 하고 고독함을 즐기며 선禪의 마음을 깨닫고 초탈의 경지에 이르기 위해서였다.

　『부생육기』는 1808년에 쓰였지만 원본이 사라지고 70년 뒤인 1877년 상해上海의 문존각聞尊閣에서 활자본으로 간행되었다. 이때 판본은 앞의 네 권까지만 있고, 뒤의 두 권은 사라지고 없는 상태였다. 그 후 6권이 다 갖추어진 『부생육기』 판본이 나오게 되었지만, 학자들은 뒤의 두 권이 위작僞作일 가능성이 높다고 평가한다.

「양생기도」의 내용이 심복의 경험을 기록한 것이 아니라 유명한 문인들의 문장들을 가져와서 쓴 것이 대부분이고, 앞 네 권의 문장들과 필치도 약간 다르기 때문이다.

그럼에도 「양생기도」가 심복이 지나간 시간들을 추억하고 슬픔을 승화하여 끝내 스스로 치유하고자 한 글쓰기의 마지막 여정이 되었다는 점은 의심할 여지가 없다. 인생이 덧없기 때문에 포기하는 것이 아니라 오히려 끝까지 생명에 대한 강렬한 의지를 가지며 살아간 심복의 모습은 너무도 숭고하다. 자신의 삶을 뜨겁게 사랑했고 내적으로 치열한 고뇌를 한 자만이 인생은 덧없다는 말을 할 자격을 가진다. 『부생육기』라는 퍼즐에서 「양생기도」는 심복의 인생을 완성하는 마지막 중요한 조각이었다.


## 인생은 봄날 꿈결과도 같은 것


그동안 문학사에서 『부생육기』는 크게 중시되지 않았다. 주류 문학의 흐름에서 벗어난 작품이기에 문학사에서 상대적으로 관심을 덜 받아온 것이다. 하지만 오히려 그 점이 『부생육기』를 주목해야 할 이유가 된다. 규방에서 일어난 사소한 일들이나 소소하게 취미 생활을 즐기는 삶, 과거는 보지 않고 평생 방랑만 하며 떠돌아다녔던 경험 등 한 사람의 인생을 이리도 섬세하게 담아낸 글은 기존의 중국 문학 그 어디에서도 찾아볼 수 없기 때문이다.

『부생육기』는 유교적 명분, 정치적 논쟁, 철학적 사유 등 남성 문인들이 자주 써왔던 주제들로부터 거리를 두고 있다. 세상의 모든 영욕을 버리고 마음속 아늑한 낙원을 찾아 느리지만 삶을 사랑하며 살아간 흔적들을 보여주고 있다. 우리 역시 작은 낙원을 찾아 행복하게 살면 된다. 낙원은 꽃일 수도 있고, 그림일 수도 있고, 시일 수도 있다. 아프면 잠시 낙원으로 들어가 진솔하게 자신의 모습을 바라보고 스스로 치유하면 된다. 그러면 피폐한 영혼을 치유하는 영약靈藥을 얻게 될 것이다.

심복의 내면의 결을 따라가며 번역하는 동안 많은 행복감을 느꼈다. 규방 안에서 행복한 부부의 모습을 보면 마음이 따뜻해졌고, 일상에서 소소한 즐거움을 찾는 모습을 보면 살며시 미소가 지어지기도 하였다. 진운이 죽고 아들 봉삼이 죽는 장면을 번역할 때는 가슴이 먹먹하여 며칠 동안 아팠고, 거리낌 없이 천하를 방랑하는 모습을 보며 그 용기와 자유분방함을 부러워하였다. 모든 것을 내려놓을 수 있어야 마음의 낙원을 찾을 수 있다는 말에서 위로를 받기도 하였다.

「양생기도」에서 "태극은 곧 하나의 둥근 원이고, 태극권太極拳은 수없이 많은 원들이 연결되어 이루어지는 무술이다"라고 하였다. 원은 인간에게 어떤 영감을 주는 것일까. 느리게, 힘을 주지 않고, 생각과 번뇌를 끊어내어야만 원의 원만함을 체득할 수 있다. 『부생육기』의 여섯 가지 이야기는 심복이 스스로 치유하기 위해 쓴 글이면서 독자의 마음을 어루만져주는 글이 되었다. 봄날의 꿈결처럼 끝내 허무하게 사라져버릴 인생이지만, 『부생육기』는 우리에게 원의 원만함을 체현하며 살아가라고 위로해준다. 번역하는 동안 충분히 행복하였고, 그 행복한 감정이 독자 여러분의 독서 과정에 스며들기를 바랄 뿐이다. 마음속 낙원을 찾아 스스로 아픈 마음을 치유하여 결국에는 아무도 아프지 않는 세상을 꿈꿔본다.

2020년 6월
역자 삼가 씀

# 차례

## 일러두기

원문의 출처는 『浮生六記』(鄭州, 中州古籍出版社, 2017)이다.

# 박황재형,
# 부생육기를 그리다

부끄럽게도 젊은 시절 학문에 뜻을 잃어 아는 것이 거의 없고, 이 책도 진실한 감정과 사실을 적은 것에 불과하다. 만약 문법을 따져 고치려고 한다면, 먼지 가득한 거울에게 왜 밝게 비추지 못하냐고 탓하는 것과 같을 것이다. — 본문 p. 78

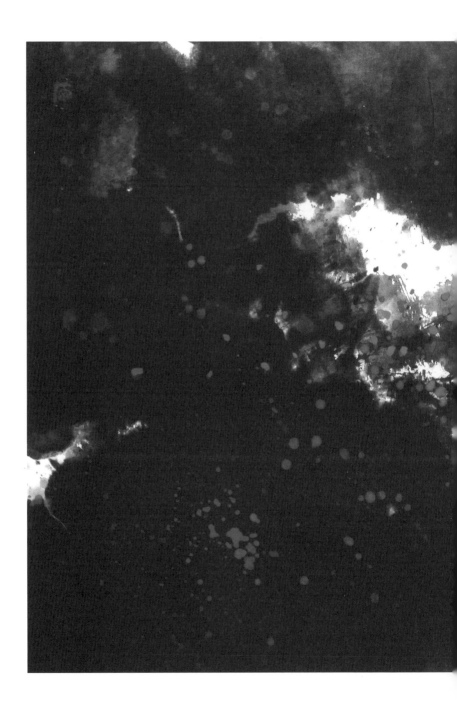

나는 종이에 장난삼아 '비단 주머
니 속의 아름다운 구절들'이라고
썼다. 그 속에 요절할 운명이 숨
어 있을 줄을 그때는 몰랐다.
-본문 p. 81

진운이 세상을 떠난 뒤로는 나는 근심만
가득할 뿐 즐거움이라고는 없었다. 봄날
아침이나 가을날 저녁이나, 산을 오를 때
나 물가를 거닐 때나 눈에 보이는 것은 모
두 내 마음을 상하게 하니, 슬픔 아니면
한스러움뿐이었다. – 본문 p. 295

진운의 눈에서는 슬픈 두 줄기 눈물만 줄
줄 흘러내리고 있었다. 숨이 점점 약해지
고 눈물도 점점 말라갔다. 영혼이 가물가
물하더니 결국 저세상으로 떠났다.
- 본문 p. 161

월하노인月下老人이 남녀의 인연을 이어준
다고 하잖아요. 이번 생은 이미 부부가 되
었으니 다음 생의 인연은 월하노인의 힘
을 빌려야겠어요. 그림 하나를 그려서 빌
어볼까요? - 본문 p. 100

진운과 나는 취향이 같아서 서로 눈빛만
봐도 무슨 생각을 하는지 알 수 있었다.
행동할 때마다 신호를 보내면 진운은 바
로 알아듣고 맞추어주었다.

- 본문 p. 99

"처음에는 싫어했는데 결국 좋아하게 되었
군. 어쩌다 이렇게 되었는지 알 수 없네요."
"한 번 좋아하기 시작하면 못생겨도 예뻐 보
인다고 하잖아요." -본문 p. 98

세상의 부부들에게 삼가 권하노니 부부가 서로 원수가 되어서도 안 되지만 애정이 지나치게 깊어도 안 된다. "금슬이 좋은 부부 는 백년해로를 못 한다"는 말이 있지 않는가. - 본문 p. 162

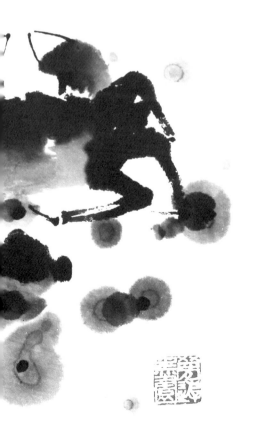

당신 같은 지기知己를 만나 남편으로 섬기고 지금까지 살아왔으니 이번 생에는 여한이 없어요. 베옷을 입어도 따뜻했고, 나물 반찬을 먹어도 배불렀어요.
- 본문 p. 159

수반 속에 꽃이나 돌로 작은 산수山水를 꾸미는 것을 분경盆景이
라 하는데, 소경小景은 한 폭의 그림처럼 보이고, 대경大景은 넋을
잃게 하기도 한다. 맑은 차 한 잔을 곁들이면 영혼이 그 속으로
빨려 들어가는 것 같으니 그윽한 서재에 두고 감상하기에 안성맞
춤이다. - 본문 p. 123

여름날 연꽃이 막 필 무렵이면 꽃잎이 저녁에 오므라들었다가 아침이면 활짝 피었다. 진운은 작은 비단 주머니에 찻잎을 조금 싸서 저녁에 꽃술 한가운데에 두었다가 다음 날 아침에 가지고 와서 빗물을 끓여 차를 달였다. 그러면 차향이 더욱 그윽하였다. – 본문 p. 136

당신이 꽃을 꽂을 때는 바람, 햇빛, 비, 이슬 모두를 표
현해 정교하고 오묘한 멋이 입신의 경지에 이르렀다고
할 수 있잖아요. 그런데 그림에 풀벌레도 있으니 그것
도 따라해 보면 어떨까요? - 본문 p.128

대나무 정원에 바람 불고 파초가 난 창에 달이 뜨면, 풍경을 바라보며 진운을 그리워하였고, 꿈속을 헤매는 혼처럼 넋이 나가버렸다. - 본문 p.85

해가 막 떠올라 아침노을이 버드나무 위를 비추는데, 그 모습이
너무나 아름다웠다. 하얀 연꽃 향기 속으로 맑은 바람이 천천히
불어와 몸과 마음을 맑게 해주었다. - 본문 p. 176

강물을 붓고 아침마다 양지에 두면 꽃은
술잔만큼 크게 피어오르고 잎은 사발처럼
오그라지는데, 하늘하늘 뻗은 모습이 너
무도 예쁘다. - 본문 p. 124

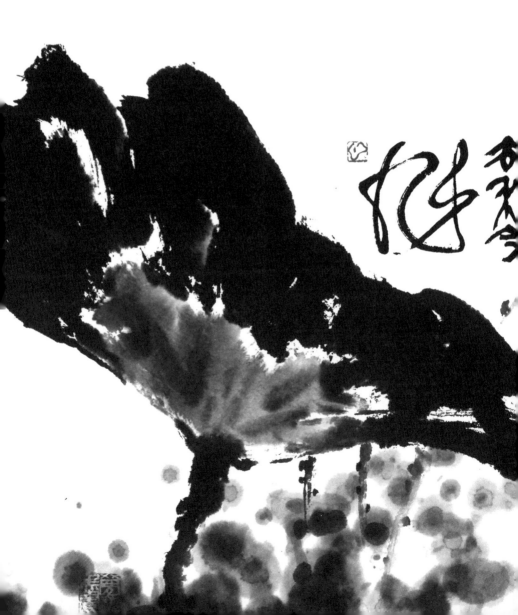

지금 친구들은 모두 하늘가로 떨어져 바람처럼 날아가고 구름처럼 흩어져버렸다. 내 사랑하는 진운마저 옥이 부서지고 향기가 묻히듯 죽었으니 차마 지난날을 돌아보기 어렵구나! - 본문 p. 131

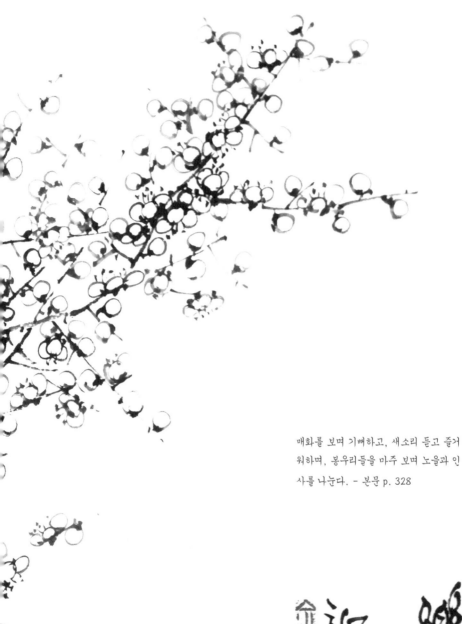

매화를 보며 기뻐하고, 새소리 듣고 즐거
워하며, 봉우리들을 마주 보며 노을과 인
사를 나눈다. - 본문 p. 328

등위산은 원묘라고도 하는데, 서쪽으로 태호를 등지고, 동쪽으로 금봉을 마주하고 있다. 붉은 벼랑과 비취색 누각은 바라보면 마치 그림 같다. 그곳 사람들은 매화나무 심는 일을 업으로 삼고 있어, 수십 리에 걸쳐 매화가 가득 피면 눈이 쌓인 것 같아 향설해[향기로운 눈의 바다]라고도 한다. - 본문 p.220

유구의 풀과 나무는 대부분 중국과
명칭이 달랐는데, 아쉽게도 『군방보』
를 가져오지 않아 하나하나 고증할
수 없었다. – 본문 p. 249

진운이 말하였다.

"우주는 이렇게 커서 모든 사람들이 함께 저 달을 보고 있네요. 지금 세상에서 우리 두 사람만큼 그윽한 정취를 느끼는 사람이 또 있을까요?" – 본문 p. 90

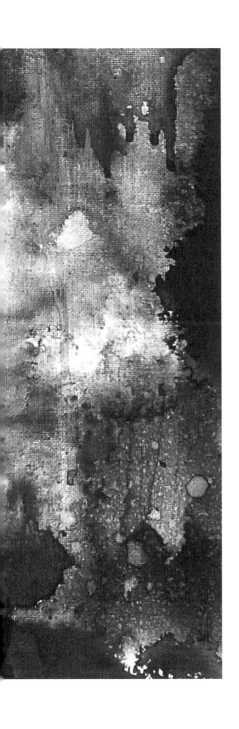

"홀로 지내면서 깊은 밤 잠 못 들면 두려운
생각이 들지 않는가?"
"한평생 올바르게 살면서 추악한 마음을 먹
어본 적이 없는데 무엇을 두려워하겠나."
- 본문 p. 169

제방 동쪽으로 약 삼십 리쯤 가면 첨산尖山이 있다. 봉우리가 솟아올라 바다로 달려드는 것 같았다. 산꼭대기에 있는 누각에는 '해활천공'[바다는 넓고 하늘은 가없다]'이라고 쓰인 편액이 있다. — 본문 p. 189

나는 탁당과 함께 눈을 맞으며 누각에
올랐다. 넓은 하늘을 올려다보니 눈송이
가 춤을 추듯이 날리고, 저 멀리 은색의
산과 옥색의 나무를 바라보고 있으니 마
치 요대[신선이 사는 낙원]에 와 있는 듯했
다. - 본문 p. 223

진운이 말하였다.
"여기가 태호라는 곳인가요? 지금 천지가 넓은 것을 보았으니 이번 생은 헛되지 않았네요. 아마도 규방의 여인들은 죽을 때까지 이 광경을 보지 못할 거예요." - 본문 p. 106

인생은 한바탕 큰 꿈과 같은 것
꿈속에서 어찌하여 괴롭게 진실을 따지는가.
꿈은 짧든 길든 모두 꿈인 것을
갑자기 깨어나면 꿈은 어디에 있는가.
人生世間一大夢 夢里胡爲苦認眞
夢短夢長俱是夢 忽然一覺夢何存 - 본문 p. 313

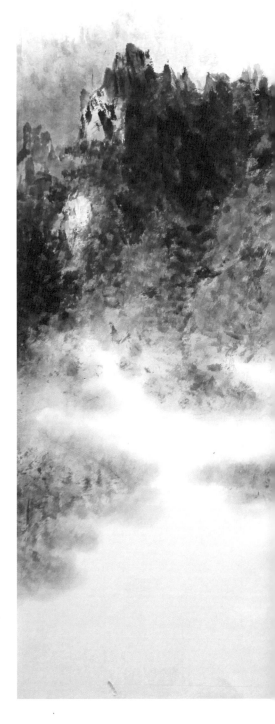

구름은 희고 산은 푸르며 내는 흐르고 바위는 우뚝 서 있다. 꽃은 반기고 새는 웃으며 계곡은 메아리치고 나무꾼은 노래한다. 만물은 한가로운데 사람의 마음만 절로 아우성치는구나. - 본문 p. 317

오백 년 동안 이 세상으로 귀양을 와서
즐길 것은 다 즐겨봤네.
삼천 리 푸른 바다를 열어젖히었으니
이것이 바로 소요로구나!
五百年謫在紅塵 略成遊戱
三千里擊開滄海 便是逍遙 - 본문 p. 321

69

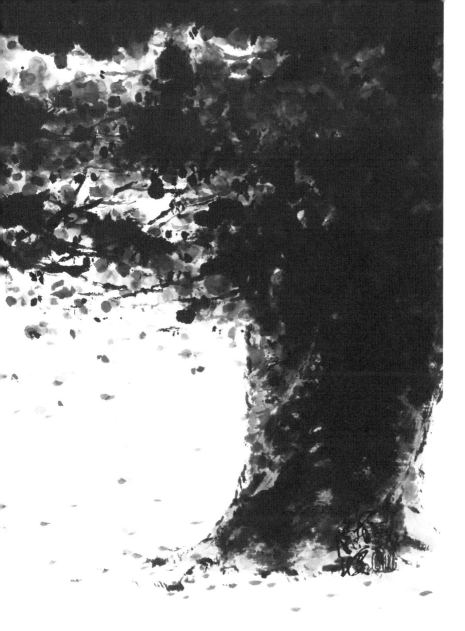

진운이 지은 시 중에 이런 구절이 있었다.

"가을 가까워지니 사람 그림자 여위고, 서리 내리니 국화는 살쪄네(秋侵人影瘦 霜染菊花肥)"

나는 열세 살 되던 해에 어머님을 따라 외가에 갔다. 나와 진운은 아직 어리고 서로 허물이 없어 진운이 지은 시 구절을 읽어볼 수 있었다. 재주가 뛰어난 것을 보고 감탄하였지만 혹시 너무 똑똑해서 박복할까봐 걱정이 슬며시 되기도 하였다. – 본문 p. 79

## 부생육기

"덧없는 인생, 꿈과 같으니 즐거움을 누릴 일이 얼마나 되겠는가!"[浮生若夢 爲歡幾何]
부생浮生, 덧없는 인생이라는 말은 이백의 「춘야연도리원서春夜宴桃李園序」에서 나왔다.
— 본문 p. 4

## 오운다처
소장자: 이석중 님(서울 마포구)

다리를 지나니 삼 층으로 된 높은 누각이 보였다. 아름답게 색칠한 마룻대와 높이 들린 처마
가 오색찬란하였다. 태호석을 겹겹이 쌓은 다음, 주위에는 대리석으로 난간을 만들어 '오운다
처五雲多處[오색 구름이 모인 곳]'라고 하였다. — 본문 p. 184

72

## 낙화유수

격률이 엄격하면 뜻이 간결해지니 이는 진정 두보가 독보적이지요. 하지만 이백의 시는 고야산姑射山의 신선 같아요. 흐르는 물결에 낙화가 떠내려가는 정취가 있어서 좋고요. 두보가 이백보다 한 수 아래라는 뜻은 아니에요. 그저 내 생각에 두보를 배우고 싶은 마음보다 이백을 좋아하는 마음이 더 깊을 뿐이에요. - 본문 p. 86

## 락재지심

"누나 심장이 어째서 이렇게 뛰지요?"
진운이 나를 보며 미소 지었다. 사랑하는 감정이 혼을 온통 흔들어놓아 진운을 끌어안고 휘장 안으로 들어갔다. 날이 이미 밝아오는지도 몰랐다. - 본문 p. 82

비거래금

장차 무엇을 얻고 무엇을 잃을 것이며, 무엇이 죽음이고 무엇이 삶이란 말인가. 주어진 바를 받아들이면 슬픔과 즐거움 그 사이에 놓이는 바가 없다. - 본문 p.295

진식

끊임없이 숨을 내쉬고 들이쉬면 있는 듯 없는 듯 정신과 호흡[氣]이 서로 하나가 되는데 이것이 '참된 호흡[眞息]'이다. - 본문 p. 296

안빈

검소함으로써 청렴함을 기르고, 담박함으
로써 욕심을 줄이는 것. 여기에 안빈安貧의
도리가 있고, 병을 물리치는 방법도 여기에
있다. - 본문 p. 329

# 1. 규방기락閨房記樂

# 규방의 즐거움을 노래하다

　나는 건륭乾隆 계미년(1763) 겨울
11월 22일에 태어났다. 당시는 태평성대였고 명문세가에서 태어나
소주蘇州의 창랑정滄浪亭 옆에 살았으니 하늘이 나에게 내린 복은 정
말로 컸다고 할 수 있다. 소동파蘇東坡가 "모든 일이 봄날 꿈처럼
흔적도 없이 사라지네[事如春夢了無痕]"라고 하지 않았던가. 그러니
만약 내 삶을 붓으로 기록해두지 않으면 하늘이 내려준 복을 저버
리는 일이 될 것이다. 단지 부부의 사랑을 읊은 「관저關雎」가 『시경
詩經』 삼백 편 가운데에서도 맨 처음에 실린 것을 고려하여, 나도
우리 부부의 이야기를 책 첫머리에 두었다. 그 외 다른 이야기들은
순서대로 기록하고자 한다. 부끄럽게도 젊은 시절 학문에 뜻을 잃
어 아는 것이 거의 없고, 이 책도 진실한 감정과 사실을 적은 것에

불과하다. 만약 문법을 따져 고치려고 한다면, 먼지 가득한 거울에게 왜 밝게 비추지 못하냐고 탓하는 것과 같을 것이다.

　나는 어려서 금사金沙의 우씨于氏와 정혼하였지만, 우씨는 8세의 어린 나이에 요절하고 말았다. 그 후에 진씨陳氏를 아내로 맞았는데, 이름은 운芸이고 자는 숙진淑珍이었다. 외숙부 심여心餘 선생의 딸이었다. 천성적으로 똑똑하고 현명하여 말을 배울 때「비파행琵琶行[당나라 시인 백거이(白居易)의 시]」을 읊어주면 듣고 그대로 외웠다고 하였다. 네 살 때 아버지를 여의고, 집안에 남겨진 것이라고는 어머니 금씨金氏와 동생 극창克昌 그리고 집의 벽뿐이었다. 진운이 자라면서 바느질에 뛰어나자 세 식구는 진운의 열 손가락이 벌어오는 돈에 의지하게 되었다. 다행히 극창은 글을 배울 수 있었고, 수업료는 한 번도 거르지 않고 낼 수 있었다.

　그러던 어느 날 진운은 대나무 상자에서「비파행」을 찾아내어 한 글자씩 짚어가며 익혔는데, 이때부터 글자를 깨우치기 시작하였다. 바느질을 하다가 잠시 쉴 때마다 읊었더니 점점 깨우쳐서 시를 읊을 수도 있게 되었다. 진운이 지은 시 중에 이런 구절이 있었다.

> 가을 가까워지니 사람 그림자 여위고,
> 서리 내리니 국화는 살찌네.
> 秋侵人影瘦 霜染菊花肥

나는 열세 살 되던 해에 어머님을 따라 외가에 갔다. 나와 진운은 아직 어리고 서로 허물이 없어 진운이 지은 시 구절을 읽어볼 수 있었다. 재주가 뛰어난 것을 보고 감탄하였지만 혹시 너무 똑똑해서 박복할까봐 걱정이 슬머시 되기도 하였다. 하지만 진운을 향한 마음을 놓칠 수가 없어 어머님께 말씀드렸다.

"만약 저에게 신부를 정해주시려면 꼭 숙진 누이로 정해주십시오. 그러지 않으면 장가가지 않겠습니다." 어머님 역시 진운이 부드럽고 온화한 사람임을 아시고 바로 금가락지를 빼서 혼인을 하게 하셨다. 이때가 건륭 을미년(1775) 7월 16일이었다.

그해 겨울 사촌누이가 시집가게 되어 나도 어머님을 따라서 갔다. 진운은 나와 같은 나이지만 나보다 열 달이 빨랐다. 어려서부터 서로 누나 동생으로 불렀기에 여전히 숙이 누나라고 불렀다. 잔칫집에 가서 보니 온통 사람들은 화려한 옷을 입고 있었는데 진운만 소박한 옷을 입고 있었다. 신발은 새 신을 신고 있었는데, 수가 정교하게 놓여 있어 물어보니 직접 수를 놓았다고 하였다. 진운의 총명함이 글 짓는 데만 있는 것이 아님을 알게 되었다.

진운의 어깨는 좁고 목은 길었으며 말랐지만 뼈가 드러날 정도로 앙상하지는 않았다. 눈썹은 둥글고 눈은 수려한데 바라보는 눈빛은 신비한 느낌을 주었다. 웃을 때 앞니 두 개가 살짝 보였는데 좋은 관상은 아닌 것 같았다. 하지만 그의 싹싹한 태도는 사람의 마음까지 완전히 녹여버렸다. 시 지은 것을 보여달라고 해서 봤더니 한 구절만 쓴 것도 있고 삼사 구절만 쓴 것도 있었다. 대부분 미완성이라 이유를 물었더니 진운이 웃으며 말했다.

"가르쳐주는 사람 없이 지은 것이라 그래. 나중에 가르쳐줄 수 있는 지기知己가 생기면 이 시들을 완성해보고 싶어."

나는 종이에 장난삼아 '비단 주머니 속의 아름다운 구절들[錦囊佳句]'이라고 썼다. 그 속에 요절할 운명이 숨어 있을 줄을 그때는 몰랐다.

이날 밤 성 밖까지 친척들을 배웅해드리고 돌아오니 시간은 이미 삼경三更이 되었다. 배가 고파 요기라도 하려고 하니 시종들이 대추와 포를 내어왔다. 하지만 나는 단 음식은 좋아하지 않는다. 이때 진운이 몰래 내 소매를 당겨 방에 들어가 보니 따뜻한 죽이며 간단히 먹을 음식들을 숨겨놓고 있었다. 기뻐하며 젓가락을 드는 순간 갑자기 진운의 사촌 오빠 옥형玉衡이 부르는 소리가 들렸다.

"숙이야! 얼른 와봐."

진운이 급하게 문을 닫으며 말하였다.

"제가 피곤해서 이제 자려고 누워 있어요."

옥형이 몸으로 문을 들이밀고 들어와 내가 막 죽을 먹으려고 하는 모습을 보고 진운을 흘겨보며 웃었다.

"방금 내가 죽을 찾을 때는 없다고 하더니 네 신랑에게만 주려고 여기 숨겨놓았구나."

진운이 크게 난처해하며 어디론가 숨어버렸다. 온 집안의 사람들이 크게 한바탕 웃었다. 나도 화가 나서 하인을 데리고 집으로 돌아왔다. 죽 때문에 놀림을 받은 이후로 내가 그 집에 갈 때마다 진운은 바로 숨었다. 사람들에게 놀림을 받을까봐 그러는 줄 알고 있었다.


건륭 경자년(1780) 1월 22일 화촉을 밝힌 날 저녁에 보니 진운의 몸매는 예전처럼 여전히 여위었다. 면사포를 걷어 올리고 서로 보니 너무 아름다웠다. 합환주를 마시고 나란히 앉아 밤참을 먹었다. 몰래 탁자 밑으로 손목을 잡아당겨보니 따뜻하면서도 가늘고 살결이 보들보들하였다. 나도 모르게 가슴이 마구 뛰었다. 음식을 권해도 재계齋戒하는 기간이라며 먹지 않았다. 이미 몇 년째 하고 있다고 하였다. 언제부터 재계를 시작하였는지 몰래 따져보니 내가 천연두에 걸렸을 때부터였다. 나는 웃으며 말하였다.

"몸에 딱지 하나 남지 않고 병도 다 나았는데, 이제 재계를 그만 해도 되지 않아요?"

진운은 눈으로 웃으면서 고개를 끄덕였다.

원래 24일에 누나가 시집가기로 되어 있었다. 하지만 23일이 국기일國忌日이라 잔치를 열 수 없어 22일 밤에 혼례를 치렀다. 진운은 안채에서 나와 손님 시중을 들고 있었고, 나는 신혼 방에서 신부 들러리들과 대작하고 있었다. 무전拇戰[일종의 가위바위보]으로 주령酒令<sup>1</sup>을 하였는데 번번이 지는 바람에 크게 취해서 뻗어버렸다. 깨고 보니 진운은 한창 아침 화장을 하고 있었다. 그날은 친척과 친구들이 계속 찾아와서 등을 밝힌 후에야 가족들끼리 즐길 수 있었다.

24일 자정 나는 새 처남이 되어 누나를 시댁까지 바래다주고 축시丑時가 다 되어서 집으로 돌아왔다. 등불은 다 꺼지고 사람들도 다 흩어져서 조용히 방으로 들어왔다. 시녀가 침대 아래에서 선잠

---

1) 주령은 술을 마시도록 명령하는 것으로 술자리에서 흥을 돋우고 술을 권하는 일종의 유희이다. 주령에는 가위바위보라든지 숫자 맞추기라든지 글짓기라든지 다양한 방법과 규칙이 있으며, 그 종류도 다양하다.

을 자고 있었고, 진운은 화장을 다 지웠지만 아직 눕지 않고 있었다. 은촛대를 환하게 밝히고 흰 목을 푹 숙여 뭔가를 읽고 있었다. 무슨 책인지 모르겠지만 혼이 나갈 정도로 열심히 읽고 있었다. 진운의 어깨를 만지며 말했다.

"누나! 며칠 동안 고생했는데 피곤한지도 모르고 이렇게 책을 읽는 거예요?"

진운은 바로 고개를 돌리며 일어났다.

"방금 자려고 하다가 궤짝을 열어보니 이 책이 나오지 뭐예요. 나도 모르게 책을 읽다보니 피곤함이 사라졌어요. 『서상기西廂記』 [원(元)나라 왕실보(王實甫)의 희곡. 장생(張生)과 앵앵(鶯鶯)의 사랑 이야기]라는 책 제목은 익히 들어왔는데 지금에야 읽어봐요. 과연 재자가인 중 제일이라고 할 만해요. 하지만 묘사가 너무 노골적이고 경박한 느낌은 어쩔 수 없네요."

나는 웃으며 말하였다.

"재자가인 이야기라 노골적이고 경박하게 쓸 수 있는 거지요."

시녀가 옆에서 빨리 자라고 재촉해서 문 닫고 먼저 가라고 하였다. 그제야 두 사람은 나란히 앉아 농담을 주고받았다. 친한 친구를 다시 만난 것처럼 기분이 좋아졌다. 장난삼아 진운의 가슴을 더듬어보니 심장이 콩닥콩닥 뛰는 게 느껴져 귀에다 대고 말하였다.

"누나 심장이 어째서 이렇게 뛰지요?"

진운이 나를 보며 미소 지었다. 사랑하는 감정이 혼을 온통 흔들어놓아 진운을 끌어안고 휘장 안으로 들어갔다. 날이 이미 밝아오는지도 몰랐다.

진운이 막 새 신부가 되었을 때는 말이 너무 없었고, 하루 종일 화내는 모습도 보이지 않았다. 말을 걸면 미소를 띨 뿐이었다. 어른들을 공경하고 아랫사람들과는 화목하게 지냈다. 일을 조리 있게 잘 처리하여 조금도 잘못된 적이 없었다. 매일 아침 해가 뜨면 마치 부르는 사람이라도 있는 것처럼 재빨리 옷을 입고 일어났다. 나는 웃으며 말했다.

"지금은 죽을 숨겨놓고 먹던 그때가 아니잖아요. 사람들이 놀릴까봐 걱정돼요?"

"지난번에 죽을 숨겨놓고 당신 기다렸다가 사람들에게 이야깃거리가 되었지만 지금은 놀림받을까봐 걱정하지 않아요. 단지 시부모님께서 저를 게으르다고 여기실까봐 걱정하는 거지요."

나는 더 누워 있고 싶었지만 진운의 생각이 맞다고 여겨져 덩달아 일찍 일어났다. 이때부터 두 사람은 귀와 살쩍처럼 붙어 있었고, 형체와 그림자처럼 따라다녔다. 그 사랑의 정은 말로 다 형용할 수 없다.

즐거운 시절은 금방 흘러가고 눈 깜짝할 사이에 한 달이 지났다. 당시 아버님 가부공稼夫公께서 회계會稽에서 막우幕友로 지내실 때라 사람을 보내 나를 데리고 오라고 하셨다. 나는 무림武林의 조성재趙省齋 선생의 문하에서 공부하고 있었다. 스승님께서는 차근차근 잘 가르쳐주셨는데, 내가 지금 글을 쓸 수 있게 된 것도 모두 스승님 덕분이다. 집으로 돌아와 혼례를 마친 뒤에는 아버님을 따라 서당으로 와 공부를 하기로 되어 있었다. 소식을 듣고 마음이 너무

슬펐다. 행여나 진운이 울까 걱정이 되기도 하였다. 하지만 진운은 억지로 웃으며 나를 격려해주었고 짐을 꾸려주었다. 떠나기로 한 날 저녁에 얼굴빛이 조금 달라질 뿐이었다. 떠날 때가 되자 진운이 나직이 말하였다.

"보살펴주는 이 없으니 가시면 조심하셔요."

배에 오르자 배는 바로 떠났다. 복숭아꽃과 자두꽃이 서로 다투듯 흐드러지게 피는 때였지만 무리에서 떨어져 나온 새 같은 신세가 되고 보니 세상도 달라보였다. 서당에 도착하자 아버님은 바로 강동江東으로 가셨다.

거기에서 지낸 석 달은 마치 십 년처럼 길게 느껴졌다. 진운은 때때로 편지를 보내왔지만 내가 두 번을 보내면 겨우 한 번 답장을 하였다. 대부분 나를 격려해주는 말이었고, 나머지는 상투적인 말뿐이었다. 나는 마음속으로 불만이 가득하였다. 대나무 정원에 바람 불고 파초가 난 창에 달이 뜨면, 풍경을 바라보며 진운을 그리워하였고, 꿈속을 헤매는 혼처럼 넋이 나가버렸다. 스승님께서 내 상황을 아시고 아버님께 편지를 보냈다. 과제 열 개를 내어주고 잠시 집으로 돌려보내자는 것이었다. 나는 변방의 수자리에서 풀려난 듯 기뻐하며 배에 올랐다. 일 각刻이 일 년 같았다. 집으로 돌아와서 어머님께 문안 인사를 드리자마자 바로 방으로 들어갔다. 진운이 일어나 맞아주었다. 손을 잡고 짧은 인사를 다 나누지도 않았는데, 두 사람의 혼은 황홀해져 연기와 안개처럼 되었다. 귀에서 쾅하는 소리만 들렸고, 몸이 어디에 붙어 있는지도 몰랐다.

6월이 되자 집안은 더웠다. 다행히 창랑정의 애련거愛蓮居 서쪽에 살아서 판교 안에 개울을 마주한 별채가 있었는데, 아취헌我取軒이라고 하였다. "물이 맑으면 갓끈을 씻고 물이 더러우면 발을 씻네[淸斯濯纓 濁斯濯足]"라는 구절에서 이름을 따왔다. 처마 앞 오래된 나무는 녹음이 우거져 창문을 뒤덮었는데, 사람 얼굴도 모두 초록색으로 보일 정도였다. 개울 건너에는 유람객들의 왕래가 끊이지 않았다. 여기는 아버님께서 주렴[구슬로 꿰어 만든 발]을 내리고 연회를 베푸시는 곳이었다. 나는 어머님께 허락을 받고 진운을 아취헌으로 데려와 피서하기로 하였다. 날이 더우면 진운은 바느질을 그만두고 하루 종일 나에게 글을 배우거나 고전을 논하였고 달과 꽃을 감상하기도 하였다. 진운은 술을 잘 못 마셨는데, 억지로 마시면 석 잔 정도는 마셨다. 이때 석복射覆[시나 고사성어 등으로 문제를 내고 알아맞히는 놀이]이라는 주령을 가르쳐주었다. 인간 세상의 즐거움이 이보다 더할 수 없다고 생각하였다.

하루는 진운이 물었다.

"여러 고문古文 중에서 어떤 것이 본받을 만한가요?"

"『전국책戰國策』과 『장자莊子』는 민첩하면서 솔직하고, 광형匡衡과 유향劉向은 우아하고 힘이 있어요. 사마천司馬遷과 반고班固는 박학다식하고 한유韓愈는 꾸밈이 없으며 유종원柳宗元은 날카롭고요. 구양수歐陽修는 호탕하고 소순蘇洵과 소식蘇軾, 소철蘇轍은 변론에 뛰어나요. 그 외에 가의賈誼와 동중서董仲舒의 책대策對, 유신庾信과 서릉徐陵의 변체駢體, 육지陸贄의 주의奏議 등 본보기로 삼을 문장은 열거하기 어려울 정도예요. 그저 각자의 안목으로 이해하고 깨달으면 되지요."

"고문은 모두 식견이 높고 기세가 웅건하여 여자는 배워도 그 수준에 이르기가 쉽지 않은 것 같아요. 그래도 시는 조금 알 것 같긴 해요."

"당唐나라 때는 시로 선비를 뽑았어요. 시의 으뜸으로는 이백李白과 두보杜甫가 있는데, 당신은 누구를 본받고 싶어요?"

"두보의 시는 갈고 닦아서 시어가 정돈되었고, 이백의 시는 거침없고 호방한 느낌을 줘요. 나는 두보의 엄숙함보다는 이백의 자유분방함을 배우고 싶어요."

"두보는 시를 집대성한 문인으로 일컬어져요. 학자들은 대부분 두보를 따르는데 당신은 왜 이백이 좋아요?"

"격률이 엄격하면 뜻이 간결해지니 이는 진정 두보가 독보적이지요. 하지만 이백의 시는 고야산姑射山의 신선 같아요. 흐르는 물결에 낙화가 떠내려가는[落花流水] 정취가 있어서 좋고요. 두보가 이백보다 한 수 아래라는 뜻은 아니에요. 그저 내 생각에 두보를 배우고 싶은 마음보다 이백을 좋아하는 마음이 더 깊을 뿐이에요."

나는 웃으며 말하였다.

"당신이 이백의 지기인 줄 몰랐네요."

진운 역시 웃으며 말하였다.

"왜요. 나에게 글을 깨우쳐준 백거이 선생도 있잖아요. 항상 마음속으로 생각하며 잠시도 잊은 적이 없어요."

"무슨 말이에요?"

"백거이가 「비파행」을 짓지 않았나요?"

"이상하네. 이백은 지기이고, 백거이는 글을 깨우쳐준 선생이고, 내 자字가 삼백三白인데 당신 남편이 되었잖아요. 당신은 '백白' 자와 무슨 인연이 있는 걸까요?"

"백자와 인연이 있으니 앞으로 글을 쓸 때마다 백자가 수두룩하게 나오겠네요."

오吳 지역의 방언에서 잘못 쓴 글자를 뜻하는 별別 자는 백白 자로 발음한다. 이 말을 하며 서로 크게 웃었다.

"당신이 시를 아니 부賦의 장단점도 알겠네요."

"초사楚辭는 부의 근원이지만 학식이 얕아서 이해하지 못했어요. 그래도 한漢나라와 진晉나라 문인들 중에서 격조가 높고 언어가 정련된 사람으로 사마상여司馬相如[한나라의 문인]가 제일이라고 생각해요."

내가 놀리면서 말하였다.

"그때 탁문군卓文君이 사마상여를 따라간 이유가 거문고가 아니라 문장에 있었던 걸까요?"

그러고는 서로 다시 크게 웃었다.

나는 본디 쾌활하고 솔직하며 대범하여 어디에 얽매이지 않은 성격이다. 반면 진운은 고루한 선비처럼 융통성이 없고 지나치게 예의를 차렸다. 어쩌다 소매를 바로 만져주면 그때마다 계속 "미안해요"라고 하였다. 수건이나 부채를 건네줄 때도 꼭 일어나서 물건을 받았다. 나는 처음에는 그게 마음에 들지 않았다.

"당신은 예절로 나를 매어둘 거예요? 속담에 '예절이 지나치면 분명 속임수가 있다'라고 하지 않아요?"

진운은 두 볼이 붉어지며 말하였다.

"공손하게 예를 차린 건데 어째서 속임수라고 하나요?"

"공경은 마음에 있지 겉으로 드러나는 형식에 있지 않아요."

"그러면 가장 가까운 친척인 부모님을 생각해봐요. 부모님께 마음으로만 공경하고 겉으로는 무례하게 해도 된다는 건가요?"

"방금 농담한 거예요."

"세상 사람들이 사이가 틀어지는 게 대부분 농담에서 나와요. 앞으로는 억울하게 만들지 마세요. 속이 터져서 죽을 지경이니까."

나는 진운을 끌어안으며 위로해주었다. 그러자 얼굴을 풀고 웃었다. 이때부터 "천만에요", "미안해요"는 말끝마다 하는 말이 되었다.

우리는 양홍梁鴻과 맹광孟光[2]처럼 서로 존중하며 스물세 해를 함께 살았다. 세월이 흐를수록 정은 더 깊어갔다. 집 안 어두운 곳에서 만나거나 좁은 길에서 우연히 마주쳐도 꼭 손을 잡고 "어디 가세요?"라고 물었다. 그러고는 혹시 옆에서 누가 보지 않았을까 하며 마음이 두근거렸다. 함께 걷고 나란히 앉는 것도 처음에는 사람들 모르게 하였는데, 하지만 시간이 오래되다 보니 개의치 않게 되었다. 진운이 다른 사람과 이야기를 하다가 내가 지나가는 것을 보면 꼭 일어나 옆으로 옮겨 앉았고 나는 다가가서 나란히 붙어

---

2) 금슬이 좋은 부부. 한(漢)나라 학자 양홍이 일을 마치고 집에 오면 맹광은 밥상을 눈썹 위까지 들어 올려 남편에게 공손하게 바쳤다고 한다. 거안제미(擧案齊眉).

앉았다. 둘 다 그리하게 된 이유도 몰랐다. 처음에는 부끄러워했지만 계속 지내다보니 하지 않으려고 해도 그리하게 되었다. 오래된 부부는 서로 원수 보듯 한다는데 왜 그런지 이유를 모르겠다. 어떤 사람이 말하였다. "그렇게라도 하지 않으면 어찌 백년해로하겠소?" 하지만 이 말은 사실일까?

그해 칠석날 진운이 향과 초를 피우고 과일을 준비해 우리는 아취헌에서 함께 천지신명께 절을 올렸다. 나는 '영원토록 부부가 되길 원합니다[願生生世世爲夫婦]'라는 글자를 새긴 도장 두 개를 만들었다. 양각陽刻한 도장은 내가 가지고 음각陰刻한 도장은 진운이 가졌다. 서로 주고받는 서신에 찍을 용도였다. 이날 밤 달빛이 매우 아름다웠다. 개울을 내다보니 물결에 비친 달빛은 흰 비단 같았다. 작은 비단 부채를 부치며 나란히 개울이 보이는 창가에 앉았다. 하늘에 흘러가는 구름을 보니 그 모양은 변화무쌍하였다.

진운이 말하였다.

"우주는 이렇게 커서 모든 사람들이 함께 저 달을 보고 있네요. 지금 세상에서 우리 두 사람만큼 그윽한 정취를 느끼는 사람이 또 있을까요?"

"서늘한 바람을 쐬며 달을 감상하는 사람들은 도처에 있겠지요. 안채 규방에서 지내는 지혜롭고 말 수 적은 여인들 중에는 구름과 노을에 대해 말한 이도 있겠지요. 하지만 부부가 함께 바라보며 감상한다면 구름과 노을 말고도 할 수 있는 이야기가 더 많겠지요."

시간이 얼마 지나지 않아 초도 다 탔고 달도 사라져 과일을 정리

해놓고 방에 들어와 누웠다.


7월 보름을 귀절鬼節이라고 한다. 진운은 술과 안주를 준비해서 달맞이하며 술을 마시려고 하였다. 밤이 되었지만 구름만 잔뜩 끼고 하늘은 흐릿해졌다.

진운은 낙담하며 말하였다.

"제가 당신과 백년해로할 수 있다면 달은 반드시 나올 거예요."

나 역시 흥이 떨어졌다. 건너편 언덕을 보니 수많은 반딧불들이 밝아졌다 꺼졌다 하며 버드나무 심은 제방과 여뀌가 난 섬 위로 어지럽게 날아다녔다. 나와 진운은 서로 시 한 구절씩 이어가며 서운한 마음을 달래어보았다. 그러나 겨우 두 운韻을 맞추어 지은 이후부터는 갈수록 운도 맞지 않고 시구도 이상해져서 아무렇게나 말을 지어내고 있었다. 진운은 눈물이 나도록 웃다가 내 품에 안겨 아무 말도 하지 않았다. 살짝 언저리에서 짙은 말리화茉莉花 향기가 났다.

진운의 등을 토닥이며 말을 돌렸다.

"옛사람들은 말리화의 모양과 색깔이 진주 같아서 화장하는 데 쓴다고 했지만, 향기 때문에 이 꽃을 기름으로 만들어 머리와 얼굴에 바르는지는 몰랐나봐요. 향기가 사랑스러워 불수감佛手柑도 놀라 멀리 도망갈 정도예요."

진운이 웃으며 말하였다.

"불수감은 향기 중의 군자라서 향기가 나는 듯 마는 듯하지만, 말리화는 향기 중에서도 소인이라서 사람의 힘을 빌려야만 하잖아요. 향기도 어깨를 움츠리고 아첨하며 웃는 것 같아요."

"그러면 당신은 왜 군자를 멀리 하고 소인을 가까이 해요?"

"그저 군자를 비웃고 소인을 사랑할 뿐이에요."

대화를 하다보니 삼경이 되었다. 바람이 점점 불고 구름이 걷히더니 휘영청 밝은 달이 나왔다. 우리는 매우 기뻐하며 창가에 기대어 술잔을 기울였다. 술 석 잔도 채 못 마셨는데, 갑자기 다리 아래에서 시끄러운 소리가 들려왔다. 마치 사람이 물에 떨어지는 소리 같았다. 창가로 다가가 자세히 보니 달빛 비치는 강물은 거울 같았고 그 어떤 것도 보이지 않았다. 모래톱에서 오리가 급하게 날갯짓하는 소리만 들렸다. 창랑정 옆에는 예전부터 물귀신이 나온다는 이야기를 알고 있었지만 진운이 놀랄까봐 말을 하지 않았다.

"어머! 이 소리는 어디서 나는 소리지요?"

갑자기 오싹해졌다. 급히 창문을 닫고 술을 들고 방으로 돌아왔다. 콩알만 한 등불이 낮게 드리워진 휘장을 비추었다. 술잔에 비친 활 그림자를 뱀으로 착각하듯 우리는 놀라서 혼비백산하였다. 등불을 끄고 휘장 안으로 들어가니 진운은 이미 심하게 앓고 있었다. 나 또한 열이 나서 우리는 이십 일을 꼬박 심하게 앓았다. 정말로 즐거움이 극에 달하면 슬픔이 찾아오는 것일까. 이 역시 백년해로하지 못하는 징조가 되었다.

중추절이 되어서야 병이 겨우 나았다. 진운은 시집온 지 반년이 되도록 아직 근처에 있는 창랑정에 가보지 못했다. 늙은 하인을 시켜 문지기에게 유람객을 들이지 말게 하고 저녁 무렵 진운과 어린 누이를 데리고 갔다. 할멈과 시녀는 옆에서 시중을 들었고 늙은 하인은 앞장섰다. 돌다리를 지나 문을 들어서서 오른쪽으로 돌아가니 구불구불한 길이 나왔다. 첩첩이 쌓인 돌들은 산을 이루었고 무성하게 우거진 나무들은 푸르렀다. 정자는 언덕 꼭대기에 있었다. 계단을 따라 올라가 정자에 서서 보니 사방으로 저쪽 몇 리까지 풍경이 눈에 들어왔다. 여기저기서 밥 짓는 연기가 피어올랐고 저녁노을은 눈부시게 아름다웠다. 건너편 언덕은 근산림近山林이라고 하는데 대헌大憲이 연회를 베푸는 곳이다. 정의서원正誼書院은 아직 문을 열지 않았다. 가지고 온 담요를 정자 바닥에 깔고 빙 둘러 앉았다. 정자를 지키는 문지기가 차를 가지고 왔다. 얼마 지나지 않아 밝은 달이 수풀 위로 떠올랐다. 점점 바람이 소매 사이로 불어오고 달이 강 한가운데로 오르니 세속의 모든 번뇌가 한순간 사라지는 듯하였다.

진운이 말하였다.

"오늘 나들이는 정말 재미있어요. 배라도 빌려 정자 아래에서 놀았다면 더 좋았을 텐데요."

등불을 밝힐 시간이 되자 지난 7월 16일 저녁에 놀랐던 일이 떠올라 모두 데리고 정자를 내려왔다. 오吳 지역 풍속에 이날 여인들은 대갓집이건 여염집이건 가리지 않고 여럿이 짝을 지어 놀러 나가는데 이를 주월량走月亮[달빛걷기]이라고 한다. 창랑정은 그윽하고 밝았지만 아무도 오지 않았다.


아버님께서는 수양아들 삼는 것을 좋아하셔서 나에게는 성이 다른 형제가 스물여섯 명이나 있다. 어머님도 수양딸을 아홉 명이나 두셨다. 수양딸 중 왕이고王二姑와 유육고兪六姑가 진운과 제일 친했다. 왕이고는 어리숙하면서 술을 잘 마셨고, 유육고는 쾌활하고 말을 잘 하였다. 세 사람은 매번 모일 때마다 나를 집 밖으로 내쫓아 버리고 자기들끼리 침상을 다 차지하였다. 유육고가 낸 꾀였다.

나는 웃으며 말하였다.

"누이가 나중에 시집가면 그 집에 가서 매부하고 한 열흘은 지내다 와야지."

"그러면 나는 여기 와서 언니랑 함께 지내면 되지요. 더 잘 됐네요."

진운과 왕이고는 빙그레 웃기만 하였다.

이때 아우 계당啓堂이 장가를 들어 우리는 음마교飮馬橋 근처에 있는 창미항倉米巷으로 이사하였다. 집은 넓었지만 창랑정 같은 그윽한 운치는 없었다. 어머님 생신이 되어 연극 공연을 올리게 되었다. 진운은 처음에 매우 신기해하며 보았다. 아버님께서도 원래 연극 공연을 싫어하지 않으셔서 「참별慘別」 같은 작품을 요청하셨다. 늙은 배우의 연기가 너무도 실감나 보는 이들로 하여금 감동을 자아냈다. 주렴 사이로 진운을 보니 갑자기 일어나 나가서는 한참동안 오지 않았다. 집 안으로 들어가 찾으려는데, 유육고와 왕이고도 뒤따라 왔다. 진운은 화장대가 있는 창가 옆에 홀로 앉아 턱을 괘고 있었다.

"기분이 안 좋아요?"

"연극을 보는 것은 원래 마음을 즐겁게 하려고 보는 거잖아요. 그런데 오늘 연극은 슬퍼서 마음을 아프게 하네요."

유육고와 왕이고가 모두 웃었다.

내가 말했다.

"감정이 깊은 사람이라 그래요."

유육고가 물었다.

"그러면 언니는 하루 종일 여기 혼자 앉아 있을 거예요?"

"볼 만한 게 있으면 다시 갈게요."

왕이고가 이 말을 듣고는 먼저 나갔다. 어머님께 가서 「자량刺梁」
과 「후색後素」 같은 작품을 공연하게 해달라고 요청하였다. 그리고
는 진운에게 함께 보자고 권하자 진운이 비로소 밝아졌다.

당숙이신 소존공素存公께서 일찍 돌아가시는 바람에 자식이 없어
아버님은 나에게 그 뒤를 이어받게 하셨다. 산소는 서과당西跨塘 복
수산福壽山에 있는 선영先塋 근처에 있다. 매년 봄마다 진운을 데리
고 성묘하러 갔다. 한 번은 왕이고가 거기에 과원戈園이라는 명승
지가 있다는 말을 알려줘서 함께 갔다. 진운은 땅에 흩어져 있는
작은 돌에 푸른 이끼 같은 무늬가 있는 것을 보고 예뻤는지 나에
게 보여주며 말하였다.

"이 돌들을 분경盆景에 두면 선주宣州의 흰 돌보다 훨씬 고아하고
운치가 있겠어요."

"이렇게 생긴 돌이 많이 있을지 모르겠네요."

왕이고가 말하였다.

"언니가 정말로 이 돌이 좋으시면 저도 주워볼게요."

우리는 바로 무덤지기에게 마대 한 자루를 빌렸다. 학처럼 허리를
구부리고 걸어 다니며 돌을 주웠다. 돌을 주워서 내가 "좋아요"하면

마대에 넣었고, "별로예요"하면 바로 버렸다. 얼마 되지 않아 왕이고는 얼굴에 땀이 송골송골 맺힌 채 자루를 끌고 와서 말하였다.

"더 주우려니 힘이 달려서 못하겠어요."

진운은 한편으로는 계속 주우면서 말하였다.

"산속의 과일을 따려면 반드시 원숭이의 손을 빌려야 한다더니 정말로 그러네요."

왕이고는 화가 나서 열 손가락을 오그려 진운의 몸을 마구 간지럽혔다. 내가 중간에서 가로막으며 진운에게 한 마디 하였다.

"누이가 애써주었는데 당신은 한가로이 있다가 그런 말을 하니 화낼 만하지요."

돌아오는 길에 과원에 들렀다. 막 돋아난 잎들과 붉은 꽃들이 서로 경쟁하듯 아름다움을 뽐내고 있었다. 왕이고는 원래 무심한 사람인지라 꽃만 보면 똑똑 따버린다.

진운이 탓하며 말하였다.

"화병에 꽂을 것도 아니고 머리에 꽂을 것도 아닌데 왜 그렇게 다 따세요?"

"이 꽃들은 아픈 것도 가려운 것도 모르는데 뭐 어때요?"

"누이는 나중에 벌로 곰보에다 털이 많은 신랑에게 시집보내야지. 꽃들의 원한 풀어주게."

왕이고가 화가 나서 나를 흘겨보며 꽃들을 땅바닥에 던져버렸다. 전족한 발로 꽃들을 연못에 밀어 넣고는 말했다.

"왜 이렇게 나를 놀려요?"

진운이 웃으며 왕이고를 달래줘서 겨우 화를 풀었다.

진운이 막 시집와서는 말수가 적어 내가 의견을 제시하면 듣기만 하였다. 나는 진운이 말을 하게 하려고 가는 풀로 귀뚜라미를 살살 건드려 울게 하듯 하였더니 점점 말할 수 있게 되었다.

진운은 매일 밥을 먹을 때마다 차에다 말아 먹었는데 개로유부芥滷乳腐를 반찬으로 먹는 것을 좋아하였다. 개로유부는 냄새가 고약해서 오吳 지역에서는 취유부臭乳腐라고 불렀다. 진운은 또 하로과蝦滷瓜도 잘 먹었다. 하지만 나는 그때까지 이 두 음식을 제일 싫어하여 놀리면서 말하였다.

"개는 위장이 없어 똥을 먹는데 그것은 냄새가 나는 줄 모르기 때문이고, 말똥구리가 똥을 둥글게 굴려 매미로 변하는 것은 높은 곳으로 올라가기 위해서래요. 당신은 개예요? 매미예요?"

"취유부는 저렴하고 죽이나 밥과 함께 먹을 수 있어서 어릴 때부터 먹는 게 습관이 되었어요. 이제 당신한테 시집왔으니 말똥구리가 매미로 변한 셈이지요. 여전히 옛날 좋아하던 음식을 즐겨 먹는 것은 본분을 잊지 않으려는 거고요. 하로과는 시집와서 처음으로 먹어본 걸요."

"그러면 우리 집이 개구멍이라는 말이군요."

진운은 난처해하며 애써 변명하였다.

"똥은 사람 사는 집 어디에나 있어요. 다만 이걸 먹느냐 안 먹느냐의 차이가 있을 뿐이지요. 당신이 마늘 드시는 것을 좋아하니 나도 어쩔 수 없이 먹잖아요. 하지만 나는 취유부를 억지로 드시라고 한 적 없어요. 하로과를 코를 막고 한번 드셔보세요. 일단 목으로 넘기고 나면 맛있다는 걸 알게 될 거예요. 무염無鹽의 추녀 종리춘 鍾離春[제(齊)나라 선왕(宣王)에게 간언을 올리고 왕후가 된 여인]처럼 생긴 건 못생겨도 덕은 뛰어나다니까요."

나는 웃으며 말하였다.

"나를 모함해서 개로 만들 작정이에요?"

"제가 개가 된 지 오래되었으니 억울해도 한번 드셔보세요."

젓가락으로 집어서 억지로 내 입에 넣어주었다. 코를 막고 씹어 보니 부드럽고 맛있는 느낌이 들었다. 다시 코를 막지 않고 먹으니 특별한 맛이 느껴졌다. 이후로는 이 음식을 좋아하게 되었다. 진운이 참기름에 흰 설탕을 조금 넣고 취유부와 버무려 내왔는데 별미였다. 하로과를 잘 찧어 취유부에 버무린 것은 쌍선장雙鮮醬이라고 불렀다. 역시 매우 맛있었다.

"처음에는 싫어했는데 결국 좋아하게 되었군. 어쩌다 이렇게 되었는지 알 수 없네요."

"한 번 좋아하기 시작하면 못생겨도 예뻐 보인다고 하잖아요."


아우 계당의 부인은 왕허주王虛舟 선생의 손녀이다. 혼례식 날 서둘러 신부 화장을 하는데 머리장식을 하는 데 쓸 주화珠花가 모자랐다. 진운이 납채納采 때 받았던 주화를 꺼내어 어머님께 드리자 옆에서 시녀들이 아까워하였다.

진운이 말하였다.

"여인은 순음純陰에 속해 있고 진주 역시 순음의 기운을 받은 물건이에요. 머리장식으로 쓰면 몸의 양기를 완전히 누르는 것인데 아까워할 필요 있나요."

진운은 그런 장식품보다 닳아 떨어진 책이나 훼손된 그림을 보면 너무도 아까워하였다. 떨어져 나가고 온전하지 않은 책을 보면 다 모아서 분류하여 다시 책으로 엮어서는 '단간잔편斷簡殘編'이라고 불렀다. 찢겨져 글자나 그림이 훼손된 회화는 오래된 종이를 찾아 붙여 온전하게 한 폭이 되게 하고, 나에게 비어 있는 부분을 그려달라고 하였다. 이를 둘둘 말아 두고서는 '기여집상棄餘集賞'이라고 하였다. 바느질이나 부엌일을 하는 틈틈이 하루 종일 자질구레한 일들을 찾아 하면서 좀처럼 실증내지 않았다. 진운은 낡은 대바구니에서 너덜해진 두루마리들을 뒤지다가 우연히 볼 만한 종이 하나라도 발견하면 기이한 보물을 발견한 것처럼 좋아하였다. 이웃집 풍씨馮氏 할멈이 매번 찢어진 책 두루마리를 주워 와서 우리에게 팔았다.

진운과 나는 취향이 같아서 서로 눈빛만 봐도 무슨 생각을 하는지 알 수 있었다. 행동할 때마다 신호를 보내면 진운은 바로 알아듣고 맞추어주었다.

내가 일찍이 이렇게 말한 적이 있다.

"당신이 여자라 집에만 들어앉아 있는 것이 안타까워요. 남자로 변해 함께 명산이나 고적을 보러 다니며 천하를 유람할 수 있다면 얼마나 좋을까요."

"뭐가 어려워요. 제가 나중에 백발노인이 되면 멀리 오악五岳까지 가지는 못하더라도 가까이에 있는 호구虎丘나 영암靈巖, 남쪽에 있는 서호西湖나 북쪽에 있는 평산平山 정도는 다 갈 수 있지 않을까요?"

"당신이 백발노인이 되면 잘 걷지도 못할 걸."

"이번 생에서 안 되면 다음 생을 기다리면 되지요."

"당신이 남자로 태어나면 나는 여자로 태어나 함께 살 거예요."

"이번 생을 잊지 않아야 재미있을 텐데요."

"우리가 혼인하는 날 죽 이야기도 다 못 했잖아요. 만약 다음 생에서 이번 생을 잊지 않는다면, 신혼 첫날부터 전생 이야기를 다 하느라고 눈 붙일 시간도 없을 거예요."

"월하노인月下老人이 남녀의 인연을 이어준다고 하잖아요. 이번 생은 이미 부부가 되었으니 다음 생의 인연은 월하노인의 힘을 빌려야겠어요. 그림 하나를 그려서 빌어볼까요?"

당시 초계苕溪에 척류제戚柳堤라는 자가 있었는데 이름이 준遵이었다. 인물화를 잘 그려서 월하노인 그림 하나를 그려달라고 청하였다. 그림 속 월하노인은 한 손은 붉은 실을 쥐고 있었고, 다른 한 손은 지팡이를 짚고 있었다. 지팡이에는 세상의 인연들을 적어놓은 장부가 걸려 있었고, 동안인 백발노인은 연기도 아니고 안개도 아닌 곳을 뛰어가고 있었다. 척류제는 그림이 마음에 든다고 하였다. 친구인 석탁당石琢堂이 그림 위에다 찬어贊語를 써주었다. 우리는 그림을 안방에 걸어두고 매월 초하루와 보름마다 향을 피우며 기도하였다. 그 이후에 집안에 여러 일들이 일어나면서 이 그림은 사라졌다. 지금은 누구의 손에 가 있는지 모르겠다. "다음 생은 알 수 없으니 이번 생으로 끝[他生未卜此生休]"이라는 말이 있지 않은가. 우리 부부의 어리석은 마음은 정말로 신묘한 운명을 불러올 수 있을까?

창미항으로 이사하고 난 후 우리 침실의 이름을 빈향각賓香閣이라고 지었다. 진운의 이름에서 따온 것으로 부부가 손님을 대하듯 공경하며 지내자는 뜻을 담고 있다. 정원은 좁고 벽은 높으며 운치라고는 없는 곳이었다. 집 뒤쪽에 있는 곁채는 책을 두는 곳과 통하였다. 창문을 열면 육씨陸氏의 폐원廢園을 마주보는 듯 황량한 모습뿐이었다. 진운은 창랑정의 풍경을 종종 그리워하였다.

　금모교金母橋 동쪽으로 난 둑길의 북쪽에 어떤 할멈이 살고 있었다. 집 주위는 온통 채소밭이었고, 울타리 나무를 엮어 문을 만들었다. 문밖에는 일 무畝[약 백팔십 평]쯤 되는 연못이 있었다. 꽃빛과 나무 그림자가 울타리 주변에 뒤섞여 있었다. 거기는 원元나라 말 장사성張士誠이 왕부王府로 삼았던 유적지였다. 집 서쪽으로 몇 걸음 나가면 깨어진 기와 조각과 부서진 벽돌이 산을 이루고 있었다. 꼭대기로 올라가면 멀리까지 볼 수 있었다. 땅은 넓은데 인적은 드물어 전원의 분위기가 났다. 할멈에게서 우연히 말을 전해 듣고 진운은 좋아서 어쩔 줄 모르며 말하였다.

　"창랑정을 떠나온 이후로 계속 꿈에서도 그곳을 서성이곤 해요. 지금은 어쩔 수 없어 차선을 찾고 있었는데 그 할멈의 집은 어떨까요?"

　"요즘 안 그래도 늦더위 때문에 괴로워 시원한 곳을 찾아 낮 시간을 보내면 어떨까 생각하던 중이었어요. 당신이 가고 싶으면 내가 먼저 가서 지낼 만한 곳인지 살펴볼게요. 괜찮으면 이불과 옷가지를 챙겨 가서 한 달 정도 지내요."

　"어머님이 허락하지 않으시면 어쩌죠?"

"내가 가서 부탁해볼게요."

다음 날 가서 보니 방 두 칸짜리 집이었으나 앞뒤를 막으면 방 네 칸으로도 쓸 수 있었다. 창호지를 바른 창틀에 대나무 평상이 있어 제법 그윽한 정취가 있었다. 할멈은 내 생각을 알아채고 흔쾌히 침실을 빌려주었다. 사방의 벽에다 흰 종이로 도배하니 금세 새로운 분위기가 났다. 집으로 돌아와 어머님께 말씀을 드리고 진운과 함께 거기에서 지냈다. 이웃에는 노부부 두 사람뿐이었다. 이들은 밭을 일구어 생계를 이어가고 있었다. 우리 부부가 피서하러 온 것을 알고는 먼저 찾아와서 친절을 베풀었다. 연못에서 잡은 물고기나 밭에서 딴 채소를 보내주기도 하였다. 돈을 주려고 하였지만 받지 않았다. 진운이 신발을 만들어 답례하였더니 비로소 감사해하며 받았다.

7월이 되자 녹음이 우거지고 강 위로 바람이 불어오는데 매미들은 시끄럽게 울어댔다. 이웃집 노인이 낚싯대를 만들어주어서 버드나무 그늘이 깊은 곳에서 진운과 낚시를 하였다. 해가 지면 토산 위로 올라 저녁노을과 석양을 바라보았다. 생각이 떠오르는 대로 시구를 짓기도 하였다.

> 짐승 모양 구름은 떨어지는 해를 삼키고,
> 활처럼 생긴 달은 유성을 튕겨내네.
> 獸雲吞落日 弓月彈流星

잠시 후 달이 연못 위에 비치고 벌레 소리가 사방에서 들려왔다.

우리는 대나무 평상을 울타리 아래에 내어놓았다. 따뜻한 술과 밥이 다 차려졌다고 할멈이 알려오면 달빛 아래에서 대작하였다. 술기운이 어느 정도 오르면 밥을 먹었다. 목욕을 마치고 시원한 신발에 파초 부채를 부치며 앉았다 누웠다 하면서 이웃집 노인이 들려주는 인과응보 이야기를 들었다. 삼경이 되어 들어와 누우면 온몸이 시원하였다. 내가 성 안에서 사는 사람인 것조차 거의 잊을 지경이었다.

이웃집 노인에게 국화꽃 씨앗을 구해달라고 부탁하여 울타리 옆을 빙 둘러가며 심었다. 9월에 꽃이 피자 진운과 함께 또 그 집에서 열흘을 머물렀다. 어머님께서도 흔쾌히 국화꽃을 보러 와주셨다. 국화꽃 앞에서 함께 게를 먹고 꽃을 감상하며 하루 종일 즐겁게 보냈다. 진운이 기뻐하며 말하였다.

"다음에 여기에 집을 짓고 살아요. 집 주변에 채소밭 십 무 정도 사서 하인이나 할멈에게 채소를 키우게 하면 그걸로 소작료를 줄수 있어요. 당신은 그림을 그리고 나는 바느질하면 술상 장만할돈은 나올 거예요. 그러면 베옷에 나물 반찬만 먹어도 죽을 때까지 즐겁게 살 수 있잖아요. 당신은 돈 벌기 위해 멀리 떠나지 않아도되고요."

나도 그 말에 깊이 공감하였다. 하지만 지금은 땅은 가졌으나 지기가 떠나버렸으니 탄식할 일 아닌가!

우리 집에서 반 리쯤 떨어진 초고항醋庫巷에는 동정군사洞庭君祠가 있었다. 사람들은 수선묘水仙廟라고 하였다. 회랑이 구불구불 나 있었고, 정원에는 정자 몇 개가 있었다. 매년 동정군의 탄신일이 되면 여러 문중에서 각자 한 자리씩 차지하여 유리등을 빽빽이 달았다. 가운데에는 보좌寶座를 마련하고 옆에다 화병을 늘어놓고 꽃도 꽃아두어 누가 더 잘 꾸몄는지 비교하기도 하였다. 낮에는 연극 공연만 하다가 밤이 되면 각양각색의 크고 작은 촛불을 화병에 꽃아두었는데 이를 화조花照라고 하였다. 꽃빛과 등불 그림자 드리워지고 보좌에 향 피어오르니 마치 용궁의 밤 연회 같았다. 행사를 관리하는 사람들은 생황과 퉁소를 불거나 노래를 부르기도 하였고 차를 달여 마시며 이야기를 나누기도 하였다. 구경하는 사람들이 개미떼처럼 몰려들어 처마 밑에 난간을 세우고 경계선을 만들었다.

나는 친구들에게 이끌려 가서 꽃을 꽃고 장식하는 일을 해주었다. 덕분에 성대한 광경을 직접 구경할 수 있었다. 집으로 돌아와서 진운에게 볼거리 가득했던 장면들을 설명해주었다.

"아쉽게도 저는 남자가 아니라서 갈 수 없네요."

"내 모자 쓰고 옷 입고 남자로 변장해서 가면 되지요."

진운은 머리를 풀어 변발처럼 땋고 눈썹을 고쳐 그린 다음 내 모자를 써보았다. 양쪽 살쩍이 살짝 드러났지만 그 정도는 충분히 가릴 수 있었다. 내 옷을 입으니 길이가 일 치 반[오 센티미터] 정도가 남아 허리춤을 접어 꿰매고 그 위에 마고자를 입었다.

"발은 어떻게 하지요?"

"길에 호접리蝴蝶履를 파는 곳이 있어요. 발 크기와 상관없이 신을 수 있고 쉽게 살 수 있어요. 사 두면 아침저녁으로 신발 대신 신을 수 있으니 좋지 않겠어요?"

진운이 매우 기뻐하였다.

저녁을 먹고 변장을 마친 뒤 진운은 남자처럼 공수拱手하고 활보하는 연습을 한참 하다가 갑자기 마음을 바꾸어 말하였다.

"안 갈래요. 사람들이 알아볼까봐 불편하기도 하지만 부모님께서 아시면 더 곤란하잖아요."

나는 괜찮다고 달래며 말하였다.

"사당 안에서 행사 관리하는 사람들 아무도 당신 못 알아봐요. 알아보더라도 한 번 웃고 말걸요. 어머님은 지금 아홉째 누이 집에 가 계세요. 몰래 갔다가 몰래 오면 어떻게 아시겠어요."

진운은 거울을 꺼내어 자신을 비추어 보더니 미친 듯이 계속 웃었다. 나는 억지로 데리고 나와 조용히 사당으로 갔다. 여기저기를 돌아다녔으나 진운이 여자인지 알아보는 이는 아무도 없었다. 간혹 누구냐고 물어보면 사촌동생이라고 대답해주고 공수만 하면 되었다.

마지막에 어느 곳으로 갔는데 젊은 부인과 어린 계집애가 보좌 뒤에 앉아 있었다. 사사司事인 양씨楊氏의 식구들이었다. 진운이 갑자기 그들에게 다가가 인사를 나누려다가 몸이 기우뚱하는 바람에 자기도 모르게 젊은 부인의 어깨를 만졌다. 옆에 있던 시종이 화를 내며 벌떡 일어나 말하였다.

"이 미친놈이 어디서 무례하게 굴어?"

내가 말로 잘 둘러대려고 하였는데 상황이 좋지 않은 것을 보고 진운이 바로 모자를 벗고 발을 내보이며 말하였다.

"저도 여자예요."

서로 놀랐지만 이내 노여움은 즐거움으로 변하였다. 차를 내어
와 권하였고 차를 마신 뒤에는 가마까지 불러 배웅해주었다.


오강吳江의 전사죽錢師竹이라는 분이 병으로 돌아가시자 아버님께
서는 편지를 보내 나에게 조문하러 가라고 하셨다.

진운이 살며시 나에게 말했다.

"오강으로 가려면 반드시 태호太湖를 지나가야 하지요? 저도 따
라가서 넓은 세상 구경 한 번 해보고 싶어요."

"나도 혼자 가기 적적하다고 생각했는데 당신과 함께 가면 정말
좋지요. 하지만 핑계를 델 게 없잖아요."

"친정에 간다고 핑계대면 되지요. 당신이 먼저 배에 오르면 내가
뒤따라갈게요."

"돌아올 때는 배를 만년교萬年橋에 대고 달구경하며 시원한 바람
을 쐽시다. 그러면 창랑정에서 운치 있었던 일들을 계속 이어갈 수
있잖아요."

이때가 6월 18일이었다. 떠나는 날 아침 날씨는 서늘하였다. 하
인 하나를 데리고 서강胥江 나루터에 가서 배에 올라 기다리니 진
운도 가마를 타고 왔다. 닻줄을 풀고 호소교虎嘯橋를 떠나니 점점
돛단배와 모래섬 새들이 눈에 들어왔고 물과 하늘은 서로 맞닿아
있었다.

진운이 말하였다.

"여기가 태호라는 곳인가요? 지금 천지가 넓은 것을 보았으니
이번 생은 헛되지 않았네요. 아마도 규방의 여인들은 죽을 때까지

이 광경을 보지 못할 거예요."

이야기를 하다보니 얼마 되지 않아 바람이 강가의 버드나무 가지를 흔들고 있었고, 배는 벌써 오강의 성 아래에 도착하였다.

육지로 올라가 조문을 마치고 돌아오니 배는 텅 비어 있었다. 급히 뱃사공을 찾아 물어보니 저쪽을 가리키며 말하였다.

"저기 장교長橋 버드나무 아래에서 물수리가 물고기 사냥하는 거 보고 계시잖아요."

진운은 이미 뱃사공 딸과 함께 육지로 올라와 있었다. 뒤로 다가가니 진운은 땀까지 뻘뻘 흘리며 뱃사공 딸에 기대어 정신없이 구경하고 있었다. 내가 어깨를 두드렸다.

"비단 저고리가 다 젖었어요."

진운은 고개를 돌려 보았다.

"전씨 댁 사람들이 배까지 배웅해 올까봐 일부러 잠시 피해 있었던 거예요. 근데 어째서 이렇게 빨리 돌아오셨어요?"

나는 웃으며 말했다.

"도망자를 잡으려고!"

서로 잡아주며 배에 올랐다. 돌아오는 길에 배가 만년교 아래에 이르렀을 때 해는 아직 지지 않았다. 배의 창문을 다 떼어내니 맑은 바람이 서서히 불어왔다. 비단 적삼에 비단 부채 부치고 수박을 잘라 먹으며 더위를 식혔다. 조금 있으니 노을이 져 다리도 붉게 변하였다. 어두워진 버드나무 그늘 사이로 안개가 자욱하였고, 은빛 달이 뜨려고 하자 고기잡이배들의 불빛이 강에 가득하였다.

하인에게 고물[배의 뒷부분]로 가서 사공과 함께 술을 마시라고 하였다. 뱃사공의 딸 이름은 소운素雲이었다. 예전에 함께 술을 마신적이 있었는데, 사람이 속되지 않아서 불러다 소운과 함께 술을 마셨다. 이물[배의 앞부분]에 등불도 켜지 않고 달을 마주하고 수수께끼놀이[射覆]를 하며 신나게 술을 마셨다. 소운은 두 눈을 반짝거리며한참을 듣다가 말하였다.

"주령은 제법 아는데 이런 놀이는 들어본 적이 없어요. 가르쳐주세요."

진운이 예를 들어가며 설명해주었지만 소운은 끝내 이해하지 못하고 멍하니 있었다. 나는 웃으며 말하였다.

"여선생님! 그만두세요. 내가 비유를 들어 설명해주면 금방 이해가 될 거예요."

"어떤 비유를 드실 건데요?"

"학은 춤을 잘 추지만 밭을 갈 수 없고, 소는 밭을 잘 갈지만 춤을 출 수 없어요. 이것이 타고난 천성이에요. 선생께서 그 천성을거스르며 가르치려 했으니 힘들지 않겠어요?"

소운이 웃으며 내 어깨를 때렸다.

"저를 욕하시는 거예요?"

진운은 약속을 정하며 말하였다.

"이제부터 입은 움직여도 손은 움직이면 안 돼요. 어기는 사람은큰 잔으로 벌주 마시기!"

소운은 주량이 세서 큰 잔 가득 술을 따르고 한숨에 다 마셨다.

내가 말하였다.

"손을 움직이는데 만지는 건 괜찮고 때리는 건 안 되는 걸로 해요."

진운이 웃으며 소운을 끌어당겨 내 가슴 앞으로 밀었다.

"그러면 맘껏 한번 만져보세요."

나는 웃으며 말했다.

"당신은 사람을 참 몰라요. 알 듯 말 듯 그렇게 만져야지 끌어안고 마구 쓰다듬는 것은 촌뜨기나 하는 행동이에요."

이때 두 여인의 양쪽 살쩍에 꽂은 말리화 향기가 술기운을 타고 퍼져왔다. 분내와 땀내, 머릿기름 향내가 함께 섞여 코끝을 찔러와 놀리며 말하였다.

"소인배들의 구린내가 이물에 가득하니 아주 죽겠군!"

소운이 이 말을 듣고 참지 못해 주먹으로 계속 때리면서 말하였다.

"누가 나리더러 구린내를 맡으라고 했어요?"

진운이 소리치며 말하였다.

"약속을 어겼어요. 벌주 두 잔 마셔요!"

"나리께서 저더러 소인배라고 놀리셨잖아요. 어떻게 안 때려요?"

"저이가 소인배라고 한 말에는 사연이 있어요. 벌주 다 마시면 설명해줄게요."

소운은 연달아 벌주 두 잔을 다 마셨다. 진운은 예전 창랑정에서 달구경하며 있었던 일을 말해주었다.

"그런 거라면 제가 오해한 거네요. 벌주를 더 마셔야겠어요."

그리고는 벌주를 한 잔 더 마셨다.

"소운이 노래를 잘 부른다는 말은 예전부터 들었어요. 좋은 노래 한 곡조 들려줄 수 있어요?"

소운은 바로 상아 젓가락을 들고 작은 접시를 두드리며 장단에 맞추어 노래를 불렀다. 진운은 기뻐하며 술을 잔뜩 마셨다. 어느새 취해버려 먼저 가마에 태워 보냈다. 나는 소운과 차를 마시며 잠시 담소를 나누다가 달빛을 보며 집으로 돌아왔다.

당시 우리는 친구인 노반방魯半舫의 집 소상루蕭爽樓에서 머물고 있었다. 며칠 지나서 친구 부인이 소문을 잘못 듣고 와서 진운에게 슬며시 물었다.

"며칠 전 바깥양반께서 만년교 아래 배에서 기녀 두 명을 데리고 술 마셨대요. 알고 계세요?"

"그런 일이 있었지요. 그중에 한 명이 저잖아요."

함께 놀러가게 된 사정을 처음부터 끝까지 다 말해주었더니 부인은 크게 웃으며 마음을 놓고 돌아갔다.


건륭 갑인년(1794) 7월 나는 광동廣東에서 돌아왔다. 일행 중에 첩을 데리고 온 자가 있었는데 사촌누이의 남편 서수봉徐秀峰이었다. 수봉은 새로 맞아들인 첩이 예쁘다고 자랑하면서 진운에게 와서 보라고 하였다. 진운은 다음 날 찾아가 수봉에게 말하였다.

"예쁘기는 하지만 품위가 없네요."

"그러면 형님께서 첩을 들이시면 예쁘면서도 품위 있는 사람을 들이시겠네요?"

"당연하지요."

이때부터 진운은 첩을 물색하는 데 온통 마음을 쏟았으나 돈이 모자랐다.

당시 온냉향溫冷香이라는 절강浙江 출신의 기녀가 오 지역에 살았다. 버들 솜으로 율시 4수를 지었는데, 오 지역에서 시에 대한 소문이 자자하였다. 많은 호사가들이 이에 화답하는 시를 썼다. 친구인 오강의 장한감張閑憨이 평소 온냉향의 시를 칭찬하고 있었던 터라 버들 솜 율시를 가지고 와서 화답하는 시를 써보라고 청하였다. 진운은 온냉향을 하찮게 여겨서 시가 쓰인 종이를 한 곳에다 내버려두었다. 나는 재주를 뽐내고 싶은 마음을 참지 못하고 운에 맞추어 시를 지었다. 그중에서,

봄날 내 근심 건드리니 유독 아름답고,
떠나는 그 마음에 얽혀 더욱 휘감기네.
觸我春愁偏婉轉 撩他離緖更纏綿

라는 구절을 읽고 진운은 매우 좋다고 감탄하였다.

그 다음해 을묘년(1795) 8월 5일이 되었다. 어머님이 진운을 데리고 호구로 놀러가려고 하는데 장한감이 갑자기 찾아왔다.

"나도 호구에 가려고 하네. 내 오늘 자네를 특별히 탐화사探花使[3]로 만들어주지."

어머님께는 먼저 떠나시라고 하고 호구의 반당半塘에서 만나기로 하였다. 장한감은 나를 끌고 온냉향의 집으로 데리고 갔다. 온냉향을 보니 벌써 중늙은이가 되어 있었다. 감원憨園이라는 딸이 있었는

---

3) 과거의 최고 시험인 전시(殿試)에서 3등으로 합격하여 진사가 된 사람. 미인을 찾아다니는 것을 비유하는 말이다.

데 아직 열여섯도 안 된 나이에 몸매가 날씬하고 너무 아름다웠다. 그야말로,

한 줄기 맑은 가을 강물 사람을 차갑게 비추네.
一泓秋水照人寒

라는 구절을 떠올릴 만큼 미색이었는데, 말을 나누다보니 제법 글에 대한 소양도 갖추고 있는 것 같았다. 문원文園이라는 여동생도 있었지만 아직 너무 어렸다. 나는 이때 처음부터 어리석은 생각을 품지 않았다. 차 한 잔 마시며 이야기 나누는 것도 나처럼 가난한 선비는 감당할 수 없는 일이라 생각했기 때문이다. 하지만 이미 그곳으로 들어와버렸으니 안절부절못하여 겨우 대답만 하며 앉아 있었다.

장한감에게 나직이 말하였다.

"나는 가난한 선비네. 이런 뛰어난 미인을 데려다 나를 놀리려는 셈인가?"

장한감이 웃으며 말하였다.

"그렇지 않네. 오늘 원래 어떤 친구가 감원을 불러 나에게 대접해주려고 했지. 그런데 술자리 주인은 다른 손님에게 끌려가버리고 내가 주인 대신해서 또 다른 손님을 청한 것일세. 다른 걱정은 하지 말게."

나는 비로소 마음이 놓였다.

반당에서 배 두 척이 서로 만났다. 감원에게 배를 건너가서 어머님께 인사 올리라고 하였다. 진운과 감원은 서로 보자마자 오래된 친구처럼 좋아하며 손을 잡고 산에 올라 명승지를 두루 구경하였다. 진운은 특히 높고 경관이 탁 트인 천경운千頃雲을 좋아하여 한참 동안 앉아 풍경을 감상하였다. 야방빈野芳濱으로 돌아와 배 두 척을 나란히 대고 실컷 술을 마셨다. 닻줄을 풀고 떠나려고 할 때 진운이 말하였다.

"당신은 친구와 함께 가세요. 감원은 내가 데리고 가도 될까요?"

나는 그러라고 하였다. 도정교都亭橋로 돌아와 각자 자기 배를 타고 헤어졌다. 집으로 돌아오니 삼경이었다.

진운이 말했다.

"오늘에야 아름다우면서 품위가 있는 미인을 찾았어요. 내일 감원이 나를 보러 오기로 방금 약속했어요. 당신을 위해서 애를 한번 써볼게요."

나는 놀라며 말하였다.

"그런 사람은 돈 많은 집이 아니면 데리고 올 수 없어요. 나처럼 가난한 서생이 어찌 그런 망측한 생각을 한단 말이에요? 더구나 당신과 나, 두 사람 금슬도 좋은데 굳이 첩을 들일 필요 있어요?"

진운이 웃으며 말했다.

"내가 감원이 좋아서 그래요. 잠시 기다려보세요."

다음 날 정말로 감원이 왔다. 진운은 다정하게 대해주었다. 술자리를 마련해놓고 시매猜枚를 해서 이긴 사람은 시를 읊고 진 사람은 벌주를 마셨다. 술자리가 끝나도록 중매에 대한 말은 한 마디도 하지 않았다. 감원이 돌아가고 난 후 진운이 말하였다.

"방금 또 몰래 약속을 했어요. 18일에 여기로 와서 나와 의자매 맺자고요. 당신은 제에 올릴 제수나 준비하고 기다리세요."

진운은 웃으며 팔에 찬 비취 팔찌를 가리키며 말하였다.

"감원이 이 팔찌를 찬 걸 보시면 일이 잘 성사된 줄 아세요. 방금 뜻을 내비쳤는데 아직 마음을 굳게 정한 건 아닌 것 같아요."

나는 그저 말을 듣고만 있었다.

18일에 큰비가 내렸다. 감원은 그 비를 무릅쓰고 찾아왔다. 두 사람이 방에 들어가 한참을 같이 있다가 손을 잡고 나왔다. 감원은 나를 보며 부끄러워하였다. 비취 팔찌는 이미 팔목에 채워져 있었다. 향을 사르고 의자매를 맺은 뒤 지난번처럼 다시 술자리를 이어가려 했는데 하필 감원이 석호石湖로 가야 할 일이 생겨 바로 떠났다. 진운은 기뻐하며 나에게 말하였다.

"아름다운 사람을 얻게 되었는데 중매쟁이에게 어떻게 사례할 건가요?"

상황을 자세히 물어보았다.

"지난번에 말을 조심한 것은 감원에게 혹시 마음에 둔 사람이 있을지 몰라서였거든요. 방금 떠보니 없는 것 같아서 '동생! 내 뜻 이해한 거지?'라고 물었지요. 감원은 '부인의 보살핌을 받아 정말로

---

4) 주령 중 하나로 손에 쥐고 있는 작은 물건의 개수나 색깔 혹은 홀짝을 알아맞히는 놀이.

쑥 더미가 옥수玉樹에 의지하게 되었어요. 하지만 저에 대한 수양어머니의 기대가 크셔서 마음대로 결정하기는 어려워요. 이 일은 천천히 시도해봐요'라고 하였어요. 내가 또 팔찌를 채워주며 '옥은 견고하고 또 영원한 화합을 의미해요. 동생도 이걸 끼고 다니며 좋은 징조로 삼아봐요'라고 말했어요. 감원은 '화합을 이루는 힘은 모두 부인에게 있는 걸요'라고 했어요. 이런 걸 보면 감원의 마음은 이미 얻은 것 같아요. 문제는 온냉향을 설득하는 건데 다시 시도해봐야지요."

내가 웃으면서 말했다.

"당신 이어李漁의 『연향반憐香伴』[5]을 흉내 내는 거예요?"

"맞아요."

이날부터 진운은 하루도 감원에 대해 말하지 않는 날이 없었다. 하지만 그 후 감원은 어느 권세가가 빼앗아 가버렸고 일은 성사되지 않았다. 진운은 끝내 이 일 때문에 세상을 떠났다.

---

5) 전기(傳奇) 작품으로 범개부(范介夫)의 아내 최전운(崔箋雲)이 남편을 위해 기녀 조어화(曹語花)를 첩으로 맞아들이고 서로 화목하게 지낸다는 이야기.

## 2. 한정기취 閑情記趣

## 한적한 생활의 정취를 음미하다

어린 시절 눈을 크게 뜨고 해를 마주 바라보던 일이며, 작은 사물들을 자세히 관찰하였던 일을 기억한다. 아주 작은 사물이라도 늘 그 무늬를 관찰하였는데, 이는 때로 의외의 즐거움을 주었다. 여름에 모기가 천둥처럼 앵앵거리며 날면 여러 마리 학이 하늘을 춤추며 날아다니는 것으로 혼자 생각하곤 하였다. 마음으로 그렇게 생각하니 백 마리이건 천 마리이건 모두 학으로 보였다. 고개를 들고 쳐다보다 목이 뻣뻣해지기도 하였다. 한번은 하얀 휘장 안에 모기를 가두어놓고 연기를 천천히 뿜어 넣으며 연기 속에서 이리저리 소리 내며 날아다니게 하였다. 푸른 하늘에 구름 사이로 백학이 날아다닌다고 생각하니 정말로 학이 구름 끝에서 울며 나는 것처럼 보였다. 혼자 기뻐하며 좋아하였다.

토담이 울퉁불퉁하거나 화단에 잡초가 무성한 곳에서는 항상 쪼그리고 앉아 눈을 화단과 나란히 해서 정신을 집중하고 자세하게 관찰하였다. 우거진 풀은 숲이라고 생각하고, 벌레나 개미는 그 속에 사는 짐승이라고 생각했다. 흙이나 부서진 돌이 솟아오른 곳은 언덕이고 움푹 파진 곳은 골짜기로 생각하며 그 속에서 상상의 나래를 펴다보면 너무도 즐거웠다.

 하루는 풀 사이에서 벌레 두 마리가 싸우는 것을 보았다. 한참 빠져서 보고 있는데, 갑자기 커다란 괴물이 나타나 산을 무너뜨리고 나무를 뽑았다. 개구리였다. 개구리는 혀를 내밀어 순식간에 벌레 두 마리를 삼켜버렸다. 그때 어리기도 하였고 넋을 놓고 있다가 당한 일이라 너무 놀라서 나도 모르게 소리를 질렀다. 정신을 차리고 개구리를 잡아 몇 십 대를 때려주고는 다른 정원으로 내쫓았다. 나이가 들어서 이 일을 생각해보니 벌레 두 마리가 싸운 건 한 마리는 교미하려고 하였고 다른 한 마리는 하지 않으려고 했던 것 같다. 옛말에 "간음은 살인에 가깝다"라고 하지 않았던가. 벌레의 세계도 그렇지 않겠는가? 땅에 쪼그리고 앉아 벌레 구경하는 놀이에 빠지다보니 내 알이 지렁이에게 쏘여 통통 부어서 소변을 보지 못하는 일이 있었다. 오 지방에서는 남자 생식기를 알이라고 하였다. 그래서 오리를 잡아 입을 벌려 알을 빨게 하였는데, 한 번은 시녀가 뜻하지 않게 손을 놓는 바람에 오리의 목이 흔들리면서 알을 물어 삼킬 뻔하였다. 나는 너무 깜짝 놀라 엉엉 울어버렸다. 이 일은 두고두고 이야깃거리가 되었다. 모두 내 유년 시절의 재미난 추억들이다.

어른이 되어서는 꽃 키우는 일에 빠져들었고, 나무를 심고 가지를 잘라 화분을 가꾸는 것도 좋아하였다. 장난파張蘭坡라는 사람을 알게 되면서 가지를 자르고 마디를 자라게 하는 법에 능숙하게 되었고, 꽃나무를 접붙이고 수석壽石을 꾸미는 방법도 잘 알게 되었다. 꽃 중에서는 난초가 제일이다. 그윽한 향과 우아한 정취가 있기 때문이다. 하지만 난보蘭譜에 들어갈 만큼 좋은 등급의 난초를 구하기는 어렵다. 장난파가 임종하기 전에 연꽃 같은 꽃잎에 흰 꽃술이 난 춘란春蘭 화분 하나를 보내주었다. 모두 꽃받침은 반반하고 화심花心이 넓었으며 줄기는 가늘고 꽃잎은 깨끗하여 난보에 들어갈 만한 난초였다. 나는 귀한 옥을 받은 것처럼 애지중지하였다.

내가 타지에서 막우 일을 할 때면 진운이 직접 물을 주며 키웠다. 꽃과 잎이 제법 잘 자랐는데 두 해를 넘기지 못하고 하루아침에 갑자기 시들어 죽었다. 뿌리를 캐어보니 뿌리는 여전히 옥처럼 하얗고 싹도 무성하게 올라오고 있었다. 처음에는 이유를 몰라 나에게는 귀한 난초를 키울 복이 없나보다 생각하고 탄식만 하였다. 나중에 알게 된 사실인데, 어떤 사람이 난초를 나누어 달라고 하는 것을 거절하였더니 그 사람이 일부러 뜨거운 물을 부어서 죽게 만들었다는 것이다. 그 후로 절대 난초를 키우지 않으리라 맹세하였다.

그 다음으로 좋아하는 꽃은 철쭉이다. 철쭉은 향기는 없지만 빛깔을 오래 볼 수 있고 모양내어 자르고 가꾸기도 쉽다. 하지만 진운이 가지와 잎들을 아까워해서 마음대로 자르지 못하였고, 덕분에 나무 모양을 제대로 만들기 어려웠다. 다른 화분들도 모두 마찬가지였다.

해마다 동쪽 울타리에 국화가 필 때면 가을 정취에 흠뻑 빠지는 습관이 있다. 국화를 꺾어 화병에 꽂아두는 것은 좋아하였지만 화분에 심는 것은 좋아하지 않았다. 화분에 심은 국화가 볼품이 없어서라기보다 집에 꽃을 심을 화원이 없어서 직접 심을 수 없기 때문이다. 시장에서 파는 것은 모두 난잡하고 운치도 없어 좋아하지 않는다.

꽃을 꽂을 때 가지 수는 짝수로 하지 않고 홀수로 한다. 화병에 꽂는 꽃은 한 종류만 꽂아야지 색깔이 두 종류가 되면 안 좋다. 화병의 입은 좁고 작은 것보다 넓고 큰 것이 좋다. 넓고 커야 꽃가지를 넓게 펼쳐 꽂을 수 있다. 화병에 꽃을 꽂을 때는 다섯 송이나 일곱 송이를 꽂든 삼사십 송이를 꽂든 한 묶음으로 활짝 피어 솟아오른 것처럼 보여야 한다. 너무 흩어져도 안 되고 빽빽이 붙어도 안 되며 화병의 입에 너무 가까이 붙지 않게 꽂는 것이 좋다. 이를 '기파의긴起把宜緊'이라고 한다. 어떤 것은 쭉 뻗게 바로 세워 꽂고 어떤 것은 춤을 추듯 비스듬히 꽂는다. 꽃은 서로 엇갈리게 꽂아야 좋으니 사이에 받침대를 놓아 저자 거리의 잡기雜技에 사용되는 동발銅鈸이나 접시처럼 보이지 않게 한다. 잎은 너저분하지 않고 줄기는 억세지 않은 것을 골라 꽂는다. 모양을 내기 위해 꽂은 침은 보이지 않게 숨겨야 한다. 침이 길면 잘라야지 줄기 위로 튀어나오지 않게 해야 한다. 이를 '병구의청瓶口宜淸'이라고 한다.

탁자의 크기에 따라 화병은 세 개에서 일곱 개까지 놓는다. 많이 놓으면 두서가 없어 저자거리의 국화 진열대처럼 보이게 된다. 탁자의 높이는 삼사 치[대략 십 센티미터]에서 이 척 오륙 치[팔십 센티미터]

까지 괜찮은데, 높이를 다르게 하여 서로 어울리게 놓는다. 높낮이의 흐름이 잘 연결된 것이 제일 좋다. 가운데가 높고 양쪽이 낮거나 뒤가 높고 앞이 낮게 배치하면 소위 '금회퇴錦灰堆'라고 하여 잘못된 것이다. 빽빽한 곳도 있고 성긴 곳도 있으며 들어가기도 하고 나가기도 하게 해야 하는데 이는 온전히 회화의 구도를 잘 이해하는 사람만이 할 수 있다.

운두가 낮은 수반水盤에 꽃꽂이를 하려면 먼저 안료, 송진, 누릅나무 껍질, 밀가루와 기름을 섞은 다음 볏짚 태운 재를 넣고 오래 끓여 갖풀[아교풀]을 만든다. 못 머리에 갖풀을 발라 구리판에 붙인 뒤 구리판을 기름불에다 뜨겁게 달구었다가 수반 바닥에 붙인다.

구리판이 식으면 철사로 꽃을 한 묶음으로 묶어서 못 위에 꽂는다. 약간 비스듬하게 꽂아 모양을 만들어야지 한가운데 꽂으면 안 된다. 줄기는 성기게 하고 잎은 깨끗하게 하되 빽빽하게 붙여서 꽂지 않도록 한다. 그런 다음 물을 붓고 가는 모래를 조금 덮어주어 구리판이 보이지 않게 한다. 꽃이 수반 바닥에서 자라는 것처럼 보이게 하는 것이 좋다.

꽃가지를 화병에 꽂을 때 가지를 자르는 방법은 다음과 같이 해야 한다. 왜냐하면 마음에 드는 것을 일일이 다 찾아다닐 수 없고, 다른 사람에게 잘라달라고 부탁해도 매번 마음에 들지 않기 때문이다. 먼저 손으로 가지를 쥐고 옆으로 기울여 가지의 상태를 살펴본 다음 반대 방향으로도 돌려 살펴보아야 한다. 어떤 것으로 할지 정한 다음에는 잔가지들을 잘라내는데, 성기고 앙상한 것, 예스럽고 기이한 모양의 가지가 보기 좋다. 가지를 어떻게 꽂을지 다시 생각한 다음 꺾거나 구부려서 화병에 꽂아야 잎이 뒤집어지거나 꽃이 옆으로 기우는 일이 생기지 않는다. 만일 손에 잡히는 대로 가지를 바로 화병에 꽂으면, 가지는 지저분하고 줄기는 뻣뻣하며 꽃은 옆으로 기울고 잎은 뒤집어져 모양도 좋지 않고 운치도 없다.

줄기를 꺾어 구부리는 방법은 이렇다. 줄기의 가운데를 톱으로 켠 다음 그 사이에 벽돌 조각이나 돌을 박아 넣으면 곧은 줄기가 구부려진다. 줄기가 쓰러질까 걱정되면 못을 한두 개 박아 고정시키면 된다. 그러면 단풍잎이나 대나무, 헝클어진 풀이나 가시나무 그 어떤 것도 꽃꽂이로 쓸 수 있다. 푸른 대나무 한 대에 빨간 구기자 몇 알을 꽂아도 되고, 가는 풀 몇 줄기에 가시나무 두 줄기를 꽂아도 된다. 배치만 잘 맞으면 세상 어디에도 없는 운치가 있다.

꽃나무를 새로 심을 때는 가지를 비스듬하게 눕혀 모양을 잡는데, 화분 옆으로 기울어져도 괜찮다. 일 년이 지나면 가지와 잎은 위를 향해 자라기 때문이다. 어떤 나무든 꼿꼿하게만 심으면 모양을 내기 어렵다.

가지를 자를 때는 뿌리가 닭발처럼 땅 위로 튀어나온 나무를 골라 좌우로 땅에서 세 번째 마디까지 자르고, 그 위에서 가지가 더 자라게 한다. 마디마다 가지가 하나씩 나게 하는데, 모두 일곱 가지 혹은 아홉 가지가 나게 한다. 가지가 양쪽으로 똑같은 위치에서 자라거나 학의 무릎처럼 튀어나오면 좋지 않다. 가지가 사방에서 두루 나와야지 줄기 양옆으로만 나면 앞뒤가 비게 된다. 마찬가지로 가지가 앞뒤로만 나게 해서도 안 된다. 쌍기雙起, 삼기三起라고 하는 것은 뿌리 하나에 줄기가 두 개, 세 개로 뻗은 나무를 말한다. 닭발처럼 생긴 뿌리가 없으면 그냥 나무를 심어놓은 것 같아서 좋지 않다.

나무 한 그루를 잘 가꾸려면 적어도 삼사십 년이 걸린다. 우리 마을 만채장萬彩章이라는 노인은 평생 동안 나무 몇 그루만 가꾸는 것을 보았다. 또 양주揚州의 어느 상인 집에서 우산虞山의 손님이 선물하였다는 회양목[黃楊木]과 푸른 측백나무 한 그루씩을 보았는데, 애석하게도 '돼지 목에 진주 목걸이' 격이었다. 그 외에는 정말로 괜찮은 나무를 본 적이 없다. 남겨진 가지가 보탑처럼 충충이 둘러나거나 가지가 지렁이처럼 구불구불하면 장인이 손을 댄 듯한 느낌이 들어 좋지 않다.

수반 속에 꽃이나 돌로 작은 산수山水를 꾸미는 것을 분경盆景이라 하는데, 소경小景은 한 폭의 그림처럼 보이고, 대경大景은 넋을 잃게 하기도 한다. 맑은 차 한 잔을 곁들이면 영혼이 그 속으로 빨려 들어가는 것 같으니 그윽한 서재에 두고 감상하기에 안성맞춤이다. 한 번은 수선화를 심는 데 영벽석靈璧石이 없어서 돌처럼 생긴 석탄을 대신한 적이 있었다. 꽃대에 노란 싹이 나고 꽃잎은 옥처럼 하얀 수선화 예닐곱 대를 각기 다른 크기로 골라 네모난 수반에 모래를 넣고 심었다. 거기에 돌 대신 석탄을 두었더니 흑백의 대비가 더 두드러져 제법 운치가 있었다. 이로써 미루어보자면 그윽한 분위기를 내는 일은 무궁무진하여 일일이 다 열거하기 어렵다.

석창포石菖蒲 씨를 식은 미음과 함께 입에 넣고 우물거리다가 석탄 위에 뱉어서 그늘지고 습한 곳에 두면 길고 가는 창포가 자란다. 그냥 옮겨와 수반에 심으면 여리고 보드라운 모습이 매우 사랑스럽다. 묵은 연밥의 양끝을 살짝 갈아서 달걀 껍데기에 넣고 어미 닭에게 품게 하였다가 병아리가 깨어날 즈음에 꺼낸다. 오래된 제비집의 진흙에 진흙 오분의 일 정도 분량으로 천문동天門冬을 갈아 섞어서 작은 그릇에 넣고 연밥을 심는다. 강물을 붓고 아침마다 양지에 두면 꽃은 술잔만큼 크게 피어오르고 잎은 사발처럼 오그라지는데, 하늘하늘 뻗은 모습이 너무도 예쁘다.

대개 정원의 정자나 누각, 별채, 회랑을 지을 때 돌을 쌓아 산을 만들고 꽃을 심어 꾸미는데, 큰 것 속에서 작은 것이 보이고 작은 것 속에서 큰 것이 보이게 해야 한다. 비어 있지만 채워지는 부분이 있어야 하고, 채워졌지만 비어 있는 부분이 있어야 한다. 숨겨지는 부분도 있고 드러나는 부분도 있으며, 얕은 것도 있고 깊은 것도 있어야 한다. 구불구불 돌아가고 꺾이는 것만 있다고 되는 것이 아니다. 더구나 땅이 넓고 바위가 많아 쓸데없이 공사비를 많이 들인다고 되는 일이 아니다.

땅을 파서 흙을 쌓아 산을 만들고, 사이사이에 바위를 놓고 화초를 섞어 심는다. 매화나무를 울타리 삼아 둘러 심고 담장에 등나무 덩굴을 끌어오면, 산은 아니지만 산 같은 풍경이 된다. 큰 것 속에서 작은 것이 보이게 한다는 것은 여기저기 흩어진 곳에 쑥쑥 잘 자라는 대나무를 심고 금방 무성해지는 매화를 둘러 심어 병풍처럼 가려주는 것을 말한다. 작은 것 속에서 큰 것이 보이게 한다는 것은 비좁은 정원의 담장을 울퉁불퉁하게 만들어 초록색을 칠하고 거기에 등나무 덩굴을 끌어온 다음, 커다란 바위를 세우고 글자를 새겨 비석처럼 만드는 것을 말한다. 창문을 열면 마치 바위벽을 마주하는 것처럼 가파른 산의 느낌이 계속 들 것이다. 비어 있지만 채워지는 부분이 있어야 한다는 것은 산자락 끝이나 강물이 다한 곳에서 한 번 돌면 갑자기 확 트인 곳이 나타나는 것을 말한다. 혹은 안채의 부엌에서 문을 열면 후원과 바로 통할 수 있는 것을 말한다. 채워졌지만 비어 있는 부분이 있어야 한다는 것은 밖으로 통하는 길이 없는 정원에서 문을 열었을 때 대나무와 바위가 서로 어우러지게 하면, 나가는 길이 있는 것처럼 보이지만 사실은 없는 것을 말한다. 혹은 담장 위에 작은 난간을 세우면 마치 위에 월대月臺가 있는 것처럼 보이지만 실은 아무것도 없음을 말한다.

가난한 선비라 방은 작은데 식구들이 많다면 내 고향 태평선太平船이라는 배의 고물 내부를 흉내 내어 약간만 변형시키면 된다. 고물에서 계단을 침상으로 삼아 앞뒤를 잘 꾸며 붙이면 세 개의 침상이 만들어진다. 그 사이를 판자로 막고 종이를 바르면 앞뒤 위아래가 완전히 분리된다. 마치 길게 뻗은 길을 걷는데 비좁게 느껴지지 않는 것과 같다. 우리 부부가 양주에 머물렀을 때 이 방법을 써보았다. 방은 두 칸이었지만 위아래로 침실과 부엌, 마루가 완전히 분리되어서 넉넉하고 여유가 있었다. 진운은 웃으며 이렇게 말한 적이 있다.

"배치는 괜찮지만 그래도 부잣집 분위기는 아니네요."

사실 맞는 말이다.


예전에 성묘하러 산에 갔다가 무늬가 예쁜 놀들을 주워온 적이 있었다. 집으로 돌아와 진운과 상의하였다.

"하얀 돌로 만든 수반에 유회油灰를 발라 하얀 선주석宣州石을 쌓으면 모두 색깔이 같아서 괜찮아요. 그런데 이번에 산에서 주워온 노란색 돌들은 예스럽고 소박한 멋이 있기는 하지만, 유회를 발라 쌓으면 노란색과 하얀색이 서로 어울리지도 않을 뿐더러 붙여놓은 흔적들이 다 드러날 텐데 어떻게 하면 좋을까요?"

"못생긴 돌들을 골라 고운 가루를 내어 유회에 섞어서 바르면 어떨까요. 유회가 마르면서 색깔이 같아질지도 모르잖아요."

나는 곧 진운의 말대로 해보았다. 의흥요宜興窯에서 나온 네모난 수반에 돌을 쌓아 봉우리를 만들었다. 왼쪽은 쳐지고 오른쪽은 불쑥 솟아나게 했는데, 바위 뒷면에 가로로 새겨진 무늬는 예운림倪雲林[원말(元末)의 산수화가]의 산수화 속 바위 느낌이 났다. 기암절벽처럼 울퉁불퉁하고, 강으로 쭉 뻗어 나온 바위 모양이 되었다. 한쪽 모서리는 비워두었다가 강가의 진흙으로 채우고 하얀 개구리밥을 심었다. 바위 위에 담쟁이덩굴을 심었는데 보통은 운송雲松이라고 한다. 며칠 동안이나 고심한 끝에 겨우 완성하였다.

늦가을이 되니 담쟁이덩굴이 온 산을 뒤덮어 마치 등나무 덩굴이 바위벽 위로 뻗은 것 같았고, 마침 꽃도 빨갛게 피었다. 하얀 개구리밥 역시 물 위로 활짝 피어 빨간색과 하얀색이 잘 어우러졌다. 그 산을 바라보고 있자니 마치 봉래산蓬萊山을 오른 것 같았다. 분경盆景을 처마 밑에다 두고서 진운과 함께 품평을 하였다. 여기에는 수각水閣을 세워야 하고, 저기에는 띠풀로 지붕을 이은 정자를 세워야 하며, 여기에는 '꽃 지고 물 흐르는 곳[落花流水之間]'이란 여섯 글자를 새겨야 한다고 했다. 진운은 여기서 집을 지어 살 수도 있고, 저기서는 낚시도 할 수 있으며, 이쪽에서 멀리 바라볼 수 있겠다고 하였다. 상상 속 골짜기지만 당장이라도 들어가 살아도 될 것만 같았다. 그러던 어느 날 저녁, 고양이들이 먹이 때문에 다투다가 처마에서 떨어지는 바람에 수반과 받침대까지 모두 순식간에 부서지고 말았다. 탄식이 절로 나왔다.

"이런 작은 분경 하나도 마음대로 가질 수 없는 건가!"

우리 두 사람은 흐르는 눈물을 어찌할 수 없었다.


고요한 방에서 향을 태우면 한가하면서 우아한 운치가 난다. 진운은 예전부터 침향沈香과 속향速香을 사용하였다. 향을 밥솥에 넣고 증기로 잘 찐 다음, 화로 위에 화롯불과 반 치 정도 떨어지게 구리철사를 올려놓는다. 구리철사 위에다 향을 놓으면 불에 서서히 쬐이면서 향기가 그윽한 정취를 불러일으키는데, 연기도 나지 않는다. 불수감은 술 취한 사람이 코를 대고 맡아서는 안 된다. 그러면 쉽게 썩는다. 모과[木瓜]는 겉으로 진이 나오게 하면 안 된다. 진이 나오면 물로 씻어주어야 한다. 탱자[香圓]만은 주의해야 할 것이 없다. 불수감과 모과 역시 각각 다루는 법이 있는데, 글로 일일이다 설명하기 어렵다. 매번 올려놓은 열매를 마음대로 손으로 집어서 향기를 맡고는 내려놓는 사람들이 있는데, 이들은 향기를 다루는 방법을 모르는 자들이다.


나는 한가롭게 지낼 때면 책상의 화병에 꽃이 떨어지지 않게 했다. 어느 날 진운이 말했다.

"당신이 꽃을 꽂을 때는 바람, 햇빛, 비, 이슬 모두를 표현해 정교하고 오묘한 멋이 입신의 경지에 이르렀다고 할 수 있잖아요. 그런데 그림에 풀벌레도 있으니 그것도 따라해보면 어떨까요?"

"벌레는 이리저리 움직여 제어가 안 되는데 어떻게 그림을 따라 할 수 있겠어요?"

"방법이 있기는 해요. 다만 박제를 해야 해서 죄를 짓는 것 같아요."

"말이라도 해봐요."

"벌레들은 죽어도 색깔이 변하지 않아요. 사마귀나 매미, 나비 등을 잡아다가 바늘로 찔러 죽인 다음, 가는 실로 벌레 목을 묶어 화초 사이에 매달아놓으면 되잖아요. 다리를 펴서 나무줄기를 안고 있는 것처럼 보이게도 하고, 나뭇잎 위에 있는 것처럼 하게 하면, 마치 살아 있는 것처럼 보일 테니 좋지 않겠어요?"

나는 기뻐하며 그 말대로 해보았더니 구경하는 사람들의 칭찬이 끊이지 않았다. 규방의 여인 중에 이런 멋을 이해하는 사람은 아마 거의 없을 것이다.


나와 진운이 석산錫山에 있는 화씨華氏 댁에 머물렀을 때, 화씨 부인은 가끔 두 딸을 진운에게 보내 글을 배우게 하였다. 시골집이라 정원은 넓었지만 여름 해가 사람을 힘들게 하였다. 진운은 그 집 사람들에게 살아 있는 꽃 병풍을 만드는 방법을 가르쳐주었는데, 참으로 기가 막힌 생각이었다. 매 병풍마다 네다섯 치[약 십오 센티미테] 길이의 나무로 아주 낮은 의자처럼 만든다. 가운데를 비워두고 너비가 일 척 [약 삼십 센티미터] 정도 되는 가로대 네 개를 사각형으로 놓는다. 네 모서리마다 동그랗게 구멍을 뚫어 대나무를 꽂고 다시 격자 모양으로 창살을 엮는다. 병풍의 높이는 육칠 척[약 이 미터] 정도 되게 한다.

사기로 만든 화분에 편두扁豆를 심어서 병풍 가운데 두면 덩굴이 창살 위로 감겨 올라간다. 병풍은 두 사람이면 충분히 옮길 수 있다. 병풍을 여러 개 만들어 아무 데나 놓아두면 햇볕을 가려주는데, 마치 녹음이 창가에 가득한 것 같다. 바람이 잘 통하면서 해를 가려주고 가지는 구불구불하게 자라난다. 언제든 다른 화분으로 바꿀 수 있어 살아 있는 꽃 병풍이라고 한 것이다. 덩굴이 있는 화초라면 어떤 것이라도 가능하고 어디에나 둘 수 있다. 이는 진정 시골 생활을 즐기는 좋은 방법 중 하나이다.


친구 노반방의 이름은 장璋, 자는 춘산春山이다. 소나무, 측백나무, 매화, 국화를 아주 잘 그렸고 예서隸書를 잘 썼으며 도장 새기는 일도 잘 했다. 나는 그의 집에 있는 소상루에서 일 년 반을 지냈다. 소상루는 모두 다섯 칸으로 된 동향東向 집이었다. 우리는 그중 세 칸을 빌려 지냈다. 흐린 날이나 맑은 날이나 비가 오나 바람이 부나 늘 먼 곳까지 내다볼 수 있었다. 정원 가운데 물푸레나무 한 그루가 있었는데 맑은 향기는 사람의 마음을 흔들어놓았다. 회랑도 있고 곁채도 있었는데 매우 그윽하고 조용했다. 그곳으로 옮겨 갈 때 우리는 하인 내외와 그들의 작은 딸아이도 데리고 갔다. 하인은 옷을 지을 줄 알았고 아낙은 베를 짤 줄 알았다. 진운은 수를 놓고 아낙은 베를 짜고 머슴은 옷을 지어 생활비를 장만하였다.

나는 평소 손님을 좋아하였고 작은 술자리에도 반드시 주령을 하며 술을 마셨다. 진운은 돈이 안 드는 술안주를 잘 만들었다. 오이, 채소, 생선, 새우 같은 것들이 진운의 손을 한 번 거치면 별미가 되었다. 친구들은 내가 가난한 것을 알았기 때문에 모일 때마다 술값을 보탰고, 그 돈으로 하루 종일 즐겁게 지낼 수 있었다. 나는 또 깨끗한 것을 좋아해 집과 마당에는 티끌 하나 없었고, 친구들과는 예의 같은 것을 따지지 않고 거리낌 없이 지냈다.

이때 모였던 친구들 중에 양보범楊補凡이라는 친구가 있었다. 이름이 창서昌緖로 인물화를 무척 잘 그렸다. 원소우袁少迂는 이름이 패沛로 산수화를 빼어나게 그렸고, 왕성란王星蘭은 이름이 암岩으로 화조화花鳥畵에 능했다. 이들은 소상루의 그윽함과 우아함을 좋아하여 화구畵具를 모두 챙겨 오곤 했다. 나는 친구들에게 그림을 배웠다. 초서草書와 전서篆書를 써주고 도장을 새겨서 받은 돈은 진운에게 주어 차와 술을 마련하고 손님을 대접하는 데 썼다. 우리는 온종일 시를 품평하고 그림에 대해 이야기했다. 이 외에도 하담안夏淡安, 하읍산夏揖山 형제와 목산음繆山音, 목지백繆知白 형제, 그리고 장운향蔣韻香, 육귤향陸橘香, 주소하周嘯霞, 곽소우郭小愚, 화행범華杏帆, 장한감 등 여러 친구들이 있었다. 이들은 마치 대들보 위에 깃든 제비처럼 마음대로 우리 집을 들락날락거렸다. 진운은 비녀를 빼서 술을 받아와야 할 경우에도 얼굴빛이 변하거나 싫은 소리 한 번 하지 않았고, 좋은 시절의 아름다운 풍경을 그냥 흘려보낸 적이 없었다. 하지만 지금 친구들은 모두 하늘가로 떨어져 바람처럼 날아가고 구름처럼 흩어져버렸다. 내 사랑하는 진운마저 옥이 부서지고 향기가 묻히듯 죽었으니 차마 지난날을 돌아보기 어렵구나!

소상루 모임에는 네 가지 금기 사항이 있었다. 관리가 승직한 일, 관가에서 일어난 사건, 팔고문八股文[6], 그리고 마작이나 도박에 대해 말하면 안 되었다. 금기를 어기면 반드시 벌주 다섯 근[삼 리터]을 마셔야했다. 반면 갖추어야 할 네 가지 덕목이 있었다. 기개 있고 호방한 기상, 멋드러지면서도 온화한 심성, 얽매이지 않는 자유분방함, 그리고 고요한 침묵이 그것이었다.

길고 긴 여름날 할 일이 없으면 우리는 백일장을 열었다. 백일장은 매번 여덟 명이 참가하였고, 각자 돈 이백 문文씩 가지고 와야했다. 먼저 제비뽑기를 해서 1번을 뽑은 사람이 주임 시험관이 되었는데, 기밀 유지를 위해 따로 앉는다. 2번을 뽑은 사람이 서기가 되어 역시 자기 자리를 정해 앉는다. 나머지 사람들은 모두 응시자가 되어 서기한테 도장 찍힌 종이를 한 장씩 받는다. 주임 시험관이 오언五言과 칠언七言을 각각 한 구절씩 시험 문제로 내면, 향이 다 탈 때까지 시를 써야 했다. 이리저리 서성거리거나 일어서서 구상하는 것은 괜찮지만 다른 사람과 머리를 맞대거나 소곤거리면 안되었다. 대구對句를 완성하면 답안지를 작은 상자에 넣고 자기 자

6) 명(明)나라 초기에서 청(淸)나라 말기에 이르기까지 관리 등용 시험 과목으로 채택된 문체. 사서오경(四書五經)을 통달해야할 뿐 아니라 형식도 복잡하고 까다로워서 지식인들에게 엄청난 고통을 주는 글이었다.

리로 가서 앉으면 되었다.

응시자들이 답안지를 다 내면 서기는 상자를 열고 답안지를 모아 책에다 옮겨 적고 시험관에게 제출한다. 사적인 마음에 얽매여 부정행위가 일어나는 것을 막기 위해서다. 주임 시험관은 열여섯 개의 대구 중에서 칠언구 세 개와 오언구 세 개를 뽑는다. 여섯 개 가운데 일등을 한 사람이 다음 시험의 주임 시험관이 되고 이등을 한 사람은 서기가 된다. 자기가 지은 대구 두 개 중에 하나도 뽑히지 않은 사람은 벌금으로 이십 문을, 한 개만 뽑힌 사람은 벌금으로 십 문을 낸다. 시간을 넘기고 낸 사람은 벌금을 배로 내야 한다. 백일장 한 번에 주임 시험관은 향값으로 백 문을 받는다. 하루 종일 백일장 열 번을 열면 천 문의 돈을 모을 수 있었고, 그 돈으로 술값을 내면 넉넉하게 마실 수 있었다. 진운만이 특별 대우를 받아 자리에 앉아 구상할 수 있게 하였다.

하루는 보범이 우리 부부가 꽃을 다듬고 있는 모습을 그려준 적이 있었는데, 표정이 정말 똑같았다. 이날 저녁은 달빛이 유난히 아름다웠다. 난초 그림자가 흰 벽에 비쳐 또 다른 그윽한 운치가 있었다. 성란이 술에 취해 흥이 나서 말했다.

"보범은 당신들의 모습을 그렸지만, 난 꽃 그림자를 그릴 수 있지."

나는 웃으면서 말했다.

"꽃 그림자가 사람 그림자와 같을 수 있나?"

성란은 하얀 종이를 담벼락 위에 펼쳐놓고, 묵으로 난초 그림자를 따라 짙고 옅은 부분을 살려가며 그렸다. 다음 날 낮에 보니 그림이라고 할 수는 없지만, 꽃과 잎이 듬성듬성한 것이 달빛 아래의 운치가 절로 드러나는 것 같았다. 진운이 이를 매우 아끼자 친구들은 그림에 시[題詠]를 써주었다.

　소주성蘇州城에는 남원南園과 북원北園 두 정원이 있는데, 유채꽃이 노랗게 필 때면 간단하게라도 술 한잔할 주점이 없는 것이 아쉬웠다. 술통을 가지고 가서 꽃구경을 하며 식어버린 술을 마시는 것은 별로 흥이 나지 않았다. 가까운 곳에서 주점을 찾아보자고 하는 사람도 있었고, 꽃구경을 다 하고 돌아와 술을 마시자고 하는 사람도 있었다. 하지만 아무래도 꽃을 감상하면서 따뜻한 술을 마시는 것만 못할 것 같았다. 사람들의 의견이 분분하자 진운이 웃으면서 말했다.

　"내일은 각자 술값만 준비해서 오세요. 제가 화로를 메고 따라갈게요."

　"좋습니다!"

　사람들이 돌아가고 내가 물었다.

　"정말 당신이 직접 가려구요?"

　"아니에요. 저자에서 훈툰[餛飩, 중국 전통 만둣국] 파는 사람을 보았는데 멜대에 솥이며 화로 모두 메고 다니더라고요. 품삯을 주고 그 사람을 데려가시면 어떨까요? 음식은 내가 미리 다 만들어드릴게요. 거기 가서 솥에 한 번만 데우면 차와 술 모두 따뜻하게 드실 수 있잖아요."

　"술과 안주는 그렇게 하면 되지만 차 끓이는 도구는 어떡하지요?"

"질솥을 하나 가지고 가세요. 안주 솥을 내려놓고 질솥 귀에 쇠 꼬챙이를 걸어 화로 위에 올리고 장작을 때어 차를 끓이면 되지 않겠어요?"

나는 손뼉을 치며 좋다고 했다. 길거리에 성이 포씨鮑氏인 훈툰 장수가 있어서 백 문을 품삯으로 주고 다음 날 오후에 나오라고 하였더니 흔쾌히 그러겠다고 했다. 다음 날 꽃구경 갈 친구들이 왔을 때 이 이야기를 하였더니 모두 감탄했다.

점심을 먹고 각자 자리를 들고 함께 떠났다. 남원에 도착하여 버드나무 그늘을 찾아 빙 둘러앉았다. 먼저 차를 끓여 마신 다음 술과 안주를 따뜻하게 데웠다. 이때 바람은 부드러웠고 햇볕은 아름다웠다. 온통 노랗게 유채꽃이 피었는데, 푸른 옷 붉은 옷을 차려입은 사람들이 사방으로 뻗은 밭길 사이를 오가고 있었다. 나비와 벌까지 이리저리 날아다니니 술을 마시지 않아도 절로 취하는 것 같았다. 술과 안주를 모두 따뜻하게 데워 자리에 앉아 실컷 먹고 마셨다. 훈툰 장수도 그다지 속되지 않은 듯하여 자리로 불러 함께 술을 마셨다. 다른 유람객들은 우리를 보고 정말 기발한 생각이라며 부러워하였다. 술잔과 접시들이 어지럽게 흩어지고 이미 거나하게 취해서 앉아 있는 사람도 있었고 누워 있는 사람도 있었다. 어떤 이는 노래를 부르고 어떤 이는 휘파람을 불기도 했다. 붉은 해가 지려하자 나는 죽 생각이 절로 났다. 훈툰 장수가 바로 쌀을 사와 죽을 쑤어줘서 배불리 먹고 돌아왔다. 진운이 물었다.

"오늘 꽃구경 즐거우셨어요?"

"부인이 도와주지 않았으면 이렇게 즐겁지 못했을 거요."

모두가 크게 웃으며 집으로 돌아갔다.


　가난한 선비는 옷과 음식, 그릇, 가옥 등을 아끼고 검소하면서도 단아하고 깨끗하게 생활해야 한다. 아끼고 검소하게 사는 방법을 '취사론사就事論事'라고 한다. 나는 간단하게 한잔하는 것을 좋아하지만, 안주를 많이 차리는 것은 좋아하지 않는다. 진운은 나를 위해 매화합梅花盒이라는 것을 하나 만들었다. 두 치 정도의 백자 종지 여섯 개로 만든 것으로 가운데 하나를 놓고 둘레에 회칠을 하여 다섯 개를 붙이니 모양이 매화 같았다. 밑바닥과 뚜껑은 모두 오목하게 만들었고, 뚜껑 위에 꽃자루처럼 생긴 손잡이가 있었다. 매화합을 책상머리에 두면 마치 먹으로 그린 매화가 책상 위에 있는 것 같았다. 뚜껑을 열면 꽃잎 속에 안주가 있는 것처럼 보였다. 매화합 하나에 여섯 가지 안주를 담으면 두세 명의 친구들이 마음대로 가져가 먹을 수 있었고, 다 먹으면 다시 채워두면 되었다. 또 테두리를 낮게 두른 동그란 쟁반도 하나 만들어 거기에 술잔이며, 젓가락, 술 주전자 등을 편하게 놓아두었다. 아무 데나 둘 수 있고 옮길 때도 편리하였다. 이런 것이 바로 음식을 아끼고 검소하게 사는 방법 중 하나다.
　내 모자, 옷깃, 버선 등은 모두 진운이 손수 만든 것이었다. 옷이 해지면 다른 헝겊을 덧대어 꿰매었지만, 언제나 단정하고 깨끗하게 입었다. 주로 어두운 색의 옷을 입었는데 그러면 더러움 타는 것을 막을 수 있었고, 외출하거나 집에 있을 때나 언제든지 입을 수 있었다. 이는 옷을 아끼고 검소하게 사는 방법 중 하나다.

처음 소상루로 갔을 때 어두운 것이 싫어 하얀 종이로 벽을 발랐더니 실내가 환해졌다. 여름에는 아래층 창문을 모두 떼어놓았는데, 난간이 없어서인지 가리개도 없는 텅 빈 굴 같았다. 진운이 말했다.

"낡은 대나무 발이 하나 있는데 난간 대신 달면 어떨까요?"

"어떻게 말이에요?"

"거무스레한 대나무 몇 대를 가져와 가로 세로로 엮어 틀을 만드는 거예요. 사람이 지나갈 수 있는 길은 남겨두고, 대나무 발을 반으로 잘라서 가로대 위에 걸치고 아래로 책상 높이만큼 늘어뜨려요. 가운데에는 짧은 대나무 네 대를 세워 끈으로 묶고, 가로대와 발을 걸친 부분에는 검은색 낡은 헝겊으로 싸서 꿰매면 돼요. 그러면 밖으로 보이는 것도 막을 수 있고, 돈도 아낄 수 있잖아요."

　이것이 바로 '취사론사', 상황에 맞게 대처하는 방법 중 하나이다. 이렇게 보면 옛 사람들이 "대나무 끄트러기나 나무 부스러기 하나도 모두 쓸모가 있다"고 한 말은 정말로 맞는 말이다.

　여름날 연꽃이 막 필 무렵이면 꽃잎이 저녁에 오므라들었다가 아침이면 활짝 피었다. 진운은 작은 비단 주머니에 찻잎을 조금 싸서 저녁에 꽃술 한가운데에 두었다가 다음 날 아침에 가지고 와서 빗물을 끓여 차를 달였다. 그러면 차향이 더욱 그윽하였다.

# 3. 감가기수坎坷記愁

# 쓰라린 인생의 슬픔을 떠올리다

인생의 불행은 어디서 오는 것인가? 대개
는 자신의 업보에서 비롯되지만 나의 경우는 그렇지 않다. 나는 정
이 많고 약속을 잘 지키며 명랑하고 솔직해서 격식에 얽매이지 않
는 사람이다. 하지만 그것이 원인이 되었던 것 같다. 내 아버님께
서도 너그럽고 의협심이 강한 분이셨다. 남의 어려운 처지를 보면
도와주셨고 남의 일이 잘 되도록 해주셨으며 남의 집 딸을 시집보
내주시거나 남의 집 아이들을 돌봐주신 일 등은 손으로 다 꼽을
수 없을 정도이다. 돈을 흙처럼 여겨 쉽게 쓰셨지만 대부분 남을
위해 쓰셨다.

우리 부부가 함께 살면서 어쩌다 돈이 필요할 때면 저당을 잡히
지 않을 수 없었는데, 처음에는 이쪽 돈으로 저쪽을 메우는 형국이

었으나, 이런 상태가 계속되다보니 더 이상은 변통하기 어렵게 되었다. 속담에 "살림살이하고 인정을 베푸는 일에 돈이 없으면 안 된다"고 하지 않았던가. 처음에는 소인배들의 숙덕거림이 들려오더니 점차 온 집안의 비난이 쏟아지기 시작했다. "여자는 재주 없는 것이 덕이다"라고 한 말은 정말로 천고의 진리다.

나는 장남이었지만 항렬을 따지면 셋째였기 때문에 모두들 진운을 '셋째 아씨[三娘]'라고 불렀다. 그러다 언제부턴가 갑자기 '셋째 마님[三太太]'이라고 불리게 되었다. 처음에 장난삼아 부르던 것이 계속되다보니 습관이 되어 집안사람 누구나 할 것 없이 다 '셋째 마님'이라고 부르게 되었다. 이것이 집안에 변고가 될 조짐이었던가?

건륭 을사년(1785) 나는 아버님을 모시고 해녕海寧의 관사로 가게 되었다. 진운은 집에서 보내오는 편지 속에 작은 편지를 따로 넣어 보내곤 했다. 이를 보시고 아버님께서 말씀하셨다.

"며느리가 글을 쓸 줄 아니 네 어머니의 편지를 대신 쓰게 하면 되겠구나."

그 후 집안에서 우연히 쓸데없는 말들이 돌자 어머님께서는 진운에게 편지 쓰는 일을 맡기는 게 마땅치 않으셨는지 더 이상 진운에게 편지 대필을 맡기지 않으셨다. 아버님께서는 편지의 필체가 진운의 것이 아닌 것을 보시고 물으셨다.

"네 처가 아프냐?"

바로 편지를 써서 물어보았지만 아무런 대답이 없었다. 한참이 지나자 아버님은 몹시 화를 내며 말씀하셨다.

"네 처가 편지 쓰는 일을 하찮게 여기는 모양이구나."

집으로 돌아와서야 어떻게 된 상황인지 알고는 아버님께 완곡하게 해명하고 싶었으나 진운이 급히 나를 말렸다.

"차라리 아버님께 꾸중을 듣는 게 낫지 어머님의 미움을 사고 싶지 않아요."

끝내 말씀드리지 못했다.


경술년(1790) 봄 나는 또 아버님을 모시고 한강邢江 막부로 가게되었다. 아버님의 동료 중에 유부정俞孚亭이란 분은 온 가족들과 함께 지내고 계셨다. 아버님은 유부정 어르신께 말씀하셨다.

"평생 고생하면서 객지를 떠돌아다녔더니 이젠 함께 지내면서 수발을 들어줄 사람이 필요한데 구할 수가 없구려. 자식들이 내 뜻을 헤아려 고향에서 사람을 데려오면 말도 잘 맞고 좋을 텐데 말이오."

나는 어르신으로부터 이 말씀을 전해 듣고 몰래 진운에게 편지를 보냈다. 진운이 중매쟁이를 통해 사람을 찾은 끝에 요씨姚氏 딸을 구하게 되었다. 진운은 일이 아직 성사되지 않았기에 어머님께 말씀드리지 않았다. 요씨가 왔을 때 그냥 이웃집 여자가 마실 온 것이라고 둘러댔다. 그러다 아버님의 명으로 내가 요씨를 데리러 집으로 갔을 때, 진운은 주변 사람들의 말을 듣고 아버님께서 평소 마음에 두었던 사람이라고 다시 둘러댔다. 어머니는 요씨를 보고 말씀하셨다.

"이웃집 여자가 마실 온 거라고 하더니 어째서 첩으로 들이려고 하느냐."

이 일로 진운은 시어머니의 사랑을 잃고 말았다.


임자년(1792) 봄 나는 진주眞州에서 머물고 있었다. 아버님께서 한강에서 지내시다가 병이 나셨기에 병문안을 갔는데, 그러다가 나도 병이 났다. 마침 아우 계당이 아버님을 따라와 곁에서 모시고 있었다. 이때 진운에게서 편지가 왔다.

"계당 서방님께서 이전에 이웃집 부인에게서 돈을 빌린 적이 있었는데, 나에게 보증을 서달라 하셔서 해드렸어요. 그런데 지금 빚 독촉이 너무도 심합니다."

계당에게 자초지종을 물었더니 오히려 형수가 쓸데없는 일을 벌였다고 하였다. 나는 편지 끝에다 썼다.

"아버님과 내가 모두 병이 나서 빚을 갚아줄 형편이 못 돼요. 계당이 돌아가서 스스로 처리하게 하는 것이 좋겠어요."

오래지 않아 아버님과 나의 병세가 많이 호전되었고 나는 진주로 돌아왔다. 진운이 다시 편지를 보내왔을 때 아버님께서 편지를 뜯어보시게 되었다. 그 안에는 계당과 이웃집 여자의 일이 쓰여 있었고, 또 다음과 같은 내용이 있었다.

"당신 어머니께서는 노인네의 병환이 모두 요씨 때문이라고 생각하고 계세요. 노인네 병환에 조금이라도 차도가 있으면, 몰래 요씨에게 친정에 가고 싶다는 말을 하게 하세요. 그러면 내가 요씨 부모를 양주로 보내 요씨를 데려오도록 할게요. 이렇게 해야 이쪽 저쪽이 서로 책임에서 벗어날 수 있어요."

아버님께서는 편지를 보시고 몹시 노하셨다. 계당에게 이웃집 여자와의 일을 물어보셨지만 계당이 모르는 일이라고 시치미를 뗴었고, 아버님께서는 결국 나에게 편지를 보내 꾸짖으셨다.

"네 처는 남편을 배신하여 빚을 내고도 시동생을 모함하고, 시어머니를 '당신 어머니'라 하고, 시아버지를 '노인네'라 하였으니 한참 예의에 어긋난 행동을 했구나. 내가 이미 소주로 사람을 보내 네 처를 내쫓으라는 편지를 보냈다. 네가 만약 조금이라도 사람의 마음을 가지고 있다면 네 처의 잘못을 알 것이다."

편지를 받고는 맑게 갠 하늘에 날벼락이 치는 것만 같았다. 바로 죄를 인정하는 편지를 올리고, 말을 빌려 급히 소주로 돌아왔다. 진운이 잘못된 마음을 먹을까봐 걱정되어서였다. 집에 도착해 자초지종을 말하고 있는데, 하인이 진운을 내쫓으라는 아버님의 편지를 가지고 왔다. 편지는 진운이 잘못한 여러 일들을 일일이 지적하며 꾸짖는 내용이었고, 어조가 너무도 단호하였다. 진운은 울음을 터트리며 말했다.

"내가 정말로 예의에 어긋나는 말을 함부로 했네요. 하지만 아녀자가 무지해서 저지른 일이라고 너그럽게 봐주시면 안 되는 건가요?"

며칠이 지난 후 아버님께서 다시 편지를 보내셨다.

"너희에게 심하게 대할 생각은 없다. 다만 네 처가 내 눈에 띄지 않게 다른 곳으로 데리고 나가 살아라. 내 화만 돋우지 않으면 된다."

처음에는 진운을 친정으로 보내려고 했지만, 진운의 어머니는 이미 돌아가셨고 동생은 집을 나가버렸다. 그렇다고 진운이 다른 친척에게 가는 것을 원하지 않았다. 다행히 친구 노반방이 소식을 듣고 딱하게 여겨 우리 부부를 자신의 집 소상루에서 지낼 수 있게 해주었다.

두 해가 지나자 아버님께서는 점차 일의 전말을 아시게 되었다. 마침 내가 영남嶺南에서 돌아왔을 때, 아버님께서 직접 소상루로 오셔서 진운에게 말씀하셨다.

"지난 일에 대해 내가 다 알게 되었다. 집으로 돌아오지 않겠니?"

우리 부부는 너무나 기뻐하며 옛집으로 돌아가 친척들과 다시 한자리에 모이게 되었다. 하지만 또 감원의 일이 화근이 될 줄 누가 알았겠는가!

진운은 평소에 하혈을 했다. 남동생 극창이 집을 나가서 돌아오지 않자 장모님께서 아들을 그리워하다가 병이 나서 돌아가셨고, 진운은 슬픔이 사무쳐 병이 생긴 것이었다. 감원을 알고부터는 일 년이 넘도록 하혈하지 않아 다행히도 감원이 좋은 약이 되었다고 생각하고 있었다. 그런데 어느 세도가가 나타나 감원을 빼앗아 가 버렸다. 천금을 내고 감원과 정혼하며 그의 어미까지 보살펴주겠다고 하니 감원은 이미 권세가의 손에 들어가버린 것이었다.

아름다운 이는 이미 사질리[7]에게 넘어갔구나!
佳人已屬沙叱利矣

나는 이 사실을 알고 있었지만 진운에게 말할 수 없었다. 결국 진운이 감원을 찾아가서야 이 사실을 알게 되었는데, 집으로 돌아와 목놓아 울면서 말했다.

7) 당나라 시인 한굉(韓翃)의 애첩 유씨(柳氏)를 가로챈 오랑캐 장군.

"감원이 이렇게 냉정할 줄은 생각도 못했어요."

"당신이 정이 너무 많아서 그래요. 그런 사람에게 무슨 정이란 것이 있겠어요. 비단옷에 좋은 음식만 먹던 사람이 싸리나무 비녀와 베로 만든 치마에 만족할 수 없을 거예요. 나중에 후회하느니 일이 성사되지 않은 것이 오히려 다행이에요."

이렇게 여러 번 위로했으나 진운은 끝내 우롱당한 것이 한이 되어 하혈 증세가 더욱 심해졌다. 침상 위는 늘 어질러져 있었고, 약도 소용없었다. 갑자기 하혈했다가 그쳤다가 하였고, 진운의 모습은 초췌해져갔다. 몇 년 안 되어 빚은 날로 늘어났고, 주변 사람들의 비난도 날로 거세졌다. 늙으신 부모님께서는 기녀와 의자매를 맺었던 일로 진운을 더욱 미워하셨다. 가운데서 중재를 해보았지만 이미 사람이 살 수 있는 지경이 아니었다.

진운은 생전에 청군青君이라는 딸 하나를 낳았다. 이때 딸이 열네 살이었는데, 글을 제법 알았고 매우 똑똑하고 재주가 있었다. 비녀나 옷을 저당 잡히는 일은 다행히 청군에게 맡기면 알아서 해주었다. 봉삼逢森이라는 아들도 하나 있었다. 봉삼은 열두 살이었고 스승에게서 글을 배우고 있었다. 나는 몇 년 동안 일자리가 없었던 터라 집에다 서화포書畫鋪를 차렸다. 하지만 사흘 동안 번 돈을 하루 쓰기에도 모자랐다. 곤궁함 속에서 노심초사하였고, 늘 힘이 없어 비틀거리는 상황이었다. 한겨울에 가죽옷이 없어도 참고 지내야만 했다. 청군은 몸을 벌벌 떨면서도 "춥지 않아요"라고 고집을 피웠고, 진운은 의원을 부르거나 약을 지어 먹지 않겠다고 맹세까지 했다.

　우연히 진운이 자리에서 일어나게 되었을 때, 마침 친구 주춘후周春煦가 복군왕福郡王의 막우로 일하다가 돌아와 『반야바라밀다심경般若波羅蜜多心經』 한 부를 수놓아줄 이를 찾고 있었다. 진운은 불경을 수놓으면 재앙이 사라지고 복이 온다고 여기고 있었다. 또 품삯도 적지 않았기에 결국 수놓는 일을 하게 되었다. 하지만 주춘후가 바쁘게 서두르는 바람에 열흘 만에 완성해주었는데, 약한 몸에 갑자기 과로한 탓에 허리가 시큰거리고 머리가 어지러운 증세까지 얻게 되었다. 박복한 사람에게는 부처님조차도 자비를 베풀어주지 않는 것을 어찌 알았겠는가. 그 일 이후로 진운의 병세는 점점 악화되어 물을 달라, 탕약을 달라 하는 바람에 집안사람들 모두 진운을 멀리하게 되었다.

　어느 날 산서山西 사람이 내 서화포 왼쪽 집에 세를 들었는데, 고리대금을 하는 자였다. 가끔 나에게 그림을 그려달라고 부탁하여서 서로 알게 되었다. 그러다 친구 아무개가 그 사람에게 오십 금金이라는 거금을 빌리면서 나에게 보증을 서달라 했다. 나는 정 때문에 거절하기 어려워 그러겠다고 승낙하고 말았는데, 그 친구가 결국 돈을 가지고 멀리 도망쳐버렸다. 산서 사람은 보증을 서준 나에게만 책임을 물어 수시로 찾아와 빚 독촉을 해댔다. 처음에는 서화를 저당 잡혔지만 점차 갚을 만한 물건이 없게 되었다. 연말에 아버님께서 우리 집에 머물게 되셨는데, 산서 사람이 빚을 독촉하러 와서 문 앞에서 고래고래 소리를 질러댔다. 아버님께서 그 소리를 들으시고 나를 불러 꾸짖으셨다.

"우리 집안은 사대부 가문인데 어떻게 이런 소인배에게 빚을 질 수 있단 말이냐!"

내가 한참 상황을 설명하고 있는데 마침 진운이 어릴 때 의자매를 맺었던 석산의 화씨 부인이 진운이 아픈 것을 알고 안부를 물으러 사람을 보냈다. 아버님께서는 그가 감원이 보낸 심부름꾼이라 오해하시고 더욱 화를 내셨다.

"네 처는 규방의 법도를 지키지 않고 기생과 의자매나 맺고, 너역시 출세할 생각은 하지 않고 쓸데없이 소인배들과 어울리는구나. 너를 사지로 내모는 것은 인정상 차마 할 수 없으니 잠깐 사흘간 여유를 주겠다. 빨리 알아서 대책을 세워라. 시간을 지체하면 불효 죄로 고발해버릴 테다."

진운은 이 말을 듣고 소리 내어 울며 말했다.

"아버님께서 이처럼 노하신 것은 모두 내 잘못입니다. 내가 이자리에서 죽고 당신더러 떠나라고 하면 차마 그러지 못할 것이고, 나를 버려두고 떠나라고 하면 절대로 떠나지 않겠지요. 그러니 화씨 댁에서 보낸 사람을 몰래 불러주세요. 내가 무리를 해서라도 일어나 물어볼 말이 있습니다."

청군에게 진운을 부축하게 하고 방 밖으로 나가 화씨 댁 심부름꾼을 불렀다.

"주인마님께서 일부러 널 보내신 것이냐, 아니면 지나가는 길에 들른 것이냐?"

"주인마님께서는 오래전부터 부인께서 아프신 걸 아셨습니다.

원래는 직접 찾아오려고 하셨지만 한 번도 이 집에 오신 적이 없어서 경솔하게 찾아갈 수 없다고 하셨습니다. 제가 떠날 때 주인마님께서 분부하셨습니다. 만약 부인께서 시골의 누추한 생활이 싫지 않으시면 그리로 오셔서 몸조리하시는 건 어떠시냐고요. 이것은 어릴 적 등불 아래서 했던 약속을 지키는 일이라고 하셨습니다."

진운은 화씨 부인과 함께 수를 놓으며 아프면 서로 도와주기로 맹세한 적이 있다고 하였다. 내가 부탁했다.

"그러면 급히 돌아가 주인마님께 말씀드려라. 이틀 뒤 배 하나를 몰래 보내달라고."

심부름꾼이 돌아가자 진운이 말하였다.

"의자매를 맺은 화씨댁 언니는 친동기보다 정이 더 깊어요. 당신이 그 집에 가고자 하시면 함께 가도 돼요. 하지만 아이들까지 함께 가는 것은 아무래도 불편할 것 같아요. 그렇다고 아이들만 남겨두면 친척들에게 민폐가 되니 그것도 안 돼요. 이틀 안에 아이들을 맡길 곳을 찾아봐야겠어요."

이때 외사촌 형 왕신신王藎臣에게 온석韞石이라는 아들이 하나 있었는데, 형님은 청군을 며느리로 삼고 싶어 하셨다.

"들어보니 형님네 아들은 유약하고 무능하다고 하더군요. 겨우 가업을 이어갈 정도라고 하고, 그 아버님도 대단한 가업을 이루어 놓은 것이 아니잖아요. 하지만 그나마 사대부 가문이고 아들도 하나밖에 없으니 허락해도 괜찮을 것 같아요."

진운도 괜찮다고 해서 나는 형님에게 말하였다.

"아버님은 형님의 외숙부가 되시니 청군을 며느리로 삼고자 하신다면 허락하지 않을 이유가 없습니다. 다 자란 이후에 결혼시키면 좋겠지만 상황이 그럴 수 없네요. 우리 부부가 석산으로 간 후에 형님께서 바로 저희 부모님께 청군을 민며느리로 삼겠다고 하시면 어떻겠습니까?"

형님은 기뻐하였다.

"그렇게 하겠네."

그리고 봉삼은 친구 하읍산에게 맡겨 장사라도 배울 수 있도록 추천해달라고 하였다.

아이들을 다 맡기고 나니 화씨 댁에서 보낸 배가 도착했다. 이때가 경신년(1801) 12월 25일이었다.

"이렇게 쓸쓸하게 대문을 나서면 이웃들이 비웃을 뿐 아니라 산서 사람과의 일이 아직 해결되지 않아서 우리를 보내주지 않으려고 할 거예요. 내일 새벽 오경五更에 몰래 떠나요."

"당신 몸이 안 좋은데 새벽 찬바람을 맞아도 괜찮겠어요?"

"죽고 사는 것에는 다 운명이 정해져 있어요. 너무 걱정 마세요."

이 일을 아버님께 조용히 말씀드렸더니 아버님 역시 그렇게 하라고 하셨다. 이날 밤 먼저 간단하게 짐을 꾸려 배에 가져다놓고 봉삼에게 먼저 잠자리에 들라고 했다. 청군이 엄마 옆에서 울고 있는데, 진운이 당부하였다.

"네 어미는 팔자가 사납고 정에 약해서 이렇게 고생하는 거란다. 다행스럽게도 네 아버지가 나에게 잘 대해주시니 내가 떠나 있어도 다른 걱정은 없어. 이삼 년 지나면 반드시 다시 모여서 함께 살 수 있을 거야. 시집을 가면 꼭 아녀자의 도리를 다해야 해. 네 어미처럼 해서는 안 돼. 네 시부모님께서는 너를 며느리로 들여서 좋다고 하시니 틀림없이 잘 해주실 거야. 상자 속에 남겨둔 물건들은 네가 다 가지고 가. 네 동생은 아직 어려서 제대로 알려주지 않았어. 떠날 때 의원에게 진찰 받으러 가서 며칠 지나고 바로 온다고 말할 거야. 내가 멀리 떠나고 나면 사실대로 말해줘. 그러고 나서 할아버지께 말씀드려도 돼."

옆에는 지난여름에 집을 빌려주었던 할멈이 있었다. 시골까지 우리를 바래다주겠다고 해서 곁에서 시중들고 있었는데, 계속 소매로 눈물을 닦았다.

오경이 되자 모두 따뜻한 흰죽을 한 그릇씩 먹었다. 진운은 억지웃음을 지으며 말했다.

"옛날에는 죽 한 그릇으로 모였는데 지금은 죽 한 그릇으로 헤어지게 되었군요. 만약 희곡 작품을 쓰게 된다면 제목을 『흘죽기吃粥記』[8]라고 해도 되겠어요."

봉삼이 소리를 듣고 일어나 끙끙대면서 말했다.

"엄마 뭐하세요?"

"의원에게 진찰 받으러 가려고."

"이렇게 일찍이요?"

"길이 멀어서 말이야. 누나랑 집에서 잘 지내고 있어. 할머니 미움도 사지 말고. 엄마는 아버지랑 함께 가서 며칠 지나고 바로 올게."

닭이 세 번째 울자 진운이 눈물을 머금고 할멈의 부축을 받아 뒷

---

8) 죽 먹는 이야기라는 뜻.

문을 열고 나서려는데 봉삼이 갑자기 크게 울기 시작하였다.

"으앙! 엄마는 안 돌아올 거야!"

다른 사람들이 놀라 깰까봐 청군이 급히 봉삼의 입을 막으며 달랬다. 이때 우리 두 사람은 간장이 마디마디 끊어져나가는 것만 같아 더 이상 아무런 말도 못하고 그저 "울지 마"라고만 하였다. 청군이 문을 닫은 후 진운은 골목길을 열 걸음 남짓 걷다가 이내 힘들어하면서 못 걷겠다고 하였다. 나는 할멈에게 등불을 들게 하고 진운을 업고 갔다. 배가 있는 곳에 거의 다다랐을 무렵, 순찰 도는 사람에게 붙잡힐 뻔했다. 다행히도 할멈이 나서서 진운은 자신의 병든 딸이고 나는 사위라고 말해주었다. 뱃사공들이 모두 화씨 댁 머슴들이어서 소리를 듣고 마중을 나와주었고, 부축을 받아 배에 오를 수 있었다. 밧줄을 풀자 진운은 비로소 대성통곡하기 시작하였다. 이 길로 모자母子는 영원한 이별을 하게 되었다.

화씨의 이름은 대성大成으로 무석無錫의 동고산東高山에 살고 있었다. 산을 마주보는 곳에 살면서 직접 농사를 지었다. 매우 소박하고 성실한 사람으로 그의 아내 하씨夏氏는 진운과 의자매를 맺은 사이였다. 이날 오후 미시未時가 되어서 그 집에 도착했다. 화씨 부인은 진작부터 대문에서 기다리고 있다가 어린 두 딸을 데리고 배까지 마중 나왔다. 서로 보자마자 너무나도 기뻐했다. 화씨 부인은 진운을 부축하며 배에서 내려주면서 다정하고 따뜻하게 대해주었다. 이웃 아낙들과 아이들이 왁자지껄하며 화씨 집으로 몰려와 진운을 빙 둘러쌌다. 어떤 이는 세상 소식을 묻기도 했고, 어떤 이는 아프다는 말에 안타까워하며 서로 귓속말을 주고받았다. 집 안이 온통 시끌벅적하니 진운이 화씨 부인에게 말했다.

"오늘 내가 마치 어부가 되어 무릉도원에 들어온 것 같아요."

"너무 웃지 마. 시골 사람들이라 본 것이 별로 없어서 궁금한 것이 많을 뿐이야."

그 후로 우리는 마음 편히 해를 넘길 수 있었다.

정월대보름까지 스무 날 정도 남았는데, 진운은 점점 나아져 걸을 수 있게 되었다. 보름날 밤에는 보리타작하는 마당에서 용등龍燈도 구경하였다. 진운의 몸과 마음은 점점 회복되고 있었다. 나도 마음이 편해져 진운과 상의하였다.

"내가 여기 계속 있으면 안 좋을 것 같아요. 하지만 다른 곳으로 가려고 해도 자금이 부족하니 어떻게 하면 좋겠어요?"

"안 그래도 대책을 생각하고 있었어요. 당신 매형 되는 범혜래範惠來께서 지금 정강靖江의 염공당鹽公堂에서 회계를 맡고 계시잖아요. 십 년 전에 당신에게 십 금을 빌려간 적이 있었는데, 그때 돈이 좀 모자라서 내가 비녀를 저당 잡히고 돈을 맞추어 드린 적이 있었어요. 기억나세요?"

"잊고 있었어요."

"정강이 여기에서 그리 멀리 않다고 하니 한 번 다녀오시는 건 어떠세요?"

진운 말대로 하기로 했다.

마침 날씨도 제법 따뜻해 융털로 짠 두루마기에 모직으로 된 웃옷을 입고 있자니 오히려 더웠다. 이때가 신유년(1801) 1월 16일이었다. 밤에는 석산의 객잔에서 이불을 빌려 잠을 청했다. 아침 일찍 일어나 강음江陰으로 가는 나룻배를 탔는데 계속 맞바람이 불고 가랑비까지 내렸다. 밤이 되어서야 강음의 나루터에 도착하였다. 봄추위가 뼛속까지 파고들어 추위를 이기려고 술을 사서 마셨다. 그랬더니 주머니가 텅 비어버렸다. 밤새 망설이다가 속옷을 벗어 저당 잡히고 그 돈으로 강을 건너기로 했다.

19일에는 북풍이 더욱 세차게 불었고 눈발도 점점 거세어져 너무도 참담한 마음에 눈물을 참을 수 없었다. 방값과 뱃삯을 몰래 계산해보니 더 이상 술을 마실 수 없었다. 낙심하며 몸을 덜덜 떨고 있는데 문득 짚신에 전모氈帽를 쓰고 누런 봇짐을 짊어진 노인이 보였다. 노인이 객잔으로 들어와 나를 보더니 알아보는 듯한 표정을 지었다.

"태주泰州에 사는 조씨曹氏 아닌가?"

"그렇습니다. 어르신 아니었으면 저는 벌써 죽어서 골짜기에 묻혔을 겁니다. 지금 제 딸아이도 무탈하게 지내고 있고, 항상 어르신의 은덕을 잊지 않고 있었습니다. 오늘 이렇게 만나게 될 줄 생각도 못했습니다. 여기는 어쩐 일이신지요?"

내가 태주에서 막우 일을 할 때 신분은 미천하지만 조씨에게는 용모가 아름다운 딸이 하나 있었다. 딸은 이미 약혼하였는데 어떤 세도가가 변돈을 놓고 딸을 차지하려다가 소송까지 가게 되었다. 내가 중간에서 잘 보호해주어서 딸은 결국 약혼한 집으로 시집갈 수 있었다. 조씨는 바로 관아의 심부름꾼으로 들어왔고, 나에게 머리를 조아리며 감사했다. 나는 친척을 만나러 가던 길에 눈을 만나게 된 사연을 말해주었다.

"내일 아침 날이 개면 친척집까지 모셔다드리겠습니다."

조씨는 돈을 내어 술을 사주고 극진히 대접해주었다.

20일 새벽종이 처음 울리자마자 나루터에서 강 건널 손님을 부르는 소리가 들려왔다. 나는 벌떡 일어나 조씨를 불러 함께 나루터에 가자고 했다.

"서두르지 마십시오. 식사 다 하시고 배를 타도 됩니다."

조씨는 방값과 밥값을 대신 계산하고 나를 데리고 나가 술을 사주었다. 나는 며칠 동안 지체했던 터라 얼른 강을 건너고 싶었다. 음식을 먹어도 목으로 넘어가지 않았다. 깨를 넣은 떡 두 개를 억지로 먹고 배에 올랐더니 강바람이 화살처럼 스쳐와 사지가 덜덜 떨렸다.

"강음의 어떤 사람이 정강에서 목매달아 죽었는데, 그의 아내가 이 배를 세내어 간다고 합니다. 세낸 이가 와야 강을 건넌다고 하네요."

주린 배로 추위를 견디다가 정오가 되어서야 밧줄을 풀고 출발하였다. 정강에 도착하니 저녁 안개가 사방에서 피어오르고 있었다.

"정강에는 관아가 두 곳인데, 찾아가시는 친척분이 성 안에 계십니까? 성 밖에 계십니까?"

나는 비틀비틀 조씨 뒤를 따라가며 대답했다.

"사실 성 안인지 성 밖인지 잘 모른다네."

"그러면 오늘은 객잔에서 묵으시고 내일 가시지요."

객잔으로 들어섰더니 신발과 버선은 이미 진흙에 흠뻑 젖어 있었다. 나는 화롯불을 찾아 버선을 말렸다. 밥을 대충 먹고 나니 피곤이 몰려와 깊은 잠에 곯아떨어졌다. 새벽에 일어나보니 버선이

반 정도 타버렸다. 조씨는 또 방값과 술값을 대신 지불하였다.

성 안으로 찾아갔을 때 범혜래는 아직 일어나지도 않았다. 내가 왔다는 말을 듣고 옷을 걸치고 나와 내 행색을 보고는 깜짝 놀랐다.

"처남 몰골이 왜 이렇게 되었는가?"

"묻지 마시고 돈이 있으면 이 금만 빌려주십시오. 나를 데려다준 이에게 먼저 줘야합니다."

범혜래에게 받은 은전 이 원을 바로 조씨에게 주었다. 조씨는 극구 사양하다가 일 원만 받고는 돌아갔다. 나는 그동안 겪었던 일과 그곳을 찾아간 이유를 말해주었다.

"매형과 처남은 매우 가까운 사이 아닌가. 묵은 빚이 없어도 미약한 힘이나마 다하여 도와줘야지. 그런데 소금을 싣고 가던 배가 막 해적을 만났다고 하지 뭔가. 지금 장부를 조사하던 중이라 많은 돈을 융통해줄 수는 없네. 최대한 은전 이십 원 정도는 마련할 수 있는데 이것으로 묵은 빚을 갚는 걸로 하면 어떻겠나?"

나는 원래 크게 바라지 않았기에 그렇게 하자고 했다.

이틀을 더 머물렀더니 날씨가 점점 따뜻해져 돌아갈 계획을 세웠다. 25일에 화씨 댁으로 돌아왔다.

"눈을 만나셨어요?"

고생했던 일들을 들려주자 진운이 슬퍼하였다.

"눈이 내렸을 때 이미 정강에 도착했을 거라고 생각했어요. 그런데 나루터에 머무르고 계셨군요. 조씨를 만나 힘든 고비를 넘기셨으니 참 다행이에요. 이래서 하늘은 착한 사람을 돕는다고 하나봐요."

며칠 지나서 청군의 편지를 받았다. 친구 읍산의 추천으로 봉삼이 어느 가게에 들어간 일과 외사촌 형 왕신신이 아버님께 허락을 받아 1월 24일에 청군을 민며느리로 데려가기로 한 소식을 알게 되었다. 아들과 딸의 일은 그럭저럭 해결되었지만 온 가족이 이처럼 뿔뿔이 흩어져 있으니 참으로 슬프고 가슴 아픈 일이었다.

2월초가 되자 날씨가 따뜻해지고 바람은 부드러워졌다. 나는 정강에서 받은 돈으로 가벼운 짐을 꾸려서 한강의 염서鹽署에서 일하고 있는 친구 호긍당胡肯堂을 찾아갔다. 공국貢局의 여러 사람들이 추천해줘서 문장을 대필해주는 일을 하게 되었다. 몸과 마음은 조금씩 안정되어갔다. 이듬해 임술년(1802) 8월에 진운의 편지를 받았다.

"병이 다 나았어요. 친척도 친구도 아닌 사람의 집에서 얻어먹고 지내는 것은 오래할 수 있는 일이 아닌 것 같아요. 이제 나도 한강으로 가서 평산의 명승지를 둘러보고 싶어요."

바로 한강의 선춘문先春門 밖, 강을 마주한 곳에 두 칸짜리 집을 빌려놓고 진운을 데리러 화씨 댁으로 갔다. 화씨 부인은 아쌍阿雙이라는 하인 아이를 내주며 불 때고 밥 짓는 일을 돕게 했다. 나중에는 이웃이 되어 함께 살자고 약속도 했다.

이때가 이미 10월이라 평산의 날씨가 쌀쌀하여 여행은 다음해 봄에 하기로 했다. 마음을 편히 하고 몸조리하면서 슬슬 가족들과 한 자리에 모일 계획을 세우며 잔뜩 희망에 차 있었다. 그러나 한 달도 안 되어 공국에서 갑자기 직원 열다섯 명을 해고했다. 나는 친구의 친구 소개로 들어갔던 터라 어쩔 수 없이 또 일자리를 잃게 되었다. 진운은 나를 대신해서 갖가지 계획을 세웠고, 힘겹게 웃는 얼굴로 위로해주면서 조금도 원망하거나 탓하지 않았다.

계해년(1803) 2월이 되자 진운의 하혈 증세가 갑자기 재발했다. 나는 다시 정강에 가서 도움을 청하고자 했다.

"친척보다는 친구에게 도움을 청하는 게 낫지 않나요?"

"당신 말이 맞지만 친구 관계가 아무리 좋아도 지금 모두 돈을 못 벌고 있어서 자신을 돌볼 처지도 못 돼요."

"그러면 날씨가 따뜻해졌으니 지난번처럼 도중에 눈을 만날 염려는 없겠네요. 빨리 가셨다가 빨리 돌아오세요. 내 걱정은 하지 마시고요. 당신이 혹시 병이라도 나면 내 죄는 더 커질 거예요."

이때 이미 월급이 끊어진 상태라 노새를 빌린 척하여 진운을 안심시키고, 봇짐에 떡을 싸서 천천히 걸어가기로 했다. 걷다가 떡도 먹다가 하며 동남쪽으로 가면서 개울 두 개를 건넜다. 한 팔구십 리쯤 걸었으나 사방을 둘러보아도 마을이라고는 보이지 않았다. 일경—更이 지났는데 보이는 것은 아득한 모래펄과 반짝이는 별들뿐이었다. 거기에 성황당 하나가 있었다. 높이는 오 척[백오십 센티미터] 쯤 되었는데 주위에 낮은 담장이 둘러져 있었고 측백나무 두 그루가 나란히 있었다. 나는 신에게 머리를 조아리며 빌었다.

"저는 소주에 사는 심씨沈氏입니다. 친척을 만나러 가다가 길을 잃고 여기까지 오게 되었습니다. 성황당에서 하룻밤 묵고자 하니 불쌍히 여기시어 보살펴주십시오."

작은 돌 향로를 옆으로 옮기고 몸을 넣으니 겨우 반 정도만 들어갈 수 있었다. 방한모를 뒤집어 얼굴을 가리고 몸을 안으로 넣고 앉으니 두 다리가 밖으로 나왔다. 눈을 감고 조용히 들으니 살랑 살랑 바람소리가 들렸다. 발이 아프고 심신이 피곤하여 몽롱해지더니 금방 잠이 들었다.

깨고 보니 이미 날이 밝아 있었다. 낮은 담장 너머 갑자기 발걸음 소리와 말소리가 들려왔다. 얼른 나가서 보니 마을 사람들이 장에 가기 위해 그 앞을 지나고 있었다. 그들에게 길을 물었다.

"남쪽으로 십 리쯤 가면 태흥현泰興縣이 나옵니다. 거기를 지나 동남쪽으로 가면 십 리마다 흙 언덕이 하나씩 있을 거예요. 이 언덕을 여덟 개 지나면 바로 정강입니다. 모두 큰길일 거예요."

나는 다시 돌아와 돌 향로를 제자리에 옮겨두고 머리를 숙여 감사드린 다음 길을 떠났다. 태흥현을 지나서는 작은 수레를 얻어 타고 갈 수 있었다. 신시申時가 되어서야 정강에 도착했다. 매형 집을 찾아가 명함을 넣고 한참 기다리니 문지기가 나왔다.

"나리께서 공무로 상주常州에 가셨습니다."

말하는 얼굴 표정을 보니 핑계를 대고 있는 것 같았다. 나는 꾸짖듯이 물었다.

"언제 돌아오신다고 하는가?"

"모르겠습니다."

"일 년이 걸려도 기다리겠네."

문지기는 내 마음을 알아채고는 몰래 물었다.

"어르신과 나리께서는 친 처남 매형 사이가 맞으신지요?"

"아니라면 기다리지도 않을 걸세."

"그러면 며칠만 기다려보시지요."

사흘이 지나 매형이 정강으로 돌아왔다는 소식을 듣고 찾아가

이십오 금을 빌렸다.

그 돈으로 노새를 빌려 서둘러 돌아왔더니 진운은 초췌해져 훌쩍 거리며 눈물을 흘리고 있었다. 내가 돌아온 것을 보자마자 말했다.

"어제 정오에 아쌍이 짐을 싸서 도망쳤어요. 사람을 시켜 다 찾아보았지만 못 찾았어요. 물건을 잃어버린 것은 작은 일이지만, 그 애를 데리고 올 때 그 어미가 여러 번 당부를 했었다고요. 지금 도망쳐 집으로 돌아간다 해도 도중에 큰 강을 건너야하는데 그게 너무 걱정돼요. 만약 부모가 애를 숨겨두고 없다고 거짓말을 하면 어떡해요? 그러면 무슨 낯으로 화씨댁 언니를 봐요?"

"초조해하지 말아요. 걱정이 지나쳐요. 부모가 아이를 숨겨두고 거짓말을 하는 것은 상대방이 돈이 많을 경우에나 하는 거지요. 우리 부부는 겨우 입에 풀칠이나 할 형편이고, 게다가 그 아이를 데리고 와 반년 동안 입히고 먹이고 했잖아요. 지금까지 때리거나 꾸짖은 적도 없는 건 이웃들이 다 알아요. 이 일은 어린 종놈이 양심을 저버리고 주인이 어려운 상황을 틈타 몰래 도망친 사건이에요. 화씨댁도 그래요. 못된 놈을 보내준 건 화씨 부인이니 화씨 부인이 당신을 볼 면목이 없는 거예요. 그런데 당신은 오히려 언니를 볼 면목이 없다고 하는 거예요? 지금 바로 관아로 가서 사건 접수를 해놓아야겠어요. 그래야 후환이 없을 테니까."

진운은 내 말을 듣고 안심하는 것 같았다. 그렇지만 이때부터 진운은 자면서 헛소리를 하기 시작하였다. 수시로 "아쌍이 도망쳤어!"라던가 "감원 네가 어떻게 나를 배반할 수 있어!"라고 소리 질렀다. 병세도 나날이 나빠졌다.

나는 의원을 불러다가 치료라도 해주고 싶었지만 진운이 말렸다.

"내 병은 동생이 집을 나가고 어머니가 돌아가시면서부터 시작된 거예요. 슬픔이 너무 커 감정이 깊어지고 나중에는 울분이 되었지요. 평소에도 걱정을 많이 하는 편이었는데, 좋은 며느리가 되려고 노력하였지만 그렇게 되지 못했어요. 그래서 어지럼증과 가슴이 울렁거리는 증상들이 생겼지요. 고황膏肓에 병이 나면 뛰어난 의원도 속수무책이라는 말이 있지 않아요? 쓸데없는 데 돈 쓰지 마세요. 생각해보니 결혼하고 스물세 해 동안 당신 사랑을 듬뿍 받았고, 당신은 여러 가지로 돌봐주면서 부족한 나를 내치지 않았어요. 당신 같은 지기知己를 만나 남편으로 섬기고 지금까지 살아왔으니 이번 생에는 여한이 없어요. 베옷을 입어도 따뜻했고, 나물 반찬을 먹어도 배불렀어요. 온 가족이 화목하게 지냈고, 창랑정과 소상루 같은 곳에서 샘물과 바위를 보며 유유자적하였으니 정말로 화식火食하는 신선이 아니었겠어요? 신선이란 몇 세대를 수련해도 되기 어렵다는데, 우리 같은 사람이 어찌 신선이 되기를 바라겠어요. 억지로 되려 했으니 조물주가 시기하여 정마情魔가 방해한 거지요. 당신이 너무 다정해서 내가 박복한 운명이 되었어요."

또 목이 메어 흐느끼며 말했다.

"길어야 백 년 살다가 결국 한 번 죽는 인생인데, 지금 도중에 헤어져 갑자기 긴 이별을 하게 되었군요. 끝까지 당신 보살펴드리지 못하고, 봉삼이 장가가는 것을 볼 수 없는 게 마음에 걸려요."

말을 다 하고 콩알만 한 눈물을 뚝뚝 흘렸다. 애써 진운을 위로하며 말했다.

"당신 병이 팔 년이나 계속되면서 비틀거리며 몇 번이고 죽을 뻔했지만 괜찮았잖아요. 지금 왜 이렇게 갑자기 애간장 끊어지는 말만 하는 거예요?"

"며칠 동안 아버님께서 배를 보내 절 데려가는 꿈을 꾸었어요. 눈을 감으면 둥실둥실 떠올라 마치 구름 속을 걷는 것 같았어요. 거의 혼은 빠져나가고 몸 껍데기만 남았나 봐요."

"아마 마음이 불안해서 그럴 거예요. 보약을 다려 먹고 심신을 안정시키고 조리를 잘 하면 절로 괜찮아질 거예요."

진운은 또 한숨을 내쉬었다.

"살아날 기미가 실낱만큼만 있어도 당신을 놀라게 하는 말은 결코 하지 않을 거예요. 이미 저승길이 가까이 와 있어요. 지금 말을 하지 않으면 다시는 못 할 것 같아요. 당신이 부모님의 마음을 얻지 못하고 정처 없이 떠돌아다니게 된 것은 모두 나 때문이에요. 내가 죽으면 부모님의 마음은 예전으로 돌아가실 거고 당신도 걱정을 덜 수 있을 거예요. 부모님 연세가 많으시니 내가 죽으면 바로 집으로 돌아가세요. 만약 유골을 가지고 갈 여력이 안 되면 잠시 이곳에 묻어두셔도 돼요. 나중에 와서 가져가시면 되니까요. 그리고 덕성과 미모를 겸비한 사람과 재혼하셔서 부모님 잘 모시고 우리 아이들 돌봐주세요. 그러면 눈을 감을 수 있을 것 같아요."

말이 여기까지 이르자 마음이 찢어지는 듯 아파 나도 모르게 대성통곡하고 말았다.

"정말로 당신이 나를 떠난다 해도 절대로 재혼할 이유가 없어요.

넓은 바다를 건너면 다른 물은 물로 보기 어렵고,
무산을 지나면 다른 구름은 구름도 아니라네[9]
曾經滄海難爲水 除卻巫山不是雲

라는 시구詩句도 있지 않아요?"

　진운이 내 손을 잡고 더 말을 하려는 듯 했지만 간간이 '내세'라는 말만 되뇔 뿐이었다. 그러다가 갑자기 숨을 헐떡이며 입을 꼭 다물고 두 눈을 크게 떴다. 내가 몇 번이고 불렀지만 이미 아무런 대답도 하지 못하였다. 진운의 눈에서는 슬픈 두 줄기 눈물만 줄줄 흘러내리고 있었다. 숨이 점점 약해지고 눈물도 점점 말라갔다. 영혼이 가물가물하더니 결국 저세상으로 떠났다. 이때가 가경嘉慶 계해년(1803) 3월 30일이었다. 외로운 등불만 곁에 있을 뿐 눈을 들어 둘러보아도 주변에 친척 하나 없었다. 빈주먹만 쥐고 있자니 마음이 부서지는 것 같았다. 끝없는 이 한은 언제 다 사라질까!

　친구 긍당이 십 금을 부조해주고 집 안에 있는 살림들을 모조리 다 팔아 그 돈으로 직접 장례를 치렀다. 슬프다! 진운은 정말로 남자의 가슴과 재주를 지녔다. 진운이 시집온 후 나는 매일 생활비를 벌기 위해 바빴지만 입을 것과 먹을 것은 늘 부족했다. 하지만 진운은 조금도 개의치 않았다. 내가 일이 없어 집에 있어도 그저 글에 대해 서로 논하고 말할 뿐이었다. 끝내 병에 걸려 고통스러워했고 한을 안고 죽었으니 누가 그렇게 만든 것인가? 내가 규

9) 당나라 시인 원진(元稹)이 죽은 아내를 그리며 지은 시 「이사(離思)」의 한 구절.

중의 좋은 벗을 저버렸으니 또 무슨 말을 할 수 있겠는가! 세상의 부부들에게 삼가 권하노니 부부가 서로 원수가 되어서도 안 되지만 애정이 지나치게 깊어도 안 된다. "금슬이 좋은 부부는 백년해로를 못 한다"는 말이 있지 않는가. 나 같은 사람이 바로 본보기가 될 것이다.

세속에서는 '회살回煞의 날'이라 하여, 이날이 되면 죽은 사람의 영혼이 살煞을 따라 반드시 집으로 돌아온다고 한다. 고인이 살던 방을 생전 그대로 해놓고, 고인이 입었던 옷은 침대 위에, 신발은 침대 아래에 두고 혼이 돌아와 둘러보게끔 한다. 오 지역에서는 이를 '수안광收眼光[눈길을 거두다]'이라고 한다. 또한 사람들은 이날 도사를 불러 혼을 침대로 불러들였다가 다시 돌려보내는 법사를 하게 하는데, 이를 '접생接眚[재앙을 맞이하다]'이라고 한다. 한강의 풍습에는 고인의 방에 술과 안주를 차려놓고 가족이 모두 집 밖으로 나가는데, 이를 '피생避眚[재앙을 피하다]'이라고 한다. 이때 가끔 도둑 맞는 일이 벌어지기도 한다.

진운의 혼이 돌아오는 날이 되자 집주인은 함께 살았다는 이유로 밖으로 나갔다. 이웃 사람들은 안주만 차려놓고 멀리 피해 있으라고 당부하였다. 나는 되돌아온 혼이라도 한번 보고 싶어서 그러겠다고 건성으로 대답했다. 마을 사람 장우문張禹門이 나에게 충고했다.

"사악한 기운을 만나면 안 좋아질 수 있어요. 귀신이 있다고 그냥 믿어야 해요. 시험해보려고 하면 안 돼요."

"그래서 피하지 않고 기다려보려고요. 정말로 귀신이 있다고 믿고 있어서요."

"살이 돌아올 때 살을 맞으면 살아있는 사람에게 좋지 않아요. 부인의 혼이 돌아온다 하더라도 이미 이승과 저승 서로 다른 세상에 있어요. 보고 싶어도 형체가 없으니 못 볼 거고, 피해야 할 살이 도리어 해를 끼칠 수 있어요."

이때 나는 어리석은 마음을 버리지 못해 고집부리며 대답했다.

"죽고 사는 운명은 다 정해져 있어요. 그렇게 마음이 쓰이면 나와 함께 있어주던가요."

"그럼 문밖에서 지키고 있을게요. 이상한 낌새 있으면 불러요. 바로 들어올 테니."

나는 등불을 켜고 방으로 들어갔다. 방 안은 예전 모습 그대로였지만 진운의 목소리와 모습은 이미 사라지고 없었다. 마음이 아파 눈물을 참을 수 없었다. 혹시 눈물 때문에 앞이 흐려져 보고 싶은 이를 보지 못할까봐 억지로 눈물을 참고 눈을 뜬 채 침대에 앉아 기다렸다. 진운이 입었던 옷을 어루만지니 체취가 그대로 남아 있는 것 같았다. 나도 모르게 마음이 또 아파왔고 정신은 아득해졌다.

혼을 기다리면서 무슨 잠이냐 하며 정신을 차렸다. 눈을 뜨고 사방을 둘러보았다. 상 위에 올려놓은 촛불 한 쌍이 푸른빛을 내며 가물거리더니 불빛이 콩알만큼 줄어들었다. 머리카락이 곤두서며 온몸에 소름이 돋았다. 두 손을 비벼 이마를 문지르고 자세히 보니 불꽃 두 개가 점차 커지기 시작하였다. 일 척[삼십 센티미터] 남짓 솟아올라 하마터면 종이로 바른 천장이 타버릴 뻔했다. 환해진 불빛에 사방을 둘러보고 있는데 불꽃이 다시 원래대로 줄어들었다. 가슴이 쿵쾅거리고 다리가 떨렸다. 밖에서 지키는 사람을 불러 한 번 보라고 하고 싶었지만 여리고 약한 진운의 혼이 강한 양기에 사라질까봐 조용히 진운의 이름을 부르며 명복을 빌었다. 방 안은 숙연해졌고 아무것도 보이지 않았다. 촛불은 다시 밝아졌고 더 이상 솟아오르지 않았다. 밖으로 나가 장우문에게 말해주었더니 나더러 담이 큰 사람이라고 했다. 내가 한때 진운을 얼마나 사랑했는지 모르고 하는 말이었다.

진운이 세상을 떠난 후 임화정林和靖[송나라의 은자(隱者)]의 시에서,

매화를 아내로 삼고 학을 아들로 삼네.
妻梅子鶴

라는 구절이 떠올라 호를 '매일梅逸[매화를 여의다]'이라고 지었다. 양주의 서문西門 밖에 있는 금계산金桂山에 진운을 잠시 묻어두었다. 그곳은 사람들이 '학가郝家의 보탑寶塔'이라고 부르는 곳이었다. 관 하나 묻을 땅을 사서 유언에 따라 진운을 묻어두기로 했다. 위패를 들고 고향으로 돌아왔더니 어머님께서도 슬퍼하셨고, 청군과 봉삼이 돌아와 통곡하며 상복을 입었다. 계당이 권유했다.

"아버님의 노여움이 아직 누그러지지 않았으니 양주에 가 계시지요. 아버님께서 돌아오시면 말씀을 잘 드려 설득해볼게요. 이후에 다시 돌아오시라는 편지를 보내겠습니다."

164

나는 어머님께 인사를 드리고 아이들과도 이별하였다. 한바탕 통곡하고 다시 양주로 되돌아와 그림을 팔면서 생활했다. 틈만 나면 진운의 산소에 찾아가 울었다. 홀로 남겨진 내 모습은 처량하기 그지없었다. 우연히 살던 집을 지나게 되면 마음이 참담하고 눈시울이 뜨거워졌다. 중양절이 되자 옆에 있는 무덤들은 모두 누렇게 변했는데 진운의 무덤만 여전히 푸르렀다. 묘지기가 말했다.

"여기는 묏자리로 좋은 곳입니다. 땅의 기운이 왕성한 곳이지요."

나는 마음속으로 빌었다.

"가을바람이 벌써 찬데 여전히 홑옷만 걸치고 있네요. 당신에게 영험함이 있다면 내가 일이라도 할 수 있게 도와줘요. 남은 해를 보내며 고향에서 소식이 오기를 기다릴 수 있게 말이에요."

얼마 되지 않아 강도江都에서 막우로 있던 장어암章馭庵 선생이 부모님 장례를 치르기 위해 절강으로 돌아가야 한다며 석 달 동안 대신 일을 맡아달라고 했다. 덕분에 추위를 막을 물건들을 구할 수 있었다. 석 달 동안 일을 해주고 관아를 나오니 장우문이 자신의 집에서 지내라고 했다. 장우문도 일자리를 잃은 상태였는데, 해를 보내기 어려웠는지 내게 상의하였다. 주머니에 남아 있던 이십금을 모두 털어 빌려주면서 말했다.

"이 돈은 죽은 아내의 영구를 옮기기 위해 남겨둔 것이니 고향에서 소식이 올 때까지만 갚으면 됩니다."

그해 장우문의 집에서 해를 넘겼다. 아침저녁으로 점을 치며 기다렸지만 고향에서 소식은 오지 않았다.

갑자년(1804) 3월이 되어서야 청군의 편지를 받았다. 아버님이 병에 걸리셨다는 소식이었다. 금방이라도 소주로 돌아가고 싶었지만 예전 일로 노여워하실까 걱정이 되었다. 머뭇거리며 돌아가는 상황을 보고만 있었는데, 청군이 다시 편지를 보냈다. 너무나 슬프게도 아버님이 돌아가셨다는 것이다. 뼈에 사무치도록 마음이 아팠다. 하늘을 보며 한탄해도 소용이 없었다. 다른 생각을 할 겨를도 없이 밤새 달려 집으로 돌아갔다. 영전에 머리를 찧으며 슬프게 곡을 하고 피눈물을 흘렸다.

슬프다! 아버님은 평생 힘들게 사시며 외지를 전전하셨다. 나처럼 못난 아들을 두셔서 효도 받는 즐거움도 누리지 못하셨고 병석에서 탕약 한 첩 못 드셨으니 불효막심한 죄에서 어찌 벗어날 수 있을까. 어머님은 내가 우는 것을 보시고 말씀하셨다.

"왜 이제야 돌아왔느냐?"

"그나마 청군의 편지를 받고 올 수 있었습니다."

어머님은 제수를 한 번 쳐다보시고 더 이상 아무런 말씀이 없으셨다. 빈소에 들어가 사십구재가 되도록 영정을 지키고 있는데, 집안일을 알려주는 사람 하나 없었고 장례 절차를 의논하는 사람도 없었다. 스스로 돌아보니 자식 도리를 제대로 못 했던 탓이어서 가서 물어볼 면목이 없었다.

하루는 갑자기 빚을 독촉하러 몇몇 사람들이 찾아와 문간에서 시끄럽게 떠들어댔다.

"빚을 지고 아직 갚지 않았으니 독촉하는 것은 당연한 일입니다. 하지만 아버님 시신이 아직 식지도 않았어요. 상중에 와서 이렇게 소란을 피우면 너무 심한 처사 아닙니까?"

그중 한 사람이 나에게 넌지시 말해주었다.

"우리는 모두 어떤 사람이 불러서 온 겁니다. 사람들을 피해 밖에 나가 있으시지요. 우리를 불러들인 사람을 찾아가 빚을 받겠습니다."

"내가 빚을 졌으니 내가 갚겠습니다. 그러니 얼른 물러가세요."

그러자 모두들 "예예"하며 돌아갔다. 계당을 불러 타일렀다.

"형이 비록 못났지만 나쁘고 바르지 않은 일을 한 적이 없어. 큰 댁의 양자로 들어가 상복을 낮춰 입고 있지만 지금까지 유산 한 푼도 받은 적이 없어. 이렇게 달려와 장례를 치르는 것은 자식의 도리를 다하기 위해서지 유산이나 얻어내려고 하는 게 아니야. 대장부는 자립을 귀하게 여기는 법. 맨몸으로 왔으니 맨몸으로 돌아 갈 거다."

말을 다하고 빈소로 돌아와 크게 통곡했다.

나는 어머님께 하직 인사를 하고 청군을 찾아가서 깊은 산속으로 들어가 세상 밖에서 적송자赤松子 같은 신선처럼 살겠다고 했다. 청군이 한창 말리고 있는데 담안淡安 하남훈夏南薰과 읍산揖山 하봉 태夏逢泰 형제가 찾아왔다. 그들은 자초지종을 듣더니 큰소리치며 말렸다.

"집안이 이 지경이니 정말로 화가 날 만도 하지. 허나 아버님은 돌아가셨지만 어머님이 아직 살아 계시지 않는가. 아내가 죽었지만 아이들이 아직 자립도 못 했는데 홀연히 세상을 버리면 마음이 편안할 것 같은가?"

"그러면 어쩌란 말인가?"

담안이 말했다.

"누추하지만 잠시 우리 집에 머물게. 듣자 하니 석탁당 전찬殿撰이 잠시 휴가 내어 고향으로 돌아온다 하네. 그 사람이 오면 한번 찾아가게. 틀림없이 자리 하나 마련해줄 테니."

"상을 당한 지 아직 백 일도 안 되었고 자네들도 연로하신 부모님을 모시고 있지 않나. 아무래도 많이 불편할 걸세."

읍산이 말했다.

"우리가 자네를 데리고 가려는 것은 집안 어른의 뜻이기도 하네. 자네가 정 불편하다면 이렇게 하지. 집 서쪽에 선사禪寺가 하나 있는데 마침 주지 스님과 절친한 사이네. 절 안에 침상 하나만 마련해달라고 하면 어떻겠나?"

내가 좋다고 하니 청군이 말하였다.

"할아버님께서 남겨주신 집은 적어도 삼사천 금은 될 것입니다. 이미 한 푼도 받지 않겠다고 하셨지만 아버지 행장까지 버리시겠습니까? 제가 가지고 와서 아버지 계신 곳으로 보내드리겠습니다."

행장 외에도 아버님께서 남기신 책과 벼루, 필통 등을 전해 받았다.

선사의 주지 스님은 나에게 대비각大悲閣을 내주었다. 대비각은 남향이었다. 동쪽에는 신상神像이 있었고, 서쪽에는 방 한 칸이 붙어 있었는데 벽에 동그란 문이 나 있었다. 불단 바로 앞은 절을 올리러 온 신도들이 잿밥을 올리는 곳인데 그 가운데 침상을 놓았다. 문 앞에는 관우關羽 상이 위풍당당한 모습으로 칼을 들고 지키고

있었다. 정원에는 크기가 세 아름 정도 되는 은행나무 한 그루가
있어 나무 그늘이 대비각을 완전히 덮고 있었다. 밤에는 고요했지
만 바람이 울부짖는 소리를 냈다. 읍산이 자주 술과 과일을 가져
와 대작해주었다.

"홀로 지내면서 깊은 밤 잠 못 들면 두려운 생각이 들지 않는가?"

"한평생 올바르게 살면서 추악한 마음을 먹어본 적이 없는데 무
엇을 두려워하겠나."

머문 지 얼마 되지 않아 큰 비가 쏟아졌다. 아침부터 밤까지 삼
십 일이나 계속 되었다. 그때 은행나무 가지가 부러지면 어쩌나,
대들보가 쓰러져 절이 무너지기라도 하면 어쩌나 걱정했다. 다행
히 신께서 몰래 도와주시어 무탈하게 지나갔다. 밖에는 담장이 쓰
러지고 집이 무너진 경우가 수를 셀 수 없을 정도였고, 근처 논의
곡식들도 모두 물에 잠겼다. 하지만 나는 매일 스님과 함께 그림을
그리면서 바깥세상의 일을 보지도 알려고 하지도 않았다.

7월 초가 되어서야 하늘이 개기 시작했다. 읍산의 아버님은 호를
순향蓴鄕이라 하셨다. 사업 때문에 숭명崇明에 가시게 되어 함께 가
서 문서를 대필해주고 이십 금을 받았다. 돌아오니 아버님을 안장
하는 날이 되었다. 계당이 봉삼을 통해 장례비가 부족하니 일이십
금만 도와달라는 말을 전해왔다. 주머니를 다 털어내서라도 주려
고 했으나 읍산이 만류해서 반만 주었다. 바로 청군을 데리고 먼저
묘지에 갔다가 장례를 마친 후 대비각으로 돌아왔다.

9월 말 동해東海 영채사永寨沙에 있는 읍산의 소작지에 함께 가서
소작료를 거두었다. 두 달을 지내고 돌아오니 겨울이 끝나가고 있

었다. 읍산의 집 설홍초당雪鴻草堂으로 거처를 옮겨 해를 보냈다. 그 형제들은 정말로 성姓만 달랐을 뿐 형제나 다름없었다.

을축년(1805) 7월 친구 탁당이 도성에서 고향으로 돌아왔다. 탁당의 이름은 온옥韞玉이고 자는 집여執如다. 탁당은 호로 어릴 때부터 죽마고우였다. 건륭 연간 경술년(1790) 과거에서 장원급제하고, 사천四川 중경重慶의 지부知府로 있다가 백련교白蓮敎의 난이 일어나자 삼 년 동안 종군하며 큰 공을 세웠다. 고향으로 돌아와 서로 만나니 너무도 기뻤다. 중양절이 되자 탁당은 가족들을 데리고 사천 중경에 있는 임지로 돌아가야 했다. 내게 함께 가자고 해서 바로 어머님께 작별 인사를 드렸다. 선친의 옛집이 이미 다른 사람에게 넘어가서 어머니는 육상오陸尙吳에게 시집간 아홉째 여동생 집에 계셨다. 어머님은 이렇게 당부하셨다.

"네 동생은 미덥지 못하구나. 네가 반드시 노력하여 집안을 다시 일으켜다오. 너만 믿는다."

봉삼이 나를 배웅하러 나왔다가 갑자기 하염없이 눈물을 흘렸다. 그만 따라오라고 달래며 돌려보냈다.

배가 경구京口를 떠날 때 탁당은 예전부터 알고 지내던 왕척부王惕夫 효렴孝廉이 회양淮揚의 염서에 있다며 길을 돌아가더라도 들러서 만나고 가자고 했다. 그 김에 진운의 묘를 한 번 둘러볼 수 있었다. 배를 돌려 양자강을 거슬러 올라가면서 명승고적을 유람하였다. 호북湖北 형주荊州에 이르렀을 때 탁당이 동관潼關의 관찰사로 승진했다는 편지를 받게 되었다. 탁당은 나에게 아들 돈부敦夫

와 가족들과 함께 잠시 형주에 머물러 달라고 했다. 탁당은 준마를 타고 하인도 단출하게 데리고 중경으로 가서 해를 보내고, 성도成都에서 잔도棧道를 건너 임지에 도착했다.

병인년(1806) 2월 사천에 있던 탁당의 가족들은 처음에는 뱃길로 가다가 번성樊城부터 육로로 갔다. 길은 멀고 비용이 많이 들었다. 수레는 무겁고 사람들도 많아 말이 쓰러져 죽고 바퀴가 부서지기도 했다. 온갖 고생 끝에 3월이 다 되어서야 동관에 도착했다. 탁당은 다시 산동山東의 염방廉訪[안찰사]으로 승진했다. 그는 워낙 청렴한 관리였기에 돈이 없어 가족들을 모두 데리고 갈 수 없었다. 잠시 동천서원潼川書院을 빌려 머물게 했다. 10월 말이 되어서야 봉급이 나와 사람을 보내 가족들을 맞아들였다. 이때 청군의 편지를 받았다. 놀랍게도 봉삼이 이미 4월에 죽었다는 것이다. 지난번 나를 배웅하면서 흘리던 눈물이 아버지와 아들의 영원한 이별을 의미하였음을 비로소 깨달았다. 슬프다! 진운에게 아들이라곤 봉삼 하나뿐인데, 더 이상 대를 이를 수 없게 되었다. 탁당이 이 소식을 듣고 탄식하며 첩 하나를 내주었다. 나는 또다시 춘몽 속으로 빠져들어 이때부터 시끌시끌하게 살아갔다. 언제 꿈에서 깰지 알 수 없는 채로.

# 4. 낭유기쾌浪遊記快

# 방랑 생활의 유쾌함을 추억하다

삼십여 년 막우 일을 하는 동안 천하에 가
보지 못한 곳은 사천, 귀주貴州, 운남雲南뿐이었다. 애석하게도 수레
나 말을 타고 바쁘게 다니거나 곳곳마다 다른 사람을 따라갔기에
마음을 즐겁게 해주는 산수풍경은 구름과 안개가 눈앞을 스쳐가듯
대충 보았을 뿐이었고, 외지고 깊숙한 곳까지 찾아갈 수 없었다.

나는 매사에 내 생각을 밝히는 것을 좋아하여 다른 사람의 말을
듣고 옳다 그르다 하는 일에는 관심이 없다. 시를 논하고 그림을
평할 때 다른 사람이 좋다고 해도 그저 그렇다고 느끼는 경우가
있고, 다른 사람들이 별로라고 해도 내가 좋다고 여기는 경우가 있
다. 명승고적이 되는 기준도 마음에 얼마나 많은 감동을 주느냐에
달려 있다. 아무리 유명해도 아름다움을 느끼지 못하는 곳이 있고,

유명하지 않아도 오묘한 느낌을 주는 곳이 있다. 이제 내가 평생 동안 유람해온 곳에 대해 기록해보려 한다.

내가 열다섯 살 되던 해 아버님 가부공께서는 산음山陰의 조趙 현령[明府] 아래에서 막우 일을 하셨다. 그때 조성재라는 선생이 계셨는데 함자는 전傳으로 항주杭州에서 명망 높은 학자이셨다. 조 현령이 조성재 선생을 초빙해서 그의 아들을 가르치게 했는데, 아버님께서는 나도 그 문하에 들어가게 하셨다. 어느 한가한 날, 밖으로 놀러 나갔다가 후산吼山에 들렀다. 도성에서 십여 리 떨어져 있었고 육로로는 갈 수 없었다. 산 가까이에 가보니 석굴 하나가 있었다. 석굴 위에 놓인 바위는 가로로 금이 가 있어 금방이라도 떨어질 것만 같았다. 그 아래로 배를 저어 들어갔더니 안에는 확 틔어 있었고, 사면은 모두 가파른 절벽이었다. 사람들은 이곳을 '수원水園[물의 정원]'이라고 불렀다. 물가에는 돌로 만든 다섯 칸짜리 누각이 있었고, 맞은편 벽에는 '관어약觀魚躍[물고기가 뛰노는 것을 보다]'이라는 세 글자가 새겨져 있었다. 수심을 알 수 없는 물속에는 큰 물고기가 숨어 있다는 전설이 있었다. 물고기 밥을 한 번 던져보았더니 일 척[삼십 센티미터]도 안 되는 물고기만 올라와 먹이를 받아먹을 뿐이었다.

누각 뒤에는 마른 정원[旱園]으로 통하는 길이 있었다. 작은 돌멩이들이 어지러이 쌓여 있었는데, 손바닥처럼 평평하게 생긴 것도 있었고, 돌기둥 위에 큰 돌을 얹어놓은 것도 있었다. 돌을 깨어낸 자국들이 그대로 남아 있어 보기 좋은 것은 하나도 없었다. 다 돌아보고 수원에서 연회를 열었다. 하인에게 폭죽을 터트리게 했더니 쾅쾅 울리는 소리가 온 산에 울려 퍼져 마치 벼락이 치는 듯했다. 젊은 시절 즐거운 여행의 시작이었다. 애석하게도 난정蘭亭과 우릉禹陵에는 한 번도 가본 적이 없었는데 지금까지 아쉬움으로 남는다.

산음에 온 그 다음해 선생님께서는 부모님이 연로하시어 고향을 떠나 지낼 수 없다고 하시며 고향집에 서당을 차리셨다. 나도 선생님을 따라 항주로 갔다. 그 덕에 서호의 명승지를 마음껏 구경할 수 있었다. 경치가 가장 잘 어우러진 곳은 용정龍井이고, 그다음은 소유천원小有天園이라고 생각한다. 바위는 천축산天竺山의 비래봉飛來峰, 성황산城隍山의 서석고동瑞石古洞이 좋고, 물은 옥천玉泉이 좋다. 물이 맑아 물고기도 많고 생기가 넘치는 느낌을 준다. 아마도 가장 형편없는 것은 갈령산葛嶺山의 마노사瑪瑙寺일 것이다. 이 외에 호심정湖心亭, 육일천六一泉 등도 각각 경치가 뛰어난 곳이다. 여기에 다 기록할 수 없지만 모두 향락적인 분위기에서 벗어나지 못해 차라리 그윽하고 조용하며 우아하고 천연 그대로의 소정실小靜室이 더 낫다.

소소소蘇小小[남제(南齊)의 이름난 기생]의 무덤은 서령교西泠橋 옆에 있었다. 마을 사람들은 처음에 무덤의 반은 거의 황토뿐이었다고 했다. 건륭 경자년(1780) 황제께서 남쪽으로 순수巡狩하시면서 이곳에 한 번 들리셨고, 갑자년(1784) 봄에 다시 성대하게 남쪽으로 순수하셨을 때, 소소소의 무덤은 이미 팔각형 모양의 돌로 다시 세워졌다. 그 위에 커다란 글씨로 '전당소소소지묘錢塘蘇小小之墓[전당 소소

175

소의 묘'라고 새겨진 비석이 놓여졌다. 이때부터 소소소를 조문하러 온 시인들이 무덤을 찾기 위해 배회할 필요가 없어졌다고 한다. 생각해보니 예로부터 열녀나 충신 중에 이름이 전해지지 않고 묻혀버린 자는 셀 수 없이 많았고, 전해졌더라도 오래가지 못하는 자가 적지 않았다. 소소소는 이름난 기생일 뿐인데 남제부터 지금까지 모든 사람이 알고 있으니 이는 신령스러운 기운이 모여 들어 호산湖山을 감싸고 있기 때문이 아닐까?

서령교 북쪽으로 몇 걸음 가면 숭문서원崇文書院이 있다. 친구 조집지趙緝之와 함께 이곳에서 시험을 친 적이 있었다. 그때는 기나긴 여름날이었다. 아침 일찍 일어나 전당문錢塘門을 나왔다. 소경사昭慶寺를 지나 단교斷橋에 올라 돌난간 위에 앉았다. 해가 막 떠올라 아침노을이 버드나무 위를 비추는데, 그 모습이 너무나 아름다웠다. 하얀 연꽃 향기 속으로 맑은 바람이 천천히 불어와 몸과 마음을 맑게 해주었다.

나는 다시 걸어서 서원에 도착하였는데, 그때까지 시제試題가 아직 나오지 않았다. 오후에 답안지를 내고 집지와 함께 더위를 피해 자운동紫雲洞으로 서늘한 바람을 쐬러 갔다. 수십 명 정도 들어갈 만한 크기였는데 바위틈 사이로 햇빛이 들어오고 있었다. 나지막한 탁자와 의자를 놓고 술을 파는 사람이 있었다. 우리는 옷을 풀어헤치고 간단하게 술을 마셨다. 사슴 포를 먹었는데 맛이 너무 좋았다. 신선한 마름 열매와 하얀 연근도 안주로 먹었다. 약간 취해서 동굴에서 나오니 집지가 말했다.

"위에 조양대朝陽臺란 곳이 있는데 꽤나 높고 넓다네. 한번 가보지 않겠나?"

나도 흥이 나서 용기를 내어 꼭대기까지 올라갔다. 서호는 거울 같았고 항주성은 둥근 알 같았으며 전당강은 띠 같았다. 수백 리 먼 곳까지도 볼 수 있었는데 내 평생에 처음 본 장관이었다. 한참을 앉아 있으니 해가 지려고 해 서로 붙들고 산에서 내려왔다. 남병산南屏山의 저녁 종이 울리고 있었다. 도광韜光과 운서雲棲는 멀어 가지 못했다. 홍문국紅門局의 매화나 고고묘姑姑廟의 소철나무는 그저 그랬다. 자양동은 반드시 가볼 만한 곳이라 여겨 찾아갔더니 동굴 입구가 손가락 하나만 들어갈 수 있는 정도였고, 물만 졸졸 흘러나오고 있었다. 동굴 가운데 낙원이 있다는 전설이 전해지지만 문을 내고 들어갈 수 없어 아쉬웠다.

청명절에 선생님께서 제사를 지내러 가신다며 나에게 같이 가자고 하셨다. 산소는 동악東嶽에 있었다. 이 마을은 대나무가 많았는데, 묘지기가 아직 땅 위로 솟아나지 않은 죽순을 캐내고 있었다. 모양은 배 같은데 더 뾰족하게 생겼다. 묘지기는 그걸로 국을 끓여 손님들에게 주었다. 국이 맛있어서 두 그릇이나 비웠더니 선생님께서 말씀하셨다.

"아이고! 이건 맛있지만 심혈을 상하게 하는 거야. 고기를 많이 먹어 독성을 없애야 해."

나는 원래 육식을 좋아하지 않았고, 이날은 죽순국을 먹느라 밥도 조금밖에 먹지 않았다. 그랬더니 돌아오는 길에 목이 마르고 입술과 혀가 서의 갈라지는 것 같았다. 석옥동石屋洞을 지났지만 그

다지 볼 만한 경치가 없었다. 수악동水樂洞의 가파른 절벽에는 온통 등나무 넝쿨이 뻗어 있었다. 동굴을 들어가니 안은 아주 작은 방 정도의 크기였다. 샘물이 세차게 흐르고 있었고 소리는 낭랑했다. 못의 너비는 삼 척[약 일 미터] 정도, 깊이는 오 치[십오 센티미터] 정도 되었는데, 물이 넘치지도 줄지도 않았다. 몸을 숙여 샘물을 마셨더니 갈증이 한순간 사라졌다. 동굴 밖에는 조그만 정자가 두 개 있었다. 거기 앉으면 샘물 소리를 들을 수 있었다. 스님이 만년 항아리[萬年缸]를 한번 보라고 권했다. 항아리는 절의 식당에 있었는데 매우 컸다. 대나무 관으로 물길을 끌어와 항아리에 샘물을 대고 있었다. 콸콸 물이 넘쳐흐르는 소리가 들렸다. 오랜 세월에 물이끼가 일 척[삼십 센티미터] 정도나 끼어 있었다. 겨울에도 물이 얼지 않아 항아리가 깨지지 않는다고 한다.

신축년(1781) 8월 아버님께서 학질에 걸리셔서 고향으로 돌아오셨다. 아버님은 한기가 들면 화로를 찾으셨고, 더우면 얼음을 달라 하셨다. 몸에 해로우니 그러지 마시라고 권해도 듣지 않으셨다. 결국 병세는 상한傷寒[지금의 장티푸스]으로 도졌고, 건강은 날로 악화되셨다. 탕약 시중을 들면서 거의 한 달 동안 밤낮으로 눈도 제대로 붙이지 못했다. 진운도 큰 병에 걸려 시름시름 병상에서 앓고 있었다. 심경이 너무도 힘들었던 것은 말로 다 할 수 없는 지경이었다. 어느 날 아버님께서 나를 불러 당부하셨다.

"내가 아무래도 병 때문에 못 일어날 것 같구나. 네가 책 몇 권을 가까이하고 있지만 그것은 입에 풀칠할 수 있는 방법이 되지 못해.

의형제 맺은 장사재蔣思齋에게 너를 부탁할 테니 내 직업을 이어나
가도록 하여라."

다음 날 장사재라는 분이 오셨고, 침상 앞에서 아버님의 명을 받
들어 이 분을 스승으로 모시기로 했다. 얼마 후 아버님은 명의 서
관련徐觀蓮 선생의 치료를 받게 되어 점차 병세를 회복하셨다. 진운
역시 서 선생의 도움으로 병상에서 일어나게 되었다. 이때부터 막
우 일을 배우기 시작했다. 그 일은 즐거운 일이 아니었다. 하지만
왜 여기에 기록하느냐고? 이 일은 내가 책을 던져버리고 유람을
하게 된 계기가 되었기 때문이다. 그래서 기록하는 것이다.

장사재 선생의 함자는 양襄이었다. 그해 겨울 선생을 따라 봉현
奉賢의 관사로 가서 막우 일을 배웠다. 나와 함께 막우 일을 배우는
사람이 있었는데, 성은 고씨顧氏, 이름은 금감金鑒, 자는 홍간鴻干, 호
는 자하紫霞라 하였다. 그 역시 소주 사람이었다. 기개가 있고 강직
하였으며 바르고 곧아서 아첨하지 않는 성품이었다. 나보다 한 살
이 많아서 형이라고 불렀고, 홍간도 나를 동생이라 불렀다. 서로가
마음이 잘 맞아 홍간은 내 첫 번째 지기가 되었다. 하지만 슬프게
도 홍간은 스물두 살의 나이에 요절했다. 이때부터 나는 사람들과
어울리지 않았고 친구를 많이 사귀지도 않았다. 올해 내 나이 마흔
여섯 살. 아득한 바다 같은 세상에서 남은 생애 동안 홍간 같은 지
기를 또다시 만날 수 있을지 모르겠다.

홍간과 지냈을 때를 떠올려보면, 우리는 포부가 높고 커서 가끔
산속에 들어가 살까 하는 생각도 했었다. 중양절에 홍간과 소주에

있었는데, 아버님과 친분이 있으신 왕소협王小俠이라는 분이 아버님과 함께 여배우들을 집으로 불러 공연하게 하고 연회를 열고자 하셨다. 나는 시끄러운 것이 싫어서 나중에 초가집 지을 땅을 구한다는 핑계를 대고 하루 전날 홍간과 함께 한산寒山에 오르기로 약속했다. 진운은 조그마한 술 단지를 마련해주었다.

다음 날 동이 막 트려고 할 무렵 홍간은 이미 대문에 와 있었다. 술 단지를 들고 서문胥門을 나와 국숫집에서 배불리 국수를 먹었다. 서강을 건너 횡당橫塘의 조시교棗市橋까지는 걸어서 가고, 거기서 조그마한 배를 빌려 갔다. 산에 도착하니 아직 정오가 되지 않았다. 뱃사공이 제법 선량한 사람인 같아 쌀을 사서 밥을 지으라고 하였다. 언덕을 올라 먼저 중봉사中峰寺로 갔다. 절은 지형고찰支硎古刹의 남쪽에 있었다. 길을 따라 올라갔더니 절은 숲 깊숙한 곳에 있었고 바깥문은 고요했다. 외진 곳에 있어 스님들도 바쁘지 않았지만, 두 사람의 행색이 너절한 것을 보고 대접을 해주려고 하지 않았다. 우리도 거기가 목적지는 아니었기에 더 들어가지 않았다.

배로 돌아오니 밥은 이미 다 되어 있었다. 밥을 다 먹고 뱃사공이 술 단지를 들고 따라나서며 아들에게 배를 지키라고 당부했다. 한산에서 고의원高義園의 백운정사白雲精舍까지 갔다. 절은 가파른 절벽에 붙어 있었고, 아래에 작은 연못을 만들어놓았다. 연못 주위에 돌과 나무가 둘러싸고 있었고 물은 맑았다. 절벽은 줄사철나무 넝쿨이 뒤덮고 있었고, 담장에는 이끼가 끼어 있었다. 절에 앉아 있으니 낙엽이 우수수 떨어지는 소리만 들리고 인적도 드물었다. 문을 나서니 정자가 하나 있어 뱃사공에게 거기서 기다려달라고 하였다. 우리는 일선천—線天이라는 바위틈으로 들어갔다. 계단을 따라 빙빙 올라갔더니 바로 정상이 나왔다. 그곳은 상백운上白雲이라하였다. 암자는 이미 폐허가 되었고 높이 솟은 누각만 남아 있었다. 거기서 멀리까지 볼 수 있었다. 잠시 쉬었다가 서로 붙들고 의지하며 내려왔더니 뱃사공이 말했다.

"산에 오르시면서 술 단지 가져가는 것을 잊으셨습니다."

"함께 은거할 만한 땅을 찾기 위해 여기에 온 거지 산에 오르려고 온 것이 아니라네."

"여기에서 남쪽으로 이삼 리 정도 가면 상사촌上沙村이라는 곳이 있습니다. 인가도 많고 빈 땅도 있습니다. 거기에 친척 범씨範氏가 살고 있는데 한번 가보시겠습니까?"

나는 기뻐하며 말했다.

"명나라 말엽 서사재徐俟齋 선생이 은거하던 곳이군. 거기 있는 정원이 그윽하고 운치도 있다던데 아직 한 번도 가본 적은 없었네."

뱃사공을 따라가니 마을은 산과 산 사이의 좁은 길목에 있었다. 정원은 산을 끼고 있었지만 바위는 없었다. 오래된 나무들이 구불구불하며 울창하였고, 정자와 창문, 난간은 모두 소박했다. 대나무 울타리와 초가집은 은거하는 선비의 거처로 손색이 없었다. 정원에는 조협정皁莢亭이라는 정자가 있었고, 나무 둘레가 두 아름 정도 되었다. 지금까지 본 정원과 정자 중에서 제일 좋았다.

정원 왼쪽에는 계롱산雞籠山이라고 하는 가산假山이 있었다. 산봉우리는 곧게 솟았고 위에 큰 바위가 있었다. 항주의 서석고동 같았으나 그만큼 정교하거나 아름답지 않았다. 한쪽에 침상처럼 넓적

한 푸른 바위가 있어 홍간이 누우며 말했다.

"올려 보면 산봉우리가 있고 내려 보면 정원과 정자가 있는 곳이네. 넓고 그윽하니 여기서 술 단지를 열어도 되겠어."

뱃사공도 불러 함께 술을 마셨다. 노래도 부르고 휘파람도 부르다보니 마음이 확 트이는듯했다. 마을 사람들은 우리가 땅을 보러 왔다는 말을 듣고 풍수가인 줄 알고 몰려와 어느 땅이 풍수가 좋은지 알려주었다. 홍간이 말했다.

"마음에 들기만 하면 풍수는 따지지 않으려고 합니다."

이 말이 예언이 될 줄 어찌 알았겠는가!

술 단지를 비우고 각자 들국화를 양쪽 귀밑머리에 꽂고 배로 돌아오니 해가 지려 하고 있었다. 일 경[두 시간] 정도 걸려 집에 도착했다. 손님들은 아직 돌아가지 않고 있었다. 진운이 내게 넌지시 말했다.

"여배우 중에 난관蘭官이란 아이가 있는데 용모가 단정하고 괜찮아요."

어머님이 부르신다고 거짓말로 둘러대고 아이를 방으로 불러들였다. 아이의 손목을 잡고 자세히 들여다보니 정말로 뺨이 오동통하며 피부도 하얗고 부드러웠다. 진운을 바라보며 말했다.

"예쁘긴 하지만 이름값을 할 정도는 아니잖아요."

"오동통하니 복스러운 상이잖아요."

"마외馬嵬에서 죽은 양귀비楊貴妃에게 무슨 복이 있었어요?"

진운은 아이에게 물러가라고 하였다.

"오늘 또 많이 취하셨군요."

그날 다녀온 곳을 다 말해주었더니 진운도 한참 넋을 놓고 들었다.

계묘년(1783) 봄 유양維揚[양주] 관아의 초빙을 받은 사재 선생을 따라가면서 처음으로 금산金山과 초산焦山의 진면목을 보았다. 금산은 멀리서 보는 것이 좋았고, 초산은 가까이에서 보는 것이 좋았다. 하지만 아쉽게도 그 사이만 오갔을 뿐 산에 오르지는 못했다. 강을 건너 북쪽으로 가다보니 왕사정王士禎[청나라의 시인]이,

> 푸른 버들의 성곽 이곳이 양주라네.
> 綠楊城郭是揚州

라고 한 구절이 눈앞에서 펼쳐지는 것 같았다.

평산당平山堂은 성에서 대략 삼사 리[대략 이 킬로미터] 떨어져 있었지만 실제 가는 길은 팔구 리[대략 사 킬로미터]나 되었다. 모두 인공으로 만들어졌지만, 진기하고 환상적인 분위기를 연출하고 있어 오히려 자연스러웠다. 낭원閬苑, 요지瑤池, 경루瓊樓, 옥우玉宇도 이보다 못할 것이라고 생각했다. 가장 오묘한 부분은 십여 개의 정자가 하나로 어우러진 데 있었다. 산까지 연결되면서 기세가 서로 통하게 되어 있었다. 정원을 구상할 때 가장 어려운 곳은 성문을 나서면서 이어지는 경관이었을 것이다. 정원은 일 리[대략 사백 미터] 남짓 성곽과 붙어 있었다. 대개 성은 광활하고 넓으며 산들이 겹쳐진 곳에 있어야 그림처럼 보기 좋다. 만약 여기에 원림園林[정자, 바위, 나무 등으로 인공적으로 꾸민 숲]이 있으면 매우 답답하고 어색하게 된다. 그럼에도 평산

당을 바라보니 정자나 누대, 담과 돌, 대나무와 나무들이 보일 듯 말 듯 있어 나그네의 눈에 거슬리지 않았다. 이는 식견이 깊지 않은 사람은 결코 생각해낼 수 없는 것이었다.

성벽이 끝나는 곳에 '홍원虹園[무지개 정원]'을 시작으로 하여 북쪽으로 돌아가면 '홍교虹橋[무지개 다리]'라는 돌다리가 있다. 정원 이름에서 다리 이름을 붙인 것인지 다리 이름에서 정원 이름을 붙인 것인지 모르겠다. 배를 저어 다리를 지나면 긴 제방이 나오는데, 흔히 '장제춘류長堤春柳[제방 위의 봄버들]'라 불린다. 성벽 끝이 아니라 다리를 지나고 난 지점에 장제춘류가 있어 더욱 절묘한 느낌을 주었다. 다시 서쪽으로 돌아가면 흙을 쌓아 산을 만들고 그 위에 사당을 세운 '소금산小金山[작은 금산]'이 있다. 산이 시야를 막아주어 전체의 기세가 치밀한 느낌을 주었다. 이 역시 평범한 솜씨가 아니었다. 이곳 땅은 원래 모래흙이어서 건물을 지을 수가 없는데, 나무말뚝을 층층이 쌓고 흙을 올려 만들었다고 한다. 수만금의 비용을 들여 완성한 것이니 양주의 부상富商들이 아니었다면 어찌 이 일이 가능했겠는가!

여기를 지나면 승개루勝槪樓가 나온다. 매년 승개루에서 작은 배들이 겨루는 경주 놀이[競渡]를 구경할 수 있다. 강폭이 비교적 넓고 남북으로 '연화교蓮花橋[연꽃 다리]'가 가로질러 있다. 다리 문은 팔방으로 통하고 안에 정자 다섯 채가 있다. 양주 사람들은 이를 '사반일난과四盤一暖鍋[중국식 샤브샤브 요리]'라고 부른다. 이곳은 생각을 억지로 짜내 만든 것 같아 별로 좋지 않았다. 다리 남쪽에는 연심사蓮心寺라는 절이 있다. 절에는 라마백탑喇嘛白塔이 우뚝 솟아 있다. 금색칠한 꼭대기에 장식 구슬이 있어 하늘까지 높이 솟은 듯하였다. 신전의 모퉁이와 붉은 담장은 소나무와 잣나무가 가려주면서 서로 어우러졌고, 가끔씩 풍경 소리도 들렸다. 이것은 천하의 다른 정자에서 보지 못한 광경이었다.

다리를 지나니 삼 층으로 된 높은 누각이 보였다. 아름답게 색칠한 마룻대와 높이 들린 처마가 오색찬란하였다. 태호석太湖石을 겹겹이 쌓은 다음, 주위에는 대리석으로 난간을 만들어 '오운다처五雲多處[오색 구름이 모인 곳]'라고 하였다. 문장으로 치면 중간에 나오는 대결구大結構 같은 곳이었다. 이곳을 지나면 '촉강조욱蜀岡朝旭[촉나라 언덕 위로 돋는 아침 해]'이란 곳이 나온다. 평범하고 무난했지만 억지로 만들어놓은 것이었다. 산 가까이에 이르니 강폭이 점차 좁아졌고, 흙을 쌓아 대나무를 심은 곳을 네다섯 번 휘감고 지났다.

산이 끝나고 물길이 다한 것 같더니 갑자기 환하게 트이면서 평산의 만송림萬松林이 눈앞에 펼쳐졌다. '평산당'이라는 현판은 구양수가 쓴 것이다. 하지만 '회동제오천淮東第伍泉[회동에서 다섯 번째로 물맛이 좋은 샘]'이라고 하는 것은 사실 가산의 동굴에 있는 우물에 불과하였고, 물맛도 여느 샘물과 같았다. 하정荷亭의 육공철정란六孔鐵井欄[여섯 개 구멍이 뚫린 무쇠 뚜껑으로 덮은 샘물]은 가짜로 만들어놓은 것이며, 물을 마실 수도 없었다. 구봉원九峰園은 별도로 남문南門의 깊고 조용한 곳에 있었는데, 특히 자연스러운 정취가 풍부했다. 여러 정원 중에서 가장 좋은 것 같았다. 강산康山은 가보지 못해 경치가 어떤지 알지 못한다.

지금까지는 그저 대략을 말한 것이다. 정교하고 아름다운 것에 대해 말하자면 일일이 글로 다 쓸 수 없을 정도이다. 비유하자면 짙게 화장한 미인의 모습이지 시냇가에서 빨래하는 여인의 모습은 아니다. 나는 때마침 황제께서 남쪽으로 순수하러 오시는 성대한 행차를 만나게 되었다. 여러 공사들이 완공되었고 황제를 영접할 준비가 다 되었던 터라 대단한 광경을 마음껏 구경할 수 있었다. 평생에 한 번 만나기 어려운 기회였다.

갑진년(1784) 봄 나는 아버님을 모시고 오강 하何 현령의 막우로 일한 적이 있었다. 소음의 장빈강章蘋江과 무림의 장영목章映牧, 초계苕溪의 고애천顧藹泉 등과 함께 일했다. 당시 관아에서 남두우南斗圩의 행궁行宮을 준비했기 때문에 두 번째로 용안을 뵐 수 있었다.

어느 날 해가 저물 무렵 갑자기 집으로 돌아가고 싶은 생각이 들었다. 관아에서 자재를 실어 나르는 작고 빠른 배를 얻어 타고 갈 수 있었다. 커다란 노 두 개와 작은 노 두 개를 저어 태호를 날 듯이 빨리 저어갔다. 오 지역에서는 이런 배를 '출수비두出水轡頭[물에서 나온 고삐와 재갈]'라고 부른다. 배는 눈 깜짝할 사이에 오문교吳門橋에 도착했다. 학을 타고 하늘을 날아오른다 해도 이처럼 기분이 좋지 않았을 것이다. 집에 도착하니 저녁밥은 아직 다 지어지지 않았다.

우리 고향 사람들은 원래부터 화려한 것을 좋아했지만 황제께서 행차하신 이 날의 진귀하고 화려한 분위기는 예전보다 훨씬 더 사치스러웠다. 알록달록한 등불은 눈을 현란하게 했고, 생황 반주에 부르는 노랫소리는 귀를 시끄럽게 했다. 옛사람들이 '화동조맹畫棟雕甍[채색한 기둥과 조각한 기와]', '주렴수막珠簾繡幕[구슬 꿴 발과 수놓은 휘장]', '옥난간玉欄干', '금보장錦步障[비단 장막]'이라고 했던 것도 이보다 더하지 않을 것이다. 나는 친구들에게 이리저리 끌려다니면서 꽃을 꽂거나 비단으로 장식하는 것을 도와주었다. 그러다 한가해지면 친구들을 불러 서로 몰려다니며 마음껏 술을 마시거나 미친 듯이 노래를 부르며 다녔다. 젊은 시절 호기豪氣로 지치는 줄도 몰랐다. 태평성대에 태어났다 해도 외진 시골에 살았다면 어찌 이런 광경을 구경할 수 있었겠는가!

그해에, 하 현령이 사건에 연루되어 파직되었다. 아버님은 곧 해녕의 왕王 현령의 초빙을 받아 가시게 되었다. 이때 가흥嘉興에 사는 오랫동안 채식만 하시고 불심이 깊으신 유혜계劉蕙階라는 분이 아버님을 뵈러 오셨다. 그의 집은 연우루煙雨樓 옆에 있었는데, 강을 마주한 곳에 수월거水月居라는 누각이 하나 있었다. 그가 경전을 암송하는 곳으로 절간처럼 깨끗하고 조용했다. 연우루는 경호鏡湖 가운데 있었다. 사방 언덕은 모두 푸른 버드나무였고, 아쉽게도 대나무는 없었다. 평대平台를 오르면 먼 곳까지 바라볼 수 있었다. 고깃배들이 별처럼 줄지어 있었고 넓은 호수 위로 잔잔한 물결이 일어 마치 달밤 같았다. 스님이 지어주신 절밥은 매우 맛있었다.

아버님은 해녕에 도착하셔서 백문白門의 사심월史心月, 산음의 유오교兪午橋 등과 함께 일하셨다. 사심월이라는 분에게 촉형燭衡이라는 아들이 하나 있었다. 품성이 조용하고 말이 없으며 선비답고 의젓한 사람이었다. 나와 막역한 사이가 되었고 평생에 두 번째 사귐지기가 되었다. 하지만 안타깝게도 물 위를 떠다니는 부평초 같은 신세라 만나서 어울릴 수 있는 날이 적었다.

한번은 진씨陳氏의 안란원安瀾園에 놀러간 적이 있었다. 땅의 넓이는 백 무[약 천팔백 평]나 되고 누각은 첩첩이 이어지며 좁은 길과 회랑이 있었다. 연못은 꽤나 넓었고 다리는 여섯 번이나 굽은 모양이었다. 바위에 등나무 넝쿨이 온통 뻗어 있어 구멍을 파낸 흔적을 완전히 가려주고 있었고, 무척이나 우거진 고목들은 모두 하늘을 찌를 듯한 기세였다. 새가 지저귀고 꽃잎이 떨어지니 마치 깊은 산속에 들어온 것만 같았다. 인공으로 만든 곳이지만 천연에 가까웠다. 그동안 본 평지의 인공 석산과 정자 중에서 가장 으뜸으로 꼽을 수 있겠다.

계화루桂花樓에서 연회가 열린 적이 있었다. 음식 맛이 꽃향기에 다 빼앗겨 맛을 알 수 없을 정도였지만, 된장에 절인 생강 맛은 그대로 느낄 수 있었다. 생강과 계피[肉桂]는 오래될수록 맛이 더 매워지니, 충직하고 절개 있는 신하를 생강에 비유하는 것은 참으로 적절하다.

남문을 나서면 바로 큰 바다가 나왔다. 하루에 두 번 조수가 밀려드는데, 마치 만장萬丈 길이의 은빛 제방이 바다에 부셔져 지나가는 것 같았다. 바다에는 파도타기 놀이를 하는 배도 있었다. 파도가 밀려들면 노를 반대로 돌려 파도를 향하게 한다. 이물에 긴 칼처럼 생긴 나무 표지판을 하나 걸어두었는데, 표지판을 한 번 누르면 파도가 갈라지고 배는 표지판을 따라 바다로 들어갔다가 순식간에 수면 위로 떠올랐다. 뱃머리를 돌려 파도를 따라가면 잠깐 사이에 백 리를 갔다.

제방에는 탑이 세워져 있는 정원이 있다. 중추절 밤 아버님을 따라와 이곳에서 조수를 구경한 적이 있었다. 제방 동쪽으로 약 삼십 리쯤 가면 첨산尖山이 있다. 봉우리가 솟아올라 바다로 달려드는 것 같았다. 산꼭대기에 있는 누각에는 '해활천공海闊天空[바다는 넓고 하늘은 가없다]'이라고 쓰인 편액이 있다. 멀리 바라보면 바다는 끝이 없었고, 성난 파도가 하늘에 맞닿아 있는 것만 보일 뿐이었다.

스물다섯 살 되던 해에 휘주徽州 적계績溪의 극克 현령으로부터 막우로 초빙되어 갔다. 무림에서 강산선江山船을 타고 부춘산富春山을 지나 자릉조대子陵釣臺[자릉 낚시터]에 올랐다. 낚시터는 산허리에 있었다. 봉우리가 우뚝 솟아올라 강물에서 십여 장[삼십 미터]쯤 되는 높이였다. 한漢나라 때 강물이 어찌 지금 산봉우리와 같은 높이였겠는가? 달밤에 우리 배는 휘주 경계에 닿았는데, 그곳에는 치안을 담당하는 순검서巡檢署가 있었다. 소식이,

> 산은 높고 달은 작은데
> 물이 빠지니 바위 드러나네.
> 山高月小 水落石出

라고 한 구절은 바로 이 풍경을 표현한 것이었다. 황산黃山은 겨우 기슭만 보고 그 진면목을 보지 못해 아쉬웠다.

적계성績溪城은 첩첩산중에 있었다. 탄환처럼 조그마한 마을이었고 민심도 순박했다. 성 가까이에 석경산石鏡山이 있었다. 구불구불

꺾어진 산길을 일 리쯤 가면 벼랑에서 폭포가 흘러내렸는데, 촉촉한 비취빛 물방울이 떨어지는 듯했다. 점점 높이 올라가 산허리에 도착하면 돌로 된 네모난 정자가 나오는데, 사면은 모두 가파른 절벽이었다. 정자 왼쪽 바위는 병풍처럼 깎아놓았는데, 푸른빛에 반질반질 윤기가 나서 사람 모습도 비출 수 있을 것 같았다. 전설에 따르면 이 돌에 전생을 비춰볼 수 있다고 한다. 황소黃巢가 이곳을 지나며 자신을 비추어보았더니 원숭이 형상이 나타나 불로 태워버렸다고 한다. 그래서 이제는 더 이상 전생이 나타나지 않는다는 것이다.

성에서 십 리 떨어진 곳에 화운동천火雲洞天이 있었다. 무늬가 얽혀 있고 울퉁불퉁 솟아난 바위들은 마치 황학산초黃鶴山樵 왕몽王蒙의 그림 같았다. 하지만 너무 난잡해서 질서정연한 느낌은 없었다. 동굴 바위는 모두 짙은 붉은색이었다. 옆에 암자가 하나 있었는데, 매우 그윽하고 조용한 곳이었다. 염상鹽商이었던 정허곡程虛谷이 손님들을 불러 여기에서 연회를 베푼 적이 있었다. 그때 상 위에 고기만두가 놓여 있었는데, 어린 사미승이 호시탐탐 곁눈질하기에 내가 네 개를 집어 주었다. 떠나 오면서 스님에게 은화 이 원을 답례로 주려 하였으나, 산에 사는 스님이라 은화를 모른다며 받으려 하지 않았다. 은화 하나로 동전 칠백 문文과 바꿀 수 있다고 알려줬지만 스님은 근처에 돈 바꿀 곳도 없다고 하며 여전히 받지 않았다. 할 수 없어 동전 육백 문을 모아서 주었더니 비로소 기뻐하며 받았다. 그 후 나는 동료들을 불러 술 단지를 가지고 다시 그곳으로 갔다. 노스님이 부탁 말씀을 하셨다.

"지난번에 어린 제자가 무엇을 먹었는지 설사를 했습니다. 오늘은 아무것도 주지 마십시오."

아무래도 명아주나 콩 같은 채식만 하던 배라 고기를 소화하지 못했나보다. 너무도 안타까워 동료들에게 말했다.

"스님이 되려면 반드시 이런 외딴 곳에서 살아야 할 거요. 평생 속세의 일은 보지도 듣지도 말아야 참된 수양을 할 수 있으니까요. 내 고향 호구산虎丘山의 절에서는 하루 종일 보는 것은 요상한 사내와 요염한 기생뿐이고, 귀로 듣는 것은 거문고와 피리 소리뿐이며, 코로 맡는 것은 좋은 요리와 맛있는 술 냄새뿐입니다. 그러니 어찌 '몸은 마른 나무 같고 마음은 식은 재같이' 될 수 있겠습니까?"

또 성에서 삼십 리쯤 떨어진 인리仁里에서는 십이 년에 한 번씩 화과회花果會가 열렸다. 각자 화분에 심은 꽃을 내어 겨루는 경연으로 적계에 있을 때 마침 화과회가 열렸다. 즐거운 마음으로 가려고 했지만 아쉽게도 타고 갈 가마나 말이 없었다. 사람을 시켜 대나무를 잘라 사각 틀을 만들고 위에 의자를 묶어 가마처럼 만든 다음 메고 갈 사람을 구하여 이를 타고 갔다. 이날 함께 구경하러 간 이는 오직 동료 허책정許策廷뿐이었는데, 보는 이들마다 놀라며 웃지 않는 사람이 없었다. 도착하니 어떤 신을 모시는지 알 수 없었지만 사당이 하나 있었다. 사당 앞 넓은 터에는 연극 무대가 높이 세워져 있었다. 화려하게 칠한 대들보와 네모진 기둥은 매우 근사하고 좋아 보였지만, 막상 가까이 가서 보니 종이를 붙여 색칠하고 그 위에 기름칠을 한 것이었다. 징소리가 갑자기 들리더니 장정 네 명이 기둥을 자른 것 같은 커다란 초 두 개를 메고, 여덟 명이 암소

만큼 큰 돼지 한 마리를 메고 왔다. 돼지는 십이 년 동안 마을에서 함께 키운 것인데, 신에게 제물로 바치기 위해 지금 잡으려 한다고 하였다. 책정이 웃으면서 말했다.

"돼지가 정말 장수를 했네요. 신도 이빨이 날카로운가봅니다. 내가 신이라면 어찌 이런 제물을 받을 수 있겠어요?"

"이들의 고지식함과 정성을 볼 수 있잖아요."

사당에 들어가 신전, 복도, 별채, 정원 등에 진열된 꽃 화분을 감상하였다. 가지를 자르거나 마디를 꺾지 않고도 고색창연하고 기이한 멋이 있어 아름다웠다. 대부분은 황산송黃山松이었다. 연극이 시작되자 사람들이 물밀듯이 몰려들어 허책정과 함께 피해 나왔다.

적계에 간 지 이 년도 안 되어 나는 동료들과 마음이 맞지 않아 옷을 털고 고향으로 돌아왔다. 적계에서 막우 일을 하면서 겉으로 시끌벅적하고 번드르르한 관계의 이면에 차마 눈뜨고 볼 수 없는 비열한 행위들이 있는 것을 알고는 선비가 되기를 포기하고 상인이 되기로 마음먹었다. 고모부이신 원만구袁萬九 어르신이 반계盤溪의 선인당仙人塘에서 술 빚는 일을 생업으로 삼고 계셨다. 시심경施心耕과 함께 돈을 내어 동업하기로 했다. 고모부님의 술은 원래 해외로 판매하였는데[海販], 일 년도 못 되어 대만臺灣에서 임상문林爽文의 난이 일어나는 바람에 바닷길이 막히고 재고가 쌓여 본전까지 날리게 되었다. 부득이 다시 익숙하게 하던 일로 돌아갈 수밖에 없었다. 강북江北의 관아에서 사 년 동안 막우 일을 다시 하였는데, 이때는 기록으로 남길 만큼 즐거운 여행이 없었다.

우리 부부는 소상루로 이사한 후 화식火食하는 신선이 된 것 같왔다. 그때 사촌 매제인 서수봉이 월동粵東에서 돌아왔다. 내가 일도 없이 지내는 것을 보고 딱하게 여기며 말했다.

"형님은 이슬을 받아서 밥 짓고 붓으로 밭 갈아 불을 땔 참인가요? 그것은 오래갈 수 있는 대책이 아닙니다. 저와 영남을 한번 다녀오시지요. 당연히 지금의 쥐꼬리[蠅頭, 파리 대가리]만 한 수입보다는 나을 거예요."

진운 역시 권했다.

"부모님이 아직 건강하시고 당신도 한창 나이니 겨우 땔나무와 쌀이나 마련하며 한가하게 지내는 것보다 한 번 고생하고 오랫동안 편한 것이 낫지 않겠어요?"

다시 여러 친구들과 상의해 돈을 모아 목돈을 만들었다. 진운은 직접 자수품을 만들고, 영남에는 없는 소주의 전통주와 술에 담근 게 등을 마련해주었다. 부모님께 아뢰고 10월 10일 수봉과 함께 동파東壩를 거쳐 무호구蕪湖口로 갔다.

장강長江은 처음 지나가는 것이었다. 가슴이 시원하게 뚫리는 것 같았다. 매일 저녁이면 배를 대고 이물에서 조촐하게 술자리를 마련했다. 하루는 어떤 어부를 만났는데, 그물 크기는 삼 척[대략 일 미터]도 안 되었다. 그물 구멍은 사 치[대략 십이 센티미터] 정도 되어 보였고 네 모퉁이에 쇠테가 둘려져 있었다. 나는 웃으며 말했다.

"성인의 가르침에 '그물은 촘촘하면 안 된다[罟不用數]'고 했지만 이렇게 구멍이 크고 그물은 작아서야 어찌 고기를 잡겠습니까?"

수봉이 말하였다.

"저건 오로지 방어[鯿魚]를 잡기 위해 만든 그물이에요."

그물에는 긴 두레박줄이 묶여 있었다. 줄을 잡고 재빨리 올렸다 내렸다하면서 물고기가 있는지 없는지 살피는 것 같았다. 얼마 되지 않아 어부가 급하게 그물을 당겼더니 그물코에 방어가 걸려 올라오고 있었다. 나는 비로소 감탄하였다.

"혼자만 아는 식견으로는 오묘한 이치를 다 헤아릴 수 없군!"

하루는 강 한가운데 우뚝 솟은 봉우리를 보았다. 사방으로 기댈 것이라고는 아무것도 없었다. 수봉은 그곳이 소고산小孤山이라고 했다. 서리가 내린 숲 속에 전각殿閣들이 들쭉날쭉 서 있는데 바람을 타고 급히 지나가느라 가보지 못한 것이 못내 아쉬웠다.

등왕각滕王閣에 도착하니 마치 소주 부학府學에 있는 존경각尊經閣을 서문 부두에 옮겨놓은 것 같았다. 왕발王勃[당나라의 시인]이 「등왕각서滕王閣序」에서 말한 것은 믿을 수 없는 것이었다. 우리는 곧 등왕각 아래에서 '삼판자三板子'로 배를 갈아탔다. 삼판자는 이물과 고물이 높이 올라간 배였다. 배를 타고 감주贛州를 지나 남안南安에 도착해 육지에 올랐다. 그날은 내 서른 번째 생일이어서 수봉이 국수를 마련하여 축하해주었다.

다음 날 대유령大庾嶺을 넘었는데, 산 정상에 '거두일근擧頭日近[고개를 드니 해가 가깝네]'이라는 편액이 걸린 정자가 있었다. 산이 높다는 뜻이다. 산꼭대기는 둘로 나뉘어 있었다. 양쪽으로 가파른 절벽이었고, 가운데 돌로 만든 것 같은 길이 나 있었다. 입구의 비석 두 개에는 각각 '급류용퇴急流勇退[한창 전성기일 때 용기있게 물러나라]', '득의불가재왕得意不可再往[뜻을 얻었으면 다시 가지 마라]'이라고 새겨져 있었다. 산꼭대기에는 매梅 장군의 사당이 있었는데, 어느 시대 사람인지 알 수 없었다. 사람들이 '고개 위의 매화[嶺上梅花]'라고 부르지만 아무리 둘러봐도 주변에 매화나무 한 그루도 없었다. 아무래도 매 장군의 이름을 따라 매령梅嶺이라고 한 것 같았다. 선물로 주려고 가지고 온 매화 화분은 여기에 오니 12월인데 벌써 꽃잎이 떨어지고 잎은 누렇게 변해버렸다.

고개를 넘어 입구로 나오니 산천의 풍경이 사뭇 다르다고 느껴졌다. 고개 서쪽의 산에는 아름다운 석굴이 있었는데 지금은 이름을 잊어버렸다. 가마꾼이 동굴 안에 신선의 침상이 있다고 알려주었지만 바쁘게 지나가느라 들러보지 못해 아쉬웠다.

남웅南雄에 도착해서는 노룡선老龍船을 세내어 타고 갔다. 불산진佛山鎭을 지나니 집집마다 담장 위로 화분들이 많이 놓인 것이 보였다. 나뭇잎은 감탕나무[冬靑] 같았고 꽃은 모란[牡丹] 같았으며 색깔은 빨강, 연분홍, 분홍 세 가지였다. 모두 동백꽃[山茶花]이었다.

12월 15일이 되어서야 우리는 성에 도착했다. 정해문靖海門 안 길가에 있는 왕씨 집 이 층의 방 세 칸을 빌려 지냈다. 수봉이 가지고 온 물건들은 모두 요직에 있는 사람들에게 팔려나갔다. 그가 품목을 적어 손님들을 찾아다닐 때, 나도 같이 따라다녔다. 혼례를 준비하는 사람들이 끊이지 않고 찾아와 물건을 사가는 바람에 열흘도 안 되어 내 물건도 다 팔렸다. 섣달 그믐날 밤인데도 이곳은 모기 소리가 우레 같았다. 새해 아침에 세배하러 가는 사람들은 솜저고리 위에 얇은 조끼만 걸치고 있었다. 기후가 아주 다를 뿐 아니라 사람들도 겉모습[五官]은 같으나 그 표정[神情]은 매우 달랐다.

1월 16일 관아에서 일하는 고향 친구 셋이 나를 데리고 강으로 가서 기생 구경을 시켜주었는데, 그 곳에서는 이를 '물 위에서 사냥하기[打水圍]'라고 불렀고, 기생은 노거老舉라고 불렀다. 다 함께 정해문을 나서서 작은 배에 올랐다. 배는 마치 달걀을 반으로 자른 듯한 모양으로 위에 덮개를 씌워놓았다. 우리는 먼저 사면沙面으로 갔다. 꽃배[花艇]라고 하는 기생들의 배들이 두 줄로 줄지어 마주 보고 있었는데, 작은 배들이 오고갈 수 있도록 가운데 물길을 열어두었다. 각각의 기생방[幇, 조합]마다 열 척 내지 스무 척 정도의 배가 있었고, 해풍을 막기 위해 횡목에 배들을 묶어 놓았다. 배 두 척 사이에 말뚝을 박고 등나무 줄기로 묶어 연결해 밀물과 썰물에 따라 배가 오르내릴 수 있게 했다.

소두파梳頭婆라 부르는 기생 어미는 머리에 사 치[약 십이 센티미터] 정도 높이의 은색실로 만든 틀을 얹은 다음, 틀 안은 비워두고 밖으로 머리를 둥글게 말아 올렸다. 긴 귀이개를 꽃 한 송이처럼 귀밑머리에 꽂고 있었다. 까만 웃옷과 발뒤꿈치까지 오는 긴 바지를 입었고, 허리에는 붉거나 푸른 땀수건을 둘렀으며 맨발에 가죽신을 신었다. 연극 무대의 여자 주인공 같은 차림새였다. 꽃배 위로 올라가니 몸을 굽히고 웃으며 우리를 맞이해주었다. 휘장을 걷고 선창으로 들어가니 양옆으로 의자와 탁자가 있었고 가운데 큰 침구가 있었으며 뒤에 난 문은 고물과 통하였다.

손님들이 왔다고 기생 어미가 소리치자 신발 끄는 소리가 요란하게 들리면서 기생들이 나왔다. 머리를 틀어 올린 이도 있었고 많은 이도 있었다. 회칠한 담장처럼 얼굴에 분칠을 했고 석류처럼 빨간 연지를 발랐다. 어떤 이는 붉은 웃옷에 녹색 바지, 어떤 이는 녹색 웃옷에 붉은 바지를 입고 있었고, 짧은 버선에 수놓은 호접리를 신은 이도 있었다. 또 어떤 이는 맨발에 은으로 된 발찌를 차고 있었다. 그들은 침상에 쭈그리고 앉거나 문에 기대어 두 눈을 반짝거릴 뿐 한마디 말도 없었다. 수봉을 돌아보며 말했다.

"왜들 이러는 것인가?"

"마음에 드는 애가 있으면 불러보세요. 올 거예요."

시험 삼아 한 번 불러보았다. 기생 한 명이 정말로 기뻐하며 앞으로 다가오더니 소매 속에서 빈랑檳榔을 꺼내 나에게 내밀었다. 한입에 넣어 씹었는데, 떫은맛을 참을 수가 없어 바로 토해내고는 종이로 입을 닦았다. 마치 피를 토한 것 같았다. 배에 있던 사람들이 이를 보고는 모두 배를 잡고 웃었다.

우리는 또 군공창軍工廠 부근의 꽃배에도 갔는데, 여인들의 차림새는 똑같았다. 단지 나이가 많거나 어리거나 모두 비파를 탈 수 있는 점이 달랐다. 말을 걸면 "미에[  ]"라고만 대답하였다. 소주 말로 '왜요?'라는 뜻이었다.

"젊어서 광동에 가지 말라는 것은 기생에게 넋이 나갈까봐 하는 말인데, 이렇게 야만스러운 몸치장에 사투리를 써대는데 누가 마음을 뺏기겠어?"

그러자 한 친구가 말했다.

"조방潮幫의 기생들은 차림새가 선녀 같으니 한번 놀러갈 만하지."

우리는 조방으로 갔다. 배들이 줄지어 서 있는 것은 사면과 같았다. 유명한 기생 어미인 소낭素娘은 차림새가 화고희花鼓戱[북으로 반주하며 공연하는 전통극]에 나오는 여인 같았다. 기생들은 모두 옷깃이 긴 옷을 입었고 목걸이를 하고 있었다. 앞머리는 눈썹까지 가지런히 잘랐고 뒷머리는 어깨까지 닿았다. 가운데 머리는 여자아이처럼 양 갈래로 둥글게 매었다. 전족한 기생은 치마를 입었고, 전족을 하지 않은 기생은 짧은 버선에 호접리를 신고 긴 통바지를 입었다. 말은 알아들을 수 있었지만 이상한 복장이 싫어서 영 내키지 않았다. 수봉이 말했다.

"정해문 맞은편 나루터에 양방揚幇이 있어요. 모두 양주 복장과 화장을 하였을 테니 가시면 마음에 드는 사람이 있을 거예요."

또 한 친구가 말했다.

"양주 사람이 하는 조방이라고 하지만 기생 어미 과부 소씨邵氏라는 자와 과부 소씨가 데리고 온 대고大姑라는 며느리를 빼면 나머지는 모두 호남湖南, 호북, 산서 사람들이라네."

양방에 갔더니 두 줄로 마주 보며 서 있는 배는 겨우 십여 척이었다. 양방의 여인들은 머리를 구름처럼 곱게 올렸고 엷은 화장을 했다. 넓은 소매에 긴치마를 입었고 말도 잘 알아들을 수 있었다. 과부 소씨가 우리를 맞아주었다. 한 친구가 술배[酒船]를 불렀다. 술배 중에서 큰 배는 항루恒艛라 하였고 작은 배는 사고정沙姑艇이라 불렀다. 배를 부른 친구가 한턱낸다며 나에게 기생을 고르라고 하였다. 나는 아주 어린 기생 한 명을 골랐다. 몸매와 생김새가 진운과 비슷하고 전족한 발도 몹시 가늘고 뾰족하였다. 이름이 희아喜兒라고 했다. 수봉은 취고翠姑라는 기생을 불렀다. 나머지 사람들은 모두 예전부터 알고 지내는 기생들이 있었다. 배를 강 한가운데

띄우고 마음껏 술을 마셨다. 일경쯤 되었을 때 술을 더 이기지 못할 것 같아 숙소로 돌아가겠다고 우겼다. 그러나 성문은 이미 오래전에 잠겼다는 것이었다. 해안가에 있는 성이라 해가 지면 곧바로 성문을 닫는 것을 몰랐다.

술자리가 끝날 즈음 어떤 이는 누워서 아편을 피우고, 어떤 이는 기생을 끌어안고 희희덕대고 있었다. 하인이 손님들에게 이부자리와 베개를 가져다주고 침상을 붙여서 요를 펴려고 했다. 내가 희아에게 슬며시 물었다.

"너희 배에서 잘 수 있겠니?"

"다락방에서 잘 수 있지만 혹시 손님이 있을지 모르겠어요."

다락방이란 배 꼭대기에 있는 작은 방을 말한다.

"잠깐 가서 볼까?"

작은 배를 불러 소씨의 배로 건너갔다. 등불을 켠 배들이 마주보고 있으니 마치 긴 회랑 같았다. 다락방에는 마침 손님이 없었다. 기생 어미가 웃으며 맞이했다.

"오늘 귀한 손님이 오실 줄 알고 다락방을 비워놓고 기다리고 있었습니다."

나도 웃으며 말했다.

"정말로 연잎 아래의 선녀 같으십니다."

하인이 촛불을 들고 길 안내를 해주어서 선창 뒤의 사다리를 타고 올라갔다. 다락방은 아주 작았으나 한쪽에는 긴 침상이 있었고 책상도 다 갖추어져 있었다. 주렴을 올려 안으로 더 들어가니 선창 꼭대기였다. 역시 옆에 침상이 놓여 있고 가운데 네모진 창은 유리로 되어 있었다. 불을 켜지 않아도 바깥 불빛이 환하게 방으로 들어왔다. 침구, 휘장, 거울, 화장대는 매우 화려했다.

희아가 말했다.

"노대에서 달을 볼 수 있어요."

사다리가 있는 문 위에 접혀져 있던 창문을 열고 뱀처럼 기어서 나갔더니 고물 꼭대기였다. 삼면 모두 낮은 난간으로 둘러쳐져 있었다. 둥글고 밝은 달이 떠 있는데 강은 아득하고 하늘은 광활하였다. 강물에 어수선하게 떠다니는 나뭇잎 같은 것은 술배들이었다. 배의 불빛은 뭇별들이 하늘에 줄지어 있는 것처럼 반짝거렸다. 그 사이로 작은 배들이 베틀에 북이 지나듯 왔다 갔다 하였고, 생황과 거문고 소리, 노랫소리가 길게 밀려오는 물결 소리와 뒤섞여 사람 마음을 흔들어놓았다.

"젊어서 광동에 가지 말라고 하더니 바로 이것이로구나!"

진운과 함께 이곳에 오지 못한 것을 아쉬워하며 희아를 돌아봤다. 달빛 아래 서 있는 모습이 진운과 비슷하였다. 희아를 데리고 노대에서 내려와 불을 끄고 잠자리에 들었다. 날이 밝으려 하자 수봉과 친구들이 시끄럽게 떠들며 몰려왔다. 옷을 걸치고 일어나 맞이하니 모두 어젯밤 혼자 도망갔다고 나무랐다.

"다른 이유 없었어요. 다들 이불 끌어당기고 휘장을 열어 젖힐까 봐 피한 거지."

모두 함께 숙소로 돌아왔다.


며칠이 지나고 수봉과 함께 해주사海珠寺로 놀러 갔다. 절은 강

가운데 있었는데, 성처럼 사방으로 벽이 둘러져 있었다. 성벽에는 수면에서 오 척[약 백오십 센티미터] 정도 높이에 구멍이 뚫려 있었다. 큰 대포를 두고 해적을 막는 곳이었다. 밀물과 썰물에 따라 포문도 올라갔다 내려갔다 하는 것처럼 보였다. 나로서는 측량할 수 없는 사물의 이치였다.

십삼양행十三洋行[당시 광주(廣州)에 있던 열세 개의 외국 상관(商館)]은 유란문幽蘭門 서쪽에 있었다. 건물 구조가 서양 그림에서 본 것과 똑같았다. 건너편 나루터는 꽃마을[花地]이라 불리는 곳인데 꽃과 나무가 아주 잘 자라서 광주로 꽃을 내다 파는 곳이었다. 평소 모르는 꽃이 없다고 생각했는데, 이곳에 오니 열 개 중 예닐곱 개밖에 알지 못했다. 이름을 물어보면『군방보群芳譜』에도 기록되지 않은 것들도 있었다. 아마도 사투리라서 이름이 다를 수도 있을 것이다.

해주사는 규모가 매우 컸다. 절의 대문 안에 있는 용수榕樹[벵골보리수]는 굵기가 열 아름이 넘는 큰 나무였다. 잎들이 무성해 덮개처럼 가렸고, 가을이나 겨울에도 시들지 않았다. 이 절의 기둥이나 난간, 창틀은 모두 철리목鐵梨木으로 만들었다. 절 안에는 보리수[菩提樹]도 있었는데 잎은 감나무 잎 같았다. 물에 담갔다가 껍질을 벗겨내면 잎줄기가 마치 매미 날개처럼 얇아 작은 책으로 묶어 불경을 쓸 수도 있다고 했다.

돌아오는 길에 화정에 들러 희아를 찾았다. 마침 취고와 희아는 모두 손님이 없었다. 차만 마시고 가려고 했는데 여러 번 만류했다. 마음은 온통 다락방에 있었지만 소씨의 며느리 대고가 이미 그곳에서 손님을 받고 있었다. 기생 어미 소씨에게 말했다.

"만약 우리 숙소로 데려가도 되면, 이 둘을 데리고 가서 놀려고 합니다."

"그렇게 하시지요."

수봉에게는 먼저 돌아가 하인에게 술과 안주를 준비하라고 하고, 나는 취고와 희아를 데리고 천천히 숙소로 왔다. 한참 담소를 나누고 있는데 뜻밖에도 관아에서 일하는 왕무로王懋老가 찾아왔다. 기왕에 왔으니 같이 술을 마시자고 했다. 막 술을 입에 대려는데 갑자기 아래층에서 시끄러운 소리가 들려왔다. 아무래도 이 층으로 올라오려고 하는 것 같았다. 집주인에게는 평소에 함부로 행동하는 조카 하나가 있었다. 내가 기생을 불러들인 것을 알고 와서 일부러 사람들을 끌어들여 괴롭히려고 하였다. 수봉이 원망하며 말했다.

"이건 모두 매형이 갑자기 기분을 내서 그래요. 덩달아 따라오는 게 아니었는데."

"일이 이 지경이 됐는데 빨리 빠져나갈 방법을 생각해야지. 말다툼할 때가 아니네."

무로가 말했다.

"내가 먼저 내려가 잘 달래보겠네."

나는 바로 하인에게 가마 두 대를 불러오라고 하였다. 취고와 희아를 먼저 빠져나가게 하고 우리도 성을 빠져나갈 계획이었다. 밖에서 나는 소리를 들어보니 무로가 아무리 타일러도 주인 조카는 돌아갈 기색이 보이지 않았다. 그렇다고 이 층으로 올라오지도 않았다. 가마 두 대는 이미 준비되었다. 하인의 동작이 민첩했던지라 먼저 앞에서 길을 열라고 하였다. 수봉이 취고를 데리고 따라가고, 나는 뒤에서 희아를 데리고 나갔다. 사람들이 왁자지껄하며 위로 올라왔다. 수봉과 취고는 하인 덕에 이미 문밖으로 나갔으나 희아는 옆에서 막아선 손에 붙들리고 말았다. 나는 재빨리 발로 그 팔을 걷어찼다. 손이 풀린 사이 희아가 도망쳤고 나도 그 틈을 타 빠져나왔는데, 사람들이 쫓아 나오지 못하도록 하인이 문을 막고 있었다. 내가 다급하게 물었다.

"희아를 봤는가?"

"취고 아씨는 이미 가마를 타고 갔고, 희아 아씨는 나오는 것만 보고 가마 타는 것은 보지 못했습니다."

얼른 횃불을 밝혀 보니 빈 가마만 길가에 있었다. 재빨리 정해문까지 쫓아가니 수봉이 취고를 태운 가마 옆에 서 있는 게 보였다. 희아가 보이지 않는다고 하니 수봉이 말했다.

"혹시 동쪽으로 가야하는데 서쪽으로 도망간 게 아닐까요?"

급히 발길을 돌려 숙소 근처 집 열 채 정도를 지나는데, 으슥한 곳에서 나를 부르는 소리가 들렸다. 불을 비추니 희아였다. 희아를 가마에 태우고 같이 가고 있는데 수봉이 뛰어오며 말했다.

"유란문에 가면 배수구로 나갈 수 있어요. 돈을 줘서 자물쇠를 열어놓으라고 해놓았어요. 취고가 갔으니 희아도 빨리 가야지요."

"처남은 빨리 숙소로 돌아가 그들을 돌려보내게. 취고와 희아는 내게 맡기고."

배수구 근처에 도착하니 정말로 자물쇠가 열려 있었고 취고는 먼저 와 있었다. 왼팔로 희아를 부축하고 오른팔로는 취고를 잡아

끌며 학처럼 허리를 구부리고 비틀거리며 배수구를 빠져나왔다. 마침 가랑비가 내려 길은 기름칠을 한 것처럼 미끄러웠다. 강가의 사면에 이르니 생황과 노랫소리가 한창 울려 퍼지고 있었다. 작은 배에서 취고를 알아보는 자가 있어 우리를 배 위로 올라오라고 했다. 배에 오르고 나서야 나는 희아의 머리가 쑥대머리가 되어 있고, 비녀와 목걸이가 모두 없어졌다는 것을 알았다.

"빼앗긴 거야?"

희아가 웃으면서 말했다.

"모두 순금으로 된 거고 수양어머니 물건이에요. 이 층에서 내려올 때 다 빼서 주머니에 넣어두었어요. 만약 빼앗겼으면 나리께서 물어줘야 하잖아요."

이 말을 듣고 마음속 깊이 감동받았다. 다시 비녀와 목걸이를 걸게 하고, 기생 어미에게는 사실대로 말하지 말고 숙소에 사람들이 너무 많아 돌아온 거라고 하자고 했다. 취고는 내가 시킨 대로 말하고는 덧붙여 말했다.

"술과 요리는 배부르게 먹었으니 흰죽만 준비해주시면 돼요."

그때는 다락방 손님들도 다 가고 없었다. 기생 어미는 취고에게 손님을 모시고 다락방으로 올라가라고 하였다. 수놓인 신발 두 켤레를 보니 진흙탕에 흠뻑 젖어 있었다. 우리 세 사람은 흰죽을 먹고 잠시 허기를 달랜 다음, 촛불 심지를 돋우며 얘기꽃을 피웠다. 이야기를 나누면서 취고의 본적은 호남이고, 희아는 하남河南 사람인 것을 알았다. 희아는 본래 성이 구양歐陽인데 아버지가 돌아가시고 어머니가 재혼하자 못된 숙부가 기생으로 팔아버렸다고 했다. 취고는 정든 사람을 보내고 새 사람을 맞이해야 하는 고통에 대해 호소했다. 즐겁지 않아도 억지로 웃어야 하고, 술을 이기지 못해도 억지로 마셔야 하며, 몸이 불편해도 억지로 손님을 맞아야 하고, 목이 아파도 억지로 노래를 불러야 한다고 했다. 가끔 성질이 괴팍한 손님은 조금만 마음에 들지 않아도 술잔을 던지고 상을 뒤엎으며 큰소리로 욕을 한다고 했다. 하지만 기생 어미는 제대로 알아보지도 않고 오히려 시중을 잘못 들어 그런 거라며 나무란다고 했다. 어떤 못된 손님은 밤새도록 마구 짓밟아 참을 수 없을 때도 있었다고 했다. 희아는 나이도 어리고 처음 왔기 때문에 그나마 기생 어미가 아껴주는 것이라고 했다. 취고는 말을 하면서 자기도 모르게 눈물을 흘리고 있었다. 희아도 훌쩍대며 울었다. 나는 희아를 가슴에 끌어안고 위로해주면서 취고에게는 바깥 침상에서 자라고 했다. 취고는 수봉과 사귀고 있었기 때문이었다.

이때부터 이들은 열흘이나 닷새에 한 번씩 꼭 사람을 보내 우리를 초대하였다. 희아는 간혹 작은 배를 타고 강가까지 마중 나오기도 했다. 나는 매번 수봉과 함께 갔는데, 다른 손님은 청하지 않았고, 다른 배도 부르지 않았다. 하루 저녁의 즐거움은 은화 사 원이면 되었다. 수봉은 오늘은 이 기생, 내일은 저 기생 번갈아가며 놀았다. 이를 속된 말로 '다른 먹이통을 뒤진다[跳槽]'라고 하였다. 수봉은 심지어 한 번에 기생 둘을 부르기도 했다. 하지만 내 옆에는 늘 희아 한 사람뿐이었다. 우연히 혼자 가게 되면 노대에서 술 몇 잔 마시거나 다락방에서 조용히 얘기를 나누었다. 노래를 시키지도 않았고 억지로 술을 마시게 하지도 않았다. 그저 위로해주고 돌봐주었기에 배 안은 늘 즐거웠다.

다른 배의 기생들은 모두 희아를 부러워했다. 한가하거나 손님이 없는 기생들은 내가 다락방에 있으면 반드시 찾아왔다. 그러다 보니 이곳에 있는 기생 중에 나를 모르는 이가 없게 되었다. 배에 오를 때마다 나를 부르는 소리가 끊이질 않아 여기저기 다 돌아보면서 인사하느라 정신이 없을 정도였다. 이런 일은 만 금을 뿌린다고 해서 가능한 일은 물론 아니었다.

넉 달 동안 그곳에 머무르면서 대략 백여 금을 썼다. 그곳에서 항상 신선한 리치[荔枝, 중국 남부에서 나는 열대 과일]를 맛볼 수 있었던 것은 평생의 즐거운 일이었다. 나중에 기생 어미가 오백 금을 받아 낼 심사로 나에게 희아를 떠맡기려고 했는데, 일이 번거롭게 될까 봐 결국 돌아갈 채비를 해야 했다. 수봉이 이곳 기생에게 푹 빠져 있어 첩으로 들이라 권하고, 우리는 왔던 길을 따라 다시 고향으로 돌아왔다. 다음 해 수봉은 다시 광주로 가게 되었고, 나는 아버님이 가는 것을 허락하지 않으셔서 청포青浦의 양楊 현령의 초빙을 받아 막우 일을 하러 가게 되었다. 소주로 되돌아온 수봉은 내가 오지 않아서 희아가 자살하려고 했다는 얘기를 들려주었다. 아!

반년 만에 양방의 꿈에서 깨었더니,
꽃배에서 박정하다는 이름을 얻었구나.[10]
半年一覺揚幫夢 贏得花船薄倖名

광동에서 돌아와 청포에서 일한 이 년 동안은 글로 남길 만큼 즐거운 여행은 없었다. 얼마 되지 않아 진운과 감원이 서로 만났지만

---

10) 당나라 시인 두목(杜牧)의 시 「견회(遣懷)」의 시구를 심복이 몇 자 고쳐 쓴 것이다. 원래 시구는 "十年一覺揚州夢, 贏得靑樓薄倖名."이다.

집안에서 분란만 일어나게 되었고, 진운은 분한 마음을 이기지 못하여 병에 걸렸다. 나는 정묵안程墨安과 함께 대문 옆에 서화포書畫鋪를 차려 진운의 탕약 비용을 조금이나마 마련하고 있었다.

중추절이 이틀 지난 후 오운객吳雲客이 나에게 모억향毛憶香, 왕성란王星爛과 함께 서산西山에 있는 소정실小靜室에 놀러가자고 했다. 한창 바빴기 때문에 먼저 가라고 하니 운객이 말했다.

"나올 수 있으면 나오게. 내일 정오 산 아래 있는 수답교水踏橋 옆의 내학암來鶴庵에서 기다리고 있겠네."

나는 그러겠다고 했다.

다음 날 정묵안에게 가게를 맡기고 혼자 걸어 창문閶門을 나와 산 아래에 있는 수답교를 지났다. 밭두렁을 따라 서쪽으로 가니 남향南向의 암자 하나가 있었다. 문 앞에는 맑은 개울이 띠처럼 흐르고 있었다. 문을 두드리며 물었더니 한 사람이 나왔다.

"어디서 오셨습니까?"

자초지종을 얘기하자 그가 웃으면서 대답했다.

"여기는 득운암得雲庵입니다. 편액을 못 보셨습니까? 내학암은 이미 지나치셨어요."

"다리에서 이곳까지 다른 암자는 못 봤습니다만."

그가 손으로 가리키며 말했다.

"저기 흙담으로 둘러쳐지고 대나무가 빽빽한 곳이 보이십니까? 바로 저곳입니다."

되돌아서 담장 아래에 이르니 조그만 문이 굳게 닫혀 있었다. 문 틈으로 들여다보니 낮은 울타리 사이로 구불구불 길이 나 있고 푸

른 대나무가 아름답게 쭉쭉 뻗어 있었다. 조용하여 사람 소리라고
는 들리지 않았다. 문을 두드려도 대답하는 사람이 없었다. 어떤
사람이 지나가면서 말했다.

"담장 구멍 안에 돌이 있어요. 그걸로 문을 두드리면 돼요."

돌을 찾아 연이어 두드렸더니 어린 사미승이 나왔다. 길을 따라
들어가 작은 돌다리를 지나고 서쪽으로 한 번 돌아가니 절의 대문
이 보였다. 검은 옻칠을 한 편액에 흰 글자로 '내학來鶴'이라는 두
글자가 쓰여 있었다. 뒤에는 긴 발문跋文이 쓰여 있었지만 자세히
볼 겨를이 없었다. 문으로 들어가 위타전韋陀殿을 지나니 아래위로
반질반질하고 윤이 나며 먼지 한 점 보이지 않았다. 이곳이 소정실
小靜室임을 금방 알 수 있었다. 그때 문득 왼쪽 복도에서 술병을 들
고 나오는 또 다른 사미승이 보였다. 큰 소리로 불러 물었더니 성
란이 방 안에서 웃으며 말하는 소리가 들렸다.

"내가 뭐라 그랬나? 삼백三白은 절대 믿음을 저버릴 사람이 아니
라고 했지?"

운객이 마중을 나오며 말했다.

"진작 상을 마련해놓고 기다렸는데 어째서 이렇게 늦게 왔는가?"

한 스님이 뒤를 따라오다가 나에게 머리를 조아렸다. 인사를 하
고서야 그 분이 죽일竹逸 스님인 것을 알았다. 방에 들어갔더니 겨
우 세 칸짜리 작은 집이었고 '계헌桂軒'이라고 쓰인 액자가 있었다.
정원에는 계수나무 한 쌍이 꽃을 활짝 피우고 있었다. 성란과 억향
이 함께 일어나 큰 소리로 말했다.

"늦었으니 벌주 세 잔은 마셔야지."

술상에는 고기와 채소 안주가 정갈하게 차려져 있고 술도 황주黃酒와 백주白酒 모두 갖추어져 있었다. 내가 물었다.

"어디어디를 유람하고 왔는가?"

"어제 너무 늦게 와서 구경도 못하고, 오늘 새벽에야 겨우 득운암과 하정암河亭庵을 봤네."

한참 동안 술을 즐겁게 마시고 밥을 먹은 다음, 득운암과 하정암에서 출발해 여덟아홉 곳을 더 구경하고 화산華山까지 갔다. 모두 아름다운 곳이었는데 여기에 다 쓸 수는 없다. 화산의 꼭대기에 연화봉蓮花峰이 있는데, 날이 저물어 가지 못하고 다음을 기약했다. 그곳은 계수나무 꽃이 가장 활짝 피어 있는 곳이었다. 우리는 꽃 아래에서 맑은 차를 한 잔 마신 후 가마를 타고 내학암으로 돌아왔다.

계헌의 동쪽에는 임결臨潔이라는 자그마한 누각이 있었다. 갔더니 이미 술과 안주가 준비되어 있었다. 죽일 스님은 말없이 조용히 앉아 있었지만 손님을 좋아하고 술을 잘 마셨다. 처음에는 계수나무 꽃가지를 돌리며 술을 마시다가 나중에는 한 사람씩 주령을 하며 술을 마셨는데, 이경二更이 되어서야 술자리가 끝났다. 그때 내가 제안을 했다.

"오늘밤 달빛이 너무도 곱네. 이대로 취해서 잠들어버리면 저 맑은 달빛을 저버리는 게 되지 않겠나? 어디 넓고 밝은 곳으로 가서 달빛을 즐기면 이 좋은 밤이 헛되지 않을 텐데."

내 말을 받아 죽일 스님이 말했다.

"방학정放鶴亭에 오르면 괜찮으실 겁니다."

운객도 거들었다.

"성란, 자네 거문고를 가지고 왔지만 아직 그 멋진 가락을 못 들어보지 않았나. 거기 가서 한번 타보는 게 어떤가?"

모두 방학정으로 갔다. 계화 향 가득한 숲에 온통 서리가 내렸고, 달이 뜬 넓은 하늘 아래 세상의 모든 소리가 다 고요하였다. 성란이 「매화삼롱梅花三弄」을 연주하자 바람이 산들산들 불어 마치 신선이 된 것 같았다. 억향도 흥이 났는지 소매에서 쇠피리[鐵笛]를 꺼내 흐느끼듯 불었다. 운객이 말했다.

"오늘밤 석호에서 달구경하는 사람들 중에 우리보다 더 즐거운 사람들이 있을까!"

소주에서는 8월 18일이면 석호의 행춘교行春橋 아래서 찬월串月[달빛이 비치면 달 여러 개가 한 줄로 꿰어있는 것처럼 보이는 현상]을 구경하는 성대한 연회가 열린다. 유람선이 빽빽하게 모이고 밤새워 생황 소리에 맞춰 노래를 부른다. 말이 달구경이지 실은 기생을 옆에 끼고 시끌벅적 술을 마시는 것이었다. 잠시 후 달도 기울고 서리도 차고 흥이 다해 돌아와 잠자리에 들었다.


다음 날 새벽 운객이 말했다.

"이곳에 무은암無隱庵이 있는데 매우 외진 곳에 있다고 하네. 혹시 가본 사람 있는가?"

모두 대답하였다.

"가보지도 못했고 들어보지도 못했네."

죽일 스님이 말했다.

"무은암은 사방이 모두 산이고 너무나 궁벽한 곳이라 스님들조차 오래 거처할 수 없는 곳입니다. 얼마 전에 한 번 다녀온 적이 있는데 이미 허물어져 있었지요. 팽척목彭尺木 거사居士가 다시 지은 후로는 가본 적이 없습니다. 어렴풋하게 가는 길을 기억하고 있으니 가시겠다면 길을 안내해드리겠습니다."

억향이 물었다.

"배는 주린 채 갑니까?"

죽일 스님이 웃으면서 말했다.

"이미 소면을 준비해두었습니다. 그리고 도인道人에게 술 바구니를 가지고 함께 가자고 일러두었습니다."

소면을 다 먹은 후 우리는 걸어서 갔다. 고의원高義園을 지나자 운객이 백운정사를 들렀으면 좋겠다 했다. 문으로 들어가서 잠시 앉아 있는데, 스님 한 분이 천천히 걸어 나오며 운객을 향해 공수拱手하며 말했다.

"두 달이나 못 뵈었군요. 성 안에 새로운 소식이라도 있습니까? 무군撫軍께서는 아직 관아에 계시지요?"

억향이 벌떡 일어나 "이런 땡중!" 하며 소매를 털고는 밖으로 나갔다. 나와 왕란은 웃음을 참으며 뒤따라갔다. 운객과 죽일 스님은 몇 마디 더 주고받은 다음 인사하고 나왔다.

고의원은 바로 범중엄範仲淹[송나라의 정치가이자 학자]의 무덤이다. 백운정사는 그 옆에 있다. 별당 한 채가 절벽을 마주하고 있는데, 절벽에는 등나무 넝쿨이 뻗어 있고, 아래에는 너비가 일 장 남짓 되는 연못이 있었다. 맑고 푸른 연못에 금붕어들이 헤엄치고 있었는데, 이름이 발우천鉢盂泉이라 했다. 대나무 화로와 차를 달이는 화덕은 매우 구석진 곳에 있었다. 별당 뒤로 온통 숲이 우거진 곳에 오르면 고의원의 전경을 내려다볼 수 있었다. 다만 아쉽게도 스님이 속물이라 오래 머물러 있을 수는 없었다.

이때 우리는 상사촌上沙村을 지나 계룡산雞籠山으로 갔다. 그곳은 예전에 홍간鴻榦과 함께 올랐던 곳이었다. 자연 경관은 그대로인데 홍간만 죽고 없으니 안타까운 마음을 견딜 수 없었다. 한참 슬픔에 겨워 있는데 갑자기 흐르는 계곡에 길이 막혀 더 이상 갈 수 없었다. 네다섯 명의 마을 아이들이 어지러운 풀숲에서 버섯을 따다가 머리를 내밀고는 우리를 보더니 웃었다. 아이들에게 무은암으로 가는 길을 물었다.

"앞에 난 길은 강이 커서 건널 수가 없어요. 몇 걸음 되돌아가서 남쪽으로 난 오솔길을 따라 고개를 넘으면 돼요."

그 말대로 고개를 넘어 남쪽으로 일 리쯤 가다보니 대나무 숲이 점점 어지럽게 우거졌고 사방이 산으로 둘러싸였다. 푸른 풀로 뒤덮인 오솔길은 인적이라고는 찾아볼 수 없었다. 죽일 스님이 이리저리 사방을 휘둘러보며 말했다.

"여기가 맞긴 한 것 같은데 길을 분간할 수 없으니 어쩌면 좋습니까?"

몸을 쪼그리고 앉아 자세히 살펴보니 빽빽한 대숲 사이로 어지러이 돌담이 둘러쳐진 집이 하나 어렴풋이 보였다. 대숲을 헤치며 사이로 뚫고 들어가니 그제서야 문이 하나 보였다. 문에는 "무은선원無隱禪院 모년 모월 모일 남원南園 노인 팽씨彭氏가 중수重修하다"

라고 쓰여 있었다. 모두들 기뻐하며 말했다.

"자네 아니었으면 무릉도원으로 갈 뻔했네 그려."

산문山門은 굳게 닫혀 있었고 오래도록 두드려도 대답하는 이가 없었다. 갑자기 옆에 있던 문 하나가 삐걱 소리를 내며 열리더니 누더기를 걸친 소년이 나왔다. 제대로 먹지를 못했는지 얼굴은 누렇게 떴고, 발을 보니 다 해진 신발을 신고 있었다.

"무슨 일로 오셨습니까?"

죽일 스님이 머리를 숙이며 말했다.

"여기가 외지고 조용한 곳이라 일부러 찾아왔습니다만."

"이처럼 궁벽한 산속이라 스님들도 다 흩어지고 대접할 사람이 없습니다. 다른 곳을 찾아가보시지요."

소년은 말을 마치고는 들어가려 했다. 운객이 급히 막으며 들어가 구경할 수 있게 해주면 꼭 사례를 하겠다고 했다. 그러자 소년이 웃으며 말했다.

"차도 없고 아무것도 없어 대접이 소홀할까봐 그런 것이지요. 무슨 사례를 바라겠습니까?"

산문이 열리자 부처의 얼굴이 바로 보였다. 금빛과 녹음이 서로 비추고 있었고, 정원의 계단과 주춧돌에는 이끼가 수놓은 듯 끼어 있었다. 신전 뒤 섬돌은 담처럼 되어 있었고, 돌난간이 둘러져 있었다. 누대를 따라 서쪽으로 가니 찐빵 모양의 바위가 있었다. 높이는 이 장丈[약 육 미터] 남짓 되었고, 가는 대나무가 밑동을 둥그렇게 에워싸고 있었다. 다시 서쪽으로 가다가 북쪽으로 꺾어 비스듬하세 난 회랑의 계단을 올라갔다. 그곳에 삼 칸짜리 객당客堂이 커다란 바위와 가까이 마주보고 있었다. 바위 아래로 자그마한 연못이 있었는데 맑은 샘물에 마름풀이 이리저리 얽혀 있었다.

객당 동쪽이 바로 정전正殿이었다. 정전 왼쪽에는 서향으로 승방과 부엌이 있었고, 정전 뒤로 가파른 절벽이 있었다. 나무가 우거지고 녹음이 짙어 하늘이 보이지 않을 정도였다. 성란이 지쳐 연못가에서 잠시 쉬고 있어서 나도 따라 쉬었다. 바구니를 열고 술을 한잔하고 있는데 갑자기 억향이 나무 꼭대기에서 부르는 소리가 들렸다.

"삼백! 빨리 오게! 여기 좋은 경치가 있어."

고개를 들어 둘러봐도 사람이 보이지 않아 성란과 함께 소리가 들리는 곳을 찾아 갔다. 동쪽 곁채에서 작은 문을 지나 북쪽으로 돌아가니 사다리 같은 돌계단이 있었다. 수십 계단을 올라가니 별안간 대나무 숲 가운데 누각 하나가 보였다. 계단을 더 올라가니 팔각 창문이 다 열려 있었고, '비운각飛雲閣'이라고 써진 편액이 걸려 있었다. 사방으로 산이 성처럼 에워싸고 있었고, 서남쪽 한 곳이 트여 있어 멀리 물과 하늘이 맞닿은 곳에 돛단배가 떠다는 게 어렴풋이 보였다. 그곳이 바로 태호였다. 창에 기대어 내려다보니 바람에 흔들리는 대나무는 마치 보리 이삭이 흔들리는 물결 같았다.

"어떤가?"

"너무도 뛰어난 경치군."

갑자기 운객이 누각 서쪽에서 부르는 소리가 들렸다.

"빨리 와보게. 여기는 더 좋아."

다시 누각을 내려가 서쪽으로 십여 개의 계단을 올라갔더니 갑자기 앞이 시원하게 확 트이며 누대처럼 평평한 곳이 나왔다. 그곳을 지나니 정전 뒤의 가파른 절벽 꼭대기였다. 조각난 벽돌과 부서진 주춧돌이 아직 남아 있었는데, 예전 전각 터였던 것 같았다. 주위에는 산이 둘러서 있었고, 다른 건물보다 훨씬 시원하였다. 억향이 태호를 향해 길게 소리치자 온 산에 메아리가 울렸다. 우리는 자리를 깔고 술 단지를 열었다. 순간 갑자기 허기가 졌다. 소년이 차 대신 누룽지를 끓이겠다 하여 나는 그러지 말고 죽으로 끓여달라고 했다. 소년도 불러 함께 먹으면서 어째서 이렇게 퇴락하게 되었는지 물었다.

"사방에 이웃이라고는 하나 없고, 밤이면 강도가 많아 식량을 쌓아두면 수시로 와서 강탈해갑니다. 채소나 과일을 심어도 대부분 나무꾼들이 가져가버리고요. 이곳은 숭녕사崇寧寺의 말사末寺인데 큰절에서 한 달에 한 번 누룽지 한 섬과 장아찌 한 단지를 보내줄 뿐이에요. 저는 팽씨 후손으로 잠시 거처하면서 절을 지키고 있습니다. 저도 돌아갈 것이라 조만간 여기는 인적이 끊길 거예요."

오운객은 소년에게 사례금으로 은화 일 원을 주었다. 우리는 내학암으로 돌아와 배를 불러 집으로 돌아왔다. 나는 〈무은도無隱圖〉 한 폭을 그려 죽일 스님께 보냈다. 즐거운 여행을 추억하기 위해서였다.


그해 겨울, 나는 친구의 보증 문제에 연루되는 바람에 집에서 미움을 사 석산에 있는 화씨 댁에서 지냈다. 다음 해 봄 유양으로 가려고 했으나 여비가 모자랐다. 마침 친구 한춘천韓春泉이 상양上洋

215

에서 막우로 있었기에 그를 찾아갔다. 해진 옷에 구멍 난 신을 신고는 도저히 관아에 들어갈 수 없어 군묘郡廟의 정자에서 만나자는 편지를 넣었다. 그가 나와서 어렵고 힘든 내 사정을 알고는 탄식하며 십 금을 내어주었다. 군묘의 정원은 외국 상인들이 돈을 내어 만든 것으로 매우 넓고 컸다. 하지만 아쉽게도 경치의 꾸밈새가 난잡하고 질서가 없었다. 예를 들면, 뒤쪽으로 돌을 첩첩이 쌓아 만든 산은 굴곡이 조화를 이루지 못하였다.

돌아가는 길에 문득 우산의 절경이 보고 싶어졌는데 마침 그곳으로 가는 배를 얻어 타고 갈 수가 있었다. 때는 2월이어서 복숭아꽃과 자두꽃이 다투어 피고 있었지만 힘든 여정에 함께할 이가 없어 쓸쓸했다. 동전 삼백 문文을 가슴에 넣고 발길 닿는 대로 걷다가 우산서원虞山書院에 이르렀다. 담장 밖에서 보니 나무들이 빽빽한 가운데 꽃들이 섞여 있었다. 빨간 꽃잎과 여린 잎들이 강과 산을 따라 돋아나고 있어 그윽한 정취가 물씬 풍겨났다. 그러나 아쉽게도 대문이 보이지 않아 들어갈 수가 없었다. 길을 물어 가다가 천막을 치고 차를 달여 파는 곳이 있어 가서 벽라춘碧羅春을 달여달라고 했다. 차 맛은 매우 좋았다. 우산에서 가장 아름다운 곳이 어디냐고 물었더니 한 나그네가 말했다.

"여기서 서쪽 관문을 나가면 검문劍門이 나오는데 거기가 우산에서 가장 아름다운 곳이지요. 가시겠다면 제가 안내해드리겠습니다."

나는 기뻐하며 그를 따라갔다.

서문을 나서 산기슭을 따라 높고 낮은 길을 몇 리 갔더니 점점 우뚝 솟은 산봉우리가 보였다. 바위에는 가로로 무늬가 나 있었다.

가까이 갔더니 가운데가 둘로 나뉘어져 있었고, 울퉁불퉁한 양쪽 절벽은 높이가 수십 길은 되었다. 절벽에 다가가 올려다보니 금방이라도 무너질 것 같았다. 그가 말했다.

"위에 동굴도 있고 뛰어난 경치가 많다고 하는데 아쉽게도 올라갈 길이 없어요."

나는 호기심이 발동하여 소매를 걷어 올리고 옷을 말아 넣고는 원숭이처럼 기어서 올라갔다. 꼭대기까지 바로 올라갔더니 동굴이라는 게 있기는 한데 깊이가 겨우 일 장丈[약 삼 미터] 남짓 되었고, 위에 있는 바위틈으로는 하늘이 훤히 보였다. 고개를 숙여 아래를 보니 다리가 후들거리며 떨어질 것만 같았다. 배를 절벽에 바짝 붙이고 등나무 넝쿨에 의지하여 겨우 아래로 내려올 수 있었다. 그가 감탄하며 말했다.

"대단하십니다. 이처럼 호탕하게 흥을 즐기는 사람은 아직까지 본 적이 없습니다."

나는 목이 말라 술 생각이 났다. 그에게 청하여 함께 주막으로 가서 술 석 잔을 마셨다. 해가 지려해서 더 이상 돌아다닐 수 없었다. 짙은 갈색의 돌 십여 개를 주워 가슴에 넣고 돌아왔다. 짐을 꾸려 밤배를 타고 소주로 갔다가 석산으로 돌아왔다. 근심 고통 속에서도 즐거웠던 여행이었다.

가경 갑자년(1804) 봄, 애통하게도 아버님께서 돌아가셨다. 나는 집을 버리고 멀리 달아나려고 했지만 친구 읍산이 만류하여 그의 집에서 머무르기로 했다. 8월에 읍산이 동해의 영태사永泰沙에 소작료를 거두러 가는데 함께 가자고 했다. 영태사는 숭명에 속하는 곳이어서 유하劉河 어귀에서 뱃길로 백여 리를 가야했다. 양자강이 불어났다가 물이 빠지면서 새로 생긴 땅으로 아직 시장도 없고 갈대밭만 넓었으며 인가도 드물었다. 동업하는 정씨丁氏의 창고만 겨우 수십 칸 있었고 사방에 도랑을 파고 제방을 쌓았으며 바깥에는 버드나무를 둘러 심었다.

정씨의 자는 실초實初였고 집은 숭명에 있었으며 이곳의 우두머리였다. 회계 일을 맡은 자는 왕씨王氏로 이들은 모두 성격이 호탕하며 손님을 좋아했고 예절에 얽매이지 않았다. 나와 처음 만났지만 금방 오랜 친구처럼 되었다. 돼지를 잡아서 안주로 대접해주었고 항아리째 술을 퍼마셨다. 주령을 하면 가위바위보만 할 줄 알았고, 시문詩文은 지을 줄 몰랐다. 노래를 부르면 고래고래 소리만 질러댈 뿐 음률은 신경도 쓰지 않았다. 술에 얼큰하게 취하면 일꾼들을 데리고 무권舞拳[무술의 일종]이나 상박相撲[씨름의 일종] 놀이를 하며 놀았다. 황소 백여 마리를 제방 위에다 방목하며 길렀고, 해적이 나타나면 신호를 해줄 거위도 기르고 있었다. 낮이면 갈대 우거진 모래톱에서 매와 개를 풀어놓고 사냥을 했는데, 잡히는 것은 대부분 날짐승이었다. 나도 그들을 따라 다니다가 피곤하면 아무 데나 드러누웠다.

그들은 나를 곡식이 잘 익은 밭으로 데려갔다. 밭마다 번호가 매겨져 있었고, 조수의 범람을 막기 위해 높은 제방을 쌓았다. 둑에는 도랑이 뚫려 있었는데, 갑문으로 열고 닫았다. 가뭄이면 만조 때 갑문을 열어 물을 끌어들이고, 장마가 지면 간조 때 갑문을 열어 물이 빠져나가게 했다. 소작인들은 별처럼 각각 흩어져 있다가 지주가 부르면 한꺼번에 몰려들었다. 그들은 밭의 주인을 산주産主라고 부르며 그의 명령에 잘 따랐다. 성품은 소박하고 성실하며 참 괜찮은 사람들이었다. 의롭지 않은 말이나 행동으로 격분시키면 여우나 호랑이보다 더 사나웠지만, 공평한 말로 잘 대하면 금방 마음을 풀고 잘 따랐다. 바람이 불거나 비가 오거나 어둡거나 밝거나 그들의 삶은 태고로 돌아간 것 같았다.

침대에 누워 밖을 바라보면 큰 파도가 보이고, 베갯머리에서 들리는 물결 소리는 쇠북 소리 같았다. 어느 날 밤 갑자기 수십 리 밖에서 붉은 등불이 보이는데, 마치 커다란 바구니가 바다에 떠 있는 것 같았다. 붉은 빛이 하늘을 비추어 마치 불을 질러놓은 느낌이었다. 정실초가 말했다.

"이곳에서는 귀신불이 자주 나타난답니다. 머지않아 또 새로운 모래밭이 떠오를 거예요."

읍산은 원래 흥이 오르면 호탕했는데 이곳에 와서는 더욱 그러했다. 나도 거리낄 것 없이 멋대로 행동했다. 소 등에 타고 미친 듯이 노래 부르고 모래톱에서 취해 춤을 추기도 하였으며 흥이 오르는 대로 행동했다. 정말로 평생 그렇게 얽매이지 않고 유쾌하게 놀았던 적은 없었다. 일을 마치고 10월에 돌아왔다.

내 고향 소주의 명승지 중에 나는 뒷산의 천경운을 제일 좋아했고 다음으로 검지劍池[오왕(吳王) 합려(闔閭)의 묘. 합려를 매장하면서 삼천 개의 검을 함께 묻었다고 함]를 좋아했다. 나머지는 대부분 인공으로 만든 것이고, 화려함에 물들어 이미 산과 숲의 본래 모습을 잃어버렸다. 새로 세운 백공사白公祠와 탑영교塔影橋는 이름만 우아할 뿐이다. 야방빈冶坊濱[대장간의 물가]은 내가 장난삼아 야방빈野芳濱[들꽃의 물가]으로 바꾸어 부르기도 하는데, 덕지덕지 꾸며놓은 것에 불과하고 형태도 요사스럽기만 하다. 성 안에서 가장 유명한 것은 사자림獅子林인데, 비록 예운림의 화법畵法을 모방하였고, 돌이 아름답고 고목도 많다고 하지만, 전체적으로 보면 석탄가루가 어지럽게 쌓인 더미에 이끼가 쌓이고 개미구멍이 뚫린 것 같아 전혀 산림의 느낌이 나지 않는다. 내 관점으로 보면 아름다움을 전혀 찾아볼 수 없는 곳이다. 영암산靈巖山은 오왕의 관와궁館娃宮[오왕 부차(夫差)가 서시(西施)를 위해 지었다는 궁] 옛터로 그 위에 서시동西施洞[서시의 동굴], 향섭랑響屧廊[나막신 소리가 울리는 회랑], 채향경采香徑 등 여러 명소가 있다. 하지만 형세가 산만하고 넓기만 하여 정돈되지 않은 느낌이다. 천평산天平山이나 지형산支硎山의 색다르고 그윽한 멋에는 미치지 못한다.

등위산鄧尉山은 원묘元墓라고도 하는데, 서쪽으로 태호를 등지고, 동쪽으로 금봉錦峰을 마주하고 있다. 붉은 벼랑과 비취색 누각은 바라보면 마치 그림 같다. 그곳 사람들은 매화나무 심는 일을 업으로 삼고 있어, 수십 리에 걸쳐 매화가 가득 피면 눈이 쌓인 것 같아 향설해香雪海[향기로운 눈의 바다]라고도 한다. 산 왼쪽에는 오래된 측백나무[柏]가 네 그루 있는데, 각각 '맑은[淸] 나무', '기묘한[奇] 나무', '옛스런[古] 나무', '괴상한[怪] 나무'라는 이름으로 불렸다. 맑은 나무는 기둥이 매우 곧고 비취색의 잎은 덮개처럼 무성하며, 기묘한 나무는 땅바닥으로 세 번 구부러져 누워 있는데 갈지자[之]

모양을 하고 있다. 옛스런 나무는 꼭대기의 잎이 다 벗겨지고 평평한데 절반은 썩어 손바닥처럼 생겼고, 괴상한 나무는 몸통은 물론 가지와 줄기까지 모두 나선으로 꼬여 있다. 이 나무들은 한漢나라 이전부터 있었던 것이라고 한다.

을축년(1805) 1월 읍산의 춘부장[尊人] 순향尊鄕 선생께서 아우이신 개석介石 선생과 아들, 조카 네 명을 데리고 복산幞山의 가사家祠로 제사를 지내러 가고자 하셨다. 성묘도 겸한 길이었는데 나도 함께 가자고 하셨다. 우리는 가는 길에 먼저 영암산靈岩山으로 갔다. 호산교虎山橋를 나와 비가하費家河를 경유하여 향설해로 들어가 매화를 구경했다. 복산의 사당은 향설해 한가운데에 자리 잡고 있었다. 마침 꽃이 무성하게 피는 시기라 기침을 하거나 침을 뱉어도 모두 향기로운 것 같았다. 나는 〈복산풍목도幞山風木圖〉 열두 책冊을 그려서 개석 선생께 선물로 드렸다.

그해 9월, 나는 석탁당이 사천 중경부重慶府로 부임해 가는 길에 따라 나섰다. 양자강을 거슬러 올라가다 환성皖城에 도착했다. 환산皖山 기슭에는 원元나라 말 충신 여궐余闕의 묘가 있었다. 묘 옆에는 대관정大觀亭이라는 세 칸짜리 집이 있었다. 앞으로 남호南湖를 마주 보고, 뒤로는 잠산潛山이 자리를 잡았다. 정자는 산등성이에 있었는데, 먼 곳을 바라볼 수 있어 시원하였다. 옆에는 깊은 회랑이 있고 북쪽으로는 창문이 활짝 열려 있었다. 마침 첫서리가 내린 때라 단풍이 붉게 물들기 시작했다. 그 빛깔은 마치 복숭아꽃과 자두꽃처럼 예뻤다.

이때 나는 장수붕蔣壽朋, 채자금蔡子琴과 함께 구경을 다녔는데, 남쪽 성 밖에 왕씨원王氏園이라는 정원이 있었다. 터의 형태가 동서로 길고 남북으로 짧았는데, 북쪽으로는 성곽과 가깝고 남쪽에는 호수가 있어 그런 모양이 된 듯했다. 지형의 제한 때문에 정원을 꾸미기가 어려웠을 텐데, 구도를 살펴보면 누대를 겹치고[重臺] 집을 포개어 짓는[疊館] 방법을 사용했다. 누대를 겹치는 것은 집 위에 월대를 세워 정원으로 만드는 것이다. 그 위에 바위를 쌓고 꽃을 심으면 밑에 집이 있는지 사람들은 알아채지 못한다. 바위를 쌓아둔 곳 아래는 집이고, 정원 아래에는 비어 있어 꽃과 나무가 땅의 기운을 받아 자랄 수 있다.

집을 포개는 것은 누대 위에 별채를 만들고 그 위에 다시 평대를 짓는 형식인데, 전체로 보면 사 층 집이 되는 셈이다. 아래위로 구불구불 오르도록 되어 있고 또 작은 연못이 있는데, 물이 새지 않아 거기가 땅 위인지 누대 위인지 알 수 없다. 기초는 모두 벽돌과 바위를 사용하였고, 무게를 지탱하는 것은 서양에서 기둥을 세우는 방법을 따랐다. 다행히도 정원은 남호를 마주하고 있어 시야를 가리는 것도 없었고, 탁 트인 전망을 감상할 수 있어 평지의 정원보다 훨씬 괜찮았다. 인공으로 만들었지만 정말로 기이하고 뛰어난 정원이었다.

무창武昌의 황학루黃鶴樓는 황곡기黃鵠磯 위에 있는데, 그 뒤로 속칭 뱀산[蛇山]이라고 불리는 황곡산黃鵠山과 이어져 있었다. 삼 층으로 된 누각은 채색한 마룻대[畫棟]에 처마는 날아갈 듯 높이 들린 모습[飛檐]

이었다. 누각은 성에 기대어 우뚝 솟아 있었는데, 앞에는 한강漢江이 흐르고, 저 멀리 한양漢陽의 청천각晴川閣과 마주보고 있었다. 나는 탁당과 함께 눈을 맞으며 누각에 올랐다. 넓은 하늘을 올려다보니 눈송이가 춤을 추듯이 날리고, 저 멀리 은색의 산과 옥색의 나무를 바라보고 있으니 마치 요대瑤臺[신선이 사는 낙원]에 와 있는 듯했다. 강을 오가는 작은 배들이 이리저리 흔들리는 모습은 마치 파도에 나뭇잎이 휩쓸리는 것 같았다. 그 순간 명예와 부귀를 바라는 마음은 절로 사라졌다. 누각의 벽에는 아주 많은 시들이 새겨져 있었는데, 다 기억할 수는 없지만 기둥에 새겨진 대구對句는 지금도 기억난다.

언제 누런 학 다시 올까?
잠시 함께 금 술잔 기울여
천년 모래톱 향기로운 풀에 뿌리네.
何時黃鶴重來 且共倒金樽 澆洲渚千年芳草

흰 구름 날 듯 지나가는데
또 누가 옥피리 불길래
오월의 강 마을에 매화 떨어지나.
但見白雲飛去 更誰吹玉笛 落江城五月梅花

황주黃州에 있는 적벽赤壁은 부성府城의 한천문漢川門 밖 강가에 우뚝 솟아 있었다. 칼로 잘라낸 듯한 절벽인데, 바위가 온통 진홍색이어서 적벽이라는 이름이 붙은 것이다. 『수경水經』에는 이곳을 적비산赤鼻山이라고 하였다. 소식이 이곳을 유람하면서 두 편의 부賦[전적

벽부(前赤壁賦)와 후적벽부(後赤壁賦)]를 지었는데, 이곳에서 오吳나라와 위魏나라가 싸웠다고 한 것은 사실이 아니다. 절벽 아래는 이미 육지가 되어버렸고, 그 위로 지금은 이부정二賦亭이 남아 있을 뿐이다.

그해 11월, 우리 일행을 실은 배가 형주에 닿았을 때, 탁당은 동관의 관찰사로 승진되었다는 기별을 받고는 나에게 형주에 남아 있어 달라고 했다. 나는 촉蜀 지역의 산과 강을 보지 못한 것이 못내 안타까웠다. 이때 탁당만 홀로 사천으로 갔고 아들 돈부를 비롯한 그의 가족들, 채자금과 석지당席芝堂은 모두 형주에 머물렀다. 우리는 유씨劉氏의 폐원廢園에서 지냈는데, 대청 편액에 '자등홍수산방紫藤紅樹山房[자줏빛 등꽃과 붉은 단풍의 산방]'이라고 쓰여 있던 것을 아직도 기억하고 있다. 정원의 계단은 돌난간으로 둘러져 있었고, 일무[약 백팔십 평] 크기의 연못이 있었다. 연못 가운데 정자가 있었는데, 돌다리를 놓아 건너갈 수 있게 했다. 정자 뒤로 흙과 돌을 쌓아 올린 산에는 잡목이 무성했다. 나머지 땅들은 공터였고, 누각들은 모두 허물어져 있었다.

객지에서 별로 할 일도 없었으므로 우리는 매일 시를 읊거나 밖으로 나가 놀거나 아니면 모여서 이야기를 나누었다. 세밑[歲暮]에는 비록 돈은 없었지만 모두들 즐겁게 지냈다. 옷을 저당 잡혀 술을 마셨고, 징과 북을 치면서 놀았다. 밤마다 술을 마셨고 술을 마실 때는 꼭 주령을 했다. 궁핍할 때는 겨우 사 량兩[백오십 리터]짜리 소주燒酒를 마셨지만 그래도 음주의 규칙[酒令]만은 반드시 지켰다.

그곳에서 동향 사람 채씨蔡氏를 알게 되었다. 채자금과는 종씨로 항렬은 그의 조카뻘이 되었다. 우리는 그에게 명승지를 안내해달라고 부탁했다. 우리는 먼저 부학 앞에 있는 곡강루曲江樓로 갔다. 옛날 장구령張九齡[당나라의 시인]이 이곳의 장사長史로 있을 때 곡강루에서 시를 지었다고 한다. 주자朱子도 이곳에서 시를 읊지 않았던가.

> 그리워 돌아보고 싶을 때면
> 그저 곡강루에 오르네.
> 相思欲回首 但上曲江樓

성 위에는 또 웅초루雄楚樓가 있는데, 오대五代 때 고씨高氏가 세운 것이다. 누각의 규모는 크고 웅장했으며 그곳에 오르면 수백 리 밖을 볼 수 있었다. 성을 둘러싸며 강이 흘렀고, 강가에는 버드나무가 쭉 심어져 있었다. 조그만 배들이 노를 저으며 오가는 모습은 한 폭의 그림 같았다. 형주 부서는 바로 관우關羽의 원수부元帥府였다. 의문儀門[관서의 대문 안에 있는 두 번째 문] 안에는 푸른 돌로 만든 깨진 말구유가 있었는데, 전하는 말로는 적토마赤兔馬를 먹이던 구유라고 한다. 성의 서쪽 작은 호수 위에 나함羅含[진(晉)나라의 문인]의 옛집이 있다고 하여 찾아갔으나 찾지 못했다. 또 성의 북쪽으로 송옥宋玉[초(楚)나라의 문인]의 옛집도 찾아보았지만 역시 찾지 못했다. 옛날유신庾信[양(梁)나라의 문인]이 후경侯景[양나라의 무장]의 난 때 강릉으로도망을 와서 송옥의 옛집에 머물렀다고 하고, 그 후 술집으로 바뀌었다는데, 지금은 찾을 수 없었다.

그해 섣달그믐은 눈이 내린 뒤 몹시 추웠다. 연초 정월이었지만 객지라 번거롭게 세배 다닐 일이 없었다. 우리는 날마다 폭죽을 터뜨리고 연을 날리고 등을 달면서 즐겁게 지냈다. 얼마 지나지 않아 바람이 꽃소식을 전해주고, 비가 봄 먼지를 깨끗이 씻어내자, 탁당의 부인들이 어린 자녀들을 데리고 사천에서 강을 따라 내려왔다. 돈부는 이에 짐을 다시 꾸려서 모두 함께 배를 타고 번성까지 갔고, 거기서부터는 육로로 곧장 동관까지 갔다.

하남의 민향현閡鄕縣을 지나 서쪽으로 함곡관函穀關을 지나는데 '자기동래紫氣東來[보라색 기운이 동방에서 오네]'라는 글자가 보였다. 노자老子가 검은 소를 타고 지나갔다는 곳이다. 두 산 사이의 좁다란 길은 말 두 필이 겨우 다닐 정도였다. 약 십 리를 더 가면 동관이었다. 왼쪽으로는 가파른 절벽을 등지고 있고, 오른쪽으로는 황하와 맞닿아 있었다. 동관은 산과 강 사이에서 목을 조이듯 서 있는데, 누각과 장벽들이 겹겹이 둘러쳐져 매우 웅장했다. 수레와 말의 왕래도 뜸했고 인적도 드물었다. 한유의 시에,

해는 동관을 비추고 사방의 문은 열려 있네.
日照潼關四扇開

라는 구절이 있다. 아마도 이 쓸쓸한 전경을 읊은 것은 아닐까?

성 안에는 관찰사 밑에 수행 관리[別駕] 한 명만 두었다. 관아는 북쪽 성 가까이에 있었는데, 그 뒤에 대략 삼 무[약 오백사십 평] 크기의 채소밭이 있었고, 동쪽과 서쪽에 각각 연못이 있었다. 물은 서남쪽 담장 밖에서 들어와 동쪽으로 흘러 두 연못 사이로 들어와서

는 다시 세 줄기로 나뉘었다. 하나는 남쪽 부엌으로 들어가 일상에서 사용되었고, 다른 한 줄기는 동쪽으로 흘러 동쪽 연못으로 들어갔다. 나머지 한 줄기는 북으로 흐르다가 서쪽으로 돌아 돌로 만든 용의 입을 통해 서쪽 연못으로 뿜어져 들어갔다. 물은 다시 서북쪽에 세워진 갑문으로 흘러 성 밑으로 해서 북쪽으로 돌아 배수구를 빠져나가서는 바로 황하로 들어갔다. 밤낮으로 흐르는 물소리는 귀를 맑게 해주었고, 대나무 숲은 짙게 드리워져 하늘이 보이지 않을 정도였다.

서쪽 연못에는 정자가 있었는데, 연꽃이 주변을 에워싸고 있었다. 동쪽에는 남향으로 세 칸짜리 서재가 있고 정원 안에는 포도 넝쿨이 있었다. 아래에 놓인 네모난 너럭바위에서는 바둑을 둘 수 있었고, 술도 마실 수 있었다. 그 밖에는 온통 국화를 심어놓은 밭이었다. 서쪽에는 동향으로 세 칸짜리 별채가 있었는데, 앉아서 물소리를 들을 수 있었다. 별채 남쪽에는 안채로 통하는 작은 문이 있고, 북쪽에는 창 아래 조그만 연못이 있었다. 연못 북쪽으로 화신花神을 모시는 작은 사당이 있고, 정원 가운데에는 삼 층 누각이 한 채 있었다. 그 누각은 북쪽 성곽과 바로 붙어 있으면서 높이가 비슷했기에 올라가면 성곽 바깥 저 멀리 황하가 내려다보였다. 황하 북쪽은 산들이 병풍처럼 이어져 있는데, 산서에 속하는 곳이었다. 정말로 넓디넓은 대 장관이었다.

나는 정원 남쪽에 있는 배처럼 생긴 집에서 지냈다. 정원에는 흙산이 있고, 그 위에 작은 정자가 있었다. 정자에 오르면 정원의 전체를 다 볼 수 있었다. 사방에 녹음이 우거져 여름인데도 덥지 않왔다. 탁당은 내 서재에 '불계지주不繫之舟[매이지 않은 배]'라는 이름을 붙여주었다. 내가 막우 일을 한 이래로 가장 좋은 거처였다. 흙산에 수십 종의 국화를 심었지만 안타깝게도 꽃이 필 때까지 있을 수는 없었다. 탁당이 산동의 염방으로 승진했기 때문이었다. 그의 가족들은 거처를 동천서원潼川書院으로 옮겼고, 나도 그들을 따라 서원에서 지냈다.

탁당이 임지로 먼저 떠난 후, 나와 자금, 지당은 할 일이 없어 툭하면 이곳저곳을 돌아다니며 구경을 즐겼다. 하루는 말을 타고 화음묘華陰廟로 갔다. 가는 길에 있는 화봉리華封里는 요堯 임금 때 세 가지 축원을 올렸던 곳이기도 하다. 화음묘 안에는 진秦나라 때 심은 홰나무[槐]와 한나라 때 심은 측백나무[柏]가 많았는데, 모두 서너 아름씩 되는 큰 나무들이었다. 홰나무 안에서 자라는 측백나무도 있었고, 측백나무 안에서 자라는 홰나무도 있었다. 전각 앞뜰에는 오래된 비석이 매우 많았다. 그중에는 진희이陳希夷[송나라의 역학자]가 쓴 '복福' 자와 '수壽' 자도 있었다.

화산 기슭에는 옥천원玉泉院이 있는데, 진희이 선생이 신선으로 변하여 사라졌다는 곳이다. 옥천원의 바위 동굴은 작은 방 정도 크기였는데, 돌 침상 위에 선생의 와상臥像이 조각되어 있었다. 물은 맑았고 모래는 깨끗했으며 풀은 대부분 진홍색이었다. 샘물은 세차게 흘렀고 쭉 뻗은 대나무가 둘러싸고 있었다. 동굴 밖 네모진 정자의 편액에는 무우정無憂亭[근심 없는 정자]이라 쓰여 있었다. 옆에는 고목 세 그루가 서 있었는데, 나무껍질의 무늬가 마치 갈라진 숯덩이 같았고, 나뭇잎은 홰나무와 비슷하지만 색이 더 짙었다. 이름을 몰라 물어보니 무우수無憂樹[근심 없는 나무]라고 했다.

화산의 높이는 몇천 길이 되는지 짐작조차 할 수 없었는데, 먹을 것을 준비해 오지 않아 오르지 못한 게 못내 아쉬웠다. 돌아오는 길에 감나무 숲에서 감이 막 노랗게 익은 것을 보았다. 말에 탄 채 감을 따 먹으려는데, 마을 사람들이 먹지 말라고 소리를 치는 것이었다. 나는 아랑곳하지 않고 감을 씹었는데, 얼마나 떫던지 바로 뱉어내고야 말았다. 말에서 내려 샘을 찾아 입을 헹구고 나서야 겨우 말을 할 수 있었는데, 이를 본 마을 사람들이 모두 박장대소를 하였다. 보통 생감을 따서 한 번 삶아야 떫은맛을 없앨 수 있는데, 그것을 몰랐던 것이다.


10월 초, 탁당은 산동에서 사람을 보내 가족들을 데려오게 했다. 우리는 동관을 나와 하남을 거쳐 산동으로 들어갔다. 산동 제남부濟南府의 성 안 서쪽에 대명호大明湖가 있는데, 호수 안에는 역하정歷下亭과 수향정水香亭 등 여러 명승지가 있다. 여름날 버드나무 녹음 짙은 곳에서 연꽃 향을 맡으며 술을 싣고 배를 띄우면 그윽한 정취가 있을 것 같았다. 하지만 나는 겨울에 갔기에 앙상한 버드나무와 차가운 안개, 넓디넓은 물만 보았을 뿐이었다.

표돌천豹突泉은 제남濟南의 일흔두 개의 샘 중에서 으뜸이었다. 샘물은 세 개의 구멍에서 나왔다. 땅속에서부터 세차게 솟아올라 마치 물이 끓어오르는 것 같았다. 대부분 샘물은 위에서 아래로 흐르는데, 이 샘물만은 아래로부터 위로 솟아오르니 진귀한 광경이었다. 연못 위에는 여동빈呂洞賓[당나라의 도사. 팔선(八仙) 중 한 사람]을 모셔놓은 누각이 있었는데, 구경 온 사람들은 대부분 여기서 차를 마셨다.

　이듬해 2월, 나는 내양萊陽의 관아에서 막우로 일했다. 정묘년 (1807) 가을에는 탁당이 한림翰林으로 좌천되어 나도 그를 따라서 도성[北京]으로 돌아왔다. 유명한 '등주의 신기루[登州海市]'는 끝내 보지 못했다.

# 5. 중산기력中山記歷

# 유구琉球의 곳곳을 기록하다

가경 4년(1799) 기미己未년에 유구국琉球國 중산왕中山王 상목尚穆이 붕어하였다. 세자 상철尚哲이 칠 년 전에 죽었으므로 세손 상온尚溫이 책봉받기를 청하는 표表를 황제에게 올려왔다. 중국은 먼 거리에 있는 제후국[藩國]을 회유하기 위해 황제의 성은이 담긴 명령을 내렸다. 황제는 친히 나와[臨軒] 대신들의 의견을 듣고는[召對] 유신儒臣 중에서 특사를 선발했다.

이리하여 조개산趙介山 선생이 정사正使로 뽑혔는데, 개산 선생은 태호太湖 사람으로 이름은 문해文楷이고 한림원수찬翰林院修撰을 지내고 있었다. 부사副使로 뽑힌 이화숙李和叔 선생은 면주綿州 사람으로 이름은 정원鼎元이고 벼슬은 내각중서內閣中書를 지내고 있었다.

조개산 선생은 내게 급히 편지를 보내 함께 갈 것을 제안했다.

나는 부모님이 연로하셔서 멀리 길을 떠나는 것이 망설여졌지만, 다시 생각해보니 막우로 스무 해 동안 일하면서 남북의 변경을 두루 다녔지만 대부분 나라의 울타리 안이었지 외국은 가보지 못했던 것이다. 더욱이 아득한 바다 밖의 절경을 구경한다면 견문을 넓힐 수 있겠다는 생각에 아버님께 말씀드렸더니 허락해주셨다. 수행하는 사람은 모두 다섯 명으로 왕문고王文誥, 진원균秦元鈞, 무송繆頌, 양화재楊華才 그리고 나였다.

가경 5년(1800) 5월 1일, 사신들을 수행하여 배가 출항하니 상서로운 바람[祥飈]이 불어오고 신령스러운 고기[神魚]들이 뱃길의 방향[舳]을 도와주었다. 밤낮을 가리지 않고 엿새를 항해한 끝에 드디어 목적지에 도착하였다. 그 사이 내 눈으로 본 모든 것을 나는 수첩에 적었다. 아름다운 산수, 특이한 물건들, 법령 제도, 남녀 간의 풍속 등을 기록하였다. 문장은 그리 뛰어나지 않지만 여기에 쓴 내용은 모두 사실 그대로 기록한 것이다. 나의 견문이 좁고 고루하여 부끄럽고, 어설프게 바다를 헤아린다는 비웃음도 달게 받겠지만, 중요한 것은 사실을 전달하는 데 있으니 견강부회하는 말보다는 나을 것이다.

5월 1일 마침 하지夏至가 되어서 짐을 꾸려 배에 올랐다. 예로부터 중산왕을 책봉할 때는 하짓날에 서남풍을 타고 가서 동짓날[冬至]에 동북풍을 타고 돌아왔는데, 이는 바람[계절풍]이 늘 일정했기 때문이었다. 배는 모두 두 척으로 정사와 부사가 한 배에 탔다. 선체 길이는 칠 장[약 이십이 미터]인데, 이물과 고물은 텅 빈 공간으로

삼 장[약 십 미터]이고, 깊이가 일 장 사 척[약 사 미터], 너비가 이 장 사
척[약 칠 미터]이었다. 예전에 사신들이 타던 배와 비교하면 절반이
나 작았다. 앞과 뒤에는 각각 육 장[약 이십 미터]이 넘는 높이에 둘레
가 삼 척[약 일 미터]인 돛대가 하나씩 있었고, 가운데 선실 앞에는 십
장[약 삼십삼 미터]이 넘는 높이에 둘레가 육 척[약 이 미터]인 돛대가 있
었다. 가운데 돛대는 외국에서 들여온 나무로 만든 것이었다. 모두
스물네 개의 선실이 있었고, 선창 밑바닥은 돌로 채우고, 십일만
근[약 육십육 톤]이 넘는 화물을 실었다.

용머리 입에 대포가 한 대가 설치되어 있었고, 좌현과 우현에도
각각 대포 한 대씩 설치되어 있었다. 그 밖의 무기들은 선창 안에
두었다. 큰 돛대 아래에 커다란 나무 기둥을 가로로 놓아 도르래
[轆轤]로 삼았는데, 대포를 옮기거나 돛을 올릴 때마다 수십 명이 이
기둥을 사용하여 끌었다. 갑판은 병사들이 대기하는 곳이고, 고물
의 누대는 장수가 지휘하는 곳이었다. 깃발을 세우고 방패를 두른
누대는 또한 사신이 공무를 보는 곳이기도 했다. 아래에는 키를 조
정하는 누대[조타실]가 있고, 키 앞의 작은 선창에는 지도[沙布]와 나
침반[針盤]을 두었다. 가운데 선창은 사다리를 타고 내려가게 되어
있는데, 그 높이는 육 척[약 이 미터]이며, 사신들이 회식하는 곳이었
다. 앞쪽 선창에는 화약과 쌀을 저장해두었고, 뒤쪽 선창에는 병
사들이 거처했다. 고물 뒤에는 식수를 둔 창고가 있었는데, 우물이
모두 네 개였다. 나머지 한 배도 이와 똑같았다. 각 배마다 이백육
십여 명이 승선하였다. 배는 작은데 사람이 많으니 발 들여놓을 여
유도 없었다. 하지만 바람이 때마침 불기 시작하였기 때문에 배를

바꾸려면 시일이 더 지체되었을 것이다.

2일 오시午時에 배는 오문鼇門에 정박했다. 신시申時가 되자 오색 구름이 서쪽 하늘에 뭉게뭉게 피어났는데, 망루에서 펄럭이고 있는 깃발들과 위아래로 서로 어우러져 모두 길조라고 탄복하였다. 검은 홀笏[천자가 제후를 봉할 때 내리던 신표] 같기도 하였고, 하얀 마노[白瑪] 같기도 하였으며, 영지버섯이나 벼이삭 같기도 하였고, 붉은 비단이나 보랏빛 타래 같기도 하였다. 혹은 살구 이파리나 앵두 열매, 가을 들판의 풀, 봄 개울의 물결 같기도 하였다. 도륭屠隆[명나라의 문인]이 지은 부賦를 읽은 적이 있는데 그 묘사가 얼마나 뛰어났는지 지금에야 알게 되었다. 화가 시생施生이 〈항해행락도航海行樂圖〉를 워낙 정교하게 잘 그렸다. 나는 그 그림을 보고 다시는 붓을 들 용기가 나지 않았는데, 향애香厓가 아무리 그림을 잘 그려도 이 경치는 그려낼 수 없을 것이다.

4일 해시亥時에 닻을 올려 조류를 타고 나성탑羅星塔까지 갔다. 바다는 넓고 하늘은 아득하여 끝이 없었다. 진운은 예전에 태호를 유람하면서 "천지가 넓은 것을 보았으니 이번 생은 헛되지 않았네요"라고 감탄한 적이 있었다. 진운에게 바다를 보여주었으면 얼마나 좋아하였을까?

9일 묘시卯時에 팽가산彭家山이 보였다. 봉우리 세 개가 늘어서 있는데 동쪽 봉우리는 높았고 서쪽 봉우리는 낮았다. 신시申時에는 조어대釣魚臺[일본에서는 우오쓰리 섬, 중국에서는 댜오위 섬으로 부름]를 지나갔다. 세 봉우리가 마치 붓걸이처럼 각각 떨어져서 우뚝 솟아 있었다. 모두 벌거숭이 돌섬이었다. 이때 바다와 하늘은 한 빛이 되었고 배는 순탄하게 미끄러져갔다. 어디서 왔는지 알 수 없는 무수한 갈매기들이 배 주위를 맴돌았다. 밤이 되니 별빛은 옆으로 비끼고 달빛은 부서져내려 바다 위는 온통 불꽃이 나왔다 들어갔다 하는 것 같았다. 목화木華[진(晉)나라의 문인]가 그의 시 「해부海賦」에서,

도깨비불이 자맥질하네.
陰火潛然

라고 했던 그것과 같았다.

　10일 진시辰時에 적미서赤尾嶼[일본에서는 다이쇼 섬, 중국에서는 츠웨이 섬]가 보였다. 네모난 모양의 붉은 섬은 동서 양쪽이 볼록 튀어나왔고 가운데가 움푹 패어 들어갔는데, 그곳에는 또 두 개의 작은 봉우리가 있었다. 배는 섬의 북쪽으로 지나갔다. 그때 큰 고기 두 마리가 배 양옆에서 따라왔다. 머리와 꼬리는 보이지 않았지만 등은 검으면서 약간 초록빛이 섞여 있었고, 열 아름이나 되는 고목 같았다. 뱃사람들은 이를 보고 고기들이 폭풍이 일어날 것을 미리 알고 배를 보호해주는 것이라고 했다. 오시午時에 천둥이 치고 큰 비가 내리면서 바람은 동북풍으로 변했다. 키는 제멋대로 움직였고 배는 매우 위태롭게 흔들렸다. 다행히 큰 고기들이 배 옆에 붙어서 떠나지 않았다. 그러다 갑자기 벼락 치는 소리가 크게 나더니 비바람이 금방 멎었다. 신시에 바람은 다시 서남풍으로 바뀌면서 더 세졌다. 배 안의 모든 사람들은 두 손을 들어 이마에 대고 천우신조에 감사했다. 나는 이를 기념하여 두 편의 시를 지었다.

평생 방랑한 자취 중원에 두루 남겼더니
다시 은하수 건너는 뗏목 타고 먼 길 나섰네.
고기가 위급함을 돕고 바람도 순풍으로 변하니
바다 구름 붉은 곳이 유구국이네.
平生浪跡遍齊州 又附星槎作遠遊
魚解扶危風轉順 海雲紅處是琉球

하얀 파도 넘실대며 거친 바다 흔들고
바다 동쪽 하늘 끝은 아득하구나.
이번 여행에 서생의 간담을 키웠으니
폭풍우 옆에 끼며 가슴 벅차오르네.
白浪滔滔撼大荒 海天東望正茫茫
此行足壯書生膽 手挾風雷意激昂

스스로 생각해도 당시의 광경을 잘 묘사한 것 같다.

11일 오시午時에 고미산姑米山을 보았다. 산에는 모두 여덟 개의
고개가 있었는데 고개마다 한두 개의 봉우리들이 서로 이어진 것
도 있었고 끊어진 것도 있었다. 미시微時에 큰 바람이 불고 폭우가
엄청나게 쏟아졌다. 비는 거셌지만 바람은 순풍이어서 유시酉時에
는 배가 이미 산과 가까워졌다. 유구 사람이 고미산에는 암초가
많아 어두운 밤에는 들어갈 수 없다고 하여 날이 밝기를 기다렸다
가기로 했다. 닻은 내리지 않고 돛만 내렸는데, 순풍에 배는 흔들
리기만 할 뿐 들어가지도 나가지도 않은 채 서 있었다. 술시戌時에

배 안에서 봉화를 올리니 고미산에서도 응답이 왔다. 유구 사람에게 물어보니 낮에는 대포를 쏘고 밤이면 봉화를 올리기로 암호를 정해놨다고 말해주었다. 『의례儀禮』의 주注에서 "소식을 접하다"라고 한 것이 바로 이것이다.

12일 진시辰時에 마치산馬齒山을 지났다. 개와 양이 서로 섞인 것처럼 네 개의 봉우리가 흩어져 있었고 말이 하늘로 내달리는 형상이었다. 배는 일곱 경更[열네 시간]을 더 가서 나침반 방향을 갑인甲寅[67도 30초, 東北東]으로 잡아 나패항那霸港으로 들어갔다. 돌아보니 사신을 맞이하러 나온 유구국의 배가 뒤에 와 있었다. 두 배는 서로 반갑게 인사를 나누었다. 원래 유구로 오는 항로에 소유구小琉球와 계롱산雞籠山, 황마서黃麻嶼 등이 있지만, 이번에는 모두 보지 못했다. 유구 사람인 항해장은 예순이 넘었고 바다를 여덟 번이나 왕래했다고 한다. 항로를 매번 세심하게 재어보면, 진辰[120도]과 묘卯[90도, 正東]의 두 방위에서 벗어나지 않는데, 을묘乙卯[97도 30초]보다는 을乙[105도]의 방위를 더 택하게 된다고 했다. 이번 항해는 가장 빠른 항로를 선택했기 때문에, 오는 길에 세 개의 섬밖에 보지 못하고 바로 고미산에 도착했다고 했다.

처음 항해를 시작할 때 나침반 방향을 진辰에 맞추었고, 일곱 경更을 더 가서는 을진乙辰[112도 30초, 東南東]에 맞추었다가 나중에 을乙에 맞추었고, 고미산을 지나서는 을묘乙卯에 맞추었다고 했다. 다만 경更은 향을 태워 잰 것이라 확실한 기준으로 삼기는 어려웠다. 오호문五虎門에서 관당官塘까지의 항로는 정해져 있어서 시계로 거리를 계산해보니 매 경更[두 시간]마다 대략 백십 리[약 사십삼 킬로미터]

를 항해하였다. 8일 미시未時에 대양으로 나와서 12일 진시辰時까지 항해했으니 모두 오십팔 경更[백십육 시간]의 시간이 걸렸지만, 10일에 폭풍으로 이 경更[네 시간]을 서 있었고, 11일 밤에 암초에 걸릴까봐 삼 경更[여섯 시간]을 정박했으니 실제로는 오십삼 경更[백육 시간] 동안 오천팔백삼십 리[약 이천삼백 킬로미터]를 항해하였다. 나패항까지 거리를 계산하면 육천여 리[약 이천사백 킬로미터] 바닷길을 항해한 것이었다.

항해장의 말에 따르면, 바다에서 바람이 약해도 배가 나갈 수 없지만 너무 세어도 나가기 어렵다고 한다. 바람이 세면 물결이 커지고 물결이 커지면 배가 나가는 것을 막아 일 척尺[삼십 센티미터]을 나가면 이 치[寸, 육 센티미터]를 물러나게 된다는 것이다. 바람이 칠 할, 물결이 오 할 정도가 되었을 때 배가 나가기 가장 좋은데 이번이 그랬고, 그동안 바다를 항해하면서 이렇게 평온하게 온 적은 없었다고 했다. 이때 유구 사람들이 수십 척의 나무배를 타고 와서 우리 배를 끌고 갔고, 의례에 따라 거듭 사신들을 맞이하는 예를 다했다. 진시辰時에 나패항에 들어가니 함께 떠났던 배가 먼저 도착해 있었다. 그 배는 10일부터 보이지 않았던 터였다. 사신을 맞이하러 나온 배도 뒤따라 들어와 모두 임해사臨海寺 앞에 정박했다. 항해장은 세 척의 배가 나란히 함께 들어온 적은 한 번도 없었다고 했다.

오시午時에 상륙하니, 온 나라 사람들이 모두 길에 나와 구경하고 있었다. 세손世孫은 여러 신하들을 거느리고 의식에 따라 영접했다. 세손은 열일곱의 나이에 살이 희고 턱이 통통했으며 용모가 단정하고 의젓하였다. 특히 글씨를 잘 썼는데 제법 조맹부趙孟頫[원나라의 서예가]의 필법이 느껴졌다.

『중산세감中山世鑑』에 따르면, 수隋나라 사신 우기위羽騎尉 주관朱寬이 여기에 도착했을 때 그 섬 모양이 굽이치는 물결 위로 규룡虬龍이 떠 있는 것처럼 보여 처음에는 유규流虬라고 불렀다고 하였다. 『수서隋書』에서는 유구流求라고 했고, 『신당서新唐書』에서는 유귀流鬼라고 했으며, 『원사元史』에서 여구黎求라고 했다가 명나라에 와서 다시 유구琉球라고 하였다. 『중산세감』에서는 원나라 연우延祐 원년 (1314)에 나라가 크게 세 곳으로 갈라져 모두 열여덟 개의 나라가 되었고, 산남왕山南王 혹은 산북왕山北王 등의 칭호로 불렸다고 한다. 중산中山과 남산南山 몇몇 곳을 다녀보았지만 큰 마을이라고 해봐야 이 리里[약 팔백 미터]도 안 되는데 나라라고 부르기에 너무 과장된 것은 아닐까?

유구 사람들은 큰 바람을 꼭 태구颱颶라고 불렀다. 한유韓愈의 시에,

천둥소리는 태풍을 몰고 오는구나.
雷霆逼颶颱

라고 하였으니, 구颶는 일颱과 함께 붙여서 썼음을 알 수 있다. 『옥편玉篇』에서 일颱을 일러 "뜻은 '큰 바람'이고 발음은 '일'이다"라고 되어 있고, 『당서唐書』의 「백관지百官志」에 보면 "일해도颱海道란 게 있다. 아마도 유구 사람들이 '태구'라고 한 것은 잘못 쓴 말인 것 같다"라고 되어 있다.

『수서』에 "유구에는 호랑이, 이리, 곰, 말곰[羆]이 있다"고 했지만

지금은 없고, 또 "소와 양, 당나귀, 말이 없다"고 했는데, 당나귀는 정말로 없었지만 그 밖의 가축은 없는 것이 없었다. 이를 통해 나는 기록된 것을 모두 믿어서는 안 된다는 것을 알게 되었다.

천사관天使館은 서향西向으로 중국 관아를 흉내 내어 지은 건물이었다. 깃대가 두 개 있고 그 위로 책봉을 알리는 황색 깃발이 걸려 있었다. 대문 안에는 조벽照壁[대문 바로 안쪽에 병풍처럼 세워두는 작은 벽]이 있고 동서로 원문轅門[바깥문]이 있으며, 좌우로 고정鼓亭[북을 둔 정자]이 있고 반방班房[하인들이 일을 보던 방]도 있었다. 대문에는 '천사관天使館'이라고 쓰여 있었고, 문 안쪽의 행랑[廊房]은 각각 네 칸으로 되어 있었다. 의문儀門에는 '천택문天澤門'이라고 쓰여 있었다. 명나라 만력萬曆 연간年間(1601년)에 사신 하자양夏子陽이 쓴 것으로 세월이 오래되어 글자가 흐려지자 앞서 사신으로 왔던 서보광徐葆光이 다시 보수하여 썼다고 한다. 문 안에는 좌우로 각각 열한 칸으로 된 건물이 있고, 그 가운데로 벽돌길[甬道]이 있었다. 그 길의 서쪽에 열 아름 정도의 용수榕樹 한 그루가 있는데, 서보광이 심었다고 전해진다.

건물의 가장 서쪽에 부엌이 있었다. 본채[大堂, 집무를 보는 공간]는 기둥이 다섯 개였는데 '부명당敷命堂[황제의 명을 펼쳐다]'이라고 쓰인 편액이 있었다. 이전에 사신으로 왔던 왕즙汪楫이 쓴 것이다. 약간 북쪽에는 서보광이 '황륜삼석皇綸三錫[황제의 사업이 세 번 베풀어지다]'이라고 쓴 편액이 있었다. 본채 뒤에는 천당穿堂[앞뒤로 문이 나 있어 통로 역할을 하는 대청]이 있었고 비로 뒤채[二堂]로 통하게 되었다. 뒤채 또한 다섯 개의 기둥으로 되어 있는데, 가운데 방은 정사와 부사가 회식하는 곳이었다. 사신으로 왔던 주황周煌이 쓴 '성교동점聲敎東漸[황제의 가르침이 동쪽으로 스며들다]'이라는 편액이 걸려 있고, 좌우는 침실이었다. 뒤채 뒤에는 각각 남루南樓와 북루北樓가 있었다. 남루는 정사가 지내는 곳으로 왕즙이 '장풍각長風閣'이라고 쓴 편액이 있었고, 북루는 부사가 지내는 곳으로 역시 사신으로 왔던 임인창林麟焻이 쓴 '정운루停雲樓'라는 편액이 있었다. 편액 옆에는 해산海山[주황(周煌)의 호] 선생이 쓴 시패詩牌가 있었다.

천사관 주위로는 암초[礁石]를 갈아 성벽처럼 담을 쌓았고, 담 위에는 화봉火鳳이 쭉 심어져 있었다. 화봉은 줄기가 네모나고 꽃이 없으며 가시가 있어 마치 패왕편霸王鞭 같은데 잎은 신화초愼火草[꿩의 비름]처럼 생겼다. 유구 사람들은 이 나무가 화재를 막아준다고 해서 길고라吉姑羅라고 불렀다. 남쪽 정원에는 우물이 있었고, 누각 지붕은 기와로 덮었다. 바닥은 네모반듯한 벽돌로 깔았으며 정원 가운데는 모래밭처럼 평평했다. 건물 안의 탁자와 의자, 침상, 휘장은 모두 중국풍을 모방하였다. 기진寄塵이 시 네 수를 썼는데 그중 다음과 같은 구절이 있었다.

> 바라보니 누각들 구름 위로 솟았는데
> 마치 봉래섬에서 사는 것 같구나.
> 相看樓閣雲中出 卽是蓬萊島上居

또 이런 구절도 있었다.

배 타고 바람 따라 달려가

닷새 동안 날아오른 돛단배 은하수에 머무르네.

一舟翦徑憑風信 五日飛帆駐月槎


모두 진솔한 감정과 풍경을 읊은 구절이다.


공자묘孔子廟는 구미촌久米村에 있었다. 묘당은 세 칸으로 가운데
에 신상을 모셔두었다. 마치 임금 같은 이가 면류관을 쓰고 홀笏을
들고 있었고, 신주에는 '최고의 성인, 최초의 스승이신 공자님의
신주[至聖先師孔子神位]'라고 쓰여 있었다. 좌우로는 감실龕室[작은 불상을
모셔둔 곳]이 있었는데, 감실에는 각각 두 사람이 서서 시중을 들고
있었다. 각각 한 손에 경전을 한 권씩 들고 있었는데, 책에는 '역[易
經]', '서[書經]', '시[詩經]', '춘추春秋'라고 쓰여 있었는데, 바로 안자顏
子, 자사子思, 증자曾子, 맹자孟子의 네 현인을 배향하는 것이었다.

묘당의 밖은 노대로 되어 있어 동서로 통하였고 계단을 따라 올
라갈 수 있었다. 목책은 영성문欞星門을 닮았는데, 가운데는 극문戟
門[창을 세워 만든 軍門]을 본떠 만들었고, 절반은 나무로 막아 사람이
다니지 못하게 했다. 묘당 밖 강을 마주한 곳에는 담을 둘러쌓았
다. 묘당의 동쪽에는 명륜당明倫堂이 있고 북쪽에는 계성사啓聖祠[문
묘 안에 공자 등 다섯 성현의 아버지를 모신 사당]가 있었다. 구미촌의 우수한
선비들은 모두 여기에서 배운 자들이었다. 문리文理에 정통한 자를
선발하여 스승으로 삼았는데, 해마다 봉급을 주었다. 정제丁祭[음력

이월, 오월, 팔월, 동짓달의 상정일(上丁日)에 성인과 스승에게 지내는 제사는 중국 의례와 같은 방식으로 하였다. 나는 경건한 마음으로 시 한 수를 지었다.

> 명성이 흘러넘쳐 사해에 떨치니
> 섬나라도 공자를 알고 섬기는구나.
> 묘당은 엄숙하고 면류관은 귀하여라
> 성인의 가르침 이제 구주九州의 오랑캐에게 두루 미치네.
> 洋溢聲名四海馳 島邦也解拜先師
> 廟堂肅穆垂旒貴 聖敎如今治九夷

공자를 존경하는 마음을 펼친 시였다.


유구에서 제일 큰 절은 원각사圓覺寺이다. 연당교蓮塘橋를 건너 절을 둘러보니 정자가 있는데 변재천녀辯才天女, 즉 두모斗姥라 불리는 여신을 모시는 곳이었다. 문으로 들어서니 '둥근 거울[圓鑑]'이라는 연못이 있는데, 노랑어리연꽃과 수초들이 얽혀 있었고, 마름과 연꽃들은 반쯤 쓰러져 있었다. 대문은 크고 넓었으며 문루門樓는 날개를 펼친 것 같은 모습이었다. 좌우에 서 있는 네 명의 금강역사金剛力士는 규모가 대략 중국과 비슷하였고, 불전佛殿은 일곱 칸으로 되어 있었다. 조금 더 들어가니 대전大殿도 일곱 칸으로 되어 있었는데 용연전龍淵殿이라 했다. 중앙에는 불당이 있고 좌우로 나무로 된 신주가 모셔져 있었는데, 선왕의 신위와 먼 조상에게 제사지내는 곳이었다. 왼쪽 곁채는 방장方丈[주지승이 거처하는 곳]이고, 오른쪽 곁채는 객좌客座[손님들이 거처하는 곳]인데 모두 자리를 깔아놓았다. 자리 둘레는 헝겊으로 둘렀고 바닥에 덧댄 천은 아주 판판하고 깨끗했는데 이를 '답각면踏脚綿'이라고 불렀다.

방장 앞에는 봉래정蓬萊庭이 있고 왼쪽에는 주방이 있는데, 주방 옆에 불냉천不冷泉[차갑지 않은 샘]이라는 우물이 있었다. 객좌의 오른쪽은 오래된 소나무들의 언덕으로 소나무 사이로 기암괴석이 많았다. 왼쪽 곁채는 승방이고 오른쪽 곁채는 사자굴獅子窟[설법하는 곳]이었는데, 승방 남쪽에는 악루樂樓가 있었다. 누각의 남쪽은 정원으로 꽃과 나무가 많이 심어져 있었다. 이상은 원각사의 경치를 대략 묘사한 것이다.

한편, 호국사護國寺라는 절이 있었는데, 국왕이 기우제를 드리는 곳이었다. 그곳 감실龕室 안에 모신 신상神像은 벌거벗은 상태로 피부가 까맣고, 손에는 칼을 들고 있는 아주 사나운 모습이었다. 명나라 경태景泰 7년(1456)에 주조된 종이 있었고, 절 뒤에는 일명 철수鐵樹라고 하는 봉미초鳳尾蕉가 많았다. 천왕사天王寺에도 종이 있었는데, 역시 경태 7년에 주조되었다고 한다. 정해사定海寺에 있는 종은 명나라 천순天順 3년(1459)에 주조된 것이었다. 용도사龍渡寺, 선흥사善興寺, 화광사和光寺 등도 있었으나 황폐해져 별로 기록할 만한 것이 없다.


유구의 해산물 중에는 중국에서는 보기 드문 특산물이 많았다.
낙지[石鮔]는 오징어[墨魚]처럼 생겼지만 더 컸고, 배가 거미처럼 둥글다. 수염이 두 개, 팔이 여덟 개로 모두 어깨 부위에 모여서 났고 가시가 있다. 해삼海參과 비슷하지만 다리나 비늘이 없어 전복[鮑魚] 같았다. 등래登萊[중국 산둥성 일대]에 문어[八帶魚]라는 것이 있는데 그 형태로 미루어보면 거의 석거인 것 같다. 아니면 오징어의 별종이 아닐까 한다.

바다뱀[海蛇, 뱀장어의 일종]은 길이가 삼 척[약 일 미터]으로 썩은 새끼줄처럼 뻣뻣하고 검은색에 생김새가 사나워 보였다. 유구 사람들은 바다뱀이 해충을 없애고 고질병을 치료하며 염병을 없애주는 것으로 여기고 있었다. 영주永州 지역에 서식하는 기이한 뱀 종류인 것 같은데, 이곳 유구에서는 바다뱀을 매우 중히 여기고 귀한 물품으로 취급하고 있었다.

성게[海膽]는 고슴도치[蝟]같이 생겼는데 껍질을 벗겨 살을 발라내고 짓이겨 진흙처럼 만든 다음 작은 병에 담아 반찬으로 사용한다.

기생소라[寄生螺]는 크기도 다르고 타원형 모양도 다 다르지만 모두 소라 껍질을 등에 지고 다니는데, 소라 안에 게가 있다. 게는 집게발 두 개와 여덟 개의 발을 가지고 있는데, 발 네 개는 크고 네 개는 작다. 그중 큰 발로 걸어 다닌다. 집게발은 하나는 크고 하나는 작은데, 작은 것은 늘 감추고 있고, 큰 것으로 먹이를 잡아먹는다. 사람이 건드리면 큰 발은 모두 오므리고 큰 집게발로 막는다. 게가 소라의 성질을 가졌으니 「강부江賦[진(陳)나라 문인 곽박(郭璞)이 지은 부]」에서 "소길[게의 일종] 안에 게가 있네[璅蛣腹蟹]"라고 한 것은 이를 말한 것이 아니겠는가? 『태평광기太平廣記』에는 "게가 소라 속으로 들어갔다[蟹入螺中]"라고 되어 있어 게가 먼저인 것 같지만, 기생

246

소라를 잡아서 그릇에 두고 달아나는 모습을 살펴보면, 게가 있는 힘을 다해 껍데기에서 나오자마자 바로 죽었다. 게는 껍데기에 의지해서 살아가고 있었던 것이다. 조물의 이치는 헤아릴 수 없고 억측하기도 어렵다.

달랑게[沙蟹, 모래게]는 넓적하면서 두께가 얇고 집게발은 몸보다 크다. 껍데기가 몸을 다 감싸지 못하고 앞부분이 비어 있는데, 집게발을 오므려 비어 있는 부분에 넣으면 틈이 없을 정도로 딱 맞다. 여덟 개의 다리는 유난히 짧고 배에 딱지가 없어 암수를 구별할 수 없다. 사람을 보면 두 눈알이 쑥 들어가고 물을 한 자가량이나 뿜어내는 것을 보면 성질을 잘 부리는 것 같다. 모래를 깔고 물을 부어 길러보았는데 십여 일이 지나도 먹지도 않고 죽지도 않았다.

피조개[蚶]는 지름이 이 척[육십 센티미터] 이상이고 둘레는 오 척[백육십 센티미터] 남짓 된다. 옛사람들은 기와지붕[屋瓦子]이라고 불렀는데, 껍질 모양이 울퉁불퉁한 것이 마치 기와를 얹은 지붕처럼 생겼기 때문이다.

해마海馬의 살은 얇은 조각이 말려 있어 대팻밥 같고, 색깔은 얇게 썬 복령茯苓[소나무 뿌리에 기생하는 구멍장이버섯의 일종] 조각 같다. 품질이 제일 좋은 것은 구하기가 어려운데, 좋은 것은 임금에게 먼저 진상하기 때문이다. 몸은 물고기[魚]인데 머리는 말[馬]처럼 생겼고, 털은 없고 다리가 있으며, 껍질은 돌고래[江豚] 같다. 이상은 모두 유구의 바다에서 나오는 특산물을 설명한 것이다.


유구의 과일 또한 중국과 다른 것이 있었다. 파초芭蕉의 열매는 손가락처럼 생겼는데, 색이 노랗고 맛이 달며 꽃잎은 유자와 같았다. 감로甘露라고도 한다. 막 익기 시작하면 푸른색이지만 설탕을 부어놓으면 노랗게 된다. 꽃은 붉은색이고 이삭 하나의 길이가 몇 척[오륙십 센티미터]이나 된다. 꽃술은 대여섯 개가 나와 있고, 매년 열매를 맺는데 꽃술 수만큼 맺는다. 중국에도 파초가 있지만 해마다 열매를 맺는다는 말은 듣지 못했다. 또한 중국에서는 파초로 실을 뽑아 베를 짜지도 않으니 그 성질이 다르지 않을까?

베의 원료와 베를 짜는 방법도 중국과 달랐다. 초포蕉布는 미색으로 너비가 일 척[약 삼십 센티미터]이다. 파초를 물에 담갔다가 실을 뽑아 베로 짜면 가볍고 촘촘한 것이 비단 같다. 저포苧布는 희면서 올이 가늘며 너비가 일 척 이 치[약 삼십팔 센티미터]로 면직물과 비슷하다. 사포絲布는 희면서 면이 부드러운데 모시를 날실로 하고 명주를 씨실로 하여 짠 것으로 품질이 가장 좋다. 『한서漢書』에서 말한 초蕉, 통筒, 전荃, 갈葛 등은 바로 이와 비슷하다. 마포麻布[삼베]는 미색으로 올이 거칠어 품질이 가장 낮다.

유구 사람들은 옷감에 무늬 넣는 것을 좋아했는데, 모양은 여러 가지였다. 모두 종이를 오려 본을 떴다. 먼저 본을 헝겊 위에 붙이고 재를 칠하여 재가 마르면 본을 떼어낸다. 그 위에 색을 칠하여 말리고 다시 빨면 재는 떨어지고 무늬만 남는다. 옷감을 빨수록 무늬가 더 고와져 옷은 해져도 색은 바래지 않는다. 여기에는 분명 외지인에게 알려주지 않는 특별한 방법이 있음에 틀림없다. 그리하여 동양화포東洋花布라 하여 특히 복건성福建省에서 귀하게 취급되었을 것이다.

유구의 풀과 나무는 대부분 중국과 명칭이 달랐는데, 아쉽게도 『군방보』를 가져오지 않아 하나하나 고증할 수 없었다. 나한송羅漢松은 견목樫木이라고 하였고, 동청冬青은 복목福木이라고 하였으며, 만수국萬壽菊은 선국禪菊이라고 하였다. 철수鐵樹는 잎이 봉황 꼬리 한 쌍처럼 생겨서 봉미초鳳尾蕉라고 하였고, 잎이 나무 꼭대기를 덮고 있는 모습이 종려棕櫚와 비슷해서 해종려海棕櫚라고도 하였다. 이 것을 중국으로 가져와서 분재로 만들어서는 만년종萬年棕이라 한 것이다.

봉리鳳梨[파인애플]는 꽃이 피는 것이 수나무[男木]로 흰 꽃잎은 연꽃 같고 향이 강하며 열매를 맺지 못한다. 꽃이 피지 않는 것이 암나무[女木]로 열매는 크고 오이와 같아서 먹을 수 있다. 어떤 이는 이 것을 바라밀波羅蜜의 별종이라고도 하고, 유구 사람들은 아달니阿呾呢라고도 불렀다.

월귤月橘은 십리향十里香이라고도 하는데, 잎은 대추 같고 작은 흰 꽃이 핀다. 향이 매우 강하고 열매는 천죽자天竹子와 비슷하지만 조금 크다. 2월이면 온 나무에 붉은 열매가 주렁주렁 열려 마치 불이 타오르는 것 같다고 하나 아쉽게도 본 적은 없다.

유구 지역의 기후는 대부분 따뜻하여 가을에도 꽃과 풀들이 시들지 않고 앵앵거리는 모기 소리도 사라지지 않으며 억새꽃이 만개하였다. 들모란[野牡丹]은 2~3월에 꽃이 피기 시작해 8월까지 계속 피고 또 핀다. 꽃은 방울들이 매달린 것처럼 주렁주렁 피는데, 하얀 꽃잎에 가장자리는 보랏빛을 띠며 화심은 붉다. 둥글고 큰 꽃은 향기가 매우 강하다. 불상화[佛桑]는 사철 꽃이 피는데 하얀색도 있고 진홍색이나 분홍색도 있다. 이러한 꽃들을 보며 나는 시를 한 수 지었다.

> 우연히 사신 따라 신선의 뗏목에 올랐더니
> 날마다 봄놀이에 화려한 경물 즐기네.
> 날씨는 언제나 이삼월이라
> 산과 숲에 사시사철 꽃이 끊이지 않네.
> 偶隨使節泛仙槎 日日春遊玩物華
> 天氣常如二三月 山林不斷四時花

이 시 또한 진솔한 마음과 경치를 읊은 것이다.

유구 사람들은 난초를 아주 좋아하여, 이를 '공자의 꽃[孔子花]'이라 불렀다. 진씨陳氏의 저택에는 특이한 난초들이 많았다. 풍란風蘭은 잎이 보통 난초보다 더 긴데, 가는 대나무로 화분을 만들어 걸어두고 바람을 맞게 하면 잘 자랐다. 명호란名護蘭은 잎이 계수나무 같지만 그보다 두껍고 손가락처럼 조금 길쭉하며 꽃대마다 여덟에서 아홉 개의 꽃이 피었다. 4월에 꽃이 피는데 향기가 보통 난초보다 좋았다. 명호악名護嶽의 바위틈에서 자라는데, 물이나 흙이 필요 없고, 나뭇가지에 붙거나 종려나무에 감기거나 하면서 매달려 있는데도 무성하게 잘 자란다. 속란粟蘭은 지란芷蘭이라고도 하는데, 잎이 봉미화鳳尾花 같고 꽃은 진주처럼 생겼다. 봉란棒蘭은 녹색으로 줄기가 산호 같고 잎이 없으며 꽃은 가지 사이에서 나온다.

보통 난초와 비슷하지만 좀 작고, 역시 나무에 기생해서 자란다. 또 서표西表[이리오모테 섬]의 송란松蘭, 죽란竹蘭 등이 있는데, 모두 다른 섬이나 바위틈에서 가져온 것들로 향기는 다른 난초보다 못하지 않다. 이런 난초들을 보고 나는 또 시를 한 수 지었다.

> 외딴 섬에 옮겨 심으니 가장 자랑할 만한데
> 궐 안에 꽃 무성하게 피었다고 하네.
> 보통 초목과는 비교할 수 없어
> 봄바람 한 번 불어오니 화려한 꽃으로 피어나는구나.
> 移根絶島最堪夸 道是森森闕里花
> 不比尋常凡草木 春風一到卽繁華

시를 다 쓰고 난초 그림도 그려보았으나 황전黃筌 같은 뛰어난 재주가 없어 부끄러웠다.

유구국의 연해에는 구멍이 숭숭 뚫리고 영롱하게 생긴 부석浮石이 많았는데, 파도가 치면 종이나 경쇠를 치는 듯한 소리가 났다. 팽려彭蠡[지금의 파양호(鄱陽湖)] 입구에 있는 석종산石鍾山 바위와 비슷했다.

나는 한가하고 소일거리가 없을 때 시생과 바둑을 두었는데, 유구의 바둑알을 사용했다. 흰 돌은 고둥의 봉구석封口石을 갈아 만들었다. 내지의 작은 고둥에도 입구를 막는 둥근 껍질이 있지만, 해루海螻는 커서 입구를 막고 있는 껍질의 두께가 오륙 푼[이 센티미터]이나 되고 지름이 이 치[육 센티미터] 남짓 되었다. 희고 둥근 모양이 차거硨磲[자이언트 조개] 같아서 유구 사람들은 '봉구석封口石'이라고 불렀다. 검은 돌은 창석蒼石을 갈아 만들었다. 지름이 육 푼[이 센티미터] 남짓, 둘레는 이 치[육 센티미터] 남짓으로 가운데는 볼록하고 둘레를 갈았으며 앞뒤 구분이 없었는데, 운남의 바둑과는 달랐다. 바둑판은 나무로 만들었다. 두께는 팔 치[이십오 센티미터]였고 높이가 사 치[십삼 센티미터]인 다리 네 개가 있었다. 바둑 줄은 판을 파서 새겨 넣었다. 유구 사람들은 바둑을 좋아하였는데, 바둑 두는 나름의 방식이 정해져 있고, 국수國手도 제법 있었다. 판이 끝나면 빈 집 숫자만 세고, 바둑알 숫자는 세지 않았다. 집을 계산하는 방식은 중국과 같았다. 유구에서는 바둑의 신을 모신다고 전해지는데, 그림으로 그려진 모습은 선녀와 비슷하였다. 사람들 앞에 모습을 드러내지 않는다고 하는데, 유구 사람들은 모두 존중하는 분위기였다.

6월 8일 진시에 정사와 부사는 유제문諭祭文[황제가 사신을 보내 제사 지낼 때 쓰는 제문]과 제은祭銀[제사 때 사르는 종이 돈], 분백焚帛[제사 때 사르는 성백(聖帛)]을 받들어 용채정龍彩亭 안에 잘 모셔두었다. 천사관을 나와 동쪽으로 가다가 구미촌久米村, 박촌泊村을 지나 안리교安里橋, 즉 진옥교眞玉橋에 도착하였다. 세손이 의례에 따라 꿇어앉아 우리를 맞이하였고, 바로 종묘宗廟로 인도하였다. 예식이 끝나고 선왕묘先王廟를 관람했다.

정묘正廟는 일곱 칸으로 이루어졌고, 한가운데가 바깥으로 향하고 있으며, 모두 하나의 감실과 통하게 되어 있었다. 감실에는 여러 임금들의 신위가 모셔져 있는데, 왼쪽 줄에는 순마舜馬에서 상목尚穆까지 열여섯 분이 모셔져 있고, 오른쪽 줄에는 의본義本에서

252

상경尙敬까지 열다섯 분이 모셔져 있었다.

이날은 구경나온 사람들이 산과 거리를 가득 메우고 있었다. 남자들은 길가에 꿇어앉아 있었고, 여자들은 먼 곳에 모여 구경하고 있었다. 또 휘장이나 대발을 드리운 사람들도 있었는데, 높은 관직의 가족이라고 했다. 여자들은 모두 이마나 손가락 마디에 문신을 새겨 장식했는데, 심한 사람은 온통 까맣게 하였고, 적게 한 사람은 군데군데 매화 무늬를 새겨 넣었다. 귀고리를 달지 않고 연지와 분을 바르지 않으며 진주나 비취로 머리장식도 하지 않는 것이 이 나라 풍습이었다.

집집마다 대문에 '석감당石敢當'이라는 돌 비석을 세웠고, 담장 위에는 길고라吉姑羅나 유수楺樹를 많이 심었는데, 손질이 아주 잘 되어 있었다. 유구 사람들은 중국을 당산唐山, 중국인들을 당인唐人이라 불렀다.

유구의 토지는 모두 모래땅으로 비가 내려도 금방 잘 다닐 수 있었고 땅이 질척거리지도 않았다. 오산娛山에는 각금정卻金亭이 있는데, 명나라 책사 진간陳侃이 귀국하면서 선물로 바치는 황금을 받지 않았으므로 정자를 세워 그를 기렸다고 한다.

변악辨嶽은 왕궁의 동남쪽으로 이 리[약 팔백 미터] 남짓 떨어진 곳에 있었다. 원각사圓覺寺를 지나 산등성이를 타고 가면 물길이 좌우로 갈라진다. 풍수가들은 이를 과협過峽이라고 하며, 중산中山의 중요한 맥을 이루고 있었다. 산에는 크고 작은 다섯 개의 봉우리가 있는데, 그중에서 가장 높은 곳이 변악辨嶽이다. 관목이 빽빽하게 뒤덮고 있었고, 앞에는 돌기둥 두 개, 가운데는 울타리 두 개, 밖에는 나무로 만든 누각 두 개가 있었다. 약간 왼쪽에는 작은 돌탑이 하나 있고, 좌우로 돌 탁자 다섯 개가 줄지어 있었다. 동쪽으로 돌아서 수십 개의 계단을 올라 정상에 도착하면 돌로 만들어진 두 개의 향로가 있었다. 왼쪽은 산신山神에게 제사를 지내는 것이고, 오른쪽은 해신海神에게 제사를 지내는 것이었다. 산신인 축祝은 천손씨天孫氏의 둘째 딸이라고 했다. 임금이 중국으로부터 책봉을 받으면 반드시 재계하고 이곳에서 직접 제사를 지냈다. 1월과 5월, 9월마다 산신과 해신, 호국신에게 지내는 제사는 모두 변악에서 행하였다.

파상波上과 설기雪崎, 귀산龜山을 두루 다녀보았지만 학두산鶴頭山의 경치가 가장 뛰어났다. 정사와 부사를 따라 유람하다가 학두산 정상에 올라 햇빛을 피해 자리를 잡았다. 풀빛은 하늘에 닿았고 소나무 그늘은 땅에 가득하였다. 동쪽을 바라보니 변악이 하늘 가운데로 우뚝 솟았고, 왕궁이 그림처럼 선명하게 보였다. 남쪽 가까이 바다는 호수 같았고, 저 멀리 산은 언덕 같은데, 풍견성豐見城이 우뚝 솟아 있었다. 산남왕山南王의 유적이 여전히 남아 있는 것이었다. 서쪽으로 마치馬齒섬과 고미姑米섬이 나타났다 사라졌다 희미하게 보였다. 가까워 보이기도 하고 멀어 보이기도 하는데, 우리 사신의 배가 지나온 길이었다. 북쪽으로 나패那霸와 구미久米를 내려다보니 인가가 모여 있었다.

산천이 모두 신비하고 기이했으며 초목은 무성하고 물고기와 새들은 오르락내리락 하였으며 구름과 안개는 변화무쌍하여 신기하고 오묘함을 다투지 않은 것이 없었다. 이 모든 것이 눈앞에 모여 있으니 지난 날 보았던 경치가 얼마나 조잡했는지 비로소 알게 되었다.

양梁 대부大夫가 간단하게 술상을 차려와 땅에 자리를 깔고 앉아 마셨다. 나도 하인을 불러 술과 안주를 내오도록 하였다. 미시未時와 신시申時 사이가 되어 서늘한 바람이 부는가 싶더니 가랑비가 오기 시작했다. 술단지를 챙겨 배에 오르니 마침 바닷물이 불어나 모래톱에 물이 그득했다. 오산의 남쪽 기슭에서 동북쪽으로 돌아가니 언덕의 바위들이 움푹 패여 금방이라도 떨어질 것 같았다. 바다제비[海燕]들은 갈매기처럼 날고 고깃배들은 왔다 갔다 하였다. 잠시 후 석양이 산속으로 숨어들더니 차고 맑은 둥근 달[冰輪]이 산과 바다 위로 떠올랐다. 날치[文鰩魚] 떼가 무수히 물결 위를 날아올랐다. 개산介山 선생이 술잔을 들고 달을 감상하며 노를 두드리고 노래를 부르니 술단지를 다 비우기도 전에 손님들은 모두 취해버렸다. 배가 도리촌渡里村을 지날 때는 이미 삼경이었다. 각금정 앞에는 횃불이 줄지어 있어 대낮 같았고 마중 나온 사람들은 지쳐 있었다. 우리는 함께 달빛을 밟으며 돌아왔는데, 유구에서 가장 즐거웠던 한때였다.


천기교泉崎橋 아래가 만호漫湖 습지이다. 맑게 개인 밤이면 홍예문이 달을 에워싸고, 삼라만상이 모두 깨끗해 마치 유리 세상 같았다. 이곳은 중산팔경中山八景 중 하나인데, 왕천旺泉의 물맛이 좋아 역시 중산팔경 중 하나가 되었다. 왕성王城에는 정자가 하나 있다. 나는 성벽에 기대어 멀리 바라보다가 정자에 잠시 들러 쉬면서 서천瑞泉의 물맛을 감상하며 중산팔경을 이리저리 바라보았다. 중산팔경이란 천기泉崎의 저녁달, 바닷가 파도 소리, 구미의 대나무 울타리, 용동龍洞 솔밭의 파도, 순애筍崖의 석양, 무지개 뜬 가을 하늘, 성악城嶽의 신령한 샘물, 중도中島의 파초 정원이다. 정자 아래에는 종려자죽棕櫚紫竹이 많았다. 이 대나무는 빽빽하게 자라는데, 높이가 삼 척[약 일 미터] 남짓하고 잎은 종려를 닮았지만 좀 더 가늘고 길다. 바로 관음죽觀音竹이라고 부르는 것이다.

정자 남쪽에는 피조개[蚶] 껍데기가 있었다. 길이가 팔 척[약 이백오십 센티미터]이 넘는 피조개 껍데기에 물을 담아두었다가 세숫물로 사용하는데 대형 피조개는 구하기 쉽지 않은 듯했다.

유구 사람들은 세수하거나 빨래하는 데 뜨거운 물을 쓰지 않는다. 집에 돌기둥을 세우고 그 위에 돌로 만든 대야나 피조개 껍데기를 올려놓고 여기에 물을 담아두고, 옆에는 자루가 달린 물통 하나를 둔다. 아침에 일어나면 물통에 물을 길어와 부어서 세수하고 양치질한다. 손님이 와도 그렇게 했다. 땅에는 풀이 많았고, 담요처럼 가늘고 부드러워 일이 있을 때마다 모래를 새로 가져와 깔면 되었다.

유구 사람들은 대모玳瑁[바다거북의 일종]의 등껍질로 긴 비녀를 만들었다. 복건福建이나 광동의 상인들을 거쳐 중국으로 전해졌는데, 유구 사람들은 이것이 비싸게 팔리는 줄 모르고 싼 물건으로 취급하고 있었다. "곤륜산崑崙山에서는 옥을 던져 까치를 잡는다"는 말이 있듯이 귀한 것도 흔하면 값어치가 떨어지는 것과 같은 이치인가 보다.

풍견산豐見山의 정상에는 산남왕山南王의 옛 성이 있다. 서보광徐葆光의 시에,

퇴락한 담장의 왕궁 온전한 기와 하나 없고,
황량한 풀밭의 소와 양 허물어진 마을 같네.
頹垣宮闕無全瓦 荒草牛羊似破村

라는 구절이 있다. 산남왕의 후손은 지금 성이 나씨邦氏로 여전히
이곳에 모여 살고 있었다.


유구 사람들은 십산辻山을 실산失山이라고 읽는다. 유구 글자는
모두 발음에 맞춘 것인데, 십十과 실失의 구별이 없다. 아마도 질산
迭山을 십산辻山으로 잘못 쓴 것 같다.

부사副使가 편집한 『구아球雅』를 보면, 한 개의 한자漢字를 두세 음
절로 읽는 것도 있고 두세 개의 한자를 한 음절로 읽는 것도 있다.
이것은 모두 한자의 뜻을 이곳 말로 풀어서 읽는 것이지 한자의 음
으로 읽는 것이 아니다. 이를 기어寄語라고 하는데 유구 사람들은
읽는 법을 다 알고 있다. 음절을 표시하는 글자는 모두 백여 개이
고, 십여 개의 글자는 모두 한 음으로 발음하는 경우도 있어, 중국
의 발음과는 완전히 다르다. 이 나라에서는 책을 읽고 문리文理를
깨친 자만이 발음과 글자를 맞출 수 있고, 서민들은 알지 못한다.

구미의 벼슬아치 자제들은 말을 할 수 있게 되면 중국어[漢語]를
가르치고, 글을 쓸 수 있게 되면 한문漢文을 가르쳤다. 열 살이 되
면 약수재若秀才라 부르며 임금이 쌀 한 섬을 하사한다. 열다섯 살
이 되면 머리를 바싹 깎고 먼저 공자님을 배알한 뒤 임금을 알현
하는데, 임금은 그 이름을 기록하고 수재秀才라 부르며 쌀 석 섬을

하사한다. 장성해서 통사通事로 선발되면 나라 안의 문물에 있어 그 명성이 최고로 높은 자가 되었다. 이들이 바로 명나라 삼십육성三十六姓의 후손들이다.

나패 사람들은 주로 상업에 종사하였는데, 부자도 많았다. 명나라 홍무洪武 초에 복건 사람으로 삼십육성 가운데 배를 잘 모는 자에게 중국과 유구를 오가며 조공朝貢의 일을 맡게 하였다. 유구의 구미촌에서 양梁, 채蔡, 모毛, 정鄭, 진陳, 증曾, 완阮, 금金 등의 성씨는 모두 삼십육성의 후손으로 지금도 유구 사람들의 존경을 받고 있다.

나는 기공寄公이라는 자와 도가道家의 현리玄理에 대해 대화를 나누었는데, 그는 깨달은 바가 많은 사람이라, 시를 지어 서로 화답하기도 했다. 법사法司인 채온蔡溫과 자금대부紫金大夫인 정순칙程順則, 채문부蔡文溥 세 사람의 문집에 나오는 시는 모두 작위적인 느낌이 들었다. 정순칙은 별도로 『항해지남航海指南』을 저술했는데, 항해와 관련하여 아주 자세한 설명을 하고 있다. 채온은 특히 고문古文에 힘을 기울여 『사옹어록簑翁語錄』과 『사옹지언簑翁至言』 등을 썼는데, 경학經學에 근본을 두고 도학道學의 기운을 가미한 것이었다. 경학과 도학을 넘나들었는데, 대체적으로 주자朱子를 배웠지만 그 순수한 경지에는 이르지 못하였다.


유구에는 산이 많고 땅이 척박하며 돌이 많아서 고구마 농사만 적합하다. 동네 어른들은 "책봉 받는 해에는 반드시 풍년이 든다"고 하였다. 올해에도 5월에만 좀 가물었을 뿐 그 후로 다행히 비가 제때 내려 큰 풍년이 왔고, 고구마도 네 번이나 수확할 수 있었다고 했다. 유구의 관리와 백성들은 몇 배나 더 기뻐하며 책봉 받는 해가 아니었으면 이런 풍년도 오지 않았을 것이라고 했다.

6월 초순이면 벼를 모두 수확한다. 유구는 기후가 따뜻해 벼가 늘 일찍 여문다. 11월에 모를 심으면 다음해 5~6월에 수확한다. 고구마는 사시사철 언제나 심을 수 있는데, 세 번 수확하면 풍년이라 하고 네 번 수확하면 대풍년이라고 한다. 논은 적고 고구마 밭이 많아 사람들은 고구마를 주식으로 하고 쌀은 임금과 관리들만 먹을 수 있다. 보리와 콩도 있지만 수확량이 많지 않다. 5월 20일이 되면 나라에서 벼의 신[稻神]에게 제사를 지내는데, 제사를 지내기 전에는 벼가 익어도 집으로 거두어갈 수 없다.

7월 초순에 처음으로 제비가 보였는데, 인가에 둥지를 틀지 않았다. 중국 제비는 8월에 돌아오니 아마도 이곳 제비는 중국으로 가는 것이 아닌가보다. 이곳 제비들은 7월에 와 반드시 일정한 곳에 둥지를 튼다. 바다제비[海燕]라는 게 따로 있는데, 여느 제비보다 조금 크고 깃털이 하얗다. 갈매기처럼 온통 흰 것도 있다. 바다제비는 대개 섬에 둥지를 트는데, 그중에 중국까지 가는 제비도 있다. 중국 사람들은 이를 상서로운 것으로 여긴다. 응조계應潮雞라는 새의 수컷은 새까맣고 암컷은 하얀데, 모두 다리가 짧고 꼬리가 길다. 길들여져서 사람을 보고도 피하지 않았다. 향애香崖가 강아지 한 마리를 샀는데, 표범 같은 얼룩무늬에 제법 영리하였다. 밥을 줘도 먹지 않다가 고구마를 주니 그제야 먹었다. 유구 사람들이 고구마를 주식으로 한다는 것을 새삼 깨달았다. 쥐와 참새가 아주 많았는데, 쥐로 인한 피해가 유독 컸다. 고양이는 쥐를 잡을 줄 몰랐는데, 유구 사람들이 고양이를 애완동물로 길렀기 때문이다. 이로써 사물의 성질도 지역에 따라 변하는 것을 알 수 있다. 매와 기러기, 거위, 오리는 특히 적었다.

베개는 모서리가 반듯하게 네모난 것도 있고, 얇은 굴대가 이어진 수레바퀴처럼 둥근 것도 있으며, 문구를 넣는 서랍처럼 여러 층으로 된 것도 있다. 모두 나무로 매우 정교하게 만들어졌다. 대략 너비가 삼 치[약 십 센티미터], 높이가 오 치[약 십육 센티미터]이고 겉에는 칠을 했는데 검정색도 있고 붉은색도 있다. 이것을 세워서 베고 자다가 몸을 뒤척이면 바로 쓰러지곤 한다. 『예기禮記』「소의少儀」의 주에 따르면 "영潁은 경침警枕이다. '영'이라 함은 날카롭게 경각시키기 때문이다"라고 하였다. 또한 사마광司馬光[송나라의 사학자]은 "둥근 나무로 경침을 만든다. 잠시 졸면 베개가 굴러서 잠에서 깨게 된다. 그러면 일어나 글을 읽는다"라고 했다. 유구의 베개는 어쩌면 경침의 유물인지도 모르겠다.

이곳의 의복 제도를 보면, 모두 헐렁하게 입고 옷섶은 교차해서 여몄다. 소매 폭은 이 척[약 육십 센티미터]이고 소맷부리는 꿰매지 않았는데, 특히 일하기 편하도록 소매 길이는 매우 짧게 했다. 옷깃[襟]에는 단추나 고름이 달려 있지 않았고, 통칭하여 금裧이라고 불렀다. 남자는 커다란 허리띠를 매었는데, 길이 일 장 육 척[약 오 미터]에 너비 사 치[약 십삼 센티미터]를 표준으로 삼았다. 허리에 네댓 번 둘러 감고 남는 부분은 양쪽 옆구리 사이로 늘어뜨렸다. 담배쌈지와 종이주머니, 작은 칼, 빗, 비녀 등은 모두 가슴에 품고 다녔고, 이 때문에 가슴 앞 옷깃과 허리띠는 주름이 지고 불룩했다. 옆구리부터 아래까지 깁지 않는 것은 어린아이나 스님의 옷만 그랬다. 스님은 배자처럼 생긴, 소매 없는 짧은 옷을 덧입었는데, 이를 단속斷俗이라 불렀다. 이것은 이곳의 옷 입는 풍습을 대강 말한 것이다.

모자는 얇은 나뭇조각으로 뼈대를 만들고 그 위로 머리띠를 접어 덮는 것이었는데, 앞에서 보면 일곱 겹이고 뒤에서 보면 열한 겹이었다. 화금모花錦帽는 멀리서 보면 지붕이 새어 천장에 아롱진 빗물 자국[屋漏痕]처럼 보였다. 가장 높은 등급의 모자라 섭정攝政과 왕숙王叔이나 재상만 쓸 수 있다. 다음으로 화자모花紫帽는 법사法司가 썼고, 그 다음으로 순자모純紫帽가 있다. 대체로 보라색이 제일 높은 등급을 나타내고, 노란색이 그 다음이고, 붉은색이 그 다음이며, 파란색과 녹색이 가장 낮다. 각 색깔마다 비단으로 만든 모자가 높은 등급이고, 명주로 만든 모자는 그 아래였다.

임금은 책봉 받기 전에는 오사모烏紗帽를 썼다. 양 날개가 비스듬히 위를 향하고 있고, 금박 무늬에 붉은 갓끈은 아래턱까지 늘어뜨렸으며, 그 아래에 오색 끈을 매어놓았다. 책봉을 받은 지금은 피변皮弁을 썼는데, 중국의 창극 배우들이 임금으로 분장할 때 쓰는 편모便帽 같았다. 피변 앞에는 일곱 개의 꽃잎을 한 줄로 나란히 늘어놓았다. 임금은 망포蟒袍[황금색의 이무기를 수놓은 예복. 곤룡포]를 입고 허리에는 패옥을 달았다.

가마는 중국의 병교餠橋와 같다. 가운데에 큰 의자를 놓고 위에 큰 양산을 씌우는데 휘장은 없다. 끌채는 굵고 길지만 굴레도 없고 횡목도 없으며 좌우에서 여덟 명이 메고 다녔다.

두우杜佑[당나라의 사학자]의 『두씨통전杜氏通典』에는 "부인이 아기를 낳으면 반드시 태를 먹고, 불로 뜸을 떠서 땀을 낸다"라는 유구의 풍습이 기록되어 있다. 양문봉楊文鳳에게 정말로 그러냐고 물었더니, "불로 뜸을 뜨는 것은 맞지만 태를 먹는 건 아니다"라고 했다. 그리고 중산中山에는 불로 뜸을 뜨는 풍습이 없어졌고, 북산北山에만 그 풍습이 아직 남아 있다고 덧붙였다.

이곳의 혼례는 매우 초라하고 보잘 것 없다. 명문가에서도 술과 안주, 구슬, 조개 등을 예물로 삼는다. 혼인할 때 신부는 앞서 말한 유구식 가마를 탔는데, 신랑 집에서는 채색 비단으로 장식을 하고 풍악을 울리며 신부를 맞이했다. 혼수를 얼마나 해왔는지 따지지도 않는다. 신부의 부모는 신랑 집까지 바래다주고 바로 되돌아가며 피로연은 열지 않는다. 아주 가까운 친지만 불러 술자리를 마련하는데, 그것도 몇 명 부르지 않는다. 『수서』에서 유구의 풍습을 기록하면서 "남녀가 서로 눈이 맞으면 바로 짝을 이룬다"라고 하였는데, 그것은 아마도 옛 풍습인 모양이다. 정득공鄭得功에게 물었더니 대답해주었다.

"삼십육성이 처음 왔을 때는 풍습이 아직 바뀌지 않았지만, 그 뒤로 점차 혼례를 알게 되면서 풍습이 바뀌었어요. 지금 나라 안에서 유부녀가 간통을 하면 바로 사형을 당합니다."

유구가 예를 지키는 나라로 불리게 된 것은 삼십육성의 교화 덕분이라는 사실을 비로소 알게 되었다.

평민이 상을 당하면 이웃 사람들이 모여 함께 장례를 치렀다. 주위 사람들이 호상護喪 일을 돕고, 매장이 끝나면 바로 돌아갔다. 관리의 집에서는 동료 관리 중에서 친한 자들이 와서 영구를 나르는데, 역시 출상하면 바로 돌아갔다. 대부분 손님에게 음식을 따로 대접하지 않았다. 위패를 쓰는 일[題主]은 거의 스님이 맡았는데, 망자가 남자면 '원적대선정圓寂大禪定', 여자면 '선정니禪定尼'라고 위패에 썼다. 선고先考나 선비先妣라는 표현은 쓰지 않았다. 관리의 집에서는 관작官爵을 쓰는 경우도 있었다. 관의 길이는 삼 척[약 일 미터]으로 시신을 구부려서 염하였다. 최근 관리의 집에서는 오륙 척[약 이 미터]의 관을 쓰기도 하지만 백성들은 옛날 방식을 그대로 따랐다.

유구 사람은 팔다리가 중국 사람보다 약간 짧았다. 장작張鷟[당나라의 문인]의 『조야첨재朝野僉載』에서도 "체격이 왜소해 곤륜崑崙[남양(南洋)에서 건너온 흑인] 같다"라고 하였다. 내가 본 사대부 중에는 왜소한 사람도 사실 많았지만, 수염을 기르고 턱이 퉁퉁한 사람, 풍채가 좋고 키가 큰 사람, 뚱뚱해서 배 둘레가 열 아름이나 되는 사람도 있었다. 그러니 예전의 말들을 다 믿을 수는 없는 것 같다. 사람들 몸에서는 암내[狐臭]가 많이 났는데, 예부터 이를 온저慍羝라고 했다.

대대로 녹을 받는 집안은 모두 성姓을 하사받았으나 보통 선비나 평민들은 대부분 주변의 논밭으로 성을 삼았다. 그러니 이름은 더더욱 없었다. 후손들은 아무개 성씨의 자손으로 몇째 아들이라고 불렀는데, 전田, 미米 같은 성은 개인이 지은 것이었다.

유구의 형법[兵刑]은 삼 장章뿐이었다. 살인하면 사형이고, 남을 상해하거나 중죄를 지으면 귀양을 보내며, 가벼운 죄를 지으면 뙤약볕을 쬐게 했다. 볕을 쬐는 날짜는 죄의 정도를 따져 정하였다. 유구에서 지난 몇 년간 참형을 당한 죄인은 없었고, 간혹 참형에 저할 만한 죄를 지었어도 대부분 칼로 자신의 배를 갈라 죽었다고 한다.

7월 15일 밤에 창문을 열어보니 집집마다 문 밖에 횃불 두 개를 두었다. 유구 사람에게 물어보니 설명해주었다.

"유구에서는 7월 15일에 분제盆祭를 올립니다. 신이 오기를 기다렸다가 맞아들이고 분제가 끝나면 보내는 것이지요."

분제란 중국에서 우란분재盂蘭盆齋[죽은 조상의 영혼을 위로하고 왕생을 기리는 천도 의식]라고 하는 것이었다. 연일 저자에서 어린아이들이 모두 조그만 종이 깃발을 들고 마주 서서 흔들면서 신을 맞아들이는 흉내를 내고 있었다. 유구의 풍습에 분제나 조상에게 지내는 제사는 매우 큰 제사임을 알 수 있었다.

귀산의 남쪽 해안에는 도자기를 굽는 가마가 있었다. 차오車螯[바다에 사는 큰 조개]와 큰 피조개[大蚶]의 껍데기를 태워 재로 만들어서 가마 벽에 바르면 석회보다 못하지만 점성은 더 강했다. 다시 동북쪽으로 가면 못이 있었는데 거기는 소금을 굽는 곳이었다.


7월 25일 정사와 부사가 책봉식을 거행하자 길거리에는 구경 나온 사람들이 더욱 많았다. 만송령萬松嶺에 올라 구불구불 동쪽으로 갔더니 길이 넓고 잘 정리되어 있었다. 그곳에 패방牌坊이 있는데 '중산도中山道'라고 써진 편액이 걸려 있었다. 다시 패방 하나를 지나니 '수례지방守禮之邦'이라고 써진 편액이 걸려 있었다. 세손은 피변을 쓰고 망포에 옥대를 찼으며 늘어뜨린 치마에 패옥을 달았는데, 백관들을 거느리고 길옆에 꿇어앉아 사신들을 맞이하였다. 더 들어가니 환회문歡會門이 나왔다. 왕궁은 산 정상에 있었고, 초석을 쌓아 성벽을 만들었다. 성벽은 깎아지른 절벽 같았고, 험준한 산길이 나 있었지만 성가퀴[雉堞, 성 위에 낮게 덧쌓은 담]는 없었다. 성벽 높이는 오 척[약 백육십 센티미터] 이상으로 멀리서 바라보면 해골을 쌓아놓은 것 같았다. 『수서』에 "왕궁 아래에는 해골이 많이 쌓여 있다"라고 하였는데, 멀리서 형체만 바라보고 성 아래까지 가보지 않은 데서 나온 오류임을 비로소 알게 되었다.

성 밖 깎아지른 바위 절벽의 왼쪽에는 용강龍岡[용의 언덕], 오른쪽에는 호줄虎崒[범의 봉우리]이라는 글자가 새겨져 있었다. 왕궁은 서향이었다. 중국이 바다 건너 서쪽에 있으므로 서향은 충성과 순종의 뜻을 표하는 것이었다. 뒤쪽은 동향으로 계세문繼世門, 왼쪽은 서향으로 수문水門, 오른쪽은 북향으로 구경문久慶門이 있다. 더 들어가니 바위가 층층이 쌓인 절벽에 서북향으로 서천瑞泉이라는 문이 있고, 좌우로 돌이 깔린 길을 따라 좌액문左掖門과 우액문右掖門이 있다. 더 들어가면 서향으로 각루刻漏라 쓰인 물시계가 있고, 그 위에 동으로 만든 누호漏壺[물시계. 물을 담는 그릇과 받는 그릇을 이르는 말]가 놓여 있었다. 더 들어가면 서북향으로 봉신문奉神門이 있었는데 바로 왕궁의 정문이었다.

대궐의 뜰은 사방으로 넓이가 수십 무[수천 평]였다. 돌이 깔린 길이 두 갈래로 나누어져 있었는데, 길을 따라 임금이 정사를 듣는 조정까지 갈 수 있었다. 벽에는 복희伏羲가 용마龍馬의 등에 있는 하도河圖를 보며 팔괘八卦를 그리고 있는 그림이 걸려 있었다. 비단 색깔이 바래고 좀 먹은 곳도 조금 있어 근래에 만들어진 것은 아닌 듯하였다. 북궁北宮의 전각은 견고하면서 소박하였고, 손을 들면 지붕까지 닿을 수 있었다. 산언덕에 위치해서 바닷바람을 막아야 하기 때문에 그렇게 지었을 것이다. 북궁의 맞은편에 남궁南宮이 있었는데, 이날 정사와 부사는 북궁에서 열리는 연회에 참석하였다.

책봉의 대례大禮가 끝나자 온 나라 사람들이 모두 기뻐하였다. 임금이 지나가는 곳에는 온통 울긋불긋한 헝겊으로 장식해놓았다는 말을 들었다. 천기泉崎의 길옆에는 기이한 화초를 심은 화분을 늘어놓았고, 붉은 난간으로 둘러막았다. 가운데에는 나무로 기린麒麟[상상의 동물. 아프리카의 기린과 다름]을 깎아 만들어놓고,

> 용도 아니고 범도 아니며
> 곰도 아니고 불곰도 아니라네.
> 임금님의 상서로운 짐승이라네.
> 非龍非彪 非熊非羆 王者之瑞獸

라고 새겼다. 천비궁天妃宮 앞에는 큰 소나무 여섯 그루가 있었고, 돌을 쌓아 만든 네 개의 가산假山에 흰 두루미 두 마리를 만들어놓았다. 또 어미와 새끼 사슴 세 마리를 기르고 있었다.

연못 위에는 시렁을 만들어 솔가지로 덮었는데, 솔방울이 포도처럼 늘어져 있었다. 연못 안에는 나무로 만든 크고 작은 잉어 다섯 마리가 물에 떠 있고, 연못 주위로는 대나무가 빙 둘러 서 있었다. 난간 옆으로 '해락방偕樂坊'이라 쓰여 있는 패방이 있는데, 기둥에 걸린 편액에는,

사슴은 반지르르 빛나고,
새는 함치르르 윤이 나고,
연못 가득 고기가 뛰어 오르네.
鹿濯濯 鳥鶴鶴 物魚躍

라고 쓰여 있었다. 나는 천사관으로 돌아와 부사에게 얘기해주었
더니 부사가 말하였다.

"그것은 모두 『유구국지략流球國志略』에 기록되어 있어요. 수십 년
전에 기록한 내용이 하나도 바뀌지 않았으니, 그야말로 판에 박은
말이라고 할 수 있겠네요."

손님들이 모두 웃었다.


의야만현宜野灣縣에 귀수龜壽라는 사람이 있었다. 계모를 효성으
로 모셔 나라 안에 이 이야기를 모르는 사람이 없었다. 계모는 제
가 낳은 자식만 사랑하였고 남편 이좌伊佐 앞에서 귀수를 헐뜯었
고, 때로 남편의 화를 돋우려고 밥도 먹지 않았다. 이좌는 아내 말
에 현혹되어 귀수를 죽이고자 하였다. 깊은 밤에 북궁北宮으로 가
서 물을 길어오라 시킨 다음 죽이려고 하였다. 하인이 귀수를 집
안에 숨겨두고 이좌에게 가서 간언하자 이좌는 하인을 포박하여
쫓아냈다. 사실이 발각된 이상 귀수를 죽일 수 없어 이좌는 귀수까
지 내쫓아버렸다. 귀수는 쫓겨난 뒤 자살을 하려고 했으나 그러면
계모의 악행이 드러날까 걱정되어 그러지도 못하였다. 마침 하늘
에서 비와 우박이 내렸는데, 병이 든 귀수는 더 이상 버티지 못하

고 길 위에 쓰러졌다.

이때 순찰하던 관리가 귀수를 보고 다가가 몸을 만져보니 아직 따뜻했다. 죽지 않은 것을 알고 관리가 자신의 옷을 덮어주었더니 귀수는 점차 회복이 되었다. 관리가 이유를 따져 물었지만 귀수는 부모의 잘못을 들춰내기 싫어 다른 핑계를 대며 말하였다. 애초에 관리는 효자 귀수가 쫓겨났다는 얘기를 들었을 때부터 마음이 편치 않았는데, 대답을 얼버무리는 것을 보면서 아무래도 귀수가 아닐까 하는 의심이 들었고, 옷과 밥을 주고 돌려보냈다. 그러고는 몰래 그 진상을 알아내고는 마을 사람들을 불러 모으고 이좌의 처를 잡아들였다. 계모의 죄목들을 낱낱이 밝혀 감옥에 가두고 임금에게 아뢰려고 하였으나 귀수가 자신이 대신 벌을 받겠다고 나섰다. 관리는 효자의 마음을 차마 아프게 할 수 없어 이좌 부부를 불러다가 면전에서 훈계했다. 계모는 감격해서 잘못을 크게 뉘우쳤고 결국 모자간의 관계도 원래대로 좋아졌다. 부사가 이미 이 이야기를 기록해놓았으니, 계모를 모시면서 효도를 다하지 않는 사람을 권면하는 뜻에서, 내가 다시 시를 지어 이를 칭송하고자 한다.

> 사신의 수레 타고 풍속 찾아 유구까지 왔네.
> 숨겨진 덕 훌륭하니 반드시 널리 알려야 하리.
> 지극한 효성은 원래 감동을 주는 법
> 민손閔損이나 왕상王祥과 무엇이 다르겠는가.
> 輶軒問俗到球陽 潛德端須爲闡揚
> 誠孝由來能感格 何殊閔損與王祥

질산渋山의 장터를 지나는데 마침 장날이었다. 시장에 나온 물건들을 살펴보니 고구마가 가장 많았고, 생선, 소금, 술, 푸성귀, 도기陶器와 목기木器, 초포蕉布와 저포苧布, 토포土布 등이 있었으나 모두 조악하여 볼 만한 것이 없었다. 유구에는 가게가 없고, 대개의 물건은 집에서 만들어 썼다. 장이 서면 집에 있는 물건을 내놓고 서로 필요한 물건과 교환했다. 은전銀錢은 사용하지 않았다. 유구에서는 대부분 일본의 관영전寬永錢을 쓴다고 들었는데 이번에 와보니 보이지 않았다.

지난번에 향애가 돈 꾸러미를 가지고 와 보여주었는데, 거위 눈처럼 동그랗고 테두리에는 선을 두르지 않았다. 한 꾸러미는 석 치 [약 십 센티미터] 남짓 길이로 하여 노끈으로 꿰는데, 네 꾸러미를 한데 뭉쳐 종이로 싸고 그 위에 도장을 찍는다. 이것은 유구에서 새로 만든 돈으로 종이로 싼 한 뭉치는 대전大錢 열 개와 맞먹는다. 나라 안에는 돈이 적었고, 관영전은 구리의 질이 비교적 좋아 다른 사람이 사 갈까봐 감춰두고, 일부러 새 돈을 만들어 사용하고 있었다. 시장에서는 돈이 유통되지 않는 것은 이런 까닭이었다.

유구에서 남자는 한가한데 여자는 힘들게 일을 했다. 남자는 짐을 어깨에 메거나 등에 지는 법이 없다. 시장에 가고 옷을 짓고 땔감 장만하고 물 긷는 일을 모두 여자가 하는데, 보통 물건은 모두 머리에 이고 다닌다. 여자 옷은 단추도 없고 고름도 없고 허리띠도 매지 않는다. 유구 풍속에 남자나 여자 모두 속바지를 입지 않으므로 여자들은 항상 손으로 옷깃을 그러잡고 다녀야 했다. 여자의 옷깃은 남자보다 길고, 옷깃 아래가 두 겹으로 되어 있어 바람이 불어도 벌어지지 않는다. 유구 여자들이 머리 쪽을 늘 아래로 늘어뜨리는 이유를 비로소 알게 되었다. 손은 옷깃을 잡아야하고 머리 위는 비워둬야 물건을 이고 다닐 수 있기 때문이다. 이들은 어릴 때부터 습관이 되어서 짐이 아무리 무거워도 머리에 인 채 산을 오르고 개울을 건너도 넘어지지 않았다. 이것은 유구에서 첫째가는 묘기였다. 여자들은 일할 때 항상 소매를 등까지 말아 올려 끈을 꿰어 묶었다. 머리는 더러워지면 바로 감았는데 진흙으로 때를 씻어내었다. 옷을 벗어 허리에 묶고 맨몸을 드러낸 채 머리를 숙이고 감았는데, 사람들을 봐도 피하지 않았다. 아기는 한 손으로만 안았고, 아기를 허리 옆으로 매고 다니면서 동시에 옷깃도 잡을 수 있었다.

동원東苑은 기산崎山에 있다. 환회문을 나와 북쪽으로 서천의 하류를 따라 용연교龍淵橋에 이르면 물이 모여 연못을 이루고 있었다. 너비는 십 장[약 삼십 미터], 길이는 수십 장[약 칠팔십 미터] 남짓으로 둑을 쌓아 만들었는데 용담龍潭이라 불렀다. 물이 맑아 고기의 수를 셀 수 있을 정도였고, 연잎들은 반쯤 쓰러져 있었다. 다시 동쪽으로 꺾어서 가면 작은 마을이 나왔다. 대나무가 병풍처럼 가지런하였고 소나무가 햇볕을 가려주며 시원한 그늘을 만들고 있었다. 엷은 구름이 수풀 위로 지나가고 가벼운 바람은 대밭 사이에서 불고 있었다. 정원 바깥은 참으로 그윽하고 운치가 있었다.

문으로 들어가니 판자로 만든 정자 두 개가 남쪽을 향하고 있고,

더 들어가니 남쪽에 세 칸짜리 집이 있었다. 정자의 동쪽에는 사발을 엎어놓은 것 같은 언덕이 있었다. 남쪽으로 돌아가면 큰 바위가 서쪽을 향해 있는데, 그 위에 범어梵語[산스크리트어]가 새겨져 있고, 아래에는 오색으로 장식한 돌사자가 꿇어앉아 있었다. 다시 아래로 내려가면 네모난 작은 연못이 있고, 못에는 돌을 쪼아 만든 용의 머리가 있는데, 입에서 샘물이 흘러나오고 있었다. 금붕어를 기르는 연못도 있었다. 앞에는 대나무 만 그루, 뒤에는 소나무 백 그루가 심어져 있었다. 다시 동쪽으로 가면 망선각望仙閣이 있고, 그 앞에 동원각東苑閣이, 그 뒤에는 능인당能仁堂이 있었다. 동북쪽으로는 바다가 보이고 서남쪽으로는 산이 보였는데, 유구에서 지세가 뛰어난 곳 중 제일이었다.

남원南苑의 경치도 동원보다 못하지 않았다. 중마中馬, 부성富盛을 지나 동쪽으로 꺾어 두렁길 사이를 지나가면, 무논[水田]은 넓디넓고 밭에는 고구마 잎에 윤기가 가득한 것이 전혀 가을 경치 같지 않았다. 고구마 중에서 새로 심은 것도 있어 물어보니 벌써 세 번이나 수확했다고 하였다. 다시 산으로 들어가면 소나무 그늘이 길 양쪽으로 늘어서 있고 초가집이 올망졸망하여 전원 풍경이 한 폭의 그림 같았다. 십여 리[약 사오 킬로미터] 남짓 들어가면 비로소 마을에 도착하는데, 고장천姑場川이라고 하는 곳으로 바로 동락원同樂苑이다. 정원은 산등성이에 걸쳐 있었다. 다섯 칸짜리 집은 안을 나누어 이중 누각으로 만들었고, 구조가 제법 복잡하였다. 집 앞의 연못은 새로 만든 것으로 폭이 좁고 동서로 길었으며 초석礎石을 쌓아 다리를 만들었다. 다리 남쪽에 새로 돌을 겹겹이 쌓아 만든 언덕이 있고, 언덕 위에 정자가 있어 전망이 좋았다.

정자의 동쪽에는 신기한 꽃과 풀들이 심어져 있었다. 어떤 꽃은 정말로 나비처럼 생겼는데, 꽃잎은 빨갛고 잎은 홰나무[槐]의 어린 잎 같았다. 이름을 호접화蝴蝶花라고 하였다. 또 어떤 소나무는 잎이 백발 같아서 백발송白髮松이라고 하였다. 연못 동쪽에는 원래 정자 다리가 있었는데 지금은 베로 대신 이어놓았다. 서쪽 연못에 있는 누각은 탁 트이고 사방에서 바람이 불어와 피서하기에 좋았다. 영휘迎暉라는 누각과 일람一覽이라는 누각도 있었는데, 정사와 부사가 각각 이름을 붙여준 것이었다. 건물의 북쪽에는 소나무, 봉초鳳蕉, 복숭아나무, 버드나무가 있었다. 황혼이 져서 밥 짓는 연기가 피어오르는 모습은 중국과 거의 비슷하였다.

나는 기진과 함께 파상으로 유람을 갔다. 판각板閣[경판을 쌓아두는 전각]에는 다른 신은 모시지 않았고 구리판으로 만든 깃발만 걸려 있었다. 앞에 '봉기어폐奉寄御幣[임금의 예물을 받들어 모시다]'라는 글자가 새겨져 있었고, 뒤에는 '원화이년임술元和二年壬戌'이라 쓰여 있었다. ('원화'는 당나라의 연호이므로) 당나라 때 물건이 아닐까 생각되었지만 아니었다. 왜냐하면 당나라 원화元和 2년(807)은 정해丁亥이지 임술壬戌이 아니었다. 일본의 마장신무馬場信武[에도 시대의 역학자]가 지은 『팔괘통변지남八卦通變指南』을 보면 삼원三元의 지장指掌을 열거하면서, "상원上元은 영록永祿 7년 갑자(1564)에서 원화 3년 계해(1623)까지이고, 여원如元은 관영寬永 1년 갑자(1624)에서 천화天和 3년 계해(1683)까지이며, 하원下元은 정형貞亨 1년 갑자(1684)에서 지금 원록元祿 16년 계미(1703)까지다"라고 하였다. 유구에서 이미 관영전寬永錢을 쓰고 있으니, 깃발에 쓰인 '원화元和'는 일본이 황제의 연호를 참칭僭稱한 것으로 보인다. 이로써 유구가 예전에는 일본의 신하로서 일본의 역법을 따랐는데, 지금은 그 사실을 말하기 꺼려한다는 것을 알게 되었다.

종이연은 정교하게 만들지 못하지만, 아이들은 지붕 위에 올라가서 많이 날렸다. 중국에서는 연을 청명절淸明節 이전에 많이 날린다. 입을 벌리고 위를 쳐다보면 양기陽氣가 소통이 되어 아이들이 병에 걸리지 않게 해준다는 의미가 있다. 그런데 유구에서 9월에 연을 날리는 것은 9월이 아니면 연을 날릴 수 없기 때문이다. 즉 바람이 중국과 다르다. 이 또한 유구의 날씨가 따뜻하다는 사실을 증명해주는 것으로 그래서 10월에도 모를 심을 수 있는 것이다.

유구에서 남자는 원하기만 하면 언제나 스님이 될 수 있고, 수계受戒한 뒤에는 녹봉으로 주는 쌀을 받았다. 계율을 어기면 명을 내려 환속시켜 다른 섬으로 추방했다. 여자는 원하면 기녀가 될 수 있었다. 외부 손님을 받게 되면, 기녀의 형제들은 그 손님을 친척으로 여기며 왕래하였다. 대부분 가난한 사람들이어서 이를 부끄럽게 여기지 않았다.

남편 있는 여자가 간통하면 여자의 부모 형제를 죽이고 임금에게 고하지도 않았다. 설령 임금에게 고한다 해도 임금이 용서하지 않았다. 유구에서 이것은 양민과 천민 모두가 지켜야할 규율이었고 이로부터 염치를 중시하게 되었다.

유구에서 홍의기紅衣妓[붉은 옷을 입은 기녀라는 뜻]라는 기생과 이야기를 나눠보려 했으나 말이 통하지 않았다. 그 기생은 박자에 맞춰 청아한 노래를 불렀는데 모두 방언이었다. 하지만 고아한 운치는 매우 뛰어나 감원에 못지않았다. 근래 갑자기 일이 생겨 다른 곳으로 옮겨가게 되었다며, 부채를 내어와 나더러 시를 써달라고 해서 두 수를 써 주었다.

> 꽃다운 이팔청춘 그 풍류 으뜸이라.
> 하늘하늘 가는 허리, 단아한 눈동자여.
> 비파를 안고서 도무지 말이 없네.
> 언젠가 소주에서 우리 만났음이라.
> 芳齡二八最風流 楚楚腰身剪剪眸
> 手抱琵琶渾不語 似曾相識在蘇州

> 새로 생긴 그리움, 오래된 한, 생각은 천 갈래라
> 다시 만나기는 다음 생만큼 어렵겠지.
> 슬프도다! 오늘 밤 달을 저리 밝은데
> 누구와 수놓인 주렴을 걷으며 함께 볼까?
> 新愁舊恨感千端 再見眞如隔世難
> 可惜今宵好明月 與誰共卷繡簾看

유구 사람들은 대부분 공손하고 삼가여 무엇이든 받으면 반드시 두 손을 높이 들어 예를 표했다. 존경을 표할 때는 몸을 굽히고 손을 비빈 다음 엎드려 절했다. 지위나 서열이 높은 자에게 술을 권할 때는 술을 따라 잔을 손가락 끝에 대어 존경의 뜻을 표했고,

서로 비슷한 사람끼리는 잔을 손바닥에 대었다.

유구의 집은 모두 나지막하고 기와로 지붕을 얹었는데, 이는 태풍을 막기 위함이었다. 마루는 땅에서 삼 척[약 일 미터] 높이로 지어 습기를 피했고, 용마루는 사방으로 뻗어 올라 마치 팔각정八角亭 같았다. 집은 사면四面을 그대로 이어서 지었고 이중 구조나 곁방 같은 것은 만들지 않았다. 자재를 절약하기 위한 것이었다. 집에는 경첩을 단 문은 따로 없고, 두 줄로 홈을 파서 사각 창살에 종이를 바른 것[장지문]을 좌우로 밀 수 있게 했다. 빗장은 따로 만들지 않았는데, 절약도 되고 간편하기도 하며 도둑이 없다고 믿기 때문이다. 그러나 길가에 있는 집에는 빗장이 설치되어 있었다.

신단神壇은 화로에 청석靑石을 올리고 모래로 채웠는데, 조상신을 제사지낸다고 하였다. 유구에서는 돌을 신으로 섬겼고 따로 초상을 걸어두지는 않았다. 지붕 위에는 사자 모양의 기와를 올렸는데, 『수서』에서 "짐승 머리의 뿔[獸頭骨角]"이라고 한 것이 이것이다. 벽은 회칠을 하지 않아 질박해 보였다. 귀족들은 간혹 회칠을 해서 윤을 내거나 무늬 있는 종이를 붙이기도 했는데, 중국풍을 본떠서 점차 사치스러워진 것이었다.

귀산에는 다른 여러 산들과 뚝 떨어져 홀로 우뚝 솟아 있는 봉우리가 하나 있었고, 그 앞으로 이 장[약 육 미터] 남짓 떨어진 곳에 또 작은 봉우리가 있었다. 그 고장 사람들은 바위를 쌓아 동굴을 만들어 두 봉우리를 이어놓았는데, 동굴의 높이는 십 장[약 삼십 미터] 남짓했고, 동굴 동쪽에 포장을 둘러쳐놓았다. 쉬지 않고 계단을 따라 석굴 위로 오르고, 다시 열 계단 남짓 더 올라가니 산 정상이 나왔다. 정상에는 누각과 비슷한 건물이 하나 있는데, 이름도 없고 사방으로 툭 트여 있었으며 창문도 없었다. 부사가 나에게 말했다.

"이 누각에서 중산의 전체 모습을 볼 수 있는데, 이름이 없으면 안 되지 않겠습니까?"

부사는 촉루蜀樓라는 이름을 지어주고 발문을 썼다.

"촉蜀이란 무엇인가? 홀로 있다는 뜻이다. 이 누각에 어째서 촉이라고 이름 붙였는가? 홀로 서 있는 산이기 때문이다."

하지만 독獨이라 하지 않고 촉蜀이라 한 것은 부사가 촉蜀 지역 사람이기 때문이다. 누각이 세워진 지 이미 백 년이나 되었는데 이제야 부사가 이름을 지어줬으니 아마도 누군가 이름 지어주기를 기다리고 있었던 것 같다.

누각 왼쪽으로 푸른 밭들이 내려다보이고, 오른쪽에는 푸른 바위가 있었다. 뒤에는 큰 바다가 펼쳐 보이고, 앞에는 바로 중산이 있었다. 누각 한가운데 앉아 바라보니 사방의 경치가 한눈에 들어오는 것 같았다. 나는 또 부사에게 청하였다.

"편액을 달았으니, 대련對聯이 없어선 안 되겠지요."

부사는 앞의 네 구절로 대련을 덧붙였다.

돌아오는 길에는 바다를 따라 서쪽으로 왔는데 절벽과 동굴, 시냇물과 골짜기 모두 기이하고 빼어났다. 또 하나의 뛰어난 경치이자 멋진 유람이었다.


남산을 넘어 사만촌絲滿村을 지났다. 인가가 모두 바다를 향하고 있었고, 기암괴석이 숲을 이루고 있었다. 바다를 따라 서쪽으로 갔더니, 푸른 산봉우리가 하늘로 솟아 있었고 석골石骨들은 바다까지 이어져 있었다. 사악砂岳이라는 곳이었다. 마침 오시午時에 썰물이 빠져나가니 하얀 바위들이 드러났는데, 여러 말들이 다투어 달리듯 물보라가 비처럼 사방으로 튀어 올랐다. 다시 서쪽을 향한 우리는 대령촌大嶺村을 지났다. 가시나무를 빽빽이 심어 울타리로 만들었는데, 그 위에다 수백 개의 고기 그물을 말리고 있었다. 마을 밖에는 무논이 광활하게 펼쳐지고, 말들이 진흙에 발목을 빠져가며 농사를 짓고 있는데, 소는 언덕 위에서 풀을 뜯고 있었다. 왕즙汪楫이 『사유구잡록使琉球雜錄』에서 "말이 밭을 갈고 소는 없다"라고 했는데, 오늘 와서 보니 다 맞는 말은 아니었다.

유구에서는 중산어中山語를 할 줄 아는 사람에게 노란 모자를 주어 추장으로 삼고, 해마다 친운상親雲上을 파견하여 이들을 관리하였다. 이 추장을 봉행관奉行官이라 부르는데, 주로 조세와 소송의 일을 맡았고, 각 지역마다 적합한 세금을 거두어 임금에게 공물로 바쳤다. 간절間切이란 것은 외부外府를 말한다. 수리首里와 박泊, 구미, 나패 등 네 개의 부府는 도성 근처[王畿]였기에 외부를 두지 않았지만 나머지 지역에는 외부를 두었다. 백성을 가까이하고 지역의 이익과 폐단을 살펴서 친운상에게 보고하는 일을 맡았는데, 간절은 대략 중국의 지부知部와 같은 것이었다. 중산은 모두 부 열네 개와 간절 열 개를 두었다. 산남성山南省은 부 열두 개, 산북성山北省은 부 아홉 개를 두었는데, 간절의 수는 부의 수와 같았다.

유구에서는 8월 10일부터 15일 사이에 붉은 팥을 넣어 지은 밥을 나누어 먹으며 달에게 제사를 지내는데, 이는 중국의 풍속과 비슷하였다. 이날 밤, 정사와 부사는 함께 온 사람들을 불러 마당에서 같이 술을 마셨다. 달빛은 맑은 물에 비치고 하늘은 온통 남빛을 띠었으며, 바람 한 점 없이 조용한데 파도 소리가 풍악에 섞여 멀리서 들려왔다. 기분이 황홀해져 마치 삼신산三神山에 올라 신선 왕자교王子喬가 부는 생황笙簧 소리와 선녀 마고麻姑의 노랫소리를 듣는 듯하였다. 세상의 모든 인연이 모두 고요해지는 듯했다.

"우주의 크기는 이 달과 같아요."

예전 소상루에서 진운과 함께 보냈던 시간이 떠올랐다. 하지만 아름다웠던 밤 풍경은 서서히 사라졌고 지금은 하늘 한끝으로 서로 갈라져 있음을 생각하면, 달을 보며 어찌 감회가 생기지 않겠는가?

이곳 전설에 따르면 8월 18일이 조수潮水의 생일이라고 한다. 이날 밤 파상에서 조수를 기다리는 것이 유구의 풍속이었다. 자시子時가 되어 기진과 함께 파상에 올랐다. 풀밭은 마치 푸른 담요 같은데 이슬에 젖어 더욱 미끄러웠다. 하인의 부축을 받으며 올라가 울타리 옆 바위에 기대어 앉았다. 축시丑時에 조수가 비로소 밀려들어오기 시작했는데, 마치 첩첩이 구름 낀 봉우리가 바다를 말아 올리며 나는 듯 달려오는 것 같았다.

잠시 후 비린내가 확 끼치면서, 물속의 괴물이 회오리바람을 일으키고 황금 뱀이 번개를 치며 하늘 기둥이 무너지고 지축이 흔들거리는 듯했다. 눈처럼 하얀 파도는 옷자락에 물방울을 뿌리며 백척[약 삼십 미터]의 높이까지 솟구쳤다. 당황하여 감히 용궁을 엿볼 엄

두도 내지 못했는데, 어떤 신비한 기운이 파도를 밀어 올리고 있는 것 같았다. 정신이 아득하고 황홀한 가운데 천태만상이 다 드러났다. 이 광경을 보니 매승枚乘[한나라의 문인]의 「칠발七發」에서 묘사가 미진한 것이었음을 알게 되었다. 조수가 밀려 나가자 '땡땡' 종을 치는 소리가 암초[礁石] 사이에서 들려왔다. 천천히 걸어 호국사護國寺까지 갔으나 세찬 천둥소리가 여전히 귀에 들리는 것 같았다. 조수가 밀려드는 광경은 더할 나위 없이 훌륭하였다.

1월 1일부터 6일까지 설날 명절이었는데, 5일은 '부엌신[竈王神]'을 맞이하는 날이다. 2월에는 '보리의 신[麥神]'에게 제사를 드리고, 12일에는 우물을 깨끗이 쳐내고 새 물을 길어 넣는다. 그러면 온갖 병을 없앨 수 있다고 한다. 3월 3일에는 쑥떡을 만들고, 5월 5일에는 작은 배를 타고 겨루는 경주 놀이[競渡]를 한다. 6월 6일은 유월절六月節이라 하여 집집마다 찹쌀밥을 지어 나누어 먹는다. 12월 8일에는 찹쌀밥을 종려 잎으로 싸서 찐 것을 나누어 먹는데, 이를 '귀신 떡[鬼餅]'이라고 하였다. 24일은 '부엌신'을 보내는 날이다. 1월과 3월, 5월, 9월은 좋은 달로 여겨져 부녀자들은 대부분 바닷가를 거닐면서 '물의 신[水神]'에게 절하며 복을 빈다. 매달 초하루에는 새 물을 길어 신에게 바친다.

이상은 유구의 풍속을 대략 적은 것이다. 그런데 유구 사람들이 불교를 믿으면서 4월 초파일이 석가 탄신일인 줄 모르고, 납팔臘八[석가가 도를 이룬 날. 음력 12월 8일]에 먹는 '귀신 떡'이 각서角黍[찹쌀을 풀잎 등에 싸서 찐 것]와 비슷한데 정작 칠보죽七寶粥[중국에서 납팔에 먹는 죽]을 모른다는 게 너무 의외였다.

임금이 우리에게 국화 화분을 스무 개 남짓 보내주었다. 꽃과 잎
이 모두 무성했고 뿌리 옆에는 이름을 적은 대나무 조각들이 꽂혀
있었다. 그중 세 종류는 정말 특별했다. 하나는 '황금 비단[金錦]'이
라는 것으로 꽃잎은 붉은색, 노란색, 흰색 세 가지가 섞였는데, 작
은 꽃들이 여러 개가 피어 있어 줄지은 별들이 반짝이는 것 같았
다. 또 하나는 '귀중한 보배[重寶]'라는 것으로, 꽃잎이 연꽃처럼 생
겼지만 조금 작고 담홍색이었다. 또 다른 하나는 '하얀 공[素球]'이
라는 것인데, 꽃잎이 넓어서 국화처럼 보이지 않았고, 눈처럼 흰 꽃
잎이 여러 겹으로 붙어 있었다. 이 국화들은 그동안 한 번도 보지
못한 것이었다. 국화들을 보면서 나는 시를 한 수 지었다.


　　　도연명의 울타리와 한씨 정원에 가을빛 완연해도
　　　당시에는 분명 이 꽃은 없었으리
　　　너의 그윽한 자태 참으로 아름답지만
　　　뿌리를 옮겨 중국으로 데려갈 길 없구나.
　　　陶籬韓圃多秋色 未必當年有此花
　　　似汝幽姿眞可惜 移根無路到中華


사자놀음[獅子舞]을 구경했다. 몸통은 헝겊으로, 머리는 가죽으로,
꼬리는 실로 만든 다음 채색 비단을 잘라 털처럼 붙여놓으니 머리
와 꼬리, 입, 눈이 모두 살아 있는 것 같았다. 금박으로 눈을 칠하
고 은박으로 이빨을 붙였다. 두 사람이 안에 들어가 사자 머리를

올렸다 내렸다 뛰면서 서로 장난치고 펄쩍 뛰어오르는 동작을 하였다. 나는 그것이 고대 악무樂舞에 가깝다고 생각했다.『구당서舊唐書』의「음악지音樂志」에 보면 "후주後周 무제武帝 때 태평악太平樂을 만들었는데, 오방사자무五方獅子舞라고도 한다"라고 쓰여 있다. 또 백거이의「서량기西涼妓」에는 다음과 같이 쓰고 있다.

> 가면 쓴 오랑캐, 사자 흉내 내는데
> 나무 깎아 머리 만들고 실로 꼬리 만들었네.
> 눈은 금박, 이빨은 은박 붙이고
> 털옷을 재빨리 날리며 두 귀 흔드네.
> 假面夷人弄獅子 刻木爲頭絲作尾
> 金鍍眼睛銀貼齒 奮迅毛衣罷雙耳

바로 이 사자놀음을 말하는 것이다.

유구에는 널뛰기[踏枊戱]라는 놀이가 있다. 사 척[약 백이십 센티미터] 남짓 길이의 나무판자를 들보처럼 놓고 그 위에 다시 십이 척[약 사 미터] 길이의 판자를 옆으로 가로질러 놓은 다음 양끝을 비워 판자가 평형을 이루게 하였다. 여자 두 명이 비단 옷을 차려입고 맨발로 올라갔다. 각자 수건을 들고 마주 보며 노래를 하다가 노래가 끝나기 전에 양쪽에서 뛰어오르기 시작하였다. 처음에는 물방아처럼 조금씩 오르내리다가 점차 높이 뛰었다. 동쪽 사람이 내려오면서 널을 세차게 밟으면 서쪽 사람이 나는 듯이 삼 장[수 미터]이나 뛰어올랐는데, 마치 제비가 하늘에서 훨훨 춤추는 것처럼 가벼워 보였다. 서쪽 사람이 내려오면서 널을 세차게 밟으면 동쪽 사람이 다시 튀어 올랐는데, 사나운 수리[鷲鳥]가 곧장 흰 구름 속으로 솟아오르는 것 같았다. 여러 번 올라가고 내려오고 하면서 점차 세차게 뛰었다. 마치 꿩이 거울을 보며 춤을 추는데, 어느 것이 진짜고 어느 것이 그림자인지 구분하기 어려운 것과 같았다. 잠시 후 뛰어오르는 세기가 약해지고 속도도 느려지다가 널 끝이 진정되면 함께 내려와서 옷을 매만지고 서 있었다. 놀이가 끝날 때까지 한 치도 헛딛는 법이 없었으니 그 기예가 너무도 뛰어났다.

유구 사람들은 손님을 맞이하거나 보낼 때 진솔하여 번거롭게 예절을 따지지 않았다. 손님이 와도 마중하지 않고 손님은 또 편한 대로 앉았다. 주인은 재떨이, 화로, 죽통, 목갑 등을 하나씩 내어놓고 담뱃대를 재떨이 위에 올려놓는다. 목갑에는 담뱃잎이 들어 있고, 죽통은 재떨이로 사용한다. 귀한 손님을 맞이하면 차를 끓여 내왔는데, 가는 분말 조금에 찻가루를 섞어 끓는 물을 반쯤 부은 다음 작은 대나무 가지로 저어 거품을 만들었다. 거품이 잔 끝까지 차오르면 손님에게 주었다. 손님이 떠나도 배웅하지 않았다. 고관들은 손님을 접대할 때 항상 젓가락 끝에 장을 조금 찍어 손님 입술에 대는 것으로 존경을 표했다. 소주에 황설탕을 섞은 것을 복福이라 하고, 백설탕을 섞은 것을 수壽라고 하는데 손님을 환대하는 귀중한 음식이다.

중양절重陽節에는 용담에서 용주龍舟[용머리를 뱃머리에 장식한 경조(競漕) 용 배] 경도競渡 놀이를 하였다. 유구에서는 원래 5월 단오에 경도 놀

이를 하지만, 이번 중양절에 한 것은 중국에서 온 사신들을 위해
특별히 베푼 것이었다. 나는 시 세 수를 지어 이를 기념했다.

고향 정원 노란 국화 저버리고,
만 리 길 머나먼 타향에 있네.
용담에 배 띄우고 경조 놀이 구경하니
중양절이 단오 같구나.
故園辜負菊花黃 萬里迢迢在異鄉
舟泛龍潭看競渡 重陽錯認作端陽

작년 가을 동정호에 있으면서
푸른 귀밑머리에 직접 국화꽃 꽂아주었거늘
오늘 바다 밖 멀리 왔으니
기다리다 지친 그대 홀로 망부산에 올랐겠지.
去年秋在洞庭灣 親摘黃花挿翠鬟
今日登高來海外 累伊獨上望夫山

계절풍 기다려 돌아가는 뗏목에 오른다면
초겨울에나 고향집에 가겠구나.
서둘러 내린 서리에 국화 잔치는 틀렸으니
눈 속에 찾아올 매화 기다려봐야지.
待將風信泛歸槎 猶及初冬好到家
已誤霜前開菊宴 還期雪里訪梅花


정순칙이 예전에 진문津門[중국의 항구도시 톈진]에서 송宋나라 주희朱

熹의 친필 열네 글자를 샀다고 들었다. 지금 그 후손들이 이를 가보로 여기고 있어서 한 번 빌려보려 했지만 보여주지 않았다. 할 수 없이 집까지 찾아가서 펼쳐 보았는데, 필세筆勢가 위엄이 있고 기암괴석 같아 감히 범접할 수 없는 힘이 느껴졌다. 당시 도학가의 기상을 직접 보는 듯했다. 글자 하나의 지름은 여덟 치[약 이십오 센티미터] 이상이었는데, 열네 글자는 이렇게 쓰여 있었다.

향기가 한원을 날아 들과 내를 에워쌌는데,
남교에 봄소식 오니 신록이 무성해지네.
香飛翰苑圍川野 春報南橋疊萃新

뒤에 낙관이 있었지만 연월은 적혀 있지 않았다. 주희의 친필로 세간에 전해지는 것은 모두 보물로 여겨져 소장되고 있다. 주희 선생은 유학儒學의 대도大道를 성취하는 데 힘을 기울일 뿐, 서예[筆墨]를 중요하지 않은 일로 여겼지만, 실은 서예에서도 이처럼 일가를 이루어냈다. 옛분들의 학문은 이르지 못한 곳이 없음을 깨달았다.

나는 또 채청파蔡淸派의 사당에도 가보았다. 사당 안에는 채군모蔡君謨의 화상이 모셔져 있었다. 채청파는 채군모의 친필도 보여주었는데, 그 직계 후손으로 명나라 초기에 유구로 건너온 '삼십육성' 중 한 집안임을 알 수 있었다. 채청파는 중국말을 할 줄 알았고 됨됨이 또한 호방한 사람이었다. 사당에서 그의 집으로 갔는데, 꽃과 나무들은 모두 청아한 운치가 있었고 달처럼 둥그런 연못이 있었다. 집에는 '월파대옥月波大屋'이라고 쓰인 편액이 걸려 있었다. 대체로 유구 사람들은 나무를 자르고 깎아내고 석가산을 쌓아올리는 재주가 뛰어나 사대부의 집에는 모두 감상할 만한 정원이 있었다.

정원 가운데 긴 장대를 세워놓고 그 위에 나무로 만든 조그만 배를 올려놓았다. 배의 길이는 이 척[약 육십 센티미터]이고 돛과 돛대, 키, 노 등 모든 것이 갖춰져 있었다. 이물과 고물에는 다섯 개의 바람개비를 달았고, 형형색색의 깃발을 꽂아 풍향을 예측했다. 배 타는 사람의 집안에서는 모두 이걸로 돌아올 날짜를 계산하였다. 남풍이 불면 나갔던 사람들이 돌아온다며 온 집안사람들이 기뻐했고, 기다렸던 사람이 돌아오면 조그만 배는 떼어냈다. 이것은 옛날 오량기五兩旗[돛대 위에 달아 바람을 관측하는 깃발]의 유풍이었다.

유구 임금에게는 길이 오 치[약 십육 센티미터], 너비 이 치[약 육 센티미터] 크기의 먹과 단계석端溪石으로 만든 벼루가 있었다. 벼루는 길이 일 척[약 삼십 센티미터], 너비가 육 치[약 십구 센티미터]로 '영락永樂 4년'이란 글씨가 쓰여 있었다. 벼루 뒤에는 "7년 4월에 동파거사東坡居士가 반빈로潘邠老에게 드린다"라는 글이 적혀 있었다. 물어보니 명나라 때 하사받은 물건이라고 하였다. 유구에도『동파시집東坡詩集』이 전해지고 있으니, 임금이 벼루만 아끼는 것이 아님을 알 수 있었다.

면지棉紙와 청지淸紙는 모두 곡식의 껍질로 만들었는데, 질이 나빠 글씨를 쓸 수 없었다. 호서지護書紙의 경우 큰 것은 품질이 좋은데, 길이가 삼 척[약 일 미터] 남짓, 너비가 이 척[약 육십 센티미터]으로 옥처럼 희었다. 작은 것은 크기가 그 절반이다. 꽃무늬가 찍힌 시전지詩箋紙는 편지로 쓸 수 있다. 그 밖에 위병지圍屛紙라는 게 있는데 벽을 바르는 용도로 쓰였다. 서보광徐葆光이 지은 시에 「유구의 종이[球紙]」라는 작품이 있는데, 유구의 종이를 매우 잘 묘사하였다.

> 냉금이라는 종이를 손에 드니 명주처럼 하얗고
> 측리라는 종이는 바닷물결과 한 조각으로 엉기네.
> 곤오국의 칼로 사방 한 자씩 자르니
> 천 겹 눈이 쌓인 듯 포갠 면이 보이지 않네.
> 冷金入手白於練 側理海濤凝一片
> 昆刀截截徑尺方 疊雪千層無冪面

남포대南炮臺에는 두 개의 비석이 있었다. 하나는 해서楷書로 쓰여 있는데, 몹시 심하게 침식이 되어 '봉서조奉書造'라는 세 글자만 보였다. 또 다른 하나는 유구 글자로 쓰여 있었는데, 명나라 가정嘉靖 21년(1542)에 세워진 것이었다. 글자를 다 읽을 수는 없었지만 필체가 힘이 있고 날아가는 듯했다.

산미山米라는 나무가 있다. 야마고野麻姑라고도 불리는데 잎은 염료로 쓸 수 있다. 열매는 광나무[女貞] 열매와 비슷하게 생겼는데 신맛이 나고 유구 사람들은 이것을 짜서 식초를 만들었다. 유구의 식초는 순백색이고 별로 시지 않다. 시중드는 이가 우리 상에 내어온 식초를 쌀로 만든 식초[米醋]라고 했지만 맛이 달랐다. 혹시 산미 열매를 짜서 만든 것은 아닐까?

자리에 앉을 때는 동쪽을 상석으로 하여 융단을 깔았다. 식사는 모두 소반에 담아 나왔다. 소반은 사방 일 척[약 삼십 센티미터]이고 나무판 두 개로 다리를 만들었는데 높이가 여덟 치[약 이십오 센티미터] 정도 되었다. 요리는 한 번에 다 나오는 것이 아니라 보통 네 차례에 걸쳐 소반을 내왔다. 세 번째 소반까지는 밥이 딸려 나오지만, 네 번째 소반에는 요리와 함께 술이 나왔다. 하지만 술은 세 순배를 넘지 않았다. 매 소반마다 요리는 하나씩이었고, 반드시 앞에 나온 요리를 치워야 다음 요리가 나왔다. 첫 번째 소반에는 기름에 튀진 점병[油煎麵果]이 나오고, 두 번째 소반에는 볶음밥[炒米花]이 나오며, 세 번째 소반에는 그냥 밥이 나왔다. 술과 요리를 올릴 때마다 주인은 반드시 소반을 높이 들어 손님 앞에 놓고는 허리를 굽히고 손을 비비면서 물러났다. 식사가 끝날 때까지 주인은 동석하지 않는 것이 손님을 최고로 존중하는 예의였다. 이것이 유구 사람들이 연회에서 귀한 손님을 모시는 예절인데, 다만 서로 비슷한 지위의 사람끼리는 대작하였다.

대체로 유구의 풍속은 모두 돗자리에 앉아 생활하며 의자나 탁자 등은 사용하지 않는다. 식기는 옛날 제사 때 쓰는 그릇[섀豆]처럼 생겼고, 요리는 모두 마른 음식이어서 숟가락을 쓸 필요가 없었다. 고관의 집에서 식사를 해도 요리 한 접시와 밥 한 공기, 젓가락 한 쌍뿐이었는데, 젓가락은 대개 새로 나온 버들가지를 깎아서 만들었다. 처와 자식하고도 함께 식사하지 않는 것은 아마 옛사람들의 유풍이 남아 있기 때문일 것이다.

천사관의 부명당敷命堂 뒤에는 방榜이 두 개 붙어 있었다. 하나에
는 명나라 사신들의 이름이 다음과 같이 쓰여 있었다.

　　홍무洪武 5년(1372) 중산왕中山王 채도察度를 책봉하다. 사신은 행인行
人 탕재湯載이다.
　　영락永樂 2년(1404) 무녕武寧을 책봉하다. 사신은 행인 시중時中이다.
　　홍희洪熙 원년(1425) 파지巴志를 책봉하다. 사신은 중관中官 시산柴山
이다.
　　정통正統 7년(1442) 상충尚忠을 책봉하다. 사신은 급사중給事中 유변俞
忭, 행인 유손劉遜이다.
　　정통 13년(1448) 상사달尚思達을 책봉하다. 사신은 급사중 진전陳傳,
행인 만상萬祥이다.
　　경태景泰 2년(1451) 상경복尚景福을 책봉하다. 사신은 급사중 교의喬
毅, 행인 동수굉童守宏이다.
　　경태 6년(1455) 상태구尚泰久를 책봉하다. 사신은 급사중 엄성嚴誠,
행인 유검劉儉이다.
　　천순天順 6년(1462) 상덕尚德을 책봉하다. 사신은 이과吏科 급사중 번
영潘榮, 행인 채철蔡哲이다.
　　성화成化 6년(1470) 상원尚圓을 책봉하다. 사신은 병과兵科 급사중 관
영官榮, 행인 한문韓文이다.
　　성화 13년(1477) 상진尚眞을 책봉하다. 사신은 병과 급사중 동민董
旻, 행인 사사부司司副 장상張祥이다.
　　가정嘉靖 7년(1528) 상청尚淸을 책봉하다. 사신은 이과 급사중 진간
陳侃, 행인 고징高澄이다.
　　가정 41년(1562) 상원尚元을 책봉하다. 사신은 이과 좌급사중左給事中

곽여림郭汝霖, 행인 이제춘李際春이다.

만력萬曆 4년(1576) 상영尚永을 책봉하다. 사신은 호과户科 좌급사중 소숭업蕭崇業, 행인 사걸謝傑이다.

만력 29년(1601) 상녕尚寧을 책봉하다. 사신은 병과 우급사중右给事中 하자양夏子陽, 행인 왕사정王士正이다.

숭정崇禎 원년(1628) 상풍尚豊을 책봉하다. 사신은 호과 좌급사중 두삼책杜三策, 행인 사사정司司正 양륜楊倫이다.

이상 모두 열다섯 차례의 사절과 스물일곱 명의 사신이 있었다. 시산柴山 이전에는 부사副使가 없었다. 또 다른 책에는 우리 청나라 사신의 이름이 있었다.

강희康熙 2년(1663) 상질尚質을 책봉하다. 사신은 병과 부리관副理官 장학례張學禮, 행인 왕해王垓이다.

강희 21년(1682) 상정尚貞을 책봉하다. 사신은 한림원翰林院 검토檢討 왕즙汪楫, 내각중서사인內閣中書舍人 임린창林麟焻이다.

강희 58년(1719) 상경尚敬을 책봉하다. 사신은 한림원 검토 해보海寶, 한림원 편수編修 서보광徐葆光이다.

건륭乾隆 21년(1756) 상목尚穆을 책봉하다. 사신은 한림원 시강侍講 전괴全魁, 한림원 편수 주황周煌이다.

이상 네 차례의 사절과 여덟 명의 사신이 있었다.

청명清明 이후에는 보통 마파람[南風]이 불고, 상강霜降 이후에는 남북풍이 불었는데, 이것이 거꾸로 되면 구풍颶風과 일풍颱風이 불었다. 1~3월에는 구풍이 많이 불었고, 5~8월에는 일풍이 많이 불었다. 구풍은 갑자기 생겨나 세게 불다가 그치는 바람이고, 일풍은 서서히 생겨 며칠 동안 부는 바람이다. 9월에는 북풍이 한 달 동안 불기도 하는데, 이를 구강풍九降風이라 한다. 그 사이에 일풍이 불기도 하는데, 이때는 구풍처럼 갑자기 생긴다. 구풍을 만나는 것은 괜찮지만 일풍을 만나면 당해낼 수 없다. 10월 이후에는 북풍이 많이 불지만 예상치 않게 구풍과 일풍이 불기도 하여, 뱃사람들은 바람이 쉬는 틈을 타서 왕래했다.

구풍이 불어오려고 하면 하늘에 검은 반점 같은 것이 생기는데, 이때는 돛을 거두고 키를 단단히 붙잡아두고 기다려야 한다. 조금이라도 늦으면 손쓸 틈이 없고, 심지어 배가 뒤집어지기도 한다. 일풍이 불어오려면 하늘 끝에 끊어진 무지개가 마치 돛처럼 보이는데, 이를 '찢어진 돛[破帆]'이라 한다. 조금 지나면 하늘의 반쪽이 참게 꼬리 같이 되는데, 이를 '굽은 참게[屈蟹]'라고 한다. 북쪽 하늘에서 이런 현상이 나타나면 바람이 더욱 심하게 분다. 해면이 갑자기 변하면서 쌀겨 같은 쓰레기가 떠다니거나 바다뱀이 떠오르거나 고추잠자리가 빙글빙글 날면 모두 일풍이 불 조짐이었다.


유구에 온 지 어느덧 반년이 지났지만 동풍이 불지 않아 돌아가고 싶어도 갈 길이 없었다. 그러다가 10월 25일 드디어 돛을 올리고 귀국길에 나서게 되었다.

29일 온주溫州의 남기산南杞山이 보였고, 조금 지나니 북기산北杞山이 보였다. 수십 척의 배들이 정박하고 있어서 사람들은 마중 나온 배인 줄 알고 모두 기뻐했다. 그런데 고물 위에서 망을 보던 사람이 놀라서 알렸다.

"정박하고 있는 것은 해적선입니다!"

또 알려왔다.

"해적선들이 모두 돛을 올렸습니다!"

얼마 되지 않아 해적선 열여섯 척이 고함을 지르면서 달려왔다. 우리 배는 타문舵門에서 자모포子母炮를 쏘아 바로 네 명을 쓰러뜨렸고, 고함지르던 자를 바다에 떨어뜨렸다. 해적이 도망가자 일제히 총을 쏘아 여섯 명을 쓰러뜨렸고, 다시 대포를 쏘아 다섯 명을 쓰러뜨렸다. 조금씩 앞으로 나가면서 공격해 다시 네 명을 쓰러뜨리자 해적은 더 도망갔다.

당시 해적선은 바람이 불어오는 쪽을 차지하고 있어서 우리 배는 몰래 자모포를 키의 우현右舷으로 옮겼다. 연속하여 열두 명을 쓰러뜨리고 해적선의 지붕을 불태웠다. 해적선들은 모두 키를 돌려서 달아났는데, 그 가운데 비교적 큰 두 척의 배는 다시 북을 두드리고 고함을 치면서 바람을 타고 나는 듯이 달려들었다. 대포로 정확하게 맞추어 쏘았는데, 발사되자마자 대포 한 발이 해적의 우두머리를 명중했고, 연기는 수백 미터에 걸쳐 가득하였다. 연기가 걷히고 난 후 살펴보니 해적선들은 모두 달아나고 없었다. 이번에 총이나 대포가 하나도 빗나가지 않아 다행히 위기에서 벗어날 수 있었다.

조금 지나자 북풍이 또 불어와 파도가 빠르게 배를 실어갔다. 꿈결에 뱃사람들이 떠드는 소리가 들렸다.

"관당官塘[광동성에 위치한 항구]에 도착했습니다!"

놀라서 일어나니 다른 사람들은 모두 밤새도록 한숨도 자지 못했다고 하였다.

"그리 위험한 상황에서 어떻게 잠을 잘 수가 있습니까?"

나는 당시 상황을 물어보았다.

"배가 기울어질 때마다 배 지붕이 거의 바다 위에 누웠고, 파도가 덮치면 배가 물속으로 들어갔어요. 쉴 새 없이 떨어지는 폭포 소리만 들렸는데, 배가 뒤집어지지 않았으니 천만다행이지요."

나는 웃으면서 대꾸했다.

"배가 뒤집어졌으면 다들 살아날 수 있었겠습니까? 나로서는 달콤한 꿈나라에 들어 위험한 상황을 직접 보지 못했으니 어찌 다행이 아니겠습니까?"

세수를 하고 갑판에 올라가니 앞뒤에 있던 열 개 남짓한 아궁이들이 모두 사라졌다. 배 위에는 물건이 하나도 남아있지 않았고, 불도 다 꺼졌다. 뱃사람이 손으로 가리키면서 말했다.

"저 앞이 바로 정해定海[절강성에 위치한 항구]입니다. 염려하지 않으셔도 됩니다."

신시申時에 배를 대고 선원들이 뭍에 올라 쌀과 장작을 사와서 밥을 지었다.

이날 밤 나는 진운을 안심시키기 위해 집에 부칠 편지를 썼다. 돌아가고 싶은 마음이 더욱 간절해졌고, 지난날 진운이 나에게 했던 말이 떠올랐다.

"베옷 입고 나물 반찬만 먹더라도 평생 즐겁게 살 수 있잖아요.

당신은 멀리 나가지 않아도 되고요."

이번 항해는 비록 신기하고 모험으로 가득했지만, 다행스럽게도 위급한 상황을 간신히 벗어나고 보니, 나는 진운이 했던 말의 의미를 비로소 절실하게 느낄 수 있었다.

# 6. 양생기도 養生記道

# 양생의 이치를 말하다

진운이 세상을 떠난 뒤로는 나는 근심만 가득할 뿐 즐거움이라고는 없었다. 봄날 아침이나 가을날 저녁이나, 산을 오를 때나 물가를 거닐 때나 눈에 보이는 것은 모두 내 마음을 상하게 하니, 슬픔 아니면 한스러움뿐이었다. 3장 '쓰라린 인생의 슬픔을 떠올리다[坎坷記愁]'를 읽어보면 내가 겪었던 지난날 고통을 알 수 있을 것이다.

나는 해탈하는 방법을 찾아 조용히 명상하면서 멀리 집을 떠나 세상 밖에서 적송자赤松子 같은 신선의 도를 닦으려 하였다. 하지만 담안과 읍산 두 형제가 거듭 권유하여 작은 암자에 기거하였고, 오직 『남화경南華經』[장자(莊子)]만 읽으며 스스로 마음을 달랬다. 장자가 자기 아내가 죽었을 때 동이를 두드리며 노래를 불렀다고 하지만 어찌 정말로 정을 잊은 것이겠는가? 어쩔 수 없었기에 도리어 달관하게 되었을 것이다.

나는 『장자』를 읽으면서 차츰 깨달았다. 「양생주養生主」를 읽고 나니 달관한 선비는 언제든 불안해하지 않고, 어디서도 순응하지 않음이 없으며, 명연冥然히 조화와 더불어 하나가 된다. 장차 무엇을 얻고 무엇을 잃을 것이며, 무엇이 죽음이고 무엇이 삶이란 말인가. 주어진 바를 받아들이면 슬픔과 즐거움 그 사이에 놓이는 바가 없다.

또 「소요유逍遙遊」를 읽고는 양생養生의 비결이 한가하게 지내며 얽매이지 않고 스스로 만족하며 즐겁게 사는 데 있음을 알게 되었다. 비로소 이전에 정에 얽혀 있었던 것이 나를 스스로 옭아맨 것은 아닌가 하고 후회하게 되었다. 이것이 '양생의 이치를 말하다[養生記道]'를 쓰게 된 까닭이다. 옛 현인들의 말씀을 가려 스스로를 넓히고, 갖가지 번뇌들을 없애며 몸과 마음에 유익한 내용을 위주로 썼다. 이것이 곧 장자의 뜻이니, 그렇게 함으로써 삶을 온전히 보존하면서 천수를 누릴 수 있기를 바랄 뿐이다.


내 나이 이제 겨우 마흔인데 점점 노쇠한 현상이 나타난다. 온갖 걱정에 마음이 요동치고 슬퍼한 데다 여러 해 우울하였더니 마음이 편치 않고 몸이 상하지 않은 데가 없다. 담안은 나에게 매일 정좌하여 수식數息[호흡 세기]을 하라고 권하였다. 이는 소식의 「양생송養生頌」에 나오는 것으로, 나도 따라 해보기로 했다.

호흡을 가다듬는 방법은 다음과 같다. 먼저 시간에 상관없이 허리를 펴고 단정하게 앉는다. 이는 소식이 "몸을 나무 인형처럼 다

스린다"라고 한 것이다. 옷을 풀어헤치고 허리띠를 느슨하게 해서 몸을 편안하게 한다. 입 속에서 혀를 몇 차례 굴리고 살며시 탁한 기운을 뱉어내는데, 소리를 지내서는 안 된다. 그리고 코로 살며시 숨을 들이쉰다. 이렇게 하기를 열네댓 번쯤 하는데, 침이 고이면 삼키고 위아래 치아를 몇 번 부딪히게 한다. 혀를 입천장 위쪽에 대고 입술과 치아를 서로 붙이며 두 눈을 감아 몽롱하게 하고서는 점차 호흡을 가다듬는다. 호흡은 헐떡거리거나 거칠지 않도록 한다. 그런 다음 숨 내쉬는 것을 세거나 들이마시는 것을 세는데, 하나부터 열까지 혹은 열부터 백까지 센다. 수를 세는 데 정신을 모아야지 잡생각을 하면 안 된다. 이는 소식이 "고요하고 반듯하여 허공과 같다"고 한 것이다.

마음과 호흡이 서로 하나가 되어 잡념이 생기지 않으면 숨을 세는 것을 그만두고 자연스러움에 몸을 맡긴다. 이는 소식이 "따른다"라고 한 것이다. 이렇게 오래 앉아 있을수록 더욱 정신이 맑아지는데, 몸을 일으킬 때는 서서히 손과 발을 내려놓아야지 급하게 일어서면 안 된다. 부지런히 이 동작을 연습하면 조용한 가운데 갖가지 특이한 광경을 보게 될 것이다. 이는 소식이 "정定의 경지에서 지혜가 열린다"라고 한 것이다. 비유를 하자면 맹인이 갑자기 눈을 뜨는 것과 같다. 단순히 몸을 보양하고 생명을 온전히 하는 데 그치는 것이 아니라 그야말로 마음을 맑게 하고 본성을 깨닫게 한다. 끊임없이 숨을 내쉬고 들이쉬면 있는 듯 없는 듯 정신과 호흡[氣]이 서로 하나가 되는데 이것이 '참된 호흡[眞息]'이다. 숨을 쉴 때마다 근본으로 되돌아가 천지조화天地造化의 이치와 장생불사長生不

死의 오묘한 도리를 깨달을 수 있다.

　사람들은 크게 말하지만 나는 작게 말하고, 사람들은 근심이 많지만 나는 우울한 일을 조금만 기억하며, 사람들은 두려움에 떨지만 나는 성내지 않는다. 담담하게 자연 그대로 둘 뿐 인위를 보태지 않으니, 정신과 기운이 절로 충만해진다. 이것이 장생의 묘약이다. 「추성부秋聲賦」에 이런 표현이 있다.

> 왜 자신의 힘으로 할 수 없는 것을 고민하고
> 자신의 지혜로 해결할 수 없는 일을 걱정하나.
> 발그레 윤기 나던 얼굴이 마른 나무처럼 되고
> 검게 윤나던 머리 희끗해지는 것은 당연한 일이네.
> 奈何思其力之所不及 憂其智之所不能
> 宜其渥然丹者爲槁木 黟然黑者爲星星

　이것은 사대부들의 고질적인 병폐이다. 또 다음과 같이 노래한다.

> 갖가지 근심이 마음을 뒤흔들고
> 온갖 일들이 몸을 괴롭히니
> 마음이 흔들리면
> 그 정신도 분명 요동치리라.
> 百憂感其心 萬事勞其形 有動乎中 必搖其精

　사람들은 늘 근심이 많고 생각이 많은데, 그것이 병이다. 그래서 장년이 되면 곧 늙고, 늙으면 곧 쇠약해진다. 이와 반대로 하면 장생하는 방법이 된다.

무희舞姬의 옷이나 노래하는 기녀[歌妓]의 부채도 눈 깜짝할 사이에 모두 사라진다. 붉게 화장한 여인도 청루의 기녀도 한순간 환상일 뿐이다. 영혼을 밝히는 촛불을 들어 미혹된 마음을 비추고, 지혜의 검으로 애욕을 끊어야 한다. 하지만 이는 커다란 용기가 없으면 할 수 없는 일이다. 그래도 정을 붙일 곳은 반드시 있어야 하니, 차라리 그 정을 꽃이나 나무, 또는 그림이나 글씨에 주는 것이 낫다. 이것이 곱게 단장한 미인을 대하는 것과 무엇이 다르겠는가? 오히려 잡다한 번뇌를 없앨 수 있다.

범중엄范仲淹[송나라의 재상. 시호는 문정(文正)]은 이렇게 말했다.

"천고千古에 뛰어난 성현도 죽음을 피할 수 없고, 죽은 뒤의 일은 말아할 수가 없습니다. 육신은 무無에서 와서 무로 돌아가는 것이니, 누가 이 죽음에서 더 가깝고 멀 것이며 누가 이를 주재할 수 있겠습니까? 이미 어찌할 수 없으니 마음을 내려놓고 소요하며, 모든 것을 흘러가는 대로 내버려두는 것입니다. 이처럼 걱정을 끊어내면 심기心氣가 점점 바로 잡히고 오장五臟 역시 조화를 이루니, 약은 효험이 있고 음식은 맛이 있게 됩니다. 그저 편안하고 즐거운 사람처럼, 걱정스러운 일이 없는 것처럼 하셔야 합니다. 음식을 먹어도 소화가 잘 안 되신다니, 하물며 오랜 병에 어떠하시겠습니까? 죽음을 걱정하시고 죽은 뒤의 일까지 걱정하시니 커다란 두려움 속에서 어찌 음식이 소화될 수 있겠습니까? 마음을 너그럽게 하시고 편히 쉬도록 하십시오."

이것은 중사中舍로 지내고 있는 그의 셋째 형에게 권유하며 보낸 편지이다. 나 또한 요즘 들어 근심과 걱정이 많은데, 마땅히 이 구절을 새기는 것이 바람직할 것이다.

육유陸游[송나라의 시인. 호는 방옹(放翁)]는 도량이 넓고 컸다. 도연명陶淵明, 백거이, 소옹邵雍[송나라의 도학자], 소식 등처럼 마음이 넓고 탁 트인 사람이었다. 그는 양생의 방도에 대해 많은 말을 남겼는데, 진실로 도리를 깨우친 선비라고 할 수 있다. 앞으로 육유의 시를 찾아 깊이 새긴다면 내 병도 고칠 수 있을 것이다.

목욕하는 것은 몸에 아주 이롭다. 나는 최근에 커다란 대야를 만들어 물을 가득 채우고 목욕을 하는데, 목욕을 하고 나면 매우 시원하고 편안하다. 소식의 시구에,

> 옻칠한 옹기 물통에 강물을 붓고
> 원래부터 없던 때를 씻어내니 더욱 가볍구나.[11]
> 淤槽漆斛江河傾 本來無垢洗更輕

라고 하였는데, 목욕의 오묘한 맛을 자못 이해했던 것 같다.

병이 났을 때 치료하는 것보다 병이 나기 전에 치료하는 것이 낫고, 몸을 치료하는 것보다 마음을 치료하는 것이 나으며, 다른 사람이 치료해주는 것보다 내가 스스로 치료하는 것이 훨씬 낫다. 임감당林鑑堂의 시에 이런 구절이 있다.

---

11) 소식의 칠언 율시 「숙해회사(宿海會寺)」에 나오는 구절이다.

마음의 병은 자기가 아는 것이고
근심이 생기면 당연히 근심을 치료해야지.
단지 마음이 있어서 마음의 병이 생기는 것이니
마음이 편안하면 어디서 병이 오겠는가.
自家心病自家知 起念還當把念醫
只是心生心作病 心安那有病來時

이는 스스로를 치료하는 약이라 할 수 있다. 텅 비어 고요한 것
[虛靜]에 마음을 두고, 사물의 심오한 이치[微妙]에 정신을 모으며,
근심을 무욕無欲의 상태에 맡기어 무위로 돌아가게 한다면, 능히
삶을 통달하고 생명을 연장시켜 도道와 함께 영원할 수 있다.

도교 경전에서는 정精, 기氣, 신神을 '안의 세 가지 보배[內三寶]'라
하고, 귀, 눈, 입을 '바깥의 세 가지 보배[外三寶]'라 한다. 항상 '안의
세 가지 보배'가 사물을 좇아 흐르지 못하게 하고, '바깥의 세 가
지 보배'가 마음에 유혹되어 어지럽지 않게 해야 한다.

중양조사重陽祖師는 하루 스물네 시간 동안 걷고, 서고, 앉고, 눕
는 모든 동작에 있어 항상 마음을 태산처럼 하여 흔들리거나 움직
이지 않게 하였다. 눈, 귀, 코, 입의 '네 문[四門]'을 신중하게 지켜 나
쁜 기운이 안으로 들어오거나 좋은 기운이 밖으로 나가지 못하게
했다. 이를 '수명을 보양하는 중요한 요체[養壽緊要]'라 한다. 밖으로
는 몸을 힘들게 하는 일이 없고, 안으로는 생각에 근심이 없으며,
편안하고 즐거워지려고 애쓰고, 스스로 만족하고자 노력하면, 몸

이 상하지 않고 정신이 혼란해지지 않는다.

익주노인益州老人은 일찍이 이렇게 말했다.

"무릇 몸에 병이 없기를 바란다면 반드시 마음을 먼저 바르게 해야 한다. 마음으로 하여금 복잡하게 바라지 않게 하고, 과도한 걱정[狂思]을 하지 않으며, 향락을 탐하지 않고, 미혹에 빠지지 않으면 마음이 태연해진다. 마음이 태연해지면 온몸에 병이 나도 치료하기 어렵지 않다. 오직 마음이 한번 흔들리면 갖가지 질병을 불러오기 때문에 편작扁鵲이나 화타華佗 같은 명의가 옆에 있다 해도 손을 쓸 수 없다."

임감당 선생이 지은 「안심시安心詩」 여섯 수가 있는데, 이는 정말로 장생의 비결이 아닐 수 없겠다.

> 나에게 영단 작은 한 알 있어
> 온 세상의 여러 미혹되는 병 고칠 수 있다네.
> 조금만 삼켜도 몸은 편안해지니
> 분명 장수하여 오래 살게 되리라.
> 我有靈丹一小錠 能醫四海群迷病
> 些兒吞下體安然 管取延年兼接命
>
> 마음을 편하게 하는 방법을 누가 알겠는가.
> 도리어 형체 없는 마음을 묘약으로 고치는구나.
> 이 마음 고치면 병나지 않을 것이니
> 몸을 일으켜 우주의 본체[太虛]로 뛰어들 때라네.

安心心法有誰知 卻把無形妙藥醫
醫得此心能不病 翻身跳入太虛時

복잡한 상념은 많은 업장에서 생기는 법
안절부절 한들 결국 어떻게 할 것인가.
번뇌를 쫓아내는 데 현묘한 비결이 있으니
소옹邵雍[송나라의 도학자. 자는 요부]의 안락한 집[安樂窩]으로 끌어
들이는 거라네.
念雜由來業障多 憧憧擾擾竟如何
驅魔自有玄微訣 引入堯夫安樂窩

사람은 두 마음이 있어 상념이 드러나는 것
상념에 두 마음 없어야 비로소 사람이 된다네.
사람에게 두 마음이 없으면 상념 또한 없어지니
상념이 사라지면 하늘의 이치를 볼 수 있으리.
人有二心方顯念 念無二心始爲人
人心無二渾無念 念絶悠然見太淸

이것이 끝날 때 저것도 끝나
복잡했던 것들이 모두 뚜렷해지는구나.
만 리에 구름 개이고 맑은 빛 보이니
밝고 둥그런 달이 새하얗게 빛나네.
這也了時那也了 紛紛攘攘皆分曉
雲開萬里見淸光 明月一輪圓皎皎

온 세상을 노닐며 호연지기를 기르니

마음은 푸른 물에, 물은 하늘에 닿았구나.
나루터엔 길 묻는 어부가 있으니
무릉도원 복숭아꽃은 날로 고아라.
四海遨遊養浩然 心連碧水水連天
津頭自有漁郞問 洞里桃花日日鮮


어느 스님과 마음을 다스리는 법에 대해 얘기를 나누었다. 그가 말하였다.

"마음은 맑은 거울과 같아서 먼지가 쌓이면 안 되고, 또 고요한 물과 같아서 물결을 일으키면 안 됩니다."

이는 주희朱熹가 "배우는 자는 항상 마음을 깨우쳐 정신을 맑게 하고, 잠들지 않게 해야 한다. 해가 중천에 뜨면 모든 사악한 기운은 저절로 사라지는 것과 같다"라고 한 것과 같은 뜻이다. 스님은 또 이렇게 말했다.

"눈은 망령되게 보지 말고, 귀는 망령되게 듣지 말며, 입은 망령되게 말하지 말고, 마음은 망령되게 움직이지 말아야 합니다. 욕심, 성냄, 어리석음, 사랑, 그리고 옳고 그름, 타인과 나, 이 모든 것을 내려놓아야 합니다. 아직 오지 않은 일을 미리 맞이하지 말고, 지금 처한 일은 지나치게 걱정하지 말며, 이미 지나간 일은 마음속에 담아두지 말아야 합니다. 무엇이든 저절로 왔다가 저절로 가도록 내버려 둘 일입니다. 그러면 분노와 두려움, 즐거움과 근심이 모두 제자리를 찾아가게 될 것입니다."

이것이 마음을 다스리는 요체이다.

왕화자王華子는 이렇게 말했다.

"재계할 재齋 자는 가지런히 할 제齊 자에서 나왔다. 마음을 가지런히 하여 몸을 깨끗이 하는 것이다. 재계가 어찌 채식하는 것만 의미하겠는가? 마음을 가지런히 한다는 것은 정신을 고요하게 하고, 일을 적게 도모하며, 얻고 잃음을 가벼이 여기고, 부지런히 성찰하며 고기 요리와 술[葷酒]을 멀리하는 것이다. 몸을 깨끗이 한다는 것은 사악한 길을 걷지 않고, 행실이 바르지 않은 여인을 쳐다보지 않으며, 음란한 소리를 듣지 않고 사물에 유혹되지 않는 것이다. 방으로 들어가 문을 닫고 향을 피워 조용히 앉아 있는 것, 이를 일러 재계라고 한다. 진실로 이와 같이 할 수 있다면 몸 안의 신명神明이 절로 편안해지고, 오르내림에 거리낌이 없어 병을 물리치고 오래 살 수 있다."

내가 거처하는 방은 사방이 모두 창문이다. 바람이 불면 열고 바람이 잦아들면 닫는다. 방 앞에는 주렴이 있고 뒤에는 병풍이 있다. 너무 밝으면 주렴을 내려 방안 빛을 조절하고, 너무 어두우면 주렴을 올려 바깥 햇빛이 들어오게 한다. 안으로 마음을 편안하게 하고, 밖으로 눈을 편하게 하면, 마음과 눈이 모두 편안해지고 몸도 편안해진다.

스님은 나에게 두 마디 말을 더 해주었다.

"죽음이 오기 전에 먼저 죽음을 배우십시오. 삶이 있으면 곧 그 삶을 죽이십시오."

'삶이 있다'는 것은 망령된 생각이 막 생기려 하는 것을 뜻하고,

'삶을 죽인다'는 것은 바로 그 망령된 생각을 없애버리는 것을 뜻한다. 이는 맹자孟子가 "마음속으로 잊지도 말고 억지로 애쓰지도 말라"고 한 말과 서로 뜻이 통한다.

손진인孫眞人은 「위생가衛生歌」에서 이렇게 말했다.

생명을 지키는 데 중요한 비결은 세 가지 계율을 아는 것이니
크게 성내고 크게 탐내고 크게 취하는 것이리라.
이 세 가지 중 한 가지라도 있다면
반드시 참된 원기가 손실되는 것을 막아야 하네.
衛生切要知三戒 大怒大欲幷大醉
三者若還有一焉 須防損失眞元氣

생명을 지키는 길을 알고자 한다면
즐거움에 도를 지키고 화를 적게 내야 하리라.
마음과 뜻을 바르게 하고 깊은 생각을 없애며
도리에 따라 몸을 수련하고 번뇌를 물리칠 것이라.
世人欲知衛生道 喜樂有常嗔怒少
心誠意正思慮除 理順修身去煩惱

취해도 억지로 마시고 배불러도 억지로 먹으면
이런 생활에서 병이 나지 않을 수 없으리라.
몸에 맞게 먹고 마셔 몸을 보양하고
지나침을 버리면 저절로 편안해지리라.
醉後强飲飽强食 未有此生不成疾
入資飲食以養身 去其甚者自安適

채서산蔡西山 또한 「위생가」에서 이렇게 일렀다.

어찌 노을을 마시고[餐霞, 도교 수련법 중 하나] 대약을 먹으며
거북이와 두루미처럼 장수하리라는 헛된 생각하는가.
다만 먹고 마시고 즐김에 있어
지나침만 버린다면 절로 편안해지리라.
식사 후에는 천천히 백 걸음을 걸으라.
두 손으로 겨드랑이와 가슴, 배를 쓰다듬으면서.
何必餐霞餌大藥 妄意延齡等龜鶴
但於飮食嗜欲間 去其甚者將安樂
食後徐行百步多 兩手摩脅幷胸腹

술 취해서 잠들고 배불러 눕는 것은 모두 유익함이 없고,
목마를 때 마시고 배고플 때 먹음에 있어 과식을 삼가라.
먹을 때에는 허겁지겁 빨리 먹지 말고
차라리 조금씩 거르지 말고 먹어라.
한꺼번에 배를 가득 채운다면
기가 빠지고 비장이 상하여 좋을 것이 없으리라.
醉眠飽臥俱無益 渴飮飢餐尤戒多
食不欲粗幷欲速 寧可少餐相接續
若敎一頓飽充腸 損氣傷脾非爾福

술을 마시되 크게 취하지 말라.
크게 취하면 정신과 마음까지 상하게 되는 법.
술 마시고 갈증이 나면 물과 차를 마셔야 하니

허리와 다리는 이 때문에 무거워지는 것이니라.
飮酒莫敎令大醉 大醉傷神損心志
酒渴飮水幷啜茶 腰脚自茲成重墜

보고 듣고 걷고 앉는 것은 오래 하지 말라.
오장의 피로와 칠정의 손상은 모두 여기서 오느니라.
하지만 팔다리는 조금 써야 하니
문지도리가 끝내 썩지 않는 이치와 같네.
視聽行坐不可久 五勞七傷從此有
四肢亦欲得小勞 譬如戶樞終不朽

도가에서 양생하는 길이 또 있으니
그 첫 번째가 바로 화를 적게 내는 것이라네.
道家更有頤生旨 第一戒人少嗔恚

이 말들을 정말로 실행에 옮길 수 있으면 효험은 단 하루 만에도 나타날 것이다. 늙은 서생이 늘 하는 말이라고 넘겨듣지 말기를.


방을 깨끗이 하고 남쪽 창문을 열면 여덟 개의 창이 모두 밝아진다. 마음과 눈을 어지럽게 하는 장식품들은 많이 진열하지 않는다. 넓은 침상 하나와 긴 책상 하나를 두고 그 위에 붓과 벼루를 가지런히 정리해둔다. 그 옆에 작은 책상 하나를 두어 서화 한 폭을 걸어두는데, 서화는 자주 바꾸어준다. 긴 책상 위에는 좋아하는 책 한두 권과 오래된 법첩法帖 한 권, 오래된 거문고 하나를 올려둔다. 마음과 눈에 항상 티끌 하나도 묻지 않게 한다.

새벽에는 원림園林에 가서 채소와 과일을 심고, 잡초를 뽑고, 꽃에 물을 주고 약초를 재배한다. 방으로 돌아와서는 눈을 감고 정신을 가다듬는다. 때로는 재미있는 책을 읽으면서 기분을 즐겁게 하고, 때로는 좋은 시를 읊조리며 그윽한 정을 이끌어낸다. 법첩을 본떠 글을 쓰거나 거문고를 타다가 싫증이 나면 그만둔다.

지기知己들과 모여 얘기를 나눌 때에는 시국時局과 권세權勢에 대해 말하지 않고, 다른 사람을 평가하지 않으며, 시비를 가리려고 논쟁하지 않는다. 어쩌다 벗들과 약속하여 한가로이 만날 때면 옷과 신을 편안하게 하고 예절을 지키려 애쓰지 않는다. 술은 조금 마시지만 취하지 않도록 한다. 기분만 좋으면 그뿐이다. 정말로 이렇게 할 수만 있다면 또한 자기의 뜻을 즐길 수 있을 것이다. 다리를 오므려 올가미에 들어가고 목을 늘여 굴레를 쓰듯 재상 집 문을 들락날락하면서 벼슬길에 나가고자 번거롭게 애쓰는 것과 비교한다면, 이는 하늘과 땅의 차이가 아니겠는가!

태극권太極拳은 다른 무술과는 비교할 수 없다. 태극이란 두 글자가 이미 태극권의 의미를 모두 포괄하고 있다. 태극은 곧 하나의 둥근 원이고, 태극권은 수없이 많은 원들이 연결되어 이루어지는 무술이다. 손과 발의 동작 하나하나[一擧手一投足]는 물론이고 모든 것이 원에서 벗어나지 않는다. 원을 벗어나면 태극권의 원리에 어긋나게 된다. 팔다리의 모든 관절[四肢百骸]이 움직이지 않으면 모를까, 일단 움직이면 모두 원에서 벗어날 수 없다. 때로는 허虛로, 때로는 실實로 곳곳에서 원을 그려낸다. 태극권을 연마하기 전에는 반드시 먼저 정신과 기운을 가다듬고 수십 분[數刻] 동안 정좌해야 한다.

태극권은 도가道家의 수규守竅[도교의 수련법 중 하나]와는 다르다. 다만 깊은 생각을 물리쳐 끊고, 모든 인연들이 고요해지도록 노력해야 한다. 수련할 때는 느리게 하는 것이 원칙이고, 절대 힘을 주지 않은 것이 요체인데, 머리부터 발끝까지 계속 흐름이 끊어지지 않게 한다.

전하는 말에 따르면, 요양遼陽의 장통張通[명나라의 의병]이 홍무洪武 연간 초기에 황제의 부름을 받고 수도로 가다가 무당산武當山에서 길이 막혔는데, 그날 꿈에서 기인이 나타나 태극권을 전수해주었다고 한다. 나는 최근 몇 년 동안 태극권을 연마했는데 정말로 몸이 예전보다 건강해졌고 추위나 더위도 타지 않게 되었다. 건강을 지키는 데 있어 태극권을 연마한다면 유익한 점만 있고 해로운 점은 없을 것이다.


말을 줄이고, 편지를 줄이고, 사귐을 줄이고, 망령된 생각을 줄여야 한다. 하지만 잠시라도 줄여서는 안 되는 것이 있는데, 바로 몸가짐을 삼가고 마음을 수양하는 것이다.


양유정楊維楨[원나라의 시인]은 「노봉삼수사路逢三叟詞」에서 이렇게 노래했다.

> 윗노인이 나서서 하는 말,
> 큰 도는 하늘을 온전히 품는다네.

가운뎃노인이 나서서 하는 말,
추위와 더위를 늘 조절한다네.
아랫노인이 나서서 하는 말,
백 년을 살면서 절반은 잠만 잤다네.
上叟前致詞 大道抱天全
中叟前致詞 寒暑每節宣
下叟前致詞 百歲半單眠

  내가 전에 읽었던 진사도陳師道[송나라의 시인]의 시에도 이러한 의미
를 지닌 것이 있었는데, 이 시는 응거應璩[위(魏)나라의 시인]의 시에서
따온 듯하다. 응거의 시는 다음과 같다.

옛날 길 가던 사람이
논두렁에서 세 노인을 만났네.
나이는 모두 백 살 남짓한데
서로 논밭에서 김을 매고 있었다네.
앞으로 다가가 세 노인에게 묻기를
무슨 수로 이렇게 장수할 수 있습니까
윗노인 나서서 하는 말,
방 안의 여자가 밉고 추하다네.
가운뎃노인이 나서서 하는 말,
먹을 수 있을 만큼만 먹고 절제한다네.
아랫노인이 나서서 하는 말,
밤에 잘 때 머리를 뒤척이지 않는다네.
중요하도다! 세 노인의 말씀!

이런 연유로 장수할 수 있었구나.

昔有行道人 陌上見三叟

年各百歲餘 相與鋤禾麥

往前問三叟 何以得此壽

上叟前致詞 室內姬粗丑

二叟前致詞 量腹節所受

下叟前致詞 夜臥不覆首

要哉三叟言 所以能長久

옛사람이 이르기를, "나보다 나은 사람과 비교하면 부족하고, 못한 사람과 비교하면 남음이 있다"고 했으니, 이는 즐거움을 찾는 가장 오묘한 방법이다. 배고파 우는 사람과 비교하면 배가 부른 것만으로도 즐겁고, 추위에 떠는 사람과 비교하면 따뜻한 것만으로도 즐겁다. 힘들게 일하는 사람과 비교하면 한가로운 것만으로도 즐겁고, 병들어 아픈 사람과 비교하면 건강한 것만으로도 즐겁다. 재난을 당한 사람과 비교하면 평안한 것만으로도 즐겁고, 죽은 사람과 비교하면 살아 있는 것만으로도 즐겁다.

백거이는 「술을 마주하고[對酒]」라는 시에서 이렇게 읊었다.

달팽이 뿔 위에서 무엇을 다투는가?
부싯돌 불빛처럼 잠시 살다 가는 것을
부유하든 가난하든 그런대로 즐겁게 살면 될 일
호탕하게 웃을 줄 모르는 이가 어리석을 뿐이지.

蝸牛角內爭何事 石火光中寄此身
隨富隨貧且歡喜 不開口笑是痴人

요즘 어떤 사람도 시에서 이렇게 노래했다.

인생은 한바탕 큰 꿈과 같은 것
꿈속에서 어찌하여 괴롭게 진실을 따지는가.
꿈은 짧든 길든 모두 꿈인 것을
갑자기 깨어나면 꿈은 어디에 있는가.
人生世間一大夢 夢里胡爲苦認眞
夢短夢長俱是夢 忽然一覺夢何存

이 사람은 백거이처럼 마음이 넓고 활달한 사람이다.

"세상 일은 아득하고 시간은 유한하거늘, 생각해보니 바쁘게 서두를
필요 있나? 인생은 보잘것없는데 못났느니 잘났느니 서로 따지면서, 영
화와 쇠락은 운명이 정해져 있고 이해득실은 헤아리기 어렵다는 것은 오
히려 생각지도 않는구나.

저 가을바람이 불고 있는 금곡金谷, 한밤중 달이 뜬 오강烏江, 쓸쓸한
아방궁阿房宮, 황폐해진 동작대銅雀臺를 보라. 영화는 꽃 위의 이슬이고
부귀는 풀 위에 맺힌 서리이다. 화두[機關]를 깨달으면 만 가지 근심이 모
두 사라진다. 그러니 '용의 누각[龍樓]'이니 '봉황의 전각[鳳閣]'이니 자랑
할 필요가 무엇이며, '이익의 쇠사슬[利鎖]'이니 '명예의 고삐[名繮]'니 말
해 무엇 하리! 한가하고 조용히 지내며 시와 술에 취하려 한다. 소리 한
가락 읊고 와도 늦을 것 없고, 노래 한 곡조 부르면 호수는 아득해지는

구나. 좋은 시절에 아름다운 경치를 만나면 화초를 따고 향기로운 꽃 찾으리라. 몇몇 마음 맞는 지기들과 약속하여 들과 계곡으로 놀러가 취향대로 비파를 타고 바둑을 두거나, 굽이굽이 돌아가는 물에 술잔을 띄워야지. 인과응보에 관한 얘기를 나누거나 예와 지금의 흥망성쇠 이야기도 하며, 비단을 쌓은 듯한 꽃가지를 보고 생황을 연주하는 듯한 새소리도 들어야지. 사람의 인심이 이랬다저랬다 바뀌든 말든, 권세가 있을 때는 아첨하여 빌붙고, 권세가 없어지면 냉담해지는 것이 세상의 인심이라, 다 내버려두고 유유자적하게 세월 보내며 소탈하게 시간을 흘려보내리라."

이 글은 누가 지었는지 알 수 없지만 읽고 나면 마치 큰 꿈에서 깨어난 것 같아, 뜨거운 불 속에서 청량산淸凉散 한 첩을 처방받은 듯했다.

정호程顥[송나라의 유학자] 선생은 이렇게 말했다.

"나는 천성적으로 기가 매우 약해서 양생에 많은 노력을 기울였다. 서른 살이 되자 점점 혈기가 왕성해지더니 마흔 살, 쉰 살이 되어서 완전무결하게 되었다. 지금 내 나이 일흔둘이지만 기골은 젊을 때 못지않다. 그런데 만약 사람이 늙은 뒤에 양생을 하게 되면, 가난해진 이후에 저축하는 것과 같아서 아무리 애를 써도 채워지지 않는다."

말을 적게 하고, 마음속에 일을 적게 담아두며, 적게 먹어야 한다. 이 세 가지를 지키면 신선이 될 수 있다. 술은 절제해서 마시고, 노여움은 빨리 풀며, 욕심은 억제해야 한다. 이 세 가지를 지키면 병이 스스로 사라진다.

　병을 없애는 데는 열 가지 방법이 있다.[12] 첫째는 조용히 앉아서 허공을 보며 내 몸을 이루는 것들[四大, 땅, 물, 불, 바람]이 원래 잠시 합쳐진 것[허상]임을 깨닫는 것이다. 둘째는 번뇌가 눈앞에 나타나면 죽음과 견주는 것이다. 셋째는 항상 나보다 못한 사람을 떠올려 굳이 느긋한 마음을 갖는 것이다. 넷째는 조물주가 먹고살기 위해 나를 힘들게 했지만 병 때문에 조금 여유가 생겼으니 도리어 경사나 다행이라 여기는 것이다. 다섯째는 묵은 업보를 현세에 만나더라도 피하지 말고 기쁘게 받아들이는 것이다. 여섯째는 가정이 화목하여 서로 원망하는 말을 하지 않는 것이다. 일곱째는 사람은 저마다 병의 근원을 지니고 있으니 항상 스스로 살펴서 이겨내야 하는 것이다. 여덟째는 바람과 이슬을 잘 막고, 향락을 탐내지 않는 것이다. 아홉째는 음식을 조절해서 과식하지 않고 기거를 편안히 하여 무리하지 않는 것이다. 마지막으로 좋은 친구를 만나 흉금을 터놓고 세속을 벗어난 얘기를 나누는 것이 열째다.


　소옹은 안락와安樂窩라 이름 붙인 자신의 집에 거처하고 있을 때, 스스로 이렇게 읊조렸다.


　　　노년에는 몸을 잘 쉬어야 하거늘
　　　안락와에는 또 다른 봄이 있구나.

---

12) 명나라 문인 진계유(陳繼愈)가 『복수전서(福壽全書)』에서 기술한 '각병십법(却病十法)'을 인용했다.

만 가지 일 마음에서 털어내고 한가하게 지내니
팔다리 마음대로 쭉 펼 수 있구나.
老年肢體索溫存 安樂窩中別有春
萬事去心開偃仰 四肢由我任舒伸

뜨거운 여름엔 대나무 옆 대자리가 시원하고
눈 내리는 추운 겨울엔 화롯가 털담요가 따뜻하네.
낮에는 떨어지는 꽃잎 세며 새 소리를 듣고
밤에는 밝은 달 불러내어 거문고를 뜯네.
炎天傍竹涼鋪簟 寒雪圍爐軟布裯
晝數落花聆鳥語 夜邀明月操琴音

소화하기 어려운 음식은 먹지 말고 항상 절제하며
옷은 따뜻하게 입어야 하니 껴입는 것을 게을리 하지 말라.
산골 노인 어리석다고 누가 말하는가.
그도 자신 한 몸 건강하게 다스릴 수 있는 것을.
食防難化常思節 衣必宜溫莫懶增
誰道山翁拙於用 也能康濟自家身

양생의 방법은 '청정명료清淨明了'이 네 글자로 요약할 수 있다.
안으로는 몸과 마음이 '빈 것[空]'임을 깨닫고, 밖으로는 만물이
'빈 것'임을 깨닫는 것, 모든 망상들을 깨뜨리고 어떤 일에도 집착
하지 않는 것을 '청정명료'라고 한다. 만병의 독은 모두 '짙은 것
[濃]'에서 생긴다. 가무와 여색에 빠지면 허약해지는 허겁병虛怯病에
걸리고, 재물과 이익에 빠지면 탐욕을 주체하지 못하는 탐도병貪饕

病[계걸병]에 걸린다. 공로와 업적에 집착하면 가식과 꾸밈에 몰두하게 되는 조작병造作病에 걸리고, 명예에 집착하면 성질이 굳고 과격해지는 교격병矯激病에 걸린다. 아! 집착하여 깊게 빠지는 것이 '짙은 것[濃]'이니 '짙은 것'의 독성이 과연 심하구나. 번상묵樊尚默 선생이 단방약單方藥으로 내린 처방이 바로 '묽은 것[淡]'인데, 이렇게 풀이했다.

"구름은 희고 산은 푸르며 내는 흐르고 바위는 우뚝 서 있다. 꽃은 반기고 새는 웃으며 계곡은 메아리치고 나무꾼은 노래한다. 만물은 한가로운데 사람의 마음만 절로 아우성치는구나."

세밑에 담안을 찾아갔다. 방 안에 온통 먼지가 가득하였지만 아무렇지 않게 지내고 있어서, 나는 탄식하며 말하였다.

"거처하는 곳은 반드시 깨끗하게 청소하고, 정갈하고 고요한 곳에서 지내면서 소란스러운 것과 섞이지 않아야 하네. 서재 앞에는 꽃과 나무를 섞어 심고, 때로 만물의 생기를 살펴보게. 깊은 밤 홀로 앉아 가끔 사립문도 열어 달빛이 들어오게 하고, 동이 틀 무렵이면 천지만물의 맑은 기운이 멀리서 다가오는 것을 느끼게 될 거야. 그러면 마음과 맑은 기운이 서로 통하게 되고 어떠한 장애도 느껴지지 않을 것이네. 지금 방안이 더러운데도 치우지 않으면 마음은 괴롭지 않겠지만, 분명 정신을 맑게 하는 데에는 도움이 되지 않을 것이네."

나는 몇 년 간 퇴락한 암자에서 정좌靜坐 수련을 하면서 예전부터 몸에 배어 있던 습관들을 빠르게 없애버렸다. 울창한 숲에서 큰소리로 노래 부르거나, 깊고 그윽한 골짜기에서 홀로 휘파람 불거나, 시냇가나 굽이진 호수에 작은 배를 대고 낚싯대 드리우기도 한다. 보이는 것과 들리는 것을 버리고, 생각과 지혜를 없애고 오래도록 지내다보니 깨달은 바가 있는 것 같다. 진백사陳白沙[명나라의 유학자] 선생은 이렇게 말했다.

"바깥 사물에 얽매이지 않고, 눈과 귀에 얽매이지 않으며, 잠시라도 얽매이지 않아야 한다. 솔개는 하늘에서 날고 물고기는 물에서 뛰노는 것이 자연의 이치이니, 그 깨달음의 실마리는 늘 내 안에 있다."

이를 깨달으면 잘 배웠다고 할 수 있다. 이 역시 장수하는 참된 비결이라 할 수 있을 것이다.

성현들에게는 모두 즐겁지 않은 이치가 없었다. 공자는 "즐거움은 그 안에 있다"고 했고, 안회顏回는 "그 즐거움을 바꾸지 않겠다"고 했으며, 맹자는 '부끄럽지 않고 창피하지 않는 것'을 즐거움으로 여겼다. 『논어論語』의 첫머리는 즐거움에 대해 말하였고, 『중용中庸』에서는 "어떤 처지라도 스스로 만족하지 않는 것이 없다"라고 했다. 정호程顥와 정이程頤[송나라의 유학자], 주희朱熹께서 '공자와 안회의 즐거움'을 찾으라고 한 것은 바로 이 뜻이다. 성현들의 즐거움을 내가 어찌 감히 바라겠는가! 단지 백거이가 말한 즐거움이나마 흉내를 내보고 싶을 따름이다.

한 노인 가운데서
하얀 수염 나풀거린다.
아내와 아이들은 화목하고
닭과 개는 한가하네.
有叟在中 白鬚飄然
妻孥熙熙 雞犬閒閒

여름이나 겨울이나 언제든 해가 뜨면 일어나야 하지만, 여름에는 더욱 그래야 한다. 천지에 떠오른 맑은 햇살의 기운은 정신을 상쾌하게 하는 데 가장 좋다. 그때를 놓치는 것은 너무나 아쉬운 일이다. 내가 산사山寺에서 머무는 동안 여름이면 해가 뜰 때 일어나 물과 풀의 맑은 향기를 맡았다. 연꽃은 오므린 채 피지 않았고 대나무는 금방이라도 떨어질 듯 이슬을 머금고 있었다. 매우 즐거운 시간이었다. 여름 낮은 길어서 낮 시간 잠깐 동안 낮잠을 자곤 했다. 향을 피우고 휘장을 드리우고 복숭아나무와 대나무로 만든 돗자리를 편다. 충분히 자고 일어나면 정신이 맑아지고 기분이 상쾌해진다. 그야말로 하늘나라의 신선과 다를 바 없었다.

즐거움은 곧 고통이고 고통은 곧 즐거움이다. 가진 것이 좀 부족하다 하여 어찌 복이 없다고 하겠는가? 온 집안이 만사형통하고 하는 일마다 잘 되어도 이런 좋은 상황들은 곧 쓸쓸한 일이 일어날 전조가 되기도 한다. 성현들도 액운을 막을 수 없었고 신선이나 부처도 겁운劫運을 피하지 못하였다. 다만 성현들은 액운으로써 자신을 갈고 다듬고, 신선이나 부처는 겁운으로 스스로를 단련하였다.

더위 먹은 소는 달만 봐도 헐떡거리고[吳牛喘月], 기러기는 태양을 쫓아 날아가듯, 모두가 바쁜 세상을 살아간다. 벌은 꿀을 따러 다니고 파리는 더러운 냄새를 쫓아다니는데, 괴로운 인생이기는 마찬가지다. 고된 인생을 더 힘들게 하는 것은 이익과 명예를 꾀하는 일이다. 아침이나 낮이나, 추울 때나 더울 때나 가리지 않고 죽음을 재촉하는 것은 모두 '명예와 이익' 이 둘이 그르친 탓이다. 명예라는 숯으로 마음을 불사르니 심장의 진액[心之液]이 마르고, 이익이라는 전갈로 마음을 찌르니 마음의 생기[心之神]가 손상되는 것이다. 지금 마음을 평안하게 하고 병을 낫게 하려면 명예와 이익 두 가지를 깨끗이 씻어내지 않으면 안 된다.

나는 도연명의 「한정부閑情賦」를 읽고 정을 쏟아내는 것에 감탄했고, 「귀거래사歸去來辭」를 읽고 정을 잊는 것에 감탄했다. 그런데 「오류선생전五柳先生傳」을 읽고는 정이 있는 것도 아니고 없는 것도 아니며, 정을 쏟아내면서도 정을 잊는 오묘함에 감탄했다. 내 친구 담안은 도연명을 가장 흠모하였다. 도연명의 글을 읽으면 이해하지 않으려 해도 이해할 수 있고, 술을 마시고 취할 때까지 기다리지 않아도 취하는 것 같다고 했다. 또 이런 말도 했다.

"도연명은 시를 왜 오언五言으로만 지었고, 벼슬은 왜 오두五斗짜리만 지냈으며, 아들은 왜 다섯을 두고, 집에는 왜 버드나무 다섯 그루만 심었을까?"

도연명은 참으로 대단한 사람이라 하지 않을 수 없다. 나는 꿈속에서 다음과 같은 시구를 얻었다.

오백 년 동안 이 세상으로 귀양을 와서
즐길 것은 다 즐겨봤네.
삼천 리 푸른 바다를 열어젖히었으니
이것이 바로 소요로구나!
五百年謫在紅塵 略成遊戲
三千里擊開滄海 便是逍遙

꿈에서 깨어나 탁당에게 써서 보여주었더니, 탁당은 두고두고 외울 만큼 뛰어난 시라고 했다. 그러나 누가 능히 이 뜻을 이해하겠는가?

진정현眞定縣의 양공梁公은 항상 사람들에게 말했다.
"매일 저녁 집에 있을 때면, 반드시 즐거워하며 웃을 만한 일을 찾아 손님들과 편안하게 이야기를 나눕니다. 수염을 쓰다듬으며 크게 웃으면 하루 종일 쌓였던 피로와 울적함이 모두 풀립니다."
이는 정말로 양생의 중요한 비결이다. 고향 사람 중에 백 살을 넘긴 노인이 계셔서 그 비법을 물어본 적이 있었는데 이렇게 대답해주었다.
"나는 시골 사람이라 아는 것이 없어요. 그저 한평생 기쁘고 즐겁게 살면서 지금껏 근심 걱정을 해본 적이 없어요."

이 어찌 '명예와 이익'만 쫓는 사람이 할 수 있는 일이겠는가?

옛날에 왕희지王羲之[진(陳)나라의 서예가]는 이렇게 말했다.

"나는 유독 과일나무 심기를 좋아하는데 나무를 키우는 일에는 특별한 즐거움이 있다. 내가 심은 나무에서 꽃 한 송이 피고 열매 한 알 맺히면 그것을 보기만 해도 너무 사랑스럽고, 따서 먹으면 더욱 달다."

왕희지는 자신만의 즐거움을 찾았다고 할 수 있겠다.
육유는 꿈에서 신선들이 사는 곳으로 갔다가 시를 한 수 지었다.

> 긴 회랑 아래로 벽련소를 굽어보니
> 작은 누각이 청라봉을 마주하고 있네.
> 長廊下瞰碧蓮沼 小閣正對靑蘿峰

이렇게 시를 쓰고는 그곳이 가장 뛰어난 경치라고 여겼다. 내가 지낸 선방도 이만큼 뛰어난 경치였으니 육유 앞에서 자랑할 만하다 할 것이다.

내가 예전에 유구琉球에 있을 때, 낮이면 쓸쓸한 연못, 푸른 시내, 커다란 소나무, 빽빽한 대숲 사이를 거닐었고, 밤이면 등불 밝히고 백거이와 육유의 시를 읽었다. 향을 피우고 차를 끓여 두 군자를 모시고 서로 이야기를 하다보면, 그 가슴 깊이 품은 담담하고 호탕한 회포를 눈으로 보는 듯하였다. 만사를 제쳐두고 그들을 좇아 유람할까 하는 생각도 몇 번 했었다. 이 역시 몸과 마음을 즐겁게 하는 데 도움이 될 것이다.

　나는 마흔다섯 살 이후부터 마음을 편안하게 하는 방법을 찾기 시작했다. 좁디좁은 내 마음을 텅 비우고 밝고 환하게 하여, 모든 희로애락과 힘들고 고통스럽고 두려운 일들은 절대 내 안으로 들어오지 못하게 했다. 나는 하나의 성을 쌓고 성문을 굳게 닫아 늘 방어하였지만 가끔 어떤 것들이 난입해 들어오기도 하였다. 근래에는 난입하는 것들이 점점 줄어들고 있는데, 주인이 성 안을 지키고 있으면 안정되고 편안한 분위기가 생기나보다.

　몸을 보양하는 방법은 좋아하는 것을 삼가는 것이 첫째고, 음식을 삼가는 것이 둘째며, 분노를 삼가는 것이 셋째다. 추위와 더위를 삼가는 것이 넷째고, 고민을 삼가는 것이 다섯째며, 고생을 삼가는 것이 여섯째다. 이 중에서 하나라도 잘못되면 병이 생길 수 있으니 어찌 늘 조심하지 않을 수 있겠는가?

　장영張英[청나라의 학자] 선생은 일찍이 이렇게 말하였다.

"옛사람들은 『문선文選』을 읽고 양생의 이치를 깨달았는데, 다음 두 구절에서 영감을 받았다.

　　바위가 옥을 품으니 산이 빛나고,

물이 진주를 머금으니 강이 곱구나.

石蘊玉而山輝 水含珠而川媚


　이는 참으로 이치에 맞는 말이다. 난초나 작약의 꽃자루에 늘 이슬방
울이 생기는데 개미나 벌레가 이를 먹으면 꽃이 시드는 것을 본 적이 있
다. 또 죽순이 막 돋아날 때 새벽에 이슬방울이 죽순 끝에 맺혀 있다가 해
가 나오면 뿌리로 돌아가고 저녁에 다시 끝에 맺히는 것을 본 적이 있다.
전징지田澄之[청나라의 학자]의 시에,


　　저녁에 이슬방울 나무 끝으로 올라가는 것 보았네.

　　夕看露顆上梢行


라고 한 것이 바로 이것이다. 새벽에 정원으로 들어갔는데 죽순 위에
이슬방울이 맺혀 있지 않으면 이것은 대나무로 자랄 수 없는 것이어서 캐
서 먹어도 된다. 벼에도 이슬이 맺히는데 저녁에 나타났다가 아침이면 사
라진다. 사람의 원기도 모두 여기에 있다. 이 때문에 『문선』의 이 두 구절
을 늘 자세히 살피지 않으면 안 된다. 비결을 얻는 것은 많은 것에 있지
않다.”


　내가 지내는 방은 아주 좁아서, 겨우 발이나 뻗을 수 있을 뿐이
다. 하지만 추우면 방을 따뜻하게 해서 갖가지 꽃들을 들여놓고,
더우면 발을 내리고 높은 홰나무를 마주한다. 하늘과 땅 사이에서
내 마음대로 즐기는 것은 이뿐이다. 그러나 한 걸음 물러나 생각해
보면 내가 하늘로부터 받은 것은 이미 너무 많다. 이런 까닭에 나
의 마음은 편안하고 정신은 온화하다. 부러울 것이 없으니 원망할

것도 없다. 이것이 내가 만년에 터득한 즐거움이다.

포옹圃翁[장영의 호]은 이렇게 말하였다.

"사람의 마음은 지극히 신령하고 기민하여 과로를 해도 안 되지만 너무 편해서도 안 된다. 이럴 때 독서를 하면 수양하는 데 도움이 된다."

한가하여 일이 없는 사람이 진종일 책을 읽지 않으면 일상생활을 하는 데 몸과 마음을 기댈 곳이 없고 눈과 귀를 편안하게 할 곳이 없다. 그러면 마음이 어수선해지고 망상이 떠올라 짜증이 나는 것이다. 역경에 처하게 되면 당연히 즐겁지 않지만, 좋은 상황에 처해도 그 또한 즐겁지 못하다.

옛사람은 또 이렇게 말했다.

"마당을 쓸고 향을 피우면 맑은 복이 이미 와 있다. 복이 있는 사람은 여기에 책 읽기를 더하고, 복이 없는 사람은 다른 헛된 생각을 하는 것이다."

이 말도 참 좋다. 지금껏 독서를 하지 않은 사람은 어려운 일을 당하면 자기 혼자만 어려운 일을 당했다고 여기며 어려움을 더욱 참기 힘들어한다. 옛사람들이 자신보다 백 배나 더 어려운 일을 겪었던 것을, 특히 세세하게 체험하지 못했기 때문에 알지 못하는 것이다. 예를 들면 소식은 죽은 후에야 고종高宗과 효종孝宗의 인정을 받고 비로소 그 문장이 세상에 알려지게 되었다. 그러나 살아 있을 때는 참소의 근심과 비난의 두려움 속에 곤궁한 처지가 되어 조주潮州와 혜주惠州 사이를 정처 없이 떠돌아다녔다. 또 맨발로 개울을 건너기도 했고 외양간 옆에서 지내기도 하였으니, 이는 어떤 처지였던가? 또한 백거이는 후손이 없었고, 육유는 굶주림을 참고 살았다. 이는 모두 책에 기록되어 있다. 이들은 천 년에 이름을 날린 사람들이 아닌가? 그런데도 이처럼 어려운 일들을 겪었다.

진실로 마음을 평온하게 하고 고요하게 살펴보면, 뜻대로 되지 않은 일도 얼음이 녹듯이 풀리게 될 것이다. 만약 책을 읽지 않으면 자신이 당한 상황만 더욱 힘들다고 여기고, 끊임없는 원망과 분노의 마음이 불타올라 고요해질 수 없다. 그 고통이 어떠하겠는가? 그런 까닭에 글을 읽는 것이야말로 양생을 하는 데 첫 번째로 중요한 일이다.


소주에는 탁당의 성남노옥城南老屋이 있다. 거기에 있는 오류원五柳園은 샘과 바위를 모두 갖추고 있어 경치가 뛰어나다. 성 안에 있는데도 교외의 풍경을 느끼게 하여 정신을 수양하는 데 아주 좋은 곳이다. 자연의 소리들은 높고 낮음의 조화를 이루며 내 귓가를 맴돌았다. 수많은 새들이 숲속에서 지저귈 때 들리는 끊어졌다 이어졌다 하는 소리, 산들 바람이 나뭇잎을 흔들며 쏴아쏴아하는 소리, 맑은 개울이 가늘게 졸졸 흘러가며 내는 소리. 나는 푸르고 보드라운 풀밭에 편안하게 누워 파랗고 맑은 하늘을 바라보곤 했다. 참으로 절묘한 한 폭의 그림과도 같았다. 시끄러웠다 조용했다 하는 졸정원拙政園과 비교해보면, 이곳이 훨씬 뛰어나다고 하겠다.

　우리는 모름지기 즐겁지 않은 상황에 처해도 즐거울 수 있는 방법을 반드시 찾아야 한다. 먼저 즐거움과 즐겁지 못한 것이 일어난 원인을 알아야 하는데, 물론 처한 환경이 어떠한가도 중요하지만, 근본적인 원인은 바로 자신의 마음에서 나오는 것을 분명히 알아야 한다. 같은 사람이고 같은 환경에 처했더라도 갑이란 사람은 역경과 맞서 싸워 이기는데, 을이란 사람은 도리어 역경에 정복당하고 만다. 역경에 맞서 싸워 이기는 사람은 역경에 정복당한 사람보다 더욱 즐거울 것이다. 다른 사람의 행복을 부러워하고, 자신의 박복한 운명을 원망할 필요가 없다. 이것이 엎친 데 덮친 격과 무엇이 다른가. 심지어 자신의 모든 인생을 망칠 수도 있다. 어떠한 상황에 처해도 우울해할 필요가 없다. 우울한 가운데 희망과 즐거운 마음이 생기기도 한다. 우연히 탁당과 이에 대한 이야기를 나누었는데 탁당 역시 그렇게 생각하고 있었다.

　집안은 늦가을 같고, 몸은 저무는 저녁 같다. 마음은 타다 남은 연기 같고, 재주는 떨어진 번개 같아 나는 어쩔 수 없이 그림과 시를 벗하며 지낸다. 붓을 들고 먹을 휘둘러 좋아하는 것을 펼쳐내는 것인데, 마치 작은 풀들이 적적하여 꽃 핀 것을 자랑하고, 작은 새들이 어쩔 수 없어 소리를 뿜내는 것 같다. 10월이면 노을이 맑게 개이기 시작하고, 산봉우리가 밝게 드러나며, 새소리 맑아지고 매화가 피기 시작한다. 그러면 시 한 수, 그림 한 점이 비로소 완성

된다. 매화를 보며 기뻐하고, 새소리 듣고 즐거워하며, 봉우리들을 마주 보며 노을과 인사를 나눈다. 그림은 비록 보잘 것 없지만 어떤 이는 잘 그렸다 칭찬하기도 하고, 시는 고통스럽지만 혼자 잘 지었다 위로하기도 한다. 사방의 벽은 이미 기울고 바가지도 낡았지만 즐거운 마음을 상하게 하는 것은 아무 것도 없다. 포옹이 주련柱聯을 지어줘서 초당草堂에 걸어두었다.

> 부귀와 빈천은
> 끝내 뜻대로 되기 어려운 것
> 만족을 아는 것이 바로 뜻대로 되는 것이리라.
> 산과 물, 꽃과 대나무는
> 영원토록 주인이 없으니
> 한가한 자가 곧 주인이 되리.
> 富貴貧賤 總難稱意 知足卽爲稱意
> 山水花竹 無恒主人 得閒便是主人

이 말은 속되기는 하지만 지극히 옳은 이치를 담고 있다. 천하에는 아름다운 산과 빼어난 강, 이름난 꽃과 아름다운 대나무가 수없이 많다. 대부분 부귀한 사람은 명예와 이익에 얽매이고, 빈천한 사람은 굶주림과 추위에 얽매여서 결국 거기까지 이해하는 사람은 드물 것이다. 만족을 알고 한가할 수 있으면 그것이 스스로 즐거울 수 있는 방법이고, 섭생을 잘하는 것이다. 마음에 멈춤과 휴식이 없으면, 백 가지 근심이 마음을 흔들고 온갖 걱정이 마음을 괴롭힌다. 바람이 물 위로 불어와 때때로 물결을 일으키는 것과 같다. 이는 양생하는 방법이 아니다. 정좌靜坐를 하고 있으면 처음에는 망상을 모두 떨쳐낼 수 없다. 오로지 한 생각만 하다가 그 생각마저 없어지도록 해야 한다. 마치 물 위에 더 이상 물결이 일지 않는 것처럼. 그러면 너무나 고요한 나머지 끝없는 염담恬淡[욕심을 내려놓으니 고요함]의 의미를 깨닫게 되고, 세상 사람들과 함께 나누고 싶어진다.

왕수인王守仁[명나라의 학자] 선생은 이렇게 말씀하셨다.

"양지良知[양명학에서 인간의 본성 (本性)을 이르는 말]가 참되면 과거科擧 준비를 하더라도 마음이 고되지 않다. 책을 읽을 때 억지로 기억하는 것이 옳지 않음을 안다면 이를 극복하면 되고, 잔꾀로 빨리 성공하려는 것이 옳지 않음을 안다면 이를 극복하면 되며, 사치와 호화로움을 자랑하는 것이 옳지 않음을 안다면 이를 극복하면 된다. 이렇게 하면 하루 종일 성현들과 대화만 하더라도 마음은 하늘의 이치에 순응하게 될 것이다. 어떤 책을 읽더라도 이 마음만 잘 다스리면 무슨 어려움이 있겠는가."

이 글을 기록한 것은 책을 읽는 방법으로 삼고자 함이다.

탕빈湯斌[청나라의 학자]이 강녕江寧 순무巡撫로 있을 때, 매일 부추 반찬만 먹었다. 그의 아들이 우연히 시장에서 닭 한 마리를 사가지고 왔는데 탕빈이 이를 알고 꾸짖었다.
"선비가 되어서 채소를 먹지 않고 어찌 백 가지 일들을 해낼 수 있겠느냐?"

그러고는 바로 닭을 버렸다. 고기를 먹는 사람들은 기름까지 짜서 입과 배를 채우고는 그것을 분수에 맞는 일이라고 생각한다. 왜 그럴까? 그들은 달고 부드럽고 기름진 음식이 내장을 상하게 하는 독약임을 알지 못한다. 대개 병의 근원은 음식을 조절하지 못하는 데서 비롯된다. 검소함으로써 청렴함을 기르고, 담박함으로써 욕심을 줄이는 것. 여기에 안빈安貧의 도리가 있고, 병을 물리치는 방법도 여기에 있다.

나는 평소 마늘을 즐겨 먹고 육류는 즐겨 먹지 않는다. 평소에도 음식은 검소하게 먹었으나 진운이 죽고 난 후로는 매화합梅花盒도 더 이상 사용하지 않는다. 아마 탕빈에게 질책 받을 일은 없을 것 같다.


장량張良[한나라 고조(高祖)의 충신]과 이필李泌[당나라의 재상]은 흰 구름이 떠다니는 마을[白雲鄕]에서 은거했고, 유영劉伶[진(晉)나라 사상가로 죽림칠현(竹林七賢) 중 한 사람. 술을 매우 좋아하여 「주덕송(酒德頌)」을 지었다], 완적阮籍[위나라의 사상가. 죽림칠현 중 한 사람], 도연명, 이백은 술 취한 마을[醉鄕]에서 숨어 지냈다. 사마상여는 따뜻하고 부드러운 마을[溫柔鄕]에서 은거했고, 진단陳摶[송나라의 역학자]은 잠에 빠진 마을[睡鄕]에서 은거했는데, 대부분 마음을 두고 싶은 데가 있어 그리 숨은 것이다. 그러나 내가 생각하기에 흰 구름 떠다니는 마을은 너무 아득하고, 술 취한 마을이나 따뜻하고 부드러운 마을은 병을 없애고 수명을 연장하는 데 별 도움이 안 된다. 그나마 잠에 빠진 마을이 제일 낫다. 헛된 말과 생각을 그만두면 문득 소요逍遙의 경지에 이르게 되고, 조용히 잠들어 꿈에 빠지면 달콤하고 편안한 마을에 빨리 이르게 된다. 나는 종종 휴식을 취하면서 그 맛을 음미하고는 한다. 그러나 노생盧生이 한단邯鄲 가는 길에 도인道人에게 베개를 빌려 꾸었던 일장춘몽을 꾸고자 한 적은 없다.[13]

양생의 방법으로 수면과 음식보다 더 좋은 것이 없다. 채소는 거친 음식이지만 달게 여기고 맛있게 먹으면 산해진미보다 낫다. 수면 역시 많이 잔다고 좋은 것이 아니다. 정신을 집중해서 단잠을 잘 수 있다면 잠깐을 자더라도 충분히 양생의 방법이 된다.

육유는 언제나 달게 자는 것을 즐거움으로 삼았다. 그러나 잠을 자는 데도 비결이 있다. 손진인은 이렇게 말했다.

"마음을 재울 수 있으면 눈은 저절로 감긴다."

또 채서산은 이렇게 말했다.

"마음을 먼저 재우고 나서 눈을 재워라."

이는 지금껏 없었던 절묘한 말씀이다.

스님은 나에게 기분 좋게 잠을 자는 방법 세 가지를 일러주었다. 첫째는 '병든 용의 잠[病龍眠]'으로 무릎을 구부리고 자는 것이고,

---

13) 당 전기「침중기(枕中記)」에 나오는 내용이다. 부귀영화도 모두 허무한 꿈같은 것에 불과하다는 것을 풍자한 작품이다.

둘째는 '겨울 원숭이의 잠[寒猿眠]'으로 무릎을 끌어안고 자는 것이며, 셋째는 '거북이와 두루미의 잠[龜鶴眠]'으로 무릎을 맞대고 자는 것이다.

내가 젊었을 때 아버님께서 점심을 드신 뒤에는 잠깐씩 낮잠을 주무시는 것을 보았다. 그러면 밤늦도록 등불을 밝히고 일하실 때도 정신이 환하게 깨어 있으셨다. 나도 요즘 이를 따르고 있다. 점심을 먹고 난 후 대나무 침상에서 잠깐 자고 나면 밤에 정말로 정신이 상쾌해지는 것을 느끼게 된다. 아버님께서 하셨던 것 하나하나 모두 본받을 만하다는 사실을 더욱 실감하게 된다.


나는 스님이 되지 않았지만, 스님이 되고 싶은 생각은 있다. 진운이 세상을 떠난 뒤로 세상의 모든 즐거움에 싫증이 났고, 모든 세상 인연에 대해 비관하게 되었다. 그러니 어찌 지난 일들을 되돌려 아프고 후회하지 않을 수 있겠는가?

나는 최근에 노스님과 함께 무생無生에 대해 이야기를 나누며 비로소 삶의 의미를 깨닫게 되었다. 석가모니에게 머리를 조아리며 과거의 죄과를 참회했다. 시를 지어 부처님께 올리고 그림을 그려 스님에게 드렸다. 그림은 심성이 조용해야 그릴 수 있는 것이고, 시는 고독해야 지을 수 있는 것이다. 시와 그림은 반드시 '지혜의 안목', 즉 선기禪機를 깨달아야만 비로소 초탈에 이를 수 있는 것이다.

# 부생육기 원문

# 卷一 閨房記樂

余生乾隆癸未冬十一月二十有二日, 正值太平盛世, 且在衣冠之家, 後蘇州滄浪亭畔, 天之厚我可謂至矣. 東坡云: "事如春夢了無痕", 苟不記之筆墨, 未免有辜彼蒼之厚. 因思 「關雎」 冠三百篇之首, 故列夫婦於首卷, 余以次遞及焉. 所愧少年失學, 稍識之無, 不過記其實情實事而已, 若必考訂其文法, 是責明於垢鑑矣.

余幼聘金沙于氏, 八齡而夭. 娶陳氏. 陳名芸, 字淑珍, 舅氏心餘先生女也. 生而穎慧, 學語時, 口授琵琶行, 即能成誦. 四齡失怙, 母金氏, 弟克昌, 家徒壁立. 芸既長, 嫻女紅, 三口仰其十指供給, 克昌從師, 修脯無缺. 一日, 於書簏中得琵琶行, 挨字而認, 始識字. 刺繡之暇, 漸通吟詠, 有 "秋侵人影瘦, 霜染菊花肥" 之句. 余年一十三, 隨母歸寧, 兩小無嫌, 得見所作, 雖嘆其才思雋秀, 竊恐其福澤不深, 然心注不能釋, 告母曰: "若為兒擇婦, 非淑姊不娶." 母亦愛其柔和, 即脫金約指締姻焉.

此乾隆乙未七月十六日也.

是年冬, 值其堂姊出閣, 余又隨母往. 芸與余同齒而長余十月, 自幼姊弟相呼, 故仍呼之曰淑姊. 時但見滿室鮮衣, 芸獨通體素淡, 僅新其鞋而已. 見其繡制精巧, 詢為己作, 始知其慧心不僅在筆墨也. 其形削肩長項, 瘦不露骨, 眉彎目秀, 顧盼神飛, 唯兩齒微露, 似非佳相. 一種纏綿之態, 令人之意也消. 索觀詩稿, 有僅一聯, 或三, 四句, 多未成篇者, 詢其故, 笑曰: "無師之作, 願得知己堪師者敲成之耳." 余戲題其簽曰 "錦囊佳句". 不知夭壽之機此已伏矣. 是夜送親城外, 返已漏三下, 腹飢索餌, 婢嫗以棗脯進, 余嫌其甜. 芸暗牽余袖, 隨至其室, 見藏有暖粥並小菜焉, 余欣然舉箸. 忽聞芸堂兄玉衡呼曰: "淑妹速來!" 芸急閉門曰: "已疲乏, 將臥矣." 玉衡擠身而入, 見余將吃粥, 乃笑睨芸曰: "頃我索粥, 汝曰 '盡矣', 乃藏此專待汝婿耶?" 芸大窘避去, 上下譁笑之. 余亦負氣, 挈老僕先歸. 自吃粥被嘲, 再往, 芸即避匿, 余知其恐貽人笑也.

至乾隆庚子正月二十二日花燭之夕, 見瘦怯身材依然如昔, 頭巾既揭, 相視嫣然. 合巹後, 並肩夜膳, 余暗於案下握其腕, 暖尖滑膩, 胸中不覺抨抨作跳. 讓之食, 適逢齋期, 已數年矣. 暗計吃齋之初, 正余出痘之期, 因笑謂曰: "今我光鮮無恙, 姊可從此開戒否?" 芸笑之以目, 點之以首.

廿四日為余姊于歸, 廿三國忌不能作樂, 故廿二之夜即為余姊款嫁. 芸出堂陪宴, 余在洞房與伴娘對酌, 拇戰輒北, 大醉而臥, 醒則芸正曉妝未竟也. 是日親朋絡繹, 上燈後始作樂. 廿四子正, 余作新舅送嫁, 丑末歸來, 業已燈殘人靜, 悄然入室, 伴嫗盹於床下, 芸卸妝尚未臥, 高燒銀燭, 低垂粉頸, 不知觀何書而出神若此, 因撫其肩曰: "姊連日辛苦, 何猶孜孜不倦耶?" 芸忙回首起立曰: "頃正欲臥, 開櫥得此書, 不覺閱之忘倦. 西廂之名聞之熟矣, 今始得見, 真不愧才子之名, 但未免形容尖薄耳." 余笑曰: "唯其才子, 筆墨方能尖薄." 伴嫗在旁促臥, 令其閉門先去. 遂與比肩調笑, 怳同密友重逢. 戲探其懷, 亦怦怦作跳, 因俯其耳曰: "姊何心春乃爾耶?" 芸回眸微笑. 便覺一縷情絲搖人魂魄, 擁之入帳, 不知東方之既白.

芸作新婦, 初甚緘默, 終日無怒容, 與之言, 微笑而已. 事上以敬, 處下以和, 井井然未嘗稍失. 每見朝暾上窗, 即披衣急起, 如有人呼促者然. 余笑曰: "今非吃粥比矣, 何尚畏人嘲耶?" 芸曰: "曩之藏粥待君, 傳為話柄, 今非畏嘲, 恐堂上道新娘懶惰耳." 余雖戀其臥而德其正, 因亦隨之早起. 自此耳鬢相磨, 親同形影, 愛戀之情有不可以言語形容者.

而歡娛易過, 轉睫彌月. 時吾父稼夫公在會稽幕府, 專役相迓, 受業於武林趙省齋先生門下. 先生循循善誘, 余今日之尚能握管, 先生力也. 歸來完姻時, 原訂隨侍到館. 聞信之餘, 心甚悵然, 恐芸之對人墮淚. 而芸反強顏勸勉, 代整行裝, 是晚但覺神色稍異而已. 臨行, 向余小語曰: "無人調護, 自去經心!" 及登舟解纜, 正當桃李爭妍之候, 而余則怳同林鳥失群, 天地異色. 到館後, 吾父即渡江東去.

居三月, 如十年之隔. 芸雖時有書來, 必兩問一答, 中多勉勵詞, 余皆浮套語, 心殊怏怏. 每當風生竹院, 月上蕉窗, 對景懷人, 夢魂顛倒. 先生知其情, 即致書吾父, 出十題而遣余暫歸. 喜同戍人得赦, 登舟後, 反覺一刻如年. 及抵家, 吾母處問安畢, 入房, 芸起相迎, 握手未通片語, 而兩人魂魄怳怳然化煙成霧, 覺耳中惺然一響, 不知更有此身矣.

時當六月, 內室炎蒸, 幸居滄浪亭愛蓮居西間壁, 板橋內一軒臨流, 名曰 '我取', 取 "清斯濯纓, 濁斯濯足" 意也. 檐前老樹一株, 濃陰覆窗, 人畫俱綠. 隔岸遊人往來不絕. 此吾父稼夫公垂簾宴客處也. 稟命吾母, 攜芸消夏於此. 因暑罷繡, 終日伴余課書論古, 品月評花而已. 芸不善飲, 強之可三杯, 教以射覆為令. 自以為人間之樂, 無過於此矣.

一日, 芸問曰: "各種古文, 宗何為是?" 余曰: "國策, 南華取其靈快, 匡衡, 劉向取其雅健, 史遷, 班固取其博大, 昌黎取其渾, 柳州取其峭, 廬陵取其宕, 三蘇取其辯, 他若賈, 董策對, 庾, 徐駢體, 陸贄奏議, 取資者不能盡舉, 在人之慧心領會耳." 芸曰: "古文全在識高氣雄, 女子學之恐難入彀, 唯詩之一道, 妾稍有領悟耳." 余曰: "唐以詩取士, 而詩之宗匠必推李, 杜, 卿愛宗何人?" 芸發議曰: "杜詩錘煉精純, 李詩瀟灑落拓. 與其學杜之森嚴, 不如學李之活潑." 余曰: "工部為詩家之大成, 學者多宗之, 卿獨取李, 何也?" 芸曰: "格律謹嚴, 詞旨老當, 誠杜所獨擅. 但李詩宛如姑射仙子, 有一種落花流水之趣, 令人可愛. 非杜亞於李, 不過妾之私心宗杜心淺, 愛李心深." 余笑曰: "初不料陳淑珍乃李青蓮知己." 芸笑曰: "妾尚有啟蒙師白樂天先生, 時感於懷, 未嘗稍露." 余曰: "何謂也?" 芸曰: "彼非作琵琶行者耶?" 余笑曰: "異哉! 李太白是知己, 白樂天是啟蒙師, 余適字三白, 為卿婿, 卿與『白』字何其有緣耶?" 芸笑曰: "白字有緣, 將來恐白字連篇耳(吳音呼別字為白字)." 相與大笑. 余曰: "卿既知詩, 亦當知賦之棄取." 芸曰: "楚辭為賦之祖, 妾學淺費解. 就漢, 晉人中調高語煉, 似覺相如為最." 余戲曰: "當日文君之從長卿, 或不在琴而在此乎?" 復相與大笑而罷.

余性爽直, 落拓不羈; 芸若腐儒, 迂拘多禮. 偶為披衣整袖, 必連聲道 "得罪"; 或遞巾授扇, 必起身來接. 余始厭之, 曰: "卿欲以禮縛我耶? 語曰: '禮多必詐.'" 芸兩頰發赤, 曰: "恭而有禮, 何反言詐?" 余曰: "恭敬在心, 不在虛文." 芸曰: "至親莫如父母, 可內敬在心而外肆狂放耶?" 余曰: "前言戲之耳." 芸曰: "世間反目多由戲起, 後勿冤妾, 令人郁死!" 余乃挽之入懷, 撫慰之, 始解顏為笑. 自此 "豈敢", "得罪" 竟成語助詞矣. 鴻案相莊廿有三年, 年愈久而情愈密. 家庭之內, 或暗室相逢, 窄途邂逅, 必握手問曰: "何處去?" 私心忐忑, 如恐旁人見之者. 實則同行並坐, 初猶避人, 久則不以為意. 芸或與人坐談, 見余至, 必起立偏挪其身, 余就而並焉. 彼此皆不覺其所以然者, 始以為慚, 繼成不期然而然. 獨怪老年夫婦相視如仇者, 不知何意? 或曰: "非如是, 焉得白頭偕老哉?" 斯言誠然歟?

是年七夕, 芸設香燭瓜果, 同拜天孫于我取軒中. 余鐫 '願生生世世為夫婦' 圖章二方, 余執朱文, 芸執白文, 以為往來書信之用. 是夜月色頗佳, 俯視河中, 波光如練, 輕羅小扇, 並坐水窗, 仰見飛雲過天, 變態萬狀. 芸曰: "宇宙之大, 同此一月, 不知今日世間, 亦有如我兩人之情興否?" 余曰: "納涼玩月, 到處有之. 若品論雲霞, 或求之幽閨繡闥, 慧心默證者固亦不少. 若夫婦同觀, 所品論著恐不在此雲霞耳." 未幾, 燭燼月沉, 撤果歸臥.

七月望, 俗謂鬼節, 芸備小酌, 擬邀月暢飲. 夜忽陰雲如晦, 芸愀然曰: "妾能與君白頭偕老, 月輪當出." 余亦索然. 但見隔岸螢光, 明滅萬點, 梳織於柳堤蓼渚間. 余與芸聯句以遣悶懷, 而兩韻之後, 逾聯逾縱, 想入非夷, 隨口亂道. 芸已漱涎涕淚, 笑倒余懷, 不能成聲矣. 覺其鬢邊茉莉濃香撲鼻, 因拍其背, 以他詞解之曰: "想古人以茉莉形色如珠, 故供助妝壓鬢, 不知此花必沾油頭粉面之氣, 其香更可愛, 所供佛手當退三舍矣." 芸乃止笑曰: "佛手乃香中君子, 只在有意無意間; 茉莉是香中小人, 故須借人之勢, 其香也如脅肩諂笑." 余曰: "卿何遠君子而近小人?" 芸曰: "我笑君子愛小人耳." 正話間, 漏已三滴, 漸見風掃雲開, 一輪湧出, 乃大喜, 倚窗對酌. 酒未三杯, 忽聞橋下哄然一聲, 如有人墮. 就窗細矚, 波明如鏡, 不見一物, 惟聞河灘有隻鴨急奔聲. 余知滄浪亭畔素有溺鬼, 恐芸膽怯, 未敢即言, 芸曰: "噫! 此聲也, 胡為乎來哉?" 不禁毛骨皆栗. 急閉窗, 攜酒歸房. 一燈如豆, 羅帳低垂, 弓影杯蛇, 驚神未定. 剔燈入帳, 芸已寒熱大作. 余亦繼之, 困頓兩旬. 真所謂樂極災生, 亦是白頭不終之兆.

中秋日, 余病初癒. 以芸半年新婦, 未嘗一至間壁之滄浪亭, 先令老僕約守者勿放閒人, 於將晚時, 偕芸及余幼妹, 一嫗一婢扶焉, 老僕前導, 過石橋, 進門折東, 曲徑而入. 疊石成山, 林木蔥翠, 亭在土山之巔. 循級至亭心, 周望極目可數里, 炊煙四起, 晚霞燦然. 隔岸名 '近山林'; 為大憲行台宴集之地, 時正誼書院猶未啟也. 攜一毯設亭中, 席地環坐, 守者烹茶以進. 少焉, 一輪明月已上林梢, 漸覺風生袖底, 月到波心, 俗慮塵懷, 爽然頓釋. 芸曰: "今日之遊樂矣! 若駕一葉扁舟, 往來亭下, 不更快哉!" 時已上燈, 憶及七月十五夜之驚, 相扶下亭而歸. 吳俗, 婦女是晚不拘大家小戶皆出, 結隊而游, 名曰 '走月亮'. 滄浪亭幽雅清曠, 反無一人至者.

吾父稼夫公喜認義子, 以故余異姓弟兄有二十六人. 吾母亦有義女九人, 九人中王二姑, 俞六姑與芸最和好. 王痴憨善飲, 俞豪爽善談. 每集, 必逐余居外, 而得三女同榻, 此俞六姑一人計也. 余笑曰: "俟妹于歸後, 我當邀妹丈來, 一住必十日." 俞曰: "我亦來此, 與嫂同榻, 不大妙耶?" 芸與王微笑而已.

時為吾弟啟堂娶婦, 遷居飲馬橋之倉米巷, 屋雖宏暢, 非復滄浪亭之幽雅矣. 吾母誕辰演劇, 芸初以為奇觀. 吾父素無忌諱, 點演慘別等劇, 老伶刻畫, 見者情動, 余窺簾見芸忽起去, 良久不出, 入內探之, 俞與王亦繼至. 見芸一人支頤獨坐鏡匳之側, 余曰: "何不快乃爾?" 芸曰: "觀劇原以陶情, 今日之戲徒令人斷腸耳." 俞與王皆笑之. 余曰: "此深於情者也." 俞曰: "嫂將竟日獨坐於此耶?" 芸曰: "俟有可觀者再往耳." 王聞言先出, 請吾母點刺梁後索等劇, 勸芸出觀, 始稱快.

余堂伯父素存公早亡, 無後, 吾父以余嗣焉. 墓在西跨塘福壽山祖塋之側, 每年春日, 必挈芸拜掃. 王二姑聞其地有戈園之勝, 請同往. 芸見地下小亂石有苔紋, 斑駁可觀, 指示余曰: "以此疊盆山, 較宣州白石為古致." 余曰: "若此者恐難多得." 王曰: "嫂果愛此, 我為拾之." 即向守墳者借麻袋一, 鶴步而拾之. 每得一塊, 余曰 "善", 即收之: 余曰 "否", 即去之. 未幾, 粉汗盈盈, 拽袋返曰: "再拾則力不勝矣." 芸且揀且言曰: "我聞山果收穫, 必借猴力, 果然." 王憤撮十指作哈癢狀, 余橫阻之, 責芸曰: "人勞汝逸, 猶作此語, 無怪妹之動憤也." 歸途游戈園, 稚綠嬌紅, 爭妍競媚. 王素憨, 逢花必折, 芸叱曰: "既無瓶養: 又不簪戴, 多折何為?!" 王曰: "不知痛癢者, 何害?" 余笑曰: "將來罰嫁麻面多須郎, 為花洩忿." 王怒余以目, 擲花於地,以蓮鉤撥入池中, 曰, "何欺侮我之甚也!" 芸笑解之而罷.

　芸初緘默, 喜聽余議論. 余調其言, 如蟋蟀之用纖草, 漸能發議. 其每日飯必用茶泡, 喜食芥鹵乳腐, 吳俗呼為臭乳腐, 又喜食蝦鹵瓜. 此二物余生平所最惡者, 因戲之曰: "狗無胃而食糞, 以其不知臭穢; 蜣螂團糞而化蟬, 以其欲修高舉也. 卿其狗耶? 蟬耶?" 芸曰: "腐取其價廉而可粥可飯, 幼時食慣, 今至君家已如蜣螂化蟬, 猶喜食之者, 不忘本出; 至鹵瓜之味, 到此初嘗耳." 余曰; "然則我家系狗竇耶?" 芸窘而強解曰: "夫糞, 人家皆有之, 要在食與不食之別耳. 然君喜食蒜, 妾亦強啖之. 腐不敢強, 瓜可扼鼻略嘗, 入咽當知其美, 此猶無鹽貌醜而德美也." 余笑曰: "卿陷我作狗耶?" 芸曰: "妾作狗久矣, 屈君試嘗之." 以箸強塞余口. 余掩鼻咀嚼之, 似覺脆美, 開鼻再嚼, 竟成異味, 從此亦喜食. 芸以麻油加白糖少許拌鹵腐, 亦鮮美; 以鹵瓜搗爛拌鹵腐, 名之曰 "雙鮮醬", 有異味. 余曰: "始惡而終好之, 理之不可解也." 芸曰: "情之所鍾, 雖醜不嫌."

　余啟堂弟婦, 王虛舟先生孫女也, 催妝時偶缺珠花, 芸出其納采所受者呈吾母, 婢嫗旁惜之, 芸曰: "凡為婦人, 已屬純陰, 珠乃純陰之精, 用為首飾, 陽氣全克矣, 何貴焉?" 而於破書殘畫反極珍惜: 書之殘缺不全者, 必搜集分門, 彙訂成帙, 統名之曰 '繼簡殘編'; 字畫之破損者, 必覓故紙粘補成幅, 有破缺處, 倩予全好而卷之, 曰 '棄餘集賞'. 於女紅, 中饋之暇, 終日瑣瑣, 不憚煩倦. 芸於破笥爛卷中, 偶獲片紙可觀者, 如得異寶. 舊鄰馮嫗, 每收亂卷賣之.

　其癖好與余同, 且能察眼意, 懂眉語, 一舉一動, 示之以色, 無不頭頭是道. 余嘗曰: "惜卿雌而伏, 苟能化女為男, 相與訪名山, 搜勝跡, 遨遊天下, 不亦快哉!" 芸曰: "此何難, 俟妾鬢斑之後, 雖不能遠遊五嶽, 而近地之虎阜, 靈巖, 南至西湖, 北至平山, 盡可偕游." 余曰: "恐卿鬢斑之日, 步履已艱." 芸曰, "今世不能, 期以來世." 余曰: "來世卿當作男, 我為女子相從." 芸曰: "必得不昧今生, 方覺有情趣." 余笑曰:

"幼時一粥猶談不了, 若來世不昧今生, 合卺之夕, 細談隔世, 更無合眼時矣." 芸曰:
"世傳月下老人專司人間婚姻事, 今生夫婦已承牽合, 來世姻緣亦須仰借神力, 盍繪
一像祀之?" 時有苕溪戚柳堤名遵, 善寫人物. 倩繪一像: 一手挽紅絲, 一手攜杖懸
姻緣簿, 童顏鶴髮, 奔馳於非煙非霧中. 此戚君得意筆也. 友人石琢堂為題贊語於
首, 懸之內室, 每逢朔望, 余夫婦必焚香拜禱. 後因家庭多故, 此畫竟失所在, 不知
落在誰家矣. "他生未卜此生休", 兩人痴情, 果邀神鑒耶?

　遷倉米巷, 余顏其臥樓曰 '賓香閣', 蓋以芸名而取如賓意也. 院窄牆高, 一無可
取. 後有廂樓, 通藏書處, 開窗對陸氏廢園, 但有荒涼之象. 滄浪風景, 時切芸懷. 有
老嫗居金母橋之東, 埂巷之北, 繞屋皆菜圃, 編籬為門, 門外有池約畝許, 花光樹影,
錯雜籬邊, 其地即元末張士誠王府廢基也. 屋西數武, 瓦礫堆成土山, 登其巔可遠
眺, 地曠人稀, 頗饒野趣. 嫗偶言及, 芸神往不置, 謂余曰: "自別滄浪, 夢魂常繞, 每
不得已而思其次, 其老嫗之居乎?" 余曰: "連朝秋暑灼人, 正思得一清涼地以消長
晝, 卿若願往, 我先觀其家, 可居, 即袱被而往, 作一月盤桓何如?" 芸曰: "恐堂上
不許." 余曰: "我自請之." 越日至其地, 屋僅二間, 前後隔而為四, 紙窗竹榻, 頗有幽
趣. 老嫗知余意, 欣然出其臥室為賃, 四壁糊以白紙, 頓覺改觀. 於是稟知吾母, 挈
芸居焉. 鄰僅老夫婦二人, 灌園為業, 知余夫婦避暑於此, 先來通殷勤, 並釣池魚,
摘園蔬為饋. 償其價, 不受; 芸作鞋報之, 始謝而受. 時方七月, 綠樹陰濃, 水面風
來, 蟬鳴聒耳, 鄰老又為製魚竿, 與芸垂釣於柳陰深處. 日落時, 登土山, 觀晚霞夕
照, 隨意聯吟, 有 "獸雲吞落日, 弓月彈流星" 之句. 少焉, 月印池中, 蟲聲四起, 設
竹榻於籬下. 老嫗報酒溫飯熟, 遂就月光對酌, 微醺而飯. 浴罷則涼鞋蕉扇, 或坐或
臥, 聽鄰老談因果報應事. 三鼓歸臥, 周體清涼, 幾不知身居城市矣. 籬邊倩鄰老購
菊, 遍植之. 九月花開, 又與芸居十日. 吾母亦欣然來觀, 持螯對菊, 賞玩竟日. 芸喜
曰: "他年當與君卜築於此, 買繞屋菜園十畝, 課僕嫗植瓜蔬, 以供薪水. 君畫我繡,
以為詩酒之需. 布衣菜飯, 可樂終身, 不必作遠遊計也." 余深然之. 今即得有境地,
而知已淪亡, 可勝浩嘆!

離余家半里許, 醋庫巷有洞庭君祠, 俗呼水仙廟. 迴廊曲折, 小有園亭. 每逢神誕, 眾姓各認一落, 密懸一式之玻璃燈, 中設寶座, 旁列瓶幾, 插花陳設, 以較勝負. 日惟演戲, 夜則參差高下, 插燭於瓶花間, 名曰'花照'. 花光燈影, 寶鼎香浮, 若龍宮夜宴. 司事者或笙簫歌唱, 或煮茗清談, 觀者如蟻集, 簷下皆設欄為限. 余為眾友邀去插花布置, 因得躬逢其盛. 歸家向芸艷稱之, 芸曰: "惜妾非男子, 不能往." 余曰: "冠我冠, 衣我衣, 亦化女為男之法也." 於是易髻為辮, 添掃蛾眉; 加余冠, 微露兩鬢, 尚可掩飾; 服余衣, 長一寸又半, 於腰間折而縫之, 外加馬褂. 芸曰: "腳下將奈何?" 余曰: "坊間有蝴蝶履, 大小由之, 購亦極易, 且早晚可代撤鞋之用, 不亦善乎?" 芸欣然. 及晚餐後, 裝束既畢, 效男子拱手闊步者良久, 忽變卦曰: "妾不去矣, 為人識出既不便, 堂上聞之又不可." 余慫恿曰: "廟中司事者誰不知我, 即識出亦不過付之一笑耳. 吾母現在九妹丈家, 密去密來, 焉得知之." 芸攬鏡自照, 狂笑不已. 余強挽之, 悄然徑去, 遍游廟中, 無識出為女子者. 或問何人, 以表弟對, 拱手而已. 最後至一處, 有少婦幼女坐於所設寶座後, 乃楊姓司事者之眷屬也. 芸忽趨彼通款曲, 身一側, 而不覺一按少婦之肩, 旁有婢媼怒而起曰: "何物狂生, 不法乃爾!" 余試為措詞掩飾, 芸見勢惡, 即脫帽翹足示之曰: "我亦女子耳." 相與愕然, 轉怒為歡, 留茶點, 喚肩輿送歸.

吳江錢師竹病故, 吾父信歸, 命余往吊. 芸私謂余曰: "吳江必經太湖, 妾欲偕往, 一寬眼界." 余曰: "正慮獨行踽踽, 得卿同行, 固妙, 但無可託詞耳." 芸曰, "託言歸寧. 君先登舟, 妾當繼至." 余曰: "若然, 歸途當泊舟萬年橋下, 與卿待月乘涼, 以續滄浪韻事." 時六月十八日也. 是日早涼, 攜一僕先至胥江渡口, 登舟而待, 芸果肩輿至. 解纜出虎嘯橋, 漸見風帆沙鳥, 水天一色. 芸曰: "此即所謂太湖耶? 今得見天地之寬, 不虛此生矣! 想閨中人有終身不能見此者!" 閒話未幾, 風搖岸柳, 已抵江城.

余登岸拜奠畢, 歸視舟中洞然, 急詢舟子. 舟子指曰: "不見長橋柳陰下, 觀魚鷹捕魚者乎?" 蓋芸已與船家女登岸矣. 余至其後, 芸猶粉汗盈盈, 倚女而出神焉. 余拍其肩曰: "羅衫汗透矣!" 芸回首曰: "恐錢家有人到舟, 故暫避之. 君何回來之速也?" 余笑曰: "欲逋逃耳." 於是相挽登舟, 返棹至萬年橋下, 陽烏猶末落山. 舟窗盡落, 清風徐來, 紈扇羅衫, 剖瓜解暑. 少焉霞映橋紅, 煙籠柳暗, 銀蟾欲上, 漁火滿江矣. 命僕至船梢與舟子同飲. 船家女名素雲, 與余有杯酒交, 人頗不俗, 招之與芸同坐. 船頭不張燈火, 待月快酌, 射覆為令. 素雲雙目閃閃, 聽良久, 曰: "觴政儂頗嫻習, 從未聞有斯令, 願受教." 芸即譬其言而開導之, 終茫然. 余笑曰: "女先生且罷論, 我有一言作譬, 即了然矣." 芸曰: "君若何譬之?" 余曰: "鶴善舞而不能耕, 牛善耕而不能舞, 物性然也, 先生欲反而教之, 無乃勞乎?" 素雲笑捶余肩曰: "汝罵我耶!" 芸出令曰; "只許動口, 不許動手. 違者罰大觥." 素雲量豪, 滿斟一觥, 一吸而盡. 余曰: "動手但准摸索, 不准捶人." 芸笑挽素雲置余懷, 曰: "請君摸索暢懷." 余笑曰: "卿非解人, 摸索在有意無意間耳, 擁而狂探, 田舍郎之所為也." 時四鬢所簪茉莉, 為酒氣所蒸, 雜以粉汗油香, 芳馨透鼻. 余戲曰: "小人臭味充滿船頭, 令人作惡." 素雲不禁握拳連捶: "誰教汝狂嗅耶?" 芸呼曰: "違令, 罰兩大觥!" 素雲曰: "彼又以小人罵我, 不應捶耶?" 芸曰: "彼之所謂小人, 益有故也. 請干此, 當告汝." 素雲乃連盡兩觥, 芸乃告以滄浪舊居乘涼事. 素雲曰: "若然, 真錯怪矣, 當再罰." 又干一觥. 芸曰: "久聞素娘善歌, 可一聆妙音否?" 素即以象箸擊小碟而歌. 芸欣然暢飲, 不覺酩酊, 乃乘輿先歸. 余又與素雲茶話片刻, 步月而回. 時余寄居友人魯半舫家蕭爽樓中, 越數日, 魯夫人誤有所聞, 私告芸曰: "前日聞若婿挾兩妓飲於萬年橋舟中, 子知之否?" 芸曰: "有之, 其一即我也." 因以偕游始末詳告之, 魯大笑, 釋然而去.

乾隆甲寅七月, 親自粵東歸. 有同伴攜妾回者, 曰徐秀峰, 余之表妹婿也. 豔稱新人之美, 邀芸往觀. 芸他日謂秀峰曰: "美則美矣, 韻猶末也." 秀峰曰: "然則若郎納妾, 必美而韻者乎?" 芸曰: "然." 從此痴心物色, 而短於資. 時有浙妓溫冷香者, 寓於吳, 有詠柳絮四律, 沸傳吳下, 好事者多和之. 余友吳江張閑憨素賞冷香, 攜柳絮詩索和. 芸微其人而置之, 余技癢而和其韻, 中有 "觸我春愁偏婉轉, 撩他離緒更纏綿" 之句, 芸甚擊節.

明年乙卯秋八月五日, 吾母將挈芸游虎丘, 間憨忽至曰: "余亦有虎丘之游, 今日特邀君作探花使者." 因請吾母先行, 期於虎丘半塘相晤, 拉余至冷香寓. 見冷香已半老; 有女名憨園, 瓜期未破, 亭亭玉立, 真 '一泓秋水照人寒' 者也, 款接間, 頗知文墨; 有妹文園, 尚雛. 余此時初無痴想, 且念一杯之敘, 非寒士所能酬, 而既入個中, 私心忐忑, 強為酬答. 因私謂間憨曰: "余貧士也, 子以尤物玩我乎?" 間憨笑曰: "非也, 今日有友人邀憨園答我, 席主為尊客拉去, 我代客轉邀客, 毋煩卿他慮也." 余始釋然.

至半塘, 兩舟相遇, 令憨園過舟叩見吾母. 芸, 憨相見, 歡同舊識, 攜手登山, 備覽名勝. 芸獨愛千頃雲高曠, 坐賞良久. 返至野芳濱, 暢飲甚歡, 並舟而泊. 及解纜, 芸謂余曰: "子陪張君, 留憨陪妾可乎?" 余諾之. 返棹至都中橋, 始過船分袂. 歸家已三鼓, 芸曰: "今日得見美而韻者矣, 頃已約憨園, 明日過, 我當為子圖之." 余駭曰: "此非金屋不能貯, 窮措大豈敢生此妄想哉? 況我兩人伉儷正篤, 何必外求?" 芸笑曰: "我自愛之, 子姑待之."

明午, 憨果至. 芸慇勤款接, 筵中以猜枚贏吟輸飲為令, 終席無一羅致語. 及憨園歸, 芸曰: "頃又與密約, 十八日來此結為姊妹, 子宜備牲牢以待." 笑指臂上翡翠釧曰: "若見此釧屬於憨, 事必諧矣, 頃已吐意, 未深結其心也." 余姑聽之. 十八日大雨, 憨竟冒雨至. 入室良久, 始挽手出, 見余有羞色, 蓋翡翠釧已在憨臂矣. 焚香結盟後, 擬再續前飲, 適憨有石湖之游, 即別去. 芸欣然告余曰: "麗人已得, 君何以謝媒耶?" 余詢其詳, 芸曰: "向之秘言, 恐憨意另有所屬也, 頃探之無他, 語之曰: '妹知今日之意否?' 憨曰: '蒙夫人抬舉, 真蓬蒿倚玉樹也, 但吾母望我奢, 恐難自主耳, 願彼此緩圖之.' 脫釧上臂時, 又語之曰: '玉取其堅, 且有團圓不斷之意, 妹試籠之以為先兆.' 憨曰: '聚合之權總在夫人也.' 即此觀之, 憨心已得, 所難必者冷香耳, 當

再圖之." 余笑曰: "卿將效笠翁之憐香伴耶?" 芸曰: "然." 自此無日不談憨園矣. 後
憨為有力者奪去, 不果. 芸竟以之死.

# 卷二 閑情記趣

　　　　　　　　　　　余憶童稚時, 能張目對日, 明察秋毫. 見藐小微物, 必細察其紋理, 故時有物外之趣. 夏蚊成雷, 私擬作群鶴舞空, 心之所向, 則或千或百, 果然鶴也. 昂首觀之, 項為之強. 又留蚊於素帳中, 徐噴以煙, 使其沖煙飛鳴, 作青雲白鶴觀, 果如鶴唳雲端, 為之怡然稱快. 又常於土牆凹凸處, 花臺小草叢雜處, 蹲其身, 使與臺齊. 定神細視, 以叢草為林, 以蟲蟻為獸, 以土礫凸者為丘, 凹者為壑, 神遊其中, 怡然自得. 一日, 見二蟲鬥草間, 觀之, 興正濃, 忽有龐然大物, 拔山倒樹而來, 蓋一癩蝦蟆也. 舌一吐而二蟲盡為所吞. 余年幼, 方出神, 不覺呀然驚恐, 神定, 捉蝦蟆, 鞭數十, 驅之別院.

　　年長思之, 二蟲之鬥, 蓋圖奸不從也, 古語云 「奸近殺」, 蟲亦然耶?貪此生涯, 卵為蚯蚓所哈(吳俗稱陽曰卵), 腫不能便, 捉鴨開口哈之, 婢嫗偶釋手, 鴨顛其頸作吞噬狀, 驚而大哭, 傳為語柄. 此皆幼時閑情也.

及長, 愛花成癖, 喜剪盆樹. 識張蘭坡, 始精剪枝養節之法, 繼悟接花疊石之法. 花以蘭為最, 取其幽香韻致也, 而瓣品之稍堪入譜者不可多得. 蘭坡臨終時, 贈余荷瓣素心春蘭一盆, 皆肩平心闊, 莖細瓣淨, 可以入譜者, 余珍如拱璧, 值余幕游於外, 芸能親為灌溉, 花葉頗茂, 不二年, 一旦忽萎死, 起根視之, 皆白如玉, 且蘭芽勃然, 初不可解, 以為無福消受, 浩嘆而已, 事後始悉有人欲分不允, 故用滾湯灌殺也. 從此誓不植蘭. 次擾鵑, 雖無香而色可久玩, 且易剪裁. 以芸惜枝憐葉, 不忍暢剪, 故難成樹. 其他盆玩皆然.

惟每年籬東菊綻, 積興成癖. 喜摘插瓶, 不愛盆玩. 非盆玩不足觀, 以家無園圃, 不能自植, 貨於市者, 俱叢雜無致, 故不鰓. 其插花朵, 數宜單, 不宜雙, 每瓶取一種不參色, 瓶口取闊大不取窄小, 闊大者舒展不拘. 自五, 七花至三, 四十花, 必於瓶口中一叢怒起, 以不散漫, 不擠軋, 不靠瓶口為妙, 所謂 '起把宜緊'也. 或亭亭玉立, 或飛舞橫斜. 花取參差, 間以花蕊, 以免飛鈸耍盤之病; 況取不亂; 梗取不強; 用針宜藏, 針長寧斷之, 毋令針針露梗, 所謂 '瓶口宜清'也. 視桌之大小, 一桌三瓶至七瓶而止, 多則眉目不分, 即同市井之菊屏矣. 几之高低, 自三四寸至二尺五六寸而止, 必須參差高下互相照應, 以氣勢聯絡為上, 若中高兩低, 後高前低, 成排對列, 又犯俗所謂 '錦灰堆'矣. 或密或疏, 或進或出, 全在會心者得畫意乃可.

若盆碗盤洗, 用漂青松香榆皮面和油, 先熬以稻灰, 收成膠, 以銅片按釘向上, 將膏火化, 粘銅片於盤碗盆洗中. 俟冷, 將花用鐵絲扎把, 插於釘上, 宜偏斜取勢不可居中, 更宜枝疏葉清, 不可擁擠. 然後加水, 用碗沙少許掩銅片, 使觀者疑叢花生於碗底方妙.

若以木本花果插瓶, 剪裁之法(不能色色自覓, 倩人攀折者每不合意), 必先執在手中, 橫斜以觀其勢, 反側以取其態; 相定之後, 剪去雜枝, 以疏瘦古怪為佳; 再思

347

其梗如何入瓶, 或折或曲, 插入瓶口, 方免背葉側花之患. 若一枝到手, 先拘定其梗之直者插瓶中, 勢必枝亂梗強, 花側葉背, 既難取態, 更無韻致矣. 折梗打曲之法, 鋸其梗之半而嵌以磚石. 則直者曲矣, 如患梗倒, 敲一, 二釘以筦之. 即楓葉竹枝, 亂草荊棘, 均堪入選. 或綠竹一竿配以枸杞數粒, 幾莖細草伴以荊棘兩枝, 苟位置得宜, 另有世外之趣. 若新栽花木, 不妨歪斜取勢, 聽其葉側, 一年後枝葉自能向上, 如樹樹直栽, 即難取勢矣.

至剪裁盆樹, 先取根露雞爪者, 左右剪成三節, 然後起枝. 一枝一節, 七枝到頂, 或九枝到頂. 枝忌對節如肩臂, 節忌臃腫如鶴膝; 須盤旋出枝, 不可光留左右, 以避赤胸露背之病; 又不可前後直出. 有名雙起三起者, 一根而起兩, 三樹也. 如根無爪形, 便成插樹, 故不取. 然一樹剪成, 至少得三, 四十年. 餘生平僅見吾鄉萬翁名彩章者, 一生剪成數樹. 又在揚州商家見有虞山遊客攜送黃楊翠柏各一盆, 惜乎明珠暗投, 余未見其可也. 若留枝盤如寶塔, 扎枝曲如蚯蚓者, 便成匠氣矣.

點綴盆中花石, 邪可以入畫, 大景可以入神. 一甌清茗, 神能趨入其中, 方可供幽齋之玩. 種水仙無靈壁石, 余嘗以炭之有石意者代之. 黃芽菜心其白如玉, 取大小五七枝, 用沙土植長方盤內, 以炭代石, 黑白分明, 頗有意思. 以此類推, 幽趣無窮, 難以枚舉. 如石菖蒲結子, 用冷米湯同嚼噴炭上, 置陰濕地, 能長細菖蒲, 隨意移養盆碗中, 茸茸可愛. 以老蓬子磨薄兩頭, 入蛋殼使雞翼之, 俟雛成取出, 用久中燕巢泥加天門冬十分之二, 搗爛拌勻, 植於小器中, 灌以河水, 曬以朝陽, 花發大如酒杯, 縮縮如碗口, 亭亭可愛.

若夫園亭樓閣, 套室迴廊, 疊石成山, 栽花取勢, 又在大中見小, 小中見大, 虛中有實, 實中有虛, 或藏或露, 或淺或深. 不僅在 '周, 回, 曲, 折' 四字, 又不在地廣石多徒煩工費. 或掘地堆土成山, 間以塊石, 雜以花草, 籬用梅編, 牆以藤引, 則無山而成山矣. 大中見小者, 散漫處植易長之竹, 編易茂之梅以屏之. 小中見大者, 窄院之牆宜凹凸其形, 飾以綠色, 引以藤蔓; 嵌大石, 鑿字作碑記形; 推窗如臨石壁, 便覺峻峭無窮. 虛中有實者, 或山窮水盡處, 一折而豁然開朗; 或軒閣設廚處, 一開而可通別院. 實中有虛者, 開門於不通之院, 映以竹石, 如有實無也; 設矮欄於牆頭, 如上有月台而實虛也. 貧士屋少人多, 當仿吾鄉太平船後梢之位置, 再加轉移. 其間台級為床, 前後借湊, 可作三榻, 間以板而裱以紙, 則前後上下皆越絕, 譬之如行長路, 即不覺其窄矣. 余夫婦喬寓揚州時, 曾仿此法, 屋僅兩椽, 上下臥室, 廚灶, 客座皆越絕而綽然有餘. 芸曾笑曰: "位置雖精, 終非富貴家氣象也." 是誠然歟?

余掃墓山中, 檢有巒紋可觀之石, 歸與芸商曰: "用油灰疊宣州石於白石盆, 取色勻也. 本山黃石雖古樸, 亦用油灰, 則黃白相閱, 鑿痕畢露, 將奈何?" 芸曰: "擇石之頑劣者, 搗末於灰痕處, 乘濕糝之, 干或色同也." 乃如其言, 用宜興窯長方盆疊起一峰: 偏於左而凸於右, 背作橫方紋, 如雲林石法, 塵岩凹凸, 若臨江石磯狀; 虛一角, 用河泥種千瓣白萍; 石上植蔦蘿, 俗呼雲松. 經營數日乃成. 至深秋, 蔦蘿蔓延滿山, 如藤蘿之懸石壁, 花開正紅色, 白萍亦透水大放, 紅白相間. 神遊其中, 如登蓬島. 置之簷下與芸品題:此處宜設水閣, 此處宜立茅亭, 此處宜鑿六字曰 '落花流水之間', 此可以居, 此可以釣, 此可以眺. 胸中丘壑, 若將移居者然. 一夕, 貓奴爭食, 自簷而墮, 連盆與架頃刻碎之. 余嘆曰: "即此協營, 尚干造物忌耶!" 兩人不禁淚落.

靜室焚香, 閒中雅趣. 芸嘗以沉速等香, 於飯鑊蒸透, 在爐上設一銅絲架, 離火中寸許, 徐徐烘之, 其香幽韻而無煙. 佛手忌醉鼻嗅, 嗅則易爛; 木瓜忌出汗, 汗出, 用水洗之; 惟香圓無忌. 佛手, 木瓜亦有供法, 不能筆宣. 每有入將供妥者隨手取嗅, 隨手置之, 即不知供法者也.

余閒居, 案頭瓶花不絕. 芸曰: "子之插花能備風, 晴, 雨, 露, 可謂精妙入神. 而畫中有草蟲一法, 盍仿而效之." 余曰; "蟲躑躅不受制, 焉能倣傚?" 芸曰: "有一法, 恐作俑罪過耳." 余曰: "試言之." 曰: "蟲死色不變, 覓螳螂, 蟬, 蝶之屬, 以針刺死, 用細絲扣蟲項系花草間, 整其足, 或抱梗, 或踏葉, 宛然如生, 不亦善乎?" 余喜, 如其法行之, 見者無不稱絕. 求之閨中, 今恐未必有此會心者矣.

余與芸寄居錫山華氏, 時華夫人以兩女從芸識字. 鄉居院曠, 夏日逼人, 芸教其家, 作活花屏法甚妙. 每屏一扇, 用木梢二枝約長四五寸作矮條凳式, 虛其中, 橫四擋, 寬一尺許, 四角鑿圓眼, 插竹編方眼, 屏約高六七尺, 用砂盆種扁豆置屏中, 盤延屏上, 兩人可移動. 多編數屏, 隨意遮攔, 恍如綠陰滿窗, 透風蔽日, 紆迴曲折, 隨時可更, 故曰活花屏, 有此一法, 即一切藤本香草隨地可用. 此真鄉居之良法也.

友人魯半舫名璋, 字春山, 善寫松柏及梅菊, 工隸書, 兼工鐵筆. 余寄居其家之蕭爽樓一年有半. 樓共五椽, 東向, 余後其三. 晦明風雨, 可以遠眺. 庭中有木犀一株, 清香撩人. 有廊有廂, 地極幽靜. 移居時, 有一僕一嫗, 並挈其小女來. 僕能成衣, 嫗能紡績, 於是芸繡, 嫗績, 僕則成衣, 以供薪水. 余素愛客, 小酌必行令. 芸善不費之烹庖, 瓜蔬魚蝦, 一經芸手, 便有意外味. 同人知余貧, 每出杖頭錢, 作竟日敘. 余又好潔, 地無纖塵, 且無拘束, 不嫌放縱. 時有楊補凡名昌緒, 善人物寫真; 袁少迂名沛, 工山水; 王星瀾名岩, 工花卉翎毛, 愛蕭爽樓幽雅, 皆攜畫具來. 余則從之學畫, 寫草篆, 鐫圖章, 加以潤筆, 交芸備茶酒供客, 終日品詩論畫而已. 更有夏淡安, 揖山兩昆季, 並繆山音, 知白兩昆季, 及蔣韻香, 陸橘香, 周嘯霞, 郭小愚, 華杏帆, 張閒憨諸君子, 如樑上之燕, 自去自來. 芸則拔釵沽酒, 不動聲色, 良辰美景, 不放輕越. 今則天各一方, 風流雲散, 兼之玉碎香埋, 不堪回首矣! 非所謂 '當日渾閒事, 而今舊憐' 者乎!

蕭爽樓有四忌: 談官宦陞遷, 公廨時事, 八股時文, 看牌擲色, 有犯必罰酒五觔. 有四取: 慷慨豪爽, 風流蘊藉, 落拓不羈, 澄靜緘默. 長夏無事, 考對為會, 每會八人, 每人各攜青蚨二百. 先拈鬮, 得第一者為主者, 關防別座, 第二者為謄錄, 亦就座,餘作舉子, 各於謄錄處取紙一條, 蓋用印章. 主考出五七言各一句, 刻香為限, 行立構思, 不准交頭私語, 對就後投入一匣, 方許就座. 各人交卷畢, 謄錄啟匣, 並錄一冊, 轉呈主考, 以杜徇私. 十六對中取七言三聯, 五言三聯. 六聯中取第一者即為後任主考, 第二者為謄錄, 每人有兩聯不取者罰錢二十文, 取一聯者免罰十文, 過限者倍罰. 一場, 主考得香錢百文. 一日可十場, 積錢千文, 酒資大暢矣. 惟芸議為官卷, 准坐而構思.

楊補凡為余夫婦寫載花小影, 神情確肖. 是夜月色頗佳, 蘭影上粉牆, 別有幽致, 星瀾醉後興發曰: "補凡能為君寫真, 我能為花圖影." 余笑曰: "花影能如人影否?" 星瀾取素紙鋪於牆, 即就蘭影, 用墨濃淡圖之. 日間取視, 雖不成畫, 而花葉蕭疏, 自有月下之趣. 芸甚寶之, 各有題詠.

蘇城有南園, 北園二處, 菜花黃時, 苦無酒家小飲, 攜盒而往, 對花冷飲, 殊無意味. 或議就近覓飲者, 或議看花歸飲者, 終不如對花熱飲為快. 眾議未定. 芸笑曰: "明日但各出杖頭錢, 我自擔爐火來." 眾笑曰: "諾." 眾去, 余問曰: "卿果自往乎?" 芸曰: "非也. 妾見市中賣餛飩者, 其擔鍋灶無不備, 盍雇之而往? 妾先烹調端整, 到彼處再一下鍋, 茶酒兩便." 余曰: "酒菜固便矣, 茶乏烹具." 芸曰: "攜一砂罐去, 以鐵叉串罐柄, 去其鍋, 懸於行灶中, 加柴火煎茶, 不亦便乎?" 余鼓掌稱善. 街頭有鮑姓者, 賣餛飩為業, 以百錢雇其擔, 約以明日午後. 鮑欣然允議. 明日看花者至, 余告以故, 眾咸嘆服. 飯後同往, 並帶席墊, 至南園, 擇柳陰下團坐. 先烹茗, 飲畢, 然後暖酒烹肴. 是時風和日麗, 遍地黃金, 青衫紅袖, 越阡度陌, 蝶蜂亂飛, 令人不飲自醉. 既而酒肴俱熟, 坐地大嚼, 擔者頗不俗, 拉與同飲. 遊人見之, 莫不羨為奇想. 杯盤狼籍, 各已陶然, 或坐或臥, 或歌或嘯. 紅日將頹, 余思粥, 擔者即為買米煮之, 果腹而歸. 芸曰: "今日之遊樂乎?" 眾曰: "非夫人之力不及此." 大笑而散.

貧士起居服食以及器皿房舍, 宜省儉而雅潔, 省儉之法曰 '就事論事'. 余愛小飲,不喜多菜. 芸為置一梅花盒: 用二寸白磁深碟六隻, 中置一隻, 外置五隻, 用灰漆就, 其形如梅花, 底蓋均起凹楞, 蓋之上有柄如花蒂. 置之案頭, 如一朵墨梅覆桌; 啟蓋視之, 如菜裝於瓣中, 一盒六色, 二, 三知己可以隨意取食, 食完再添. 另做矮邊圓盤一隻, 以便放杯箸酒壺之類, 隨處可擺, 移掇亦便. 即食物省儉之一端也. 余之小帽領襪皆芸自做, 衣之破者移東補西, 必整必潔, 色取瞄淡以免垢跡, 既可出客, 又可家常. 此又服飾省儉之一端也. 初至蕭爽樓中, 嫌其暗, 以白紙糊壁, 遂亮. 夏月樓下去窗, 無闌干, 覺空洞無遮攔. 芸曰: "有舊竹簾在, 何不以簾代欄?" 余曰: "如何?" 姜曰: "用竹數根, 黝黑色, 一豎一橫, 留出走路, 截半簾搭在橫竹上, 垂至地, 高與桌齊, 中豎短竹四根, 用麻線扎定, 然後於橫竹搭簾處, 尋舊黑布條, 連橫竹裹縫之. 偶可遮攔飾觀, 又不費錢." 此 '就事論事' 之一法也. 以此推之, 古人所謂竹頭木屑皆有用, 良有以也. 夏月荷花初開時, 晚含而曉放, 芸用小紗囊撮條葉少許, 置花心, 明早取出, 烹天泉水泡之, 香韻尤絕.

# 卷三 坎坷記愁

人生坎坷何為乎來哉?

往往皆自作孽耳, 余則非也, 多情重諾, 爽直不羈, 轉因之為累. 況吾父稼夫公慷慨豪俠, 急人之難, 成人之事, 嫁人之女, 撫人之兒, 指不勝屈, 揮金如土, 多為他人. 余夫婦居家, 偶有需用, 不免典質. 始則移東補西, 繼則左支右絀. 諺云: "處家人情, 非錢不行." 先起小人之議, 漸招同室之譏. "女子無才便是德", 真千古至言也!余雖居長而行三, 故上下呼芸為 '三娘'. 後忽呼為 "三太太", 始而戲呼, 繼成習慣, 甚至尊卑長幼, 皆以 "三太太" 呼之, 此家庭之變機歟?

乾隆乙巳, 隨侍吾父於海寧官舍. 芸於吾家書中附寄小函, 吾父曰: "媳婦既能筆墨, 汝母家信付彼司之." 後家庭偶有閑言, 吾母疑其述事不當, 乃不令代筆. 吾父見信非芸手筆, 詢余曰: "汝婦病耶?" 余即作札問之, 亦不答. 久之, 吾父怒曰: "想汝婦不屑代筆耳!" 迨余歸, 探知委曲, 欲為婉剖, 芸急止之曰: "寧受責於翁, 勿失歡於姑也." 竟不自白.

庚戌之春, 予又隨侍吾父於邗江幕中, 有同事俞孚亭者挈眷居焉. 吾父謂孚亭曰: "一生辛苦, 常在客中, 欲覓一起居服役之人而不可得. 兒輩果能仰體親意, 當於家鄉覓一人來, 庶語音相合." 孚亭轉述於余, 密札致芸, 倩媒物色, 得姚氏女. 芸以成否未定, 未即稟知吾母. 其來也, 托言鄰女為嬉遊者, 及吾父命余接取至署, 芸又聽旁人意見, 托言吾父素所合意者. 吾母見之曰: "此鄰女之嬉遊者也, 何娶之乎?" 芸遂並失愛於姑矣.

壬子春, 余館真州. 吾父病於邗江, 余往省, 亦病焉. 余弟啟堂時亦隨侍. 芸來書曰: "啟堂弟曾向鄰婦借貸, 倩芸作保, 現追索甚急." 余詢啟堂, 啟堂轉以嫂氏為多事, 余遂批紙尾曰: "父子皆病, 無錢可償, 俟啟弟歸時, 自行打算可也." 未幾病皆愈, 余仍往真州. 芸覆書來, 吾父拆視之, 中述啟弟鄰項事, 且云: "令堂以老人之病皆由姚姬而起, 翁病稍痊, 宜密囑姚托言思家, 妾當令其家父母到揚接取. 實彼此卸責之計也." 吾父見書怒甚, 詢啟堂以鄰項事, 答言不知, 遂札飭余曰: "汝婦背夫借債, 讒謗小叔, 且稱姑曰令堂, 翁曰老人, 悖謬之甚! 我已專人持札回蘇斥逐, 汝若稍有人心, 亦當知過!" 余接此札, 如聞青天霹靂, 即肅書認罪, 覓騎遄歸, 恐芸之短見也. 到家述其本末, 而家人乃持逐書至, 歷斥外過, 言甚決絕. 芸泣曰: "妾固不合妄言, 但阿翁當恕婦女無知耳." 越數日, 吾父又有手論至, 曰: "我不為已甚, 汝攜婦別居, 勿使我見, 免我生氣足矣." 乃寄芸於外家, 而芸以母亡弟出, 不願往依族中, 幸友人魯半舫聞而憐之, 招余夫婦往居其家蕭爽樓.

越兩載, 吾父漸知始末, 適余自嶺南歸, 吾父自至蕭爽樓, 謂芸曰: "前事我已盡知, 汝盍歸乎?" 余夫婦欣然, 仍歸故宅, 骨肉重圓. 豈料又有憨園之孽障耶!

芸素有血疾, 以其弟克昌出亡不返. 母金氏復念子病歿, 悲傷過甚所致, 自識憨園, 年余未發, 余方幸其得良藥. 而憨為有力者奪去, 以千金作聘, 且許養其母. 佳人已屬沙叱利矣! 余知之而未敢言也, 及芸往探始知之, 歸而嗚咽, 謂余曰: "初不料憨之薄情乃爾也!" 余曰: "卿自情癡耳, 此中人何情之有哉? 況錦衣玉食者, 未必能安於荊釵布裙也, 與其後悔, 莫若無成." 因撫慰之再三. 而芸終以受愚為恨, 血疾大發, 床席支離, 刀圭無效, 時發時止, 骨瘦形銷. 不數年而逋負日增, 物議日起, 老親又以盟妓一端, 憎惡日甚, 余則調停中立. 已非生人之境矣.

芸生一女名青君, 時年十四, 頗知書, 且極賢能, 質釵典服, 幸賴辛勞. 子名逢森, 時年十二, 從師讀書. 余連年無館, 設一書畫鋪於家門之內, 三日所進, 不敷一日所出, 焦勞困苦, 竭蹶時形. 隆冬無裘, 挺身而過, 青君亦衣單股栗, 猶強曰 "不寒". 因是芸誓不醫藥. 偶能起床, 適余有友人周春煦自福郡王幕中歸, 倩人繡心經一部, 芸念繡經可以消災降福, 且利其繡價之豐, 竟繡焉. 而春煦行色匆匆, 不能久待, 十日告成, 弱者驟勞, 致增腰酸頭暈之疾. 豈知命薄者, 佛亦不能發慈悲也!

繡經之後, 芸病轉增, 喚水索湯, 上下厭之. 有西人賃屋於余畫鋪之左, 放利債為業, 時倩余作畫, 因識之. 友人某向渠借五十金, 乞余作保, 余以情有難卻, 允焉, 而某竟挾資遠遁. 西人惟保是問, 時來饒舌, 初以筆墨為抵, 漸至無物可償. 歲底吾父家居, 西人索債, 咆哮於門. 吾父聞之, 召余訶責曰: "我輩衣冠之家, 何得負此小人之債!" 正剖訴間, 適芸有自幼同盟姊錫山華氏, 知其病, 遣人問訊. 堂上誤以為憨園之使, 因愈怒曰: "汝婦不守閨訓, 結盟娼妓; 汝亦不思習上, 濫伍小人. 若置汝死地, 情有不忍. 姑寬三日限, 速自為計, 遲必首汝逆矣!"

芸聞而泣曰: "親怒如此, 皆我罪孽. 妾死君行, 君必不忍; 妾留君去, 君必不捨. 姑密喚華家人來, 我強起問之." 因令青君扶至房外, 呼華使曰: "汝主母特遣來耶? 抑便道來耶?" 曰: "主母久聞夫人臥病, 本欲親來探望, 因從未登門, 不敢造次, 臨行囑咐: '倘夫人不嫌鄉居簡褻, 不妨到鄉調養, 踐幼時燈下之言.'" 蓋芸與同繡日, 曾有疾病相扶之誓也. 因囑之曰: "煩汝速歸, 稟知主母, 於兩日後放舟密來."

其人既退, 謂余曰: "華家盟姊情逾骨肉, 君若肯至其家, 不妨同行, 但兒女攜之同往既不便, 留之累親又不可, 必於兩日內安頓之." 時余有表兄王藎臣一子名韞石, 願得青君為媳婦. 芸曰: "聞王郎懦弱無能, 不過守成之子, 而王又無成可守. 幸詩禮之家, 且又獨子, 許之可也." 余謂藎臣曰: "吾父與君有渭陽之誼, 欲媳青君, 諒無不允. 但待長而嫁, 勢所不能. 余夫婦往錫山後, 君即稟知堂上, 先為童媳, 何如?" 藎臣喜曰: "謹如命". 逢森亦托友人夏揖山轉薦學貿易.

安頓已定, 華舟適至, 時庚申之臘二十五日也. 芸曰: "子然出門, 不惟招鄰裏笑, 且西人之項無著, 恐亦不放, 必於明日五鼓悄然而去." 余曰: "卿病中能冒曉寒耶?" 芸曰; "死生有命, 無多慮也." 密稟吾父, 亦以為然. 是夜先將半肩行李挑下船, 令逢森先臥. 青君泣於母側, 芸囑曰: "汝母命苦, 兼亦情癡, 故遭此顛沛, 幸汝父待我厚, 此去可無他慮. 兩三年內, 必當布置重圓. 汝至汝家須盡婦道, 勿似汝母. 汝之翁姑以得汝為幸, 必善視汝. 所留箱籠什物, 盡付汝帶去. 汝弟年幼, 故未令知, 臨行時托言就醫, 數日即歸, 俟我去遠, 告知其故, 稟聞祖父可也." 旁有舊嫗, 即前卷中曾賃其家消暑者, 願送至鄉, 故是時陪侍在側, 拭淚不已. 將交五鼓, 暖粥共啜之. 芸強顏笑曰: "昔一粥而聚, 今一粥而散, 若作傳奇, 可名吃粥記矣." 逢森聞聲亦起, 呻曰: "母何為?" 芸曰: "將出門就醫耳." 逢森曰: "起何早?" 曰: "路遠耳. 汝與姊相安在家, 毋討祖母嫌. 我與汝父同往, 數日即歸." 雞聲三唱, 芸含淚扶嫗, 啟後門將出, 逢森忽大哭曰: "噫, 我母不歸矣!" 青君恐驚人, 急掩其口而慰之. 當是時, 余兩人寸腸已斷, 不能復作一語, 但止以 "勿哭" 而已. 青君閉門後, 芸出巷十數步, 已疲不能行, 使嫗提燈, 余背負之而行. 將至舟次, 幾為邏者所執, 幸老嫗認芸為病女, 余為婿, 且得舟子皆華氏工人, 聞聲接應, 相扶下船. 解纜後, 芸始放聲痛哭. 是行也, 其母子已成永訣矣!

華名大成, 居無錫之東高山, 面山而居, 躬耕為業, 人極樸誠, 其妻夏氏, 即芸之盟姊也. 是日午未之交, 始抵其家. 華夫人已倚門而待, 率兩小女至舟, 相見甚歡, 扶芸登岸, 款待殷勤. 四鄰婦人孺子哄然入室, 將芸環視, 有相問訊者, 有相憐惜者, 交頭接耳, 滿室啾啾. 芸謂華夫人曰: "今日真如漁父入桃源矣." 華曰: "妹莫笑, 鄉人少所見多所怪耳." 自此相安度歲.

至元宵, 僅隔兩旬而芸漸能起步, 是夜觀龍燈於打麥場中, 神情態度漸可復元. 余乃心安, 與之私議曰: "我居此非計, 欲他適而短於資, 奈何?" 芸曰: "妾亦籌之矣. 君姊丈范惠來現於靖江鹽公堂司會計, 十年前曾借君十金, 適數不敷, 妾典釵湊之, 君憶之耶?" 余曰: "忘之矣." 芸曰: "聞靖江去此不遠, 君盍一往?" 余如其言.

時天頗暖, 織絨袍嘩嘰短褂猶覺其熱, 此辛酉正月十六日也. 是夜宿錫山客旅, 賃被而臥. 晨起趁江陰航船, 一路逆風, 繼以微雨. 夜至江陰江口, 春寒徹骨, 沽酒禦寒, 囊為之罄. 躊躇終夜, 擬卸襯衣質錢而渡. 十九日北風更烈, 雪勢猶濃, 不禁慘然淚落, 暗計房資渡費, 不敢再飲. 正心寒股栗間, 忽見一老翁草鞋氈笠負黃包, 入店, 以目視余, 似相識者. 余曰: "翁非泰州曹姓耶?" 答曰: "然. 我非公, 死填溝壑矣! 今小女無恙, 時誦公德. 不意今日相逢, 何逗留於此?" 蓋余幕泰州時, 有曹姓, 本微賤, 一女有姿色, 已許婚家, 有勢力者放債謀其女, 致涉訟, 余從中調護, 仍歸所許, 曹即投入公門為隸, 叩首作謝, 故識之. 余告以投親遇雪之由, 曹曰: "明日天晴, 我當順途相送." 出錢沽酒, 備極款洽. 二十日曉鐘初動, 即聞江口喚渡聲, 余驚起, 呼曹同濟. 曹曰: "勿急, 宜飽食登舟." 乃代償房飯錢, 拉余出沽. 余以連日逗留, 急欲趕渡, 食不下咽, 強啖麻餅兩枚. 及登舟, 江風如箭, 四肢發戰. 曹曰: "聞江陰有人縊於靖, 其妻雇是舟而往, 必俟雇者來始渡耳." 枵腹忍寒, 午始解纜. 至靖, 暮煙四合矣. 曹曰: "靖有公堂兩處, 所訪者城內耶? 城外耶?" 余踉蹌隨其後, 且行且對曰: "實不知其內外也." 曹曰: "然則且止宿, 明日往訪耳." 進旅店, 鞋襪已為泥淤濕透, 索火烘之, 草草飲食, 疲極酣睡. 晨起, 襪燒其半, 曹又代償房飯錢. 訪至城中,惠來尚未起, 聞余至, 披衣出, 見余狀驚曰: "舅何狼狽至此?" 余曰: "姑勿問, 有銀乞借二金, 先遣送我者." 惠來以番銀二圓授余, 即以贈曹. 曹力卻, 受一圓而去. 余乃歷述所遭, 並言來意. 惠來曰: "郎舅至戚, 即無宿逋, 亦應竭盡綿力, 無如航海鹽船新被盜, 正當盤帳之時, 不能挪移豐贈, 當勉措番銀二十圓以償舊欠, 何如?" 余本無奢望, 遂諾之.

留住兩日, 天已晴暖, 即作歸計. 二十五日仍回華宅. 芸曰: "君遇雪乎?" 余告以所苦. 因慘然曰: "雪時, 妾以君為抵靖, 乃尚逗留江口. 幸遇曹老, 絕處逢生, 亦可謂吉人天相矣." 越數日, 得青君信, 知逢森已為揖山薦引入店, 蓋臣請命於吾父, 擇正月二十四日將伊接去. 兒女之事粗能了了, 但分離至此, 令人終覺慘傷耳.

二月初, 日暖風和, 以靖江之項薄備行裝, 訪故人胡肯堂於邗江鹽署, 有貢局眾司事公延入局, 代司筆墨, 身心稍定. 至明年壬戌八月, 接芸書曰: "病體全瘳, 惟寄食於非親非友之家, 終覺非久長之策了, 願亦來邗, 一睹平山之勝." 余乃賃屋於邗江先春門外, 臨河兩椽, 自至華氏接芸同行. 華夫人贈一小奚奴曰阿雙, 幫司炊爨, 並訂他年結鄰之約.

時已十月, 平山凄冷, 期以春遊. 滿望散心調攝, 徐圖骨肉重圓. 不滿月, 而貢局司事忽裁十有五人, 余系友中之友, 遂亦散閒. 芸始猶百計代余籌畫, 強顏慰藉, 未嘗稍涉怨尤. 至癸亥仲春, 血疾大發. 余欲再至靖江作將伯之呼, 芸曰: "求親不如求友." 余曰: "此言雖是, 親友雖關切, 現皆閒處, 自顧不遑." 芸曰: "幸天時已暖, 前途可無阻雪之慮, 願君速去速回, 勿以病人為念. 君或體有不安, 妾罪更重矣." 時已薪水不繼, 余佯為雇騾以安其心, 實則囊餅徒步, 且食且行. 向東南, 兩渡叉河, 約八九十里, 四望無村落. 至更許, 但見黃沙漠漠, 明星閃閃, 得一土地祠, 高約五尺許, 環以短牆, 植以雙柏, 因向神叩首, 祝曰: "蘇州沈某投親失路至此, 欲假神祠一宿, 幸神憐佑." 於是移小石香爐於旁, 以身探之, 僅容半體. 以風帽反戴掩面, 坐半身於中, 出膝於外, 閉目靜聽, 微風蕭蕭而已. 足疲神倦, 昏然睡去. 及醒, 東方已白, 短牆外忽有步語聲, 急出探視, 蓋土人趕集經此也. 問以途, 曰: "南行十里即泰興縣城, 穿城向東南十里一土墩, 過八墩即靖江, 皆康莊也." 余乃反身, 移爐於原位, 叩首作謝而行. 過泰興, 即有小車可附. 申刻抵靖. 投刺焉. 良久, 司閽者曰: "范爺因公往常州去矣." 察其辭色, 似有推托, 余詰之曰: "何日可歸?" 曰: "不知也." 余曰: "雖一年亦將待之." 閽者會余意, 私問曰: "公與范爺嫡郎舅耶?" 余曰: "苟非嫡者, 不待其歸矣." 閽者曰: "公姑待之." 越三日, 乃以回靖告, 共挪二十五金.

雇騾急返, 芸正形容慘變, 咻咻涕泣. 見余歸, 卒然曰: "君知昨午阿雙卷逃乎? 倩人大索, 今猶不得. 失物小事, 人系伊母臨行再三交托, 今若逃歸, 中有大江之阻, 已覺堪虞, 倘其父母匿子圖詐, 將奈之何? 且有何顏見我盟姊?" 余曰: "請勿急, 卿慮過深矣. 匿子圖詐, 詐其富有也, 我夫婦兩肩擔一口耳, 況攜來半載, 授衣分食, 從未稍加撲責, 鄰里咸知. 此實小奴喪良, 乘危竊逃. 華家盟姊贈以匪人, 彼無顏見卿, 卿何反謂無顏見彼耶? 今當一面呈縣立案, 以杜後患可也." 芸聞余言, 意似稍釋. 然自此夢中囈語, 時呼"阿雙逃矣", 或呼"憨何負我", 病勢日以增矣.

余欲延醫診治, 芸阻曰: "妾病始因弟亡母喪, 悲痛過甚, 繼為情感, 後由忿激, 而平素又多過慮, 滿望努力做一好媳婦, 而不能得, 以至頭眩, 怔忡諸症畢備, 所謂病人膏肓, 良醫束手, 請勿為無益之費. 憶妾唱隨二十三年, 蒙君錯愛, 百凡體恤, 不以頑劣見棄, 知己如君, 得婿如此, 妾已此生無憾! 若布衣暖, 菜飯飽, 一室雍雍, 優遊泉石, 如滄浪亭, 蕭爽樓之處境, 真成煙火神仙矣. 神仙幾世才能修到, 我輩何人, 敢望神仙耶? 強而求之, 致干造物之忌, 即有情魔之擾. 總因君太多情, 妾生薄命耳!" 因又嗚咽而言曰: "人生百年, 終歸一死. 今中道相離, 忽焉長別, 不能終奉箕帚, 目睹逢森娶婦, 此心實覺耿耿." 言已, 淚落如豆. 余勉強慰之曰: "卿病八年, 懨懨欲絕者屢矣, 今何忽作斷腸語耶?" 芸曰: "連日夢我父母放舟來接, 閉目即飄然上, 如行雲霧中, 殆魂離而軀殼存乎?" 余曰: "此神不收舍, 服以補劑, 靜心調養,自能安痊." 芸又嗚嗚曰: "妾若稍有生機一線, 斷不敢驚君聽聞. 今冥路已近, 苟再不言, 言無日矣. 君之不得親心, 流離顛沛, 皆由妾故, 妾死則親心自可挽回, 君亦可免牽掛. 堂上春秋高矣, 妾死, 君宜早歸. 如無力攜妾骸骨歸, 不妨暫居於此, 待君將來可耳. 願君另續德容兼備者, 以奉雙親, 撫我遺子, 妾亦瞑目矣." 言至此, 痛腸欲裂, 不覺慘然大慟. 余曰: "卿果中道相舍, 斷無再續之理, 況 '曾經滄海難為水, 除卻巫山不是雲' 耳." 芸乃執余手而更欲有言, 僅斷續疊言 '來世' 二字, 忽發喘口噤, 兩目瞪視, 千呼萬喚已不能言. 痛淚兩行, 涔涔流溢. 既而喘漸微, 淚漸乾, 一靈縹緲, 竟爾長逝! 時嘉慶癸亥三月三十日也. 當是時, 孤燈一盞, 舉目無親, 兩手空拳, 寸心欲碎. 綿綿此恨, 曷其有極!

承吾友胡省堂以十金為助, 余盡室中所有, 變賣一空, 親為成殮. 嗚呼! 芸一女流, 具男子之襟懷才識. 歸吾門後, 余日奔走衣食, 中饋缺乏, 芸能纖悉不介意. 及余家居, 惟以文字相辯析而已. 卒之疾病顛連, 齎恨以沒, 誰致之耶? 余有負閨中良友, 又何可勝道哉? 奉勸世間夫婦, 固不可彼此相仇, 亦不可過於情篤. 話云 "恩愛夫妻不到頭", 如余者, 可作前車之鑒也

回煞之期, 俗傳是日魂必隨煞而歸, 故居中鋪設一如生前, 且須鋪生前舊衣於床上, 置舊鞋於床下, 以待魂歸瞻顧, 吳下相傳謂之 '收眼光'. 延羽士作法, 先召於床而後遣之, 謂之 '接眚'. 邗江俗例, 設酒肴於死者之室. 一家盡出, 謂之 '避眚'. 以故有因避被竊者. 芸娘眚期, 房東因同居而出避, 鄰家囑余亦設肴遠避. 眾冀魄歸一見, 姑漫應之. 同鄉張禹門諫余曰: "因邪入邪, 宜信其有, 勿嘗試也." 余曰: "所以不避而待者, 正信其有也." 張曰: "回煞犯煞不利生人, 夫人即或魂歸, 業已陰陽有間, 竊恐欲見者無形可接, 應避者反犯其鋒耳." 時余癡心不昧, 強對曰: "死生有命. 君果關切, 伴我何如?" 張曰: "我當於門外守之, 君有異見, 一呼即入可也." 余乃張燈入室, 見鋪設宛然而音容已杳, 不禁心傷淚湧. 又恐淚眼模糊失所欲見, 忍淚睜目, 坐床而待. 撫其所遺舊服, 香澤猶存, 不覺柔腸寸斷, 冥然昏去. 轉念待魂而來,

何去遽睡耶? 開目四視, 見席上雙燭青焰熒熒, 縮光如豆, 毛骨悚然, 通體寒栗. 因摩兩手擦額, 細矚之, 雙焰漸起, 高至尺許, 紙裱頂格幾被所焚. 余正得借光四顧間, 光忽又縮如前. 此時心春股栗, 欲呼守者進觀, 而轉念柔魂弱魄, 恐為盛陽所逼, 悄呼芸名而祝之, 滿室寂然, 一無所見, 既而燭焰復明, 不復騰起矣. 出告禹門, 服余膽壯, 不知余實一時情癡耳.

芸沒後, 憶和靖 "妻梅子鶴" 語, 自號梅逸. 權葬芸於揚州西門外之金桂山, 俗呼郝家寶塔. 買一棺之地, 從遺言寄於此. 攜木主還鄉, 吾母亦為悲悼, 青君, 逢森歸來, 痛哭成服. 啟堂進言曰: "嚴君怒猶未息, 兄宜仍往揚州, 俟嚴君歸里, 婉言勸解, 再當專札相招." 余遂拜母別子女, 痛哭一場, 復至揚州, 賣畫度日. 因得常哭於芸娘之墓, 影單形只, 備極淒涼, 且偶經故居, 傷心慘目. 重陽日, 鄰家皆黃, 芸墓獨青, 守墳者曰: "此好穴場, 故地氣旺也." 余暗祝曰: "秋風已緊, 身尚衣單, 卿若有靈, 佑我圖得一館, 度此殘年, 以待家鄉信息." 未幾, 江都幕客章馭庵先生欲回浙江葬親, 倩余代庖三月, 得備禦寒之具. 封篆出署, 張禹門招寓其家. 張亦失館, 度歲艱難, 商於余, 即以余資二十金傾囊借之, 且告曰: "此本留為亡荊扶柩之費, 一俟得有鄉音, 償我可也." 是年即寓張度歲, 晨占夕卜, 鄉音殊杳.

至甲子三月, 接青君信, 知吾父有病. 即欲歸蘇, 又恐觸舊忿. 正趑趄觀望間, 復接青君信, 始痛悉吾父業已辭世. 刺骨痛心, 呼天莫及. 無暇他計, 即星夜馳歸, 觸首靈前, 哀號流血. 嗚呼! 吾父一生辛苦, 奔走於外. 生余不肖, 既少承歡膝下, 又未侍藥床前, 不孝之罪何可逭哉! 吾母見余哭, 曰: "汝何此日始歸耶?" 余曰: "兒之歸, 幸得青君孫女信也." 吾母目余弟婦, 遂默然. 余入幕守靈至七, 終無一人以家事告, 以喪事商者. 余自問人子之道已缺, 故亦無顏詢問.

一日, 忽有向余索逋者登門饒舌, 余出應曰: "欠債不還, 固應催索, 然吾父骨肉未寒, 乘凶追呼, 未免太甚." 中有一人私謂余曰: "我等皆有人招之使來, 公且避出,

當向招我者索償也." 余曰: "我欠我償, 公等速退!" 皆唯唯而去. 余因呼啟堂諭之
曰: "兄雖不肖, 並未作惡不端, 若言出嗣降服, 從未得過纖毫嗣產, 此次奔喪歸來,
本人子之道, 豈為爭產故耶? 大丈夫貴乎自立, 我既一身歸, 仍以一身去耳!" 言已,
返身入幕, 不覺大慟. 叩辭吾母, 走告青君, 行將出走深山, 求赤松子於世外矣.

　　青君正勸阻間, 友人夏南熏字淡安, 夏逢泰字揖山兩昆季尋蹤而至, 抗聲諫余曰:
"家庭若此, 固堪動忿, 但足下父死而母尚存, 妻喪而子未立, 乃竟飄然出世, 於心
安乎?" 余曰: "然則如之何?" 淡安曰: "奉屈暫居寒舍, 聞石琢堂殿撰有告假回籍之
信, 盍俟其歸而往謁之? 其必有以位置君也." 余曰: "凶喪未滿百日, 兄等有老親在
堂, 恐多未便." 揖山曰: "愚兄弟之相邀, 亦家君意也. 足下如執以為不便, 四鄰有
禪寺, 方丈僧與余交最善, 足下設榻於寺中, 何如?" 余諾之. 青君曰: "祖父所遺房
產, 不下三四千金, 既已分毫不取. 豈自己行囊亦舍去耶? 我往取之, 逕送禪寺父親
處可也." 因是於行囊之外, 轉得吾父所遺圖書, 硯臺, 筆筒數件.

　　寺僧安置予於大悲閣. 閣南向, 向東設神像, 隔西首一間, 設月窗, 緊對佛龕, 中
為作佛事者齋食之地. 余即設榻其中, 臨門有關聖提刀立像, 極威武. 院中有銀杏
一株, 大三抱, 蔭覆滿閣, 夜靜風聲如吼. 揖山常攜酒果來對酌, 曰: "足下一人獨處,
夜深不寐, 得無畏怖耶?" 余曰: "仆一生坦直, 胸無穢念, 何怖之有?" 居未幾, 大雨
傾盆, 連宵達旦三十餘天, 時慮銀杏折枝, 壓梁傾屋. 賴神默佑, 竟得無恙. 而外之
牆坍屋倒者不可勝計, 近處田禾俱被漂沒. 余日與僧人作畫, 不見不聞. 七月初,
天始霽, 揖山尊人號蒓薌有交易赴崇明, 偕余往, 代筆書券, 得二十金歸. 值吾父將
安葬, 啟堂命逢森向余曰: "叔因葬事乏用, 欲助一二十金." 余擬傾囊與之, 揖山不
允, 分幫其半. 余即攜青君先至墓所, 葬既畢, 仍返大悲閣. 九月杪, 揖山有田在東
海永寨沙, 又偕余往收其息. 盤桓兩月, 歸已殘冬, 移寓其家雪鴻草堂度歲. 真異姓
骨肉也.

乙丑七月, 琢堂始自都門回籍. 琢堂名韞玉, 字執如, 琢堂其號也, 與余為總角交. 乾隆庚戌殿元, 出為四川重慶守. 白蓮教之亂, 三年戎馬, 極著勞績. 及歸, 相見甚歡, 旋於重九日挈眷重赴四川重慶之任, 邀余同往. 余即叩別吾母於九妹倩陸尚吾家, 蓋先君故居已屬他人矣. 吾母囑曰: "汝弟不足恃, 汝行須努力. 重振家聲, 全望汝也!" 逢森送余至半途, 忽淚落不已, 因囑勿送而返. 舟出京口, 琢堂有舊交王惕夫孝廉在淮揚鹽署, 繞道往晤, 余與偕往, 又得一顧芸娘之墓. 返舟由長江溯流而上, 一路遊覽名勝. 至湖北之荊州, 得升潼關觀察之信, 遂留余與其嗣君敦夫眷屬等, 暫寓荊州, 琢堂輕騎減從至重慶度歲, 遂由成都歷棧道之任. 丙寅二月, 川眷始由水路往, 至樊城登陸. 途長費短, 車重人多, 斃馬折輪, 備嘗辛苦. 抵潼關甫三月, 琢堂又升山左廉訪, 清風兩袖. 眷屬不能偕行, 暫借潼川書院作寓. 十月抄, 始支山左廉俸, 專人接眷. 附有青君之書, 驚悉逢森於四月間夭亡. 始憶前之送余墮淚者, 蓋父子永訣也. 嗚呼!芸僅一子, 不得延其嗣續耶!琢堂聞之, 亦為之浩嘆, 贈余一妾, 重入春夢. 從此擾擾攘攘, 又不知夢醒何時耳.

# 卷四 浪遊記快

余游幕三十年來, 天下所未到者, 蜀中, 黔中與滇南耳. 惜乎輪蹄徵逐, 處處隨人, 山水怡情, 雲煙過眼, 不道領略其大概, 不能探僻尋幽也. 余凡事喜獨出己見, 不屑隨人是非, 即論詩品畫, 莫不存人珍我棄, 人棄我取之意, 故名勝所在, 貴乎心得, 有名勝而不覺其佳者, 有非名勝而自以為妙者, 聊以平生歷歷者記之.

余年十五時, 吾父稼夫公館于山陰趙明府幕中. 有趙省齋先生名傳者, 杭之宿儒也, 趙明府延教其子, 吾父命余亦拜投門下. 暇日出遊, 得至吼山, 離城約十餘里. 不通陸路. 近山見一石洞, 上有片石橫裂欲墮, 即從其下蕩舟入. 豁然空其中, 四面皆峭壁, 俗名之曰 '水園'. 臨流建石閣五椽, 對面石壁有 '觀魚躍' 三字, 水深不測, 相傳有巨鱗潛伏, 余投餌試之, 僅見不盈尺者出而唼食焉. 閣後有道通旱園, 拳石亂矗, 有橫闊如掌者, 有柱石平其頂而上加大石者, 鑿痕猶在, 一無可取. 遊覽既畢,宴於水閣, 命從者放爆竹, 轟然一響, 萬山齊應, 如聞霹靂生. 此幼時快游之始. 惜乎蘭亭, 禹陵未能一到, 至今以為憾.

至山陰之明年, 先生以親老不遠遊, 設帳於家, 余遂從至杭, 西湖之勝因得暢遊. 結構之妙, 予以龍井為最, 小有天園次之. 石取天竺之飛來峰, 城隍山之瑞石古洞. 水取玉泉, 以水清多魚, 有活潑趣也. 大約至不堪者, 葛嶺之瑪瑙寺. 其餘湖心亭, 六一泉諸景, 各有妙處, 不能盡述, 然皆不脫脂粉氣, 反不如脅室之幽僻, 雅近天然.

蘇小墓在西泠橋側. 土人指示, 初僅半丘黃土而已, 乾隆庚子聖駕南巡, 曾一詢及, 甲辰春復舉南巡盛典, 則蘇小墓已石築其墳, 作八角形, 上立一碑, 大書曰: '錢塘蘇小小之墓'. 從此弔古騷人不須徘徊探訪矣. 余思古來烈魄忠魂埋沒不傳者, 固不可勝數, 即傳而不久者亦不為少, 小小一名妓耳, 自南齊至今. 盡人而知之, 此殆靈氣所鍾, 為湖山點綴耶?

橋北數武有崇文書院, 余曾與同學趙緝之投考其中. 時值長夏, 起極早, 出錢塘門, 過昭慶寺, 上斷橋, 坐石欄上. 旭日將升, 朝霞映於柳外, 盡態極妍; 白蓮香里, 清風徐來, 令人心骨皆清. 步至書院, 題猶未出也. 午後交卷.

偕緝之納涼於紫雲洞, 大可容數十人, 石竅上透日光. 有入設短几矮凳, 賣酒於此. 解衣小酌, 嘗鹿脯甚妙, 佐以鮮菱雪藕, 微酣出洞. 緝之曰: "上有朝陽台, 頗高曠, 盍往一游?" 余亦興發, 奮勇登其巔, 覺西湖如鏡, 杭城如丸, 錢塘江如帶, 極目可數百里. 此生平第一大觀也. 坐良久, 陽烏將落, 相攜下山, 南屏晚鐘動矣. 韜光, 雲棲路遠未到, 其紅門局之梅花, 姑姑廟之鐵樹, 不過爾爾. 紫陽洞予以為必可觀, 而訪尋得之, 洞口僅容一指, 涓涓流水而已, 相傳中有洞天, 恨不能抉門而入.

清明日, 先生春祭掃墓, 挈余同游. 墓在東嶽, 是鄉多竹, 墳丁掘未出土之毛筍,形如梨而尖, 作羹供客. 余甘之, 盡其兩碗. 先生曰: "噫!是雖味美而克心血, 宜多食肉以解之." 余素不貪屠門之嚼, 至是飯量且因筍而減, 歸途覺煩躁, 唇舌幾裂. 過石屋洞, 不甚可觀. 水樂洞峭壁多藤蘿, 入洞如斗室, 有泉流甚急, 其聲琅琅. 池廣僅三尺, 深五寸許, 不溢亦不竭. 余俯流就飲, 煩躁頓解. 洞外二小亭, 坐其中可聽泉聲. 衲子請觀萬年缸. 缸在香積廚, 形甚巨, 以竹引泉灌其內, 聽其滿溢, 年久結苔厚尺許, 冬日不冰, 故不損也.

辛丑秋八月, 吾父病瘧返里, 寒索火, 熱索冰, 余諫不聽, 竟轉傷寒, 病勢日重. 余侍奉湯藥, 晝夜不交睫者幾一月. 吾婦芸娘亦大病, 懨懨在床. 心境惡劣, 莫可名狀. 吾父呼余囑之曰: "我病恐不起, 汝守數本書, 終非糊口計, 我托汝於盟弟蔣思齋, 仍繼吾業可耳." 越日思齋來, 即於榻前命拜為師. 未幾, 得名醫徐觀蓮先生診治, 父病漸痊. 芸亦得徐力起床. 而余則從此習幕矣. 此非快事, 何記於此? 曰: 此拋書浪遊之始, 故記之.

思齋先生名襄, 是年冬, 即相隨習幕於奉賢官舍. 有同習幕者, 顧姓名金鑒, 宇鴻乾, 號紫霞, 亦蘇州人也. 為人慷慨剛毅, 直諒不阿, 長餘一歲, 呼之為兄. 鴻乾即毅然呼余為弟, 傾心相交. 此余第一知己交也, 惜以二十二歲卒, 余即落落寡交, 今年且四十有六矣, 茫茫滄海, 不知此生再遇知己如鴻乾者否?

憶與鴻乾訂交, 襟懷高曠, 時興山居之想. 重九日, 余與鴻乾俱在蘇, 有前輩王小俠與吾父稼夫公喚女伶演劇, 宴客吾家, 余患其擾, 先一日約鴻乾赴寒山登高, 借訪他日結廬之地. 芸為整理小酒榼.

越日天將曉, 鴻乾已登門相邀. 遂攜榼出胥門, 入面肆, 各飽食. 渡胥江, 步至橫塘棗市橋, 雇一葉扁舟, 到山日猶未午. 舟子頗循良, 令其糴米煮飯. 余兩人上岸, 先至中峰寺. 寺在支硎古剎之南, 循道而上, 寺藏深樹, 山門寂靜, 地僻僧閒, 見余兩人不衫不履, 不甚接待, 余等志不在此, 未深入. 歸舟, 飯已熟. 飯畢, 舟子攜榼相隨, 囑其子守船, 由寒山至高義園之白雲精舍. 軒臨峭壁, 飛甃小池, 圍以石欄, 一泓秋水, 崖懸薜荔, 牆積莓苔. 坐軒下, 惟聞落葉蕭蕭, 悄無人跡. 出門有一亭, 囑舟子坐此相候. 余兩人從石罅中入, 名 '一線天', 循級盤旋, 直造其巔, 曰 '上白雲', 有庵已坍頹, 存一危棧, 僅可遠眺. 小憩片刻, 即相扶而下, 舟子曰: "登高忘攜酒榼矣." 鴻乾曰: "我等之游, 欲覓偕隱地耳, 非專為登高也." 舟子曰: "離此南行二三里, 有上沙村, 多人家, 有隙地, 我有表戚范姓居是村, 盍往一游?" 余喜曰: "此明末徐俟齋先生隱居處也, 有園聞極幽雅, 從未一游." 於是舟子導往. 村在兩山夾道中. 園依山而無石, 老樹多極紆迴盤郁之勢, 亭榭窗欄盡從樸素, 竹籬茆舍, 不愧隱者之居. 中有皂莢亭, 樹大可兩抱. 余所歷園亭, 此為第一. 園左有山, 俗呼雞籠山, 山峰直豎, 上加大石, 如杭城之瑞石古洞, 而不及其玲瓏. 旁一青石加榻, 鴻乾臥其上曰: "此處仰觀峰嶺, 俯視園亭, 既曠且幽, 可以開樽矣." 因拉舟子同飲, 或歌或嘯, 大暢胸懷. 土人知余等覓地而來, 誤以為堪輿, 以某處有好風水相告. 鴻乾曰: "但期合意, 不論風水."(豈意竟成讖語!)酒瓶既罄, 各采野菊插滿兩鬢.

歸舟, 日已將沒. 更許抵家, 客猶未散. 芸私告余曰: "女伶中有蘭官者, 端莊可取." 余假傳母命呼之入內, 握其腕而睨之, 果豐頤白膩. 余顧芸曰: "美則美矣, 終嫌名不稱實." 芸曰: "肥者有福相." 余曰: "馬嵬之禍, 玉環之福安在?" 芸以他辭遣之出. 謂余曰: "今日君又大醉耶?" 余乃歷述所游, 芸亦神往者久之.

癸卯春, 余從思齋先生就維揚之聘, 始見金, 焦面目. 金山宜遠觀, 焦山宜近視, 惜余往來其間未嘗登眺. 渡江而北, 漁洋所謂 "綠楊城郭是揚州" 一語已活現矣! 平山堂離城約三四里, 行其途有八九里, 雖全是人工, 而奇思幻想, 點綴天然, 即閬苑瑤池, 瓊樓玉宇, 諒不過此. 其妙處在十餘家之園亭合而為一, 聯絡至山, 氣勢俱貫. 其最難位置處, 出城入景, 有一里許緊沿城郭. 夫城綴於曠遠重山間, 方可入畫, 園林有此, 蠢笨絕倫. 而觀其或亭或台, 或牆或石, 或竹或樹, 半隱半露間, 使遊人不覺其觸目, 此非胸有丘壑者斷難下手. 城盡, 以虹園為首折面向北, 有石樑曰 '虹橋', 不知園以橋名乎? 橋以園名乎? 蕩舟過, 曰 '長堤春柳', 此景不綴城腳而綴於此, 更見布置之妙. 再折而西, 壘土立廟, 曰 '小金山', 有此一擋便覺氣勢緊湊, 亦非俗筆. 聞此地本沙土, 屢築不成, 用木排若干, 層疊加土, 費數萬金乃成, 若非商家, 烏能如是. 過此有勝概樓, 年年觀競渡於此. 河面較寬, 南北跨一蓮花橋, 橋門通八面, 橋面設五亭, 揚人呼為 '四盤一暖鍋', 此思窮力竭之為, 不甚可取. 橋南有蓮心寺, 寺中突起喇嘛白塔, 金頂纓絡, 商矗雲霄, 殿角紅牆松柏掩映, 鐘磬時聞, 此天下園亭所未有者. 過橋見三層高閣, 畫棟飛檐, 五采絢爛, 疊以太湖石, 圍以白石欄, 名目 '五雲多處', 如作文中間之大結構也. 過此名 '蜀岡朝陽', 平坦無奇, 且屬附會. 將及山, 河面漸束, 堆土植竹樹, 作四五曲. 似已山窮水盡, 而忽豁然開朗, 平山之萬松林已列於前矣. '平山堂' 為歐陽文忠公所書. 所謂淮東第五泉, 真者在假山石洞中, 不過一井耳, 味與天泉同; 其荷亭中之六孔鐵井欄者, 乃係假設, 水不堪飲. 九峰園另在南門幽靜處, 別饒天趣, 余以為諸園之冠. 康山未到, 不識如何. 此皆言其大概, 其工巧處, 精美處, 不能盡述, 大約宜以艷妝美人目之, 不可作浣紗溪上觀也. 余適恭逢南巡盛典, 各工告竣, 敬演接駕點綴, 因得暢其大觀, 亦人生難遇者也.

甲辰之春, 余隨待吾父於吳江明府幕中, 與山陰章苹江, 武林章映牧, 苕溪顧藹泉諸公同事, 恭辦南斗圩行宮, 得第二次瞻仰天顏. 一日, 天將晚矣, 忽動歸興. 有辦差小快船, 雙艣兩槳, 於太湖飛棹疾馳, 吳俗呼為 '出水轡頭', 轉瞬已至吳門橋. 即跨鶴騰空, 無比神爽. 抵家, 晚餐未熟也. 吾鄉素尚繁華, 至此日之爭奇奪勝, 較昔尤奢. 燈彩眩眸, 笙歌聒耳, 古人所謂 '畫棟雕甍', '珠簾繡幕', '玉欄杆', '錦步障', 不啻過之. 余為友人東拉西扯, 助其插花結彩, 閒則呼朋引類, 劇飲狂歌, 暢懷遊覽, 少年豪興, 不倦不疲. 苟生於盛世而仍居僻壤, 安得此游觀哉?

是年, 何明府因事被議, 吾父即就海寧王明府之聘. 嘉興有劉蕙階者, 長齋佞佛,來拜吾父. 其家在煙雨樓側, 一閣臨河, 曰 '水月居', 其誦經處也, 潔靜如僧舍. 煙雨樓在鏡湖之中, 四岸皆綠楊, 惜無多竹. 有平台可遠眺, 漁舟星列, 漠漠平波, 似宜月夜. 衲子備素齋甚佳. 至海寧, 與白門史心月, 山陰俞午橋同事. 心月一子名燭衡, 澄靜緘默, 彬彬儒雅, 與余莫逆, 此生平第二知心交也. 惜萍水相逢, 聚首無多日耳. 游陳氏安瀾園, 地占百畝, 重樓復閣, 夾道迴廊; 池甚廣, 橋作六曲形; 石滿藤蘿, 鑿痕全掩; 古木千章, 皆有參天之勢; 鳥啼花落, 如入深山. 此人工而歸於天然者. 余所歷平地之假石園亭, 此為第一. 曾於桂花樓中張宴, 諸味盡為花氣所奪, 惟醬薑味不變. 薑桂之性老而愈辣, 以喻忠節之臣, 洵不虛也. 出南門即大海, 一日兩潮, 如萬丈銀堤破海而過. 船有迎潮者, 潮至, 反棹相向, 於船頭設一木招, 狀如長柄大刀, 招一捺, 潮即分破, 船即隨招而入, 俄頃始浮起, 撥轉船頭隨潮而去, 頃刻百里. 塘上有塔院, 中秋夜曾隨吾父觀潮於此. 循塘東約三十里, 名尖山, 一峰突起, 撲入海中, 山頂有閣, 匾曰 '海闊天空', 一望無際, 但見怒濤接天而已.

　　余年二十有五, 應徽州績溪克明府之召, 由武林下 '江山船', 過富春山, 登子陵釣台. 台在山腰, 一峰突起, 離水十餘丈. 豈漢時之水竟與峰齊耶? 月夜泊界口, 有巡檢署, "山高月小, 水落石出", 此景宛然. 黃山僅見其腳, 惜未一瞻面目. 績溪城處於萬山之中, 彈丸小邑, 民情淳樸. 近城有石鏡山, 由山彎中曲折中里許, 懸崖急湍, 濕翠欲滴; 漸高至山腰, 有一方石亭, 四面皆陡壁; 亭左石削如屏, 青色光潤, 可鑑人形, 俗傳能照前生. 黃巢至此, 照為猿猴形, 縱火焚之, 故不復現. 離城十里有火雲洞天, 石紋盤結, 凹凸巉岩, 如黃鶴山樵筆意, 而雜亂無章, 洞石皆深絳色. 旁有一庵甚幽靜, 鹽商程虛谷曾招游設宴於此. 席中有肉饅頭, 小沙彌眈眈旁視, 授以四枚, 臨行以番銀二圓為酬, 山僧不識, 推不受. 告以一枚可易青錢七百餘文, 僧以近無易處, 仍不受. 乃攢湊青蚨六百文付之, 始欣然作謝. 他日余邀同人攜榼再往, 老僧囑曰: "曩者小徒不知食何物而腹瀉, 今勿再與." 可知藜藿之腹不受肉味, 良可嘆也. 余謂同人曰: "作和尚者, 必用此等僻地, 終身不見不聞, 或可修真養靜. 若吾鄉之虎丘山, 終日目所見者妖童艷妓, 耳所聽者弦索笙歌, 鼻所聞者佳肴美酒, 安

369

得身如枯木, 心如死灰哉?"

又去城三十里, 名曰仁里, 有花果會, 十二年一舉, 每舉各出盆花為賽. 余在績溪適逢其會, 欣然欲往, 苦無轎馬, 乃教以斷竹為槓, 縛椅為轎, 倩人肩之而去, 同游者惟同事許策廷, 見者無不訝笑. 至其地, 有廟, 不知供何神. 廟前曠處高搭戲台, 畫梁方柱極其巍煥, 近視則紙紮彩畫, 抹以油漆者. 鑼聲忽至, 四人抬對燭大如斷柱, 八人抬一豬大若牡牛, 蓋公養十二年始宰以獻神. 策廷笑曰: "豬固壽長, 神亦齒利. 我若為神, 烏能享此." 余曰: "亦足見其愚誠也." 入廟, 殿廊軒院所設花果盆玩, 並不剪枝拗節, 盡以蒼老古怪為佳, 大半皆黃山松. 既而開場演劇, 人如潮湧而至, 余與策廷遂避去. 未兩載, 余與同事不合, 拂衣歸里.

余自績溪之游, 見熱鬧場中卑鄙之狀不堪入目, 因易儒為賈. 余有姑丈袁萬九, 在盤溪之仙人塘作釀酒生涯, 余與施心耕附資合夥. 袁酒本海販, 不一載, 值台灣林爽文之亂, 海道阻隔, 貨積本折, 不得已仍為馮婦. 館江北四年, 一無快游可記. 迨居蕭爽樓, 正作煙火神仙, 有表妹倩徐秀峰自粵東歸, 見余閒居, 慨然曰: "足下待露而爨, 筆耕而炊, 終非久計, 盍偕我作嶺南遊? 當不僅獲蠅頭利也." 芸亦勸余曰: "乘此老親尚健, 子尚壯年, 與其商柴計米而尋歡, 不如一勞永逸." 余乃商諸交遊者, 集資作本. 芸會亦自辦繡貨及嶺南所無之蘇酒醉蟹等物. 稟知堂上, 於小春十日, 偕秀峰由東壩出蕪湖口.

長江初歷, 大暢襟懷. 每晚舟泊後, 必小酌船頭. 見捕魚者罾罟不滿三尺, 孔大約有四寸, 鐵箍四角, 似取易沉. 余笑曰: "聖人之教雖曰 '罟不用數', 而如此之大孔小罾, 焉能有獲?" 秀峰曰: "此專為網鯿魚設也." 見其系以長繩, 忽起忽落, 似探魚之有無. 未幾, 急挽出水, 已有鯿魚枷罾孔而起矣. 余始喟然曰: "可知一己之見, 未可測其奧妙." 一日, 見江心中一峰突起, 四無依倚. 秀峰曰: "此小孤山也." 霜林中, 殿閣參差. 乘風徑過, 惜未一游. 至滕王閣, 猶吾蘇府學之尊經閣移於胥門之大碼頭,王子安序中所云不足信也. 即於閣下換高尾昂首船, 名 '三板子', 由贛關至南安登陸. 值餘三十誕辰, 秀峰備麵為壽. 越日過大庾嶺, 出巔一亭, 匾曰 '舉頭日近', 言其高也. 山頭分為二, 兩邊峭壁, 中留一道如石巷. 口列兩碑, 一曰 '急流勇退', 一曰 '得意不可再往'. 山頂有梅將軍祠, 未考為何朝人. 所謂嶺上梅花, 並無一樹, 意者以梅將軍得名梅嶺耶? 余所帶送禮盆梅, 至此將交臘月, 已花落而葉黃矣. 過嶺出口, 山川風物便覺頓殊. 嶺西一山, 石竅玲瓏, 已忘其名, 輿夫曰: "中有仙人床榻." 匆匆竟過, 以未得游為恨. 至南雄, 雇老龍船, 過佛山鎮, 見人家牆頂多列盆花, 葉如冬青, 花如牡丹, 有大紅, 粉白, 粉紅三種, 蓋山茶花也.

臘月望, 始抵省城, 寓靖海門內, 賃王姓臨街樓屋三椽. 秀峰貨物皆銷與當道, 余亦隨其開單拜客, 即有配禮者絡繹取貨, 不旬日而余物已盡. 除夕蚊聲如雷. 歲朝賀節, 有棉袍紗套者. 不惟氣候迥別, 即土著人物, 同一五官而神情迥異.

正月既望, 有署中園鄉三友拉余遊河觀妓, 名曰 '打水圍', 妓名 '老舉'. 於是同出靖海門, 下小艇(如剖分之半蛋而加篷焉), 先至沙面. 妓船名 '花艇', 皆對頭分排, 中留水巷以通小艇往來. 每幫約一二十號, 橫木綁定, 以防海風. 兩船之間釘以木椿, 套以藤圈, 以便隨潮長落. 鴇兒呼為 '梳頭婆', 頭用銀絲為架, 高約四寸許, 空其中而蟠髮於外, 以長耳挖插一朵花於鬢, 身披元青短襖, 著元青長褲, 管拖腳背, 腰束汗巾, 或紅或綠, 赤足撒鞋, 式如梨園旦腳. 登其艇, 即躬身笑迎, 搴幃入艙. 旁列椅机, 中設大炕, 一門通艄後. 婦呼有客, 即聞履聲雜沓而出, 有挽髻者, 有盤辮者, 傳粉如粉牆, 搽脂如榴火, 或紅襖綠褲, 或綠襖紅褲, 有著短襪而撮繡花蝴蝶履者, 有赤足而套銀腳鐲者, 或蹲於炕, 或倚於門, 雙瞳閃閃, 一言不發. 余顧秀峰曰: "此何為者也?" 秀峰曰: "目成之後, 招之始相就耳." 余試招之, 果即歡容至前, 袖出檳榔為敬. 入口大嚼, 澀不可耐, 急吐之, 以紙擦唇, 其吐如血. 合艇皆大笑. 又至軍工廠, 妝束亦相等, 惟長幼皆能琵琶而已. 與之言, 對曰 " ", ' '者, '何'也. 余曰: "'少不入廣'者, 以其銷魂耳, 若此野妝蠻語, 誰為動心哉?" 一友曰: "潮幫妝束如仙,可往一游." 至其幫, 排舟亦如沙面. 有著名鴇兒素娘者, 妝束如花鼓婦. 其粉頭衣皆長領, 頸套項鎖, 前髮齊眉, 後髮垂肩, 中挽一鬏似丫髻, 裹足者著裙, 不裹足者短襪, 亦著蝴蝶履, 長拖褲管, 語音可辯. 而余終嫌為異服, 興趣索然. 秀峰曰: "靖海門對渡有揚幫, 留吳妝, 君往, 必有合意者." 一友曰: "所謂揚幫者, 僅一鴇兒, 呼曰邵寡婦, 攜一媳曰大姑, 系來自揚州, 余皆湖廣江西人也." 因至揚幫. 對面兩排僅十餘艇, 其中人物皆雲鬢霧鬢, 脂粉薄施, 闊袖長裙, 語音了了, 所謂邵寡婦者殷勤相接. 遂有一友另喚酒船, 大者曰 '恆艫', 小者曰 '沙姑艇', 作東道相邀, 請余擇妓. 余擇一雛年者, 身材狀貌有類余婦芸娘, 而足極尖細, 名喜兒. 秀峰喚一妓, 名翠姑. 余皆各有舊交. 放艇中流, 開懷暢飲. 至更許, 余恐不能自持, 堅欲回寓, 而城已下鑰久矣. 蓋海疆之城, 日落即閉, 余不知也. 及終席, 有臥吃鴉片煙者, 有擁妓而調笑者, 使頭各送衾枕至, 行將連床開鋪. 余暗詢喜兒: "汝本艇可臥否?" 對曰: "有寮可居, 未知有客否也."(寮者, 船頂之樓.) 余曰: "姑往探之." 招小艇渡至邵船, 但見合幫燈火相對如長廊, 寮適無客. 鴇兒笑迎曰: "我知今日貴客來, 故留寮以相待也." 余笑曰: "姥真荷葉下仙人哉!" 遂有使頭移燭相引, 由艙後梯而登. 宛如斗室, 旁一長榻, 几案俱備. 揭簾再進, 即在頭艙之頂, 床亦旁設, 中間方窗嵌以玻璃, 不火而光滿一室, 蓋對船之燈光也. 衾帳鏡奩, 頗極華美. 喜兒曰: "從台可以望月." 即在梯門之上疊開一窗, 蛇行而出, 即後梢之頂也. 三面皆設短欄, 一輪明月, 水闊天空. 縱橫如亂葉浮水者, 酒船也; 閃爍如繁星列天者, 酒船之燈也; 更有小艇梳織往來, 笙歌弦索之聲雜以長潮之沸, 令人情為之移. 余曰: "'少不入廣', 當在斯矣!" 惜余婦芸娘不能偕游至此, 回顧喜兒, 月下依稀相似, 因挽之下台, 息燭而臥. 天將曉, 秀峰等已哄然至, 余披衣起迎, 皆責以昨晚之逃. 余曰: "無他, 恐公等掀衾揭帳耳!" 遂同歸寓.

越數日, 偕秀峰游海珠寺. 寺在水中, 圍牆若城四周. 離水五尺許有洞, 設大炮以防海寇, 潮長潮落, 隨水浮沉, 不覺炮門之或高或下, 亦物理之不可測者. 十三洋行在幽蘭門之西, 結構與洋畫同. 對渡名花地, 花木甚繁, 廣州賣花處也. 余自以為無花不識, 至此僅識十之六七, 詢其名有群芳譜所未載者, 或土音之不同歟? 海珠寺規模極大, 山門內植榕樹, 大可十餘抱, 陰濃如蓋, 秋冬不凋. 柱檻窗欄皆以鐵梨木為之. 有菩提樹, 其葉似柿, 浸水去皮, 肉筋細如蟬翼紗, 可裱小冊寫經.

歸途訪喜兒於花艇, 適翠, 喜二妓俱無客. 茶罷欲行, 挽留再三. 余所屬意在寮, 而其媳大姑已有酒客在上, 因謂邵鴇兒曰: "若可同往寓中, 則不妨一敘." 邵曰: "可." 秀峰先歸, 囑從者整理酒肴. 余攜翠, 喜至寓. 正談笑間, 適郡署王懋老不期來, 挽之同飲. 酒將沾唇, 忽聞樓下人聲嘈雜, 似有上樓之勢, 蓋房東一恀素無賴, 知余招妓, 故引人圖詐耳. 秀峰怨曰: "此皆三白一時高興, 不合我亦從之." 余曰: "事已至此, 應速思退兵之計, 非斗口時也." 懋老曰: "我當先下說之." 余即喚僕速雇兩轎, 先脫兩妓, 再圖出城之策. 聞懋老說之不退, 亦不上樓. 兩轎已備, 余僕手足頗捷, 令其向前開路, 秀峰挽翠姑繼之, 余挽喜兒於後, 一哄而下. 秀峰, 翠姑得仆力已出門去, 喜兒為橫手所拿, 余急起腿, 中其臂, 手一鬆而喜兒脫去, 余亦乘勢脫身出. 余仆猶守於門, 以防追搶. 急問之曰: "見喜兒否?" 仆曰: "翠姑已乘轎去, 喜娘但見其出, 未見其乘轎也." 余急燃炬, 見空轎猶在路旁. 急追至靖海門, 見秀峰侍翠轎而立, 又問之, 對曰: "或應投東, 而反奔西矣." 急反身, 過寓十餘家, 聞暗處有喚余者, 燭之, 喜兒也, 遂納之轎, 肩而行. 秀峰亦奔曰: "幽蘭門有水竇可出, 已托人賄之啟鑰, 翠姑去矣, 喜兒速往!" 余曰: "君速回寓退兵, 翠, 喜交我!" 至水竇邊, 果已啟鑰, 翠先在. 余遂左掖喜, 右挽翠, 折腰鶴步, 踉蹌出竇. 天適微雨, 路滑如油, 至河干沙面, 笙歌正盛. 小艇有識翠姑者, 招呼登舟. 始見喜兒首如飛蓬, 釵環俱無有. 余曰: "被搶去耶?" 喜兒笑曰: "聞此皆赤金, 阿母物也, 妾於下樓時已除去, 藏於囊中. 若被搶去, 累君賠償耶." 余聞言, 心甚德之, 令其重整釵環, 勿舍阿母, 託言寓所人雜, 故仍歸舟耳. 翠姑如言告母, 並曰: "酒菜已飽, 備粥可也." 時寮上酒客已去, 邵鴇兒命翠亦陪余登寮. 見兩對繡鞋泥污已透. 三人共粥, 聊以充飢. 剪燭絮談, 始悉翠籍湖南, 喜亦豫產, 本姓歐陽, 父亡母醮, 為惡叔所賣. 翠姑告以迎新送舊之苦, 心不歡必強笑, 酒不勝必強飲, 身不快必強陪, 喉不爽必強歌. 更有乖張其性者, 稍不合意, 即擲酒翻案, 大聲辱罵, 假母不察, 反言接待不周, 又有惡客徹夜蹂躪, 不堪其擾. 喜兒年輕初到, 母猶惜之. 不覺淚隨言落. 喜兒亦嘿然涕泣. 余乃挽喜入懷, 撫慰之. 矚翠姑臥於外榻, 蓋因秀峰交也.

自此或十日或五日, 必遣人來招, 喜或自放小艇, 親至河干迎接. 余每去必邀秀峰, 不邀他客, 不另放艇. 一夕之歡, 番銀四圓而已. 秀峰今翠明紅, 俗謂之跳槽, 甚至一招兩妓; 余則惟喜兒一人, 偶獨往, 或小酌於平台, 或清談於寮內, 不令唱歌, 不強多飲, 溫存體恤, 一艇怡然, 鄰妓皆羨之. 有空閒無客者, 知余在寮, 必來相訪. 合幫之妓無一不識, 每上其艇, 呼余聲不絕, 余亦左顧右盼, 應接不暇, 此雖揮霍萬金所不能致者. 余四月在彼處, 共費百餘金, 得嘗荔枝鮮果, 亦生平快事. 後鴇兒欲索五百金強余納喜, 余患其擾, 遂圖歸計. 秀峰迷戀於此, 因勸其購一妾, 仍由原路返吳. 明年, 秀峰再往, 吾父不准偕游, 遂就青浦楊明府之聘. 及秀峰歸, 述及喜兒因余不往, 幾尋短見. 噫! "半年一覺揚幫夢, 贏得花船薄倖名" 矣!

余自粵東歸來, 館青浦兩載, 無快游可述. 未幾, 芸, 憨相遇, 物議沸騰, 芸以激憤致病. 余與程墨安設一書畫鋪於家門之側, 聊佐湯藥之需.

中秋後二日, 有吳雲客偕毛憶香, 王星燦邀余游西山脅室, 余適腕底無閒, 囑其先往. 吳曰: "子能出城, 明午當在山前水踏橋之來鶴庵相候." 余諾之.

越日, 留程守鋪, 余獨步出閶門, 至山前過水踏橋, 循田塍而西. 見一庵南向, 門帶清流, 剝琢問之, 應曰: "客何來?" 余告之. 笑曰: "此 '得雲' 也, 客不見匾額乎? '來鶴' 已過矣!" 余曰: "自橋至此, 未見有庵." 其人回指曰: "客不見土牆中森森多竹者, 即是也." 余乃返至牆下. 小門深閉, 門隙窺之, 短籬曲徑, 綠竹猗猗, 寂不聞人語聲, 叩之亦無應者. 一人過, 曰: "牆穴有石, 敲門具也." 余試連擊, 果有小沙彌出應. 余即循徑入, 過小石橋, 向西一折, 始見山門, 懸黑漆額, 粉書「來鶴」二字, 後有長跋, 不暇細觀. 入門經韋陀殿, 上下光潔, 纖塵不染, 知為好靜室. 忽見左廊又一小沙彌奉壺出, 余大聲呼問, 即聞室內星燦笑曰: "何如? 我謂三白決不失信也!"

旋見雲客出迎, 曰: "候君早膳, 何來之遲?" 一僧繼其後, 向余稽首, 問知為竹逸和尚. 入其室, 僅小屋三椽, 額曰「桂軒」, 庭中雙桂盛開. 星燦, 憶香群起嚷曰: "來遲罰三杯!" 席上葷素精潔, 酒則黃白俱備. 余問曰: "公等游幾處矣?" 雲客曰: "昨來已晚, 今晨僅到得雲, 河亭耳." 歡飲良久. 飯畢, 仍自得雲, 河亭共游八九處, 至華山而止. 各有佳處, 不能盡述. 華山之頂有蓮花峰, 以時欲暮, 期以後游. 桂花之盛至此為最, 就花下飲清茗一甌, 即乘山輿, 徑回來鶴.

桂軒之東另有臨潔小閣, 已杯盤羅列. 竹逸寡言靜坐而好客善飲. 始則折桂催花, 繼則每人一令, 二鼓始罷. 余曰: "今夜月色甚佳, 即此酣臥, 未免有負清光, 何處得高曠地, 一玩月色, 庶不虛此良夜也?" 竹逸曰: "放鶴亭可登也." 雲客曰: "星燦抱得琴來, 未聞絕調, 到彼一彈何如?" 乃偕往. 但見木犀香里, 一路霜林, 月下長空, 萬籟俱寂. 星燦彈梅花三弄, 飄飄欲仙. 憶香亦興發, 袖出鐵笛, 嗚嗚而吹之. 雲客曰: "今夜石湖看月者, 誰能如吾輩之樂裁?" 蓋吾蘇八月十八日石湖行春橋下有看串月勝會, 遊船排擠, 徹夜笙歌, 名雖看月, 實則挾妓哄飲而已. 未幾, 月落霜寒, 興逦歸臥.

明晨, 雲客謂眾曰: "此地有無隱庵, 極幽僻, 君等有到過者否?" 咸對曰: "無論未到, 並未嘗聞也." 竹逸曰: "無隱四面皆山, 其地甚僻, 僧不能久居. 向年曾一至, 已坍廢, 自尺木彭居士重修後, 未嘗往焉, 今猶依稀識之. 如欲往游, 請為前導." 憶香曰: "枵腹去耶?" 竹逸笑曰: "已備素麵矣, 再令道人攜酒盒相從也." 麵畢, 步行而往. 過高義園, 雲客欲往白雲精舍, 入門就坐. 一僧徐步出, 向雲客拱手曰: "違教兩月, 城中有何新聞? 撫軍在轅否?" 憶香忽起曰: "禿!" 拂袖徑出. 余與星燦忍笑隨之, 雲客, 竹逸酬答數語, 亦辭出. 高義園即范文正公墓, 白雲精舍在其旁. 一軒面壁, 上懸藤蘿, 下鑿一潭, 廣丈許, 一泓清碧, 有金鱗游泳其中, 名曰'鉢盂泉'. 竹爐茶灶, 位置極幽. 軒後於萬綠叢中, 可瞰范園之概. 惜衲子俗, 不堪久坐耳. 是時由上沙村過雞籠山, 即余與鴻幹登高處也. 風物依然, 鴻幹已死, 不勝今昔之感. 正惆悵間, 忽流泉阻路不得進, 有三, 五村童掘菌子於亂草中, 探頭而笑, 似訝多人之至此者. 詢以無隱路, 對曰: "前途水大不可行, 請返數步, 南有小徑, 度嶺可達." 從其言. 度嶺南行里許, 漸覺竹樹叢雜, 四山環繞, 徑滿綠茵, 已無人跡. 竹逸徘徊四顧曰: "似在斯, 而徑不可辨, 奈何?" 余乃蹲身細矚, 於千竿竹中隱隱見亂石牆舍, 徑撥叢竹間, 橫穿入覓之, 始得一門, 曰 "無隱禪院, 某年月日南園老人彭某重修", 眾喜曰: "非君則失武陵源矣!" 山門緊閉, 敲良久, 無應者. 忽旁開一門, 呀然有聲, 一鶉衣少年出, 面有菜色, 足無完履, 問曰: "客何為者?" 竹逸稽首曰: "慕此幽靜, 特來瞻仰." 少年曰: "如此窮山, 僧散無人接待, 請覓他游." 言已, 閉門欲進. 雲客急止之, 許以啟門放游, 必當酬謝. 少年笑曰: "茶葉俱無, 恐慢客耳, 豈望酬耶?" 山門一啟, 即見佛面, 金光與綠陰相映, 庭階石礎苔積如繡, 殿後台級如牆, 石欄繞之. 循台而西, 有石形如饅頭, 高二丈許, 細竹環其趾. 再西折北, 由斜廊躡級而登, 客堂三卷檻緊對大石. 石下鑿一小月池, 清泉一派, 荇藻交橫. 堂東即正殿, 殿左西向為僧房廚灶, 殿後臨峭壁, 樹雜陰濃, 仰不見天. 星燦力疲, 就池邊小憩, 余從之. 將啟盒小酌, 忽聞憶香音在樹杪, 呼曰: "三白速來, 此間有妙境!" 仰而視之, 不見其人, 因與星燦循聲覓之. 由東廂出一小門, 折北, 有石蹬如梯, 約數十級, 於竹塢中瞥見一樓. 又梯而上, 八窗洞然, 額曰 '飛雲閣'. 四山抱列如城, 缺西南一角, 遙見一水浸天, 風帆隱隱, 即太湖也. 倚窗俯視, 風動竹梢, 如翻麥浪. 憶香曰: "何如?" 余曰: "此妙境也." 忽又聞雲客於樓西呼曰: "憶香速來, 此地更有妙境!" 因又下樓, 折而西, 十餘級, 忽豁然開朗, 平坦如台. 度其地, 已在殿後峭壁之上, 殘磚缺礎尚存, 蓋亦昔日之殿基也. 周望環山, 較閣更暢. 憶香對太湖長嘯一聲, 則群山齊應. 乃席地開樽, 忽愁枵腹, 少年欲烹焦飯代茶, 隨令改茶為粥, 邀與同啖. 詢其何以冷落至此, 曰: "四無居鄰, 夜多暴客, 積糧時來強竊, 即植蔬果, 亦半為樵子所有. 此為崇寧寺下院, 長廚中月送飯乾一石, 鹽菜一壇而已. 某為彭姓裔, 暫居看守, 行將歸去, 不久當無人跡矣." 雲客謝以番銀一圓. 返至來鶴, 買舟而歸. 余繪無隱圖一幅, 以贈竹逸, 志快游也.

是年冬, 余為友人作中保所累, 家庭失歡, 寄居錫山華氏. 明年春, 將之維揚而短於資, 有故人韓春泉在上洋幕府, 因往訪焉. 衣敝履穿, 不堪入署, 投札約晤於郡廟園亭中. 及出見, 知余愁苦, 慨助十金. 園為洋商捐施而成, 極為闊大, 惜點綴各景, 雜亂無章, 後疊山石, 亦無起伏照應. 歸途忽思虞山之勝, 適有便舟附之. 時當春仲, 桃李爭研, 逆旅行蹤, 苦無伴侶, 乃懷青銅三百, 信步至虞山書院. 牆外仰矚, 見叢樹交花, 嬌紅稚綠, 傍水依山, 極饒幽趣. 惜不得其門而入, 問途以往, 遇通篷淪茗者, 就之, 烹碧羅春, 飲之極佳. 詢虞山何處最勝, 一游者曰: “從此出西關, 近劍門, 亦虞山最佳處也, 君欲往, 請為前導.” 余欣然從之. 出西門, 循山腳, 高低約數里, 漸見山峰屹立, 石作橫紋, 至則一山中分, 兩壁凹凸, 高數十仞, 近而仰視, 勢將傾墮. 其人曰: “相傳上有洞府, 多仙景, 惜無徑可登.” 余興發, 挽袖卷衣, 猿攀而上, 直造其巔. 所謂洞府者, 深僅丈許, 上有石罅, 洞然見天. 俯首下視, 腿軟欲墮. 乃以腹面壁, 依藤附蔓而下. 其人嘆曰: “壯哉!遊興之豪, 未見有如君者.” 余口渴思飲, 邀其人就野店沽飲三杯. 陽烏將落, 未得遍游, 拾赭石十餘塊, 懷之歸寓, 負笈搭夜航至蘇, 仍返錫山. 此余愁苦中之快游也.

嘉慶甲子春, 痛遭先君之變, 行將棄家遠遁, 友人夏揖山挽留其家. 秋八月, 邀余同往東海永泰沙勘收花息. 沙隸崇明. 出劉河口, 航海百餘里. 新漲初辟, 尚無街市. 茫茫蘆荻, 絕少人煙, 僅有同業丁氏倉庫數十椽, 四面掘溝河, 築堤栽柳繞於外. 丁字實初, 家於崇, 為一沙之首戶; 司會計者姓王. 俱家爽好客, 不拘禮節, 與余乍見即同故交. 宰豬為饌, 傾甕為飲. 令則拇戰, 不知詩文; 歌則號呶, 不講音律. 酒酣, 揮工人舞拳相撲為戲. 蓄牯牛百餘頭, 皆露宿堤上. 養鵝為號, 以防海盜. 日則驅鷹犬獵於蘆叢沙渚間, 所獲多飛禽. 余亦從之馳逐, 倦則臥. 引至園田成熟處, 每一字號圈築高堤, 以防潮汛. 堤中通有水竇, 用閘啟閉, 旱則長潮時啟閘灌之, 潦則落潮時開閘泄之. 佃人皆散處如列星, 一呼俱集, 稱業戶曰「產主」, 唯唯聽命, 朴誠可愛. 而激之非義, 則野橫過於狼虎; 幸一言公平, 率然拜服. 風雨晦明, 恍同太古. 臥床外矚即睹洪濤, 枕畔潮聲如鳴金鼓. 一夜, 忽見數十里外有紅燈大如栲栳, 浮於海中, 又見紅光燭天, 勢同失火, 實初日: "此處起現神燈神火, 不久又將漲出沙田矣." 揖山興致素豪, 至此益放. 余更肆無忌憚, 牛背狂歌, 沙頭醉舞, 隨其興之所至, 真生平無拘之快游也. 事竣, 十月始歸.

吾蘇虎丘之勝, 余取後山之千頃雲一處, 次則劍池而已, 餘皆半借人工, 且為脂粉所污, 已失山林本相. 即新起之白公祠, 塔影橋, 不過留雅名耳. 其冶坊濱, 余戲改為「野芳濱」, 更不過脂鄉粉隊, 徒形其妖冶而已. 其在城中最著名之獅子林, 雖曰云林手筆, 且石質玲瓏, 中多古木, 然以大勢觀之, 竟同亂堆煤渣, 積以苔蘚, 穿以蟻災, 全無山林氣勢. 以余管窺所及, 不知其妙. 靈岩山, 為吳王館娃宮故址, 上有西施洞, 響屜廊, 采香徑諸勝, 而其勢散漫, 曠無收束, 不及天平支硎之別饒幽趣.

鄧尉山一名元墓, 西背太湖, 東對錦峰, 丹崖翠閣, 望如圖畫, 居人種梅為業, 花開數十里, 一望如積雪, 故名'香雪海'. 山之左有古柏四樹, 名之曰'清, 奇, 古, 怪': 清者, 一株挺直, 茂如翠蓋; 奇者, 臥地三曲, 形'之'字; 古者, 禿頂扁闊, 半朽如掌; 怪者, 體似旋螺, 枝幹皆然. 相傳漢以前物也.

乙丑孟春, 揖山尊人薲薌先生偕其弟介石, 率子侄四人, 往樸山家祠春祭, 兼掃祖墓, 招余同往. 順道先至靈岩山, 出虎山橋, 由費家河進香雪海觀梅. 樸山祠宇即藏於香雪海中, 時花正盛, 咳吐俱香, 余曾為介石畫樸山風木圖十二冊. 是年九月, 余從石琢堂殿撰赴四川重慶府之任, 溯長江而上, 舟抵皖城. 皖山之麓, 有元季忠臣余公之墓, 墓側有堂三楹, 名曰'大觀亭', 面臨南湖, 背倚潛山. 亭在山脊, 眺遠頗暢. 旁有深廊, 北窗洞開, 時值霜時初紅, 爛如桃李. 同游者為蔣壽朋, 蔡子琴. 南城外又有王氏園, 其地長於東西, 短於南北, 蓋北緊背城, 南則臨湖故也. 既限於地, 頗難位置, 而觀其結構, 作重台疊館之法. 重台者, 屋上作月台為庭院, 疊石栽花於上, 使遊人不知腳下有屋. 蓋上疊石者則下實, 上庭院者則下虛, 故花木仍得地氣

378

而生也. 疊館者, 樓上作軒, 軒上再作平台. 上下盤折, 重疊四層, 且有小池, 水不漏泄, 竟莫測其何虛何實. 其立腳全用磚石為之, 承重處仿照西洋立柱法. 幸面對南湖, 目無所阻, 騁懷遊覽, 勝於平園. 真人工之奇絕者也.

武昌黃鶴樓在黃鵠磯上, 後拖黃鵠山, 俗呼為蛇山. 樓有三層, 畫棟飛檐, 倚城屹峙, 面臨漢江, 與漢陽晴川閣相對. 余與琢堂冒雪登焉, 俯視長空, 瓊花飛舞, 遙指銀山玉樹, 恍如身在瑤台. 江中往來小艇, 縱橫掀播, 如浪卷殘葉, 名利之心至此一冷. 壁間題詠甚多, 不能記憶, 但記楹對有云: "何時黃鶴重來, 且共倒金樽, 澆洲渚千年芳草; 但見白雲飛去, 更誰吹玉笛, 落江城五月梅花."

黃州赤壁在府城漢川門外, 屹立江濱, 截然如壁. 石皆絳色, 故名焉. 水經謂之赤鼻山, 東坡游此作二賦, 指為吳魏交兵處, 則非也. 壁下已成陸地, 上有二賦亭.

是年仲冬抵荊州. 琢堂得升潼關觀察之信, 留余祝州, 余以未得見蜀中山水為悵. 時琢堂入川, 而哲嗣敦夫眷屬及蔡子琴, 席芝堂俱留於荊州, 居劉氏廢園. 余記其廳額曰 '紫藤紅樹山房'. 庭階圍以石欄, 鑿方池一畝; 池中建一亭, 有石橋通焉; 亭後築土壘石, 雜樹叢生; 餘多曠地, 樓閣俱傾頹矣. 客中無事, 或吟或嘯, 或出遊, 或聚談. 歲暮雖資斧不繼, 而上下雍雍, 典衣沽酒, 且置鑼鼓敲之. 每夜必酌, 每酌必令. 窘則四兩燒刀, 亦必大施觴政. 遇同鄉蔡姓者, 蔡子琴與敘宗系, 乃其族子也, 倩其導遊名勝. 至府學前之曲江樓, 昔張九齡為長史時, 賦詩其上, 朱子亦有詩曰: "相思欲回首, 但上曲江樓." 城上又有雄楚摟, 五代時高氏所建. 規模雄峻, 極目可數百里. 繞城傍水, 盡植垂楊, 小舟盪槳往來, 頗有畫意. 荊州府署即關壯繆帥府, 儀門內有青石斷馬槽, 相傳即赤兔馬食槽也. 訪羅含宅於城西小湖上, 不遇. 又訪宋玉故宅於城北. 昔庾信遇侯景之亂, 遁歸江陵, 居宋玉故宅, 繼改為酒家, 今則不可復識矣.

是年大除, 雪後極寒, 獻歲發春, 無賀年之擾, 日惟燃紙炮, 放紙鳶, 扎紙燈以為樂. 既而風傳花信, 雨灌春塵, 琢堂諸姬攜其少女幼子順川流而下, 敦夫乃重整行裝, 合幫而走. 由樊城登陸, 直赴潼關.

由山南閿鄉縣西出函谷關, 有 '紫氣東來' 四字, 即老子乘青牛所過之地. 兩山夾道, 僅容二馬並行. 約十里即潼關, 左背峭壁, 右臨黃河, 關在山河之間扼喉而起, 重樓疊堞, 極其雄峻. 而車馬寂然, 人煙亦稀. 昌黎詩曰: "日照潼關四扇開", 殆亦言其冷落耶?

城中觀察之下, 僅一別駕. 道署緊靠北城, 後有園圃, 橫長約三畝. 東西鑿兩池, 水從西南牆外而入, 東流至兩池間, 支分三道: 一向南至大廚房, 以供日用; 一向東入東池; 一向北折西, 由石螭口中噴入西池, 繞至西北, 設閘泄瀉, 由城腳轉北, 穿竇而出, 直下黃河. 日夜環流, 殊清人耳. 竹樹陰濃, 仰不見天. 西池中有亭, 藕花繞左右. 東有面南書室三間, 庭有葡萄架, 下設方石, 可弈可飲, 以外皆菊畦. 西有面東軒屋三間, 坐其中可聽流水聲. 軒南有小門可通內室. 軒北窗下另鑿小池, 池之北有小廟, 祀花神. 園正中築三層樓一座, 緊靠北城, 高與城齊, 俯視城外即黃河也. 河之北, 山如屏列, 已屬山西界. 真洋洋大觀也! 余居園南, 屋如舟式, 庭有土山, 上有小亭, 登之可覽園中之概, 綠陰四合, 夏無暑氣. 琢堂為余顏其齋曰 '不系之舟'. 此余幕游以來第一好居室也. 土山之間, 藝菊數十種, 惜未及含葩, 而琢堂調山左廉訪矣. 眷屬移寓潼川書院, 余亦隨往院中居焉.

琢堂先赴任, 余與子琴, 芝堂等無事, 輒出遊. 乘騎至華陰廟. 過華封里, 即堯時三祝處. 廟內多秦槐漢柏, 大皆三四抱, 有槐中抱柏而生者, 柏中抱槐而生者. 殿廷古碑甚多, 內有陳希夷書 '福', '壽'字. 華山之腳有玉泉院, 即希夷先生化形骨蛻處. 有石洞如斗室, 塑先生臥像於石床. 其地水淨沙明, 草多絳色, 泉流甚急, 修竹繞之. 洞外一方亭, 額曰 '無憂亭'. 旁有古樹三棟, 紋如裂炭, 葉似槐而色深, 不知其名, 土人即呼曰 '無憂樹'. 太華之高不知幾千仞, 惜未能裹糧往登焉. 歸途見林柿正黃, 就馬上摘食之, 土人呼止弗聽, 嚼之澀甚, 急吐去, 下騎覓泉漱口, 始能言, 土人大笑.

蓋柿須摘下煮一沸, 始去其澀, 余不知也.

十月初, 琢堂自山東專人來接眷屬, 遂出潼關, 由河南入魯. 山東濟南府城內, 西有大明湖, 其中有歷下亭, 水香亭諸勝. 夏月柳陰濃處, 菡萏香來, 載酒泛舟, 極有幽趣. 余冬日往視, 但見衰柳寒煙, 一水茫茫而已. 趵突泉為濟南七十二泉之冠, 泉分三眼, 從地底怒涌突起, 勢如騰沸. 凡泉皆從上而下, 此獨從下而上, 亦一奇也. 池上有樓, 供呂祖像, 游者多於此品茶焉. 明年二月, 余就館萊陽. 至丁卯秋, 琢堂降官翰林, 余亦入都. 所謂登州海市, 竟無從一見.

# 卷五 中山記歷

嘉慶四年，歲在己未，琉球國中山王尚穆薨. 世子尚哲，先七年卒; 世孫尚溫，表請襲封. 中朝懷柔遠藩，錫以恩命，臨軒召對，特簡儒臣.

於是, 趙介山先生名文楷, 太湖人, 官翰林院修撰, 充正使; 李和叔先生名鼎元, 綿州人, 官內閣中書, 副焉. 介山馳書約余偕行, 余以高堂垂老, 憚於遠遊; 繼思游幕二十年, 遍窺兩戒, 然而尚囿方隅之見, 未觀域外, 更歷溟之勝, 庶廣異聞. 稟商吾父, 允以隨往. 從客凡五人: 王君文誥, 秦君元鈞, 繆君頌, 楊君華才, 其一即余也.

五年五月朔日, 隨節以行, 祥飆送風, 神魚扶舳, 計六晝夜, 徑達所屆. 凡所目擊, 咸登掌錄. 志山水之麗崎, 記物產之瑰怪, 載官司之典章, 嘉士女之風節. 文不矜奇, 事皆記實. 自慚謭陋, 甘貽測海之嗤; 要堪傳言, 或勝鑿空之說云爾.

五月朔日, 恰逢夏至, 襆被登舟. 向來封中山王, 去以夏至, 乘西南風; 歸以冬至, 乘東北風. 風有信也. 舟二, 正使與副使共乘其一. 舟身長七丈, 首尾虛艄三丈, 深一丈三尺, 寬二丈二尺; 較歷來封舟幾小一半. 前後各一桅, 長六丈有奇, 圍三尺; 中艙前一桅, 長十丈有奇, 圍六尺, 以番木為之. 通計二十四艙, 艙底貯石, 載貨十一萬斤奇. 龍口置大炮一, 左右各置大炮二, 兵器貯艙內. 大桅下橫大木為轆轤, 移炮升篷皆仗之, 輂以數十人. 艙面為戰台, 尾樓為將台, 立幟列藤牌, 為使臣廳事. 下即舵樓. 舵前有小艙, 實以沙布針盤. 中艙梯而下, 高可六尺, 為使臣會食地. 前艙貯火藥貯米, 後以居兵. 稍後為水艙, 凡四井. 二號船稱是. 每船約二百六十餘人, 船小人多, 無立錐處. 風信已屆, 如欲易舟, 恐延時日也.

初二日午刻, 移泊鼇門. 申刻, 慶雲見於西方, 五色輪, 適與樓船旗幟上下輝映, 觀者莫不嘆為奇瑞. 或如玄圭, 或如白珂, 或如靈芝, 或如玉禾, 或如絳綃, 或如紫, 或如文杏之葉, 或如含桃之顆, 或如秋原之草, 或如春湘之波, 向讀屠長卿賦, 今始知其形容之妙也. 畫士施生, 為 <航海行樂圖>, 甚工. 余見茲圖, 遂乃擱筆; 香崖雖善畫, 亦不能辦此.

初四日亥刻, 起碇. 乘潮至羅星塔, 海闊天空, 一望無際. 余婦芸娘, 昔游太湖, 謂得見天地之寬, 不虛此生. 使觀于海, 其愉快又當何如?

初九日卯刻, 見彭家山, 列三峰, 東高而西下. 申刻, 見釣魚台, 三峰離立, 如筆架, 皆石骨. 惟時水天一色, 舟平而駛. 有白鳥無數, 繞船而送, 不知所自來. 入夜, 星影橫斜, 月光破碎, 海面盡作火焰, 浮沉出沒. 木華 「海賦」 所謂 "陰火潛然" 者也.

初十日辰正, 見赤尾嶼. 嶼方而赤, 東西凸而中凹, 一凹中又有小峰二. 船從山北過, 有大魚二, 夾舟行, 不見首尾, 脊黑而微綠, 如十圍枯木, 附於舟側. 舟人以為風暴將起, 魚先來護. 午刻, 大雷雨以震, 風轉東北, 舵無主. 舟轉側甚危!幸而大魚附舟, 尚未去. 忽聞霹靂一聲, 風雨頓止. 申刻, 風轉西南且大. 合舟之人, 舉手加額, 咸以為有神助. 得二詩以志之. 詩云:

平生浪跡遍齊州, 又附星槎作遠遊.
魚解扶危風轉順, 海雲紅處是琉球.

白浪滔滔撼大荒, 海天東望正茫茫.
此行足壯書生膽, 手挾風雷意激昂.

自謂頗能寫出爾時光景.

十一日, 午刻, 見姑米山. 山共八嶺, 嶺各一二峰, 或斷或續. 未刻, 大風暴雨如注, 然雨雖暴而風順. 酉刻, 舟已近山. 琉球人以姑米多礁, 黑夜不敢進, 待明而行. 亦不下碇, 但將篷收回, 順風而立, 則舟蕩漾而不能退. 戌刻, 舟中舉號火, 姑米山有火應之. 詢之為球人暗令: 日則放炮, 夜則舉火. 『儀』注所謂得信者, 此也.

十二日辰刻, 過馬齒山. 山如犬羊相錯, 四峰離立, 若馬行空. 計又行七更, 船再用甲寅針, 取那霸港. 回望見迎封船在後, 共相慶幸. 歷來針路所見, 尚有小琉球, 雞籠山, 黃麻嶼, 此行俱未見. 聞知琉球伙長, 年已六十, 往來海面八次, 每度細審, 得其準的. 以為不出辰卯二位, 而乙卯位單, 乙針尤多, 故此次最為簡捷, 而所見亦僅三山, 即至姑米. 針則開洋用單辰, 行七更後, 用乙辰, 自後盡用乙. 過姑米, 乃用乙卯. 惟記更以香, 殊難憑準. 念五虎門至官塘, 里有定數, 因就時辰表按時計里, 每時約行百有十里. 自初八日未時開洋, 訖十二日辰時, 計共五十八時. 初十日, 暴風停兩時; 十一日夜, 畏觸礁, 停三時, 實行五十三時, 計程應得五千八百三十里. 計到那霸港, 實洋面六千里有奇.

據琉球伙長云, 海上行舟, 風小固不能駛, 風過大, 亦不能駛. 風大則浪大, 浪大力能壅船, 進尺仍退二寸. 惟風七分, 浪五分, 最宜駕駛. 此次是也. 從來渡海, 未有平穩而駛如此者. 於時, 球人駕獨木船數十, 以纜挽舟而行, 迎封三接如儀. 辰刻, 進那霸港. 先是, 二號船於初十日望不見, 至是乃先至. 迎封船亦隨後至, 齊泊臨海寺前. 伙長云, 從未有三舟齊到者.

午刻, 登岸. 傾國人士, 聚觀於路, 世孫率百官迎詔如儀. 世孫年十七, 白皙而豐頤, 儀度雍容, 善書, 頗得松雪筆意.

按『中山世鑒』, 隋使羽騎尉朱寬至國, 於萬濤間, 見地形如虯龍浮水, 始曰'流虯'. 而隋書又作'流求'; 『新唐書』作'流鬼'; 『元史』又作'瑠求'; 明復作'琉球'. 『世鑒』又載, 元延元年, 國分為三大里, 凡十八國, 或稱山南王, 或稱山北王. 余於中山, 南山, 遊歷幾遍, 大村不及二里, 而即謂之國, 得勿誇大乎?

琉人每言大風, 必曰台颶. 按韓昌黎詩: "雷霆逼颱颶", 是與颶同稱者為. 『玉篇』: "颶, 大風也, 於筆切." 『唐書』「百官志」, "有颶海道." 或系球人誤書. 『隋書』稱琉球有虎, 狼, 熊, 羆, 今實無之. 又云無牛羊驢馬. 驢誠無, 而六畜無不備. 乃知書不可盡信也.

天使館西向, 仿中華廨署, 有旗竿二, 上懸冊封黃旗. 有照牆, 有東西轅門, 左右有鼓亭, 有班房. 大門署曰'天使館', 門內廊房各四楹. 儀門署曰'天澤門', 萬曆中使臣夏子陽題, 年久失去, 前使徐葆光補出. 門內左右各十一間, 中有甬道, 道西榕樹一株, 大可十圍, 徐公手植. 最西者為廚房, 大堂五楹, 署曰'敷命堂', 前使汪楫題. 稍北, 葆光額曰"皇綸三錫". 堂後有穿堂, 直達二堂. 堂五楹, 中為正副使會食之地, 前使周公署曰"聲教東漸". 左右即寢室. 堂後南北各一樓, 南樓為正使所居, 汪楫額曰'長風閣'. 北樓為副使所居, 前使林麟額曰'停雲樓'. 額北有詩牌, 乃海山先生所題也. 周礲礁石為垣, 望同百雉. 垣上悉植火鳳, 干方, 無花有刺, 似霸王鞭,葉似慎火草, 俗謂能避火, 名吉姑羅. 南院有水井. 樓皆上覆瓦, 下砌方磚, 院中平似沙, 桌椅床帳悉仿中國式. 寄塵得詩四首, 有句云: "相看樓閣雲中出, 即是蓬萊島上居." 又有句云: "一舟翦徑憑風信, 五日飛帆駐月楂." 皆真情真境也.

孔子廟在久米村. 堂三楹, 中為神座, 如王者垂旒圭, 而署其主曰 "至聖先師孔子神位". 左右兩龕. 龕二人立侍, 各手一經, 標曰 '易', '書', '詩', '春秋', 即所謂四配也. 堂外為台, 台東西, 拾級以登, 柵如櫺星門, 中仿戟門, 半樹塞以止行者. 其外臨水為屏牆. 堂之東, 為明倫堂, 堂北祀啟聖. 久米士之秀者, 皆肄業其中. 擇文理精通者為之師, 歲有廩給, 丁祭一如中國儀. 敬題一詩云: "洋溢聲名四海馳, 島邦也解拜先師. 廟堂肅穆垂旒貴, 聖教如今治九夷." 用伸仰止之忱.

國中諸寺, 以圓覺為大. 渡觀蓮塘橋, 亭供辨才天女, 云即斗姥. 將入門, 有池曰'圓鑒', 荇藻交橫, 芰荷半倒. 門高敞, 有樓翼然. 左右金剛四, 規模略仿中國. 佛殿七楹. 更進, 大殿亦七楹, 名龍淵殿. 中為佛堂, 左右奉木主, 亦祀先王神位, 兼祀祧主. 左序為方丈, 右序為客座, 皆設席; 周緣以布, 下襯極平而淨, 名曰 '踏腳綿'. 方丈前, 為蓬萊庭. 左為香積廚, 側有井, 名 '不冷泉'. 客座右為古松嶺, 異石錯舛, 列於松間. 左廂為僧寮, 右廂為獅子窟. 僧寮南, 有樂樓. 樓南為園, 饒花木. 此乃圓覺寺之勝概也.

又有護國寺, 為國王禱雨之所. 龕內有神, 黑而裸, 手劍立, 狀甚猙獰. 有鍾, 為前明景泰七年鑄. 寺後多鳳尾蕉, 一名鐵樹. 又有天王寺, 有鍾亦為景泰七年鑄. 又有定海寺, 有鍾為前明天順三年鑄. 至於龍渡寺, 善興寺, 和光寺, 荒廢無可述者.

此邦海味, 頗多特產, 為中國之所罕見.

一石鮔, 似墨魚而大, 腹圓如蜘蛛, 雙須八手, 攢生兩肩, 有刺, 類海參, 無足無鱗介, 如鮑魚. 登萊有所謂八帶魚者, 以形考之, 殆是石, 或即烏之別種歟?

一海蛇, 長三尺, 僵直如朽索, 色黑, 狀猙獰. 土人云: 能殺蟲, 療痼, 已癩; 殆永州異蛇類. 土俗甚重之, 以為貴品.

一海膽, 如蜩, 剝皮去肉, 搗成泥, 盛以小瓶, 可供饌.

一寄生螺, 大小不一, 長圓各異, 皆負殼而行. 螺中有蟹, 兩鰲八跪, 跪四大四小, 以大跪行; 鰲一大一小, 小者常隱, 大者以取食. 觸之則大跪盡縮, 以一大鰲拒戶. 蟹也而有螺性, 「江賦」所云 "腹蟹", 豈其類歟? 『太平廣記』謂 "蟹入螺中". 似先有蟹; 然取置碗中, 以觀其求脫之勢, 力猛殼脫, 頃刻死, 則又與殼相依為命. 造物不測, 難以臆度也.

一沙蟹, 闊而薄, 兩鰲大於身. 甲小而缺其前, 縮兩鰲以補之, 若無縫. 八跪特短, 臍無甲, 尖團莫辨. 見人則凹雙睛, 水高寸許, 似善怒. 養以沙水, 經十餘日, 不食亦不死.

一蚶, 徑二尺以上, 圍五尺許, 古人所謂 '屋瓦子', 以殼形凹凸, 像瓦屋也.

一海馬肉, 薄片回屈如刨花, 色如片茯苓. 品之最貴者, 不易得, 得則先以獻王. 其狀魚身馬首, 無毛而有足, 皮如江豚. 此皆海味之特產也.


此邦果實, 亦有與中國不同者. 蕉實狀如手指, 色黃, 味甘, 瓣如柚, 亦名甘露. 初熟色青, 以糖覆則黃. 其花紅, 一穗數尺. 瓤須五六出, 歲實如常, 實如其須之數. 中國亦有蕉, 不聞歲結實, 亦無有抽其絲作布者; 或其性殊歟?


布之原料, 與制布之法, 亦有與中國異者. 一曰蕉布, 米色, 寬一尺, 乃芭蕉漚抽其絲織成, 輕密如羅.

一曰苧布, 白而細, 寬尺二寸, 可敵棉布.

一曰絲布, 白而棉軟, 苧經而絲緯, 品之最尚者. 『漢書』所謂蕉, 筒, 荃, 葛, 即此類也.

一曰麻布, 米色而粗, 品最下矣. 國人善印花, 花樣不一, 皆剪紙為范. 加范於布,塗灰焉; 灰干去范, 乃着色; 干而浣之, 灰去而花出, 愈洗而愈鮮, 衣敝而色不退. 此必別有製法, 秘不與人. 故東洋花布, 特重於閩也.

此邦草木, 多與中國異稱, 惜未攜 『群芳譜』來, 一一辨證之耳. 羅漢松謂之木. 冬青謂之福木. 萬壽菊謂之禪菊. 鐵樹謂之鳳尾蕉, 以葉對出形似也; 亦謂之海棕櫚, 以葉蓋頭形似也; 有攜至中華以為盆玩者, 則謂之萬年棕云. 鳳梨, 開花者謂之男木, 白瓣若蓮, 頗香烈, 不實; 無花者謂之女木, 而實大, 如瓜可食. 或云, 即波羅蜜別種, 球人又謂之 '阿呾呢'. 月橘, 謂之十里香, 葉如棗, 小白花, 甚芳烈, 實如天竹子稍大. 聞二月中, 紅累累滿樹, 若火齊然. 惜余未及見也.

球陽地氣多暖, 時屆深秋, 花草不殺, 蚊雷不收, 荻花盛開. 野牡丹二三月花, 至八月復復, 花累累如鈴鐸, 素瓣, 紫暈, 檀心, 圓而大, 頗芳烈. 佛桑四季皆花. 有白色, 有深紅, 粉紅二色. 因得一詩, 詩云: "偶隨使節泛仙槎, 日日春遊玩物華. 天氣常如二三月, 山林不斷四時花." 亦真情真景也.

球人嗜蘭, 謂之孔子花. 陳宅尤多異產. 有風蘭, 葉較蘭稍長, 篾竹為盆, 掛風前, 即蕃衍. 有名護蘭, 葉類桂而厚, 稍長如指, 花一箭八九出, 以四月開, 香勝於蘭; 出名護岳岩石間, 不假水土, 或寄樹丫, 或裹以棕而懸之, 無不茂. 有粟蘭, 一名芷蘭, 葉如鳳尾花, 作珍珠狀. 有棒蘭, 綠色, 莖如珊瑚, 無葉, 花出椏間, 如蘭而小, 亦寄樹活. 又有西表松蘭, 竹蘭之目, 或致自外島, 或取之岩間, 香皆不減蘭也. 因得一詩, 詩云: "移根絕島最堪夸, 道是森森闕里花. 不比尋常凡草木, 春風一到即繁華." 題詩既畢, 並為寫生, 愧無黃筌之妙筆耳.

沿海多浮石, 嵌空玲瓏, 水擊之, 聲作鍾馨, 此與中國彭蠡之口石鐘山相似.

閒居無可消遣, 與施生弈, 用琉球棋子. 白者磨螺之封口石為之. 內地小螺拒戶有圓殼; 海螺大者, 其拒戶之殼, 厚五六分, 徑二寸許, 圓白如砷磠, 土人名曰 '封口石'. 黑者磨蒼石為之, 子徑六分許, 圓二寸許, 中凹而四周削, 無正背面, 不類雲南子式. 棋盤以木為之, 厚八寸, 四足, 足高四寸, 面刻棋路. 其俗好弈, 舉棋無不定之說, 頗亦有國手. 局終數空眼多少, 不數實子, 數正同. 相傳國中供奉棋神, 畫女相如仙子, 不令人見, 乃國中雅尚也.

六月初八日辰刻, 正, 副使恭奉諭祭文, 及祭銀焚帛, 安放龍彩亭內. 出天使館東行, 過久米村, 泊村, 至安里橋(即真玉橋). 世孫跪接如儀, 即導引入廟. 禮畢, 引觀先王廟. 正廟七楹, 正中向外, 通為一龕, 安奉諸王神位: 左昭自舜馬至尚穆, 共十六位; 右穆自義本至尚敬, 共十五位. 是日, 球人觀者, 彌山匝地, 男子跪於道左, 女子聚立遠觀. 亦有施帷掛竹簾者, 土人云系貴官眷屬. 女皆黥首指節為飾, 甚者全黑, 少者間作梅花斑. 國俗不穿耳, 不施脂粉, 無珠翠首飾.

人家門戶, 多樹 '石敢當' 碣, 牆頭多植吉姑羅或樹, 剪剔極齊整. 國人呼中國為唐山, 呼華人為唐人. 球地皆土沙, 雨過即可行, 無泥濘.

奧山有卻金亭, 前明冊使陳給事侃歸時卻金, 故國人造亭以表之.

辨岳, 在王宮東南二里許. 過圓覺寺, 從山脊行, 水分左右, 堪輿家謂之過峽, 中山來脈也. 山大小五峰, 最高者謂之辨岳. 灌木密覆, 前有石柱二, 中置柵二, 外板閣二. 少左, 有小石塔, 左右列石案五. 折而東, 數十級至頂, 有石爐二: 西祭山, 東祭海. 岳之神, 曰祝, 祝謂是天孫氏第二女云. 國王受封, 必齋戒親祭, 正五九月, 祭山海及護國神, 皆在辨岳也.

波上, 雪崎, 及龜山, 余已游遍, 而要以鶴頭為最勝. 隨正副使往游, 陟其巔, 避日而坐. 草色粘天, 松陰匝地. 東望辨岳, 秀出天半, 王宮歷歷如畫. 其南, 則近水如湖, 遠山如岸, 豐見城巍然突出, 山南王之舊跡猶有存者. 西望馬齒, 姑米, 出沒隱見, 若近若遠, 封舟之來路也. 北俯那霸, 久米, 人煙輻輳. 舉凡山川靈異, 草木陰翳, 魚鳥沉浮, 雲煙變滅, 莫不爭奇獻巧, 畢集目前. 乃知前日之游, 殊為鹵莽. 梁大夫小具盤樽, 席地而飲, 余亦趣仆以酒肴至. 未申之交, 涼風乍生, 微雨將灑, 乃移樽登舟. 時海潮正漲, 沙岸瀰漫, 遂由奧山南麓折而東北. 山石嵌空欲落, 海燕如鷗, 漁舟似織. 俄而返照入山, 冰輪出水, 文鰩無數, 飛射潮頭. 與介山舉觴弄月, 擊楫而歌. 樽不空, 客皆醉. 越渡里村, 漏已三下. 卻金亭前, 列炬如晝, 迎者倦矣. 乃相與步月而歸, 為中山第一游焉.

泉崎橋橋下, 為漫湖滸. 每當晴夜, 雙門拱月, 萬象澄清, 如玻璃世界, 為中山八景之一. 旺泉味甘, 亦為中山八景之一. 王城有亭, 依城望遠, 因小憩亭中, 品瑞泉, 縱觀中山八景. 八景者, 泉崎月夜, 臨海潮聲, 久米竹籬, 龍洞松濤, 筍崖夕照, 長虹秋霽, 城岳靈泉, 中島蕉園也. 亭下多棕櫚紫竹, 竹叢生, 高三尺余, 葉如棕, 狹而長, 即所謂觀音竹也. 亭南有蚶殼, 長八尺許, 貯水以供盥, 知大蚶不易得也.

國人洗漱不用湯, 家豎石椿, 置石盂或蚶殼其上, 貯水, 旁置一柄筒, 曉起, 以筒盛水, 澆而盥漱之. 客至亦然. 地多草, 細軟如毯, 有事則取新沙覆之. 國人取玳瑁之甲, 以為長簪, 傳到中國, 率由閩粵商販. 球人不知貴, 以為賤品. 崑山之旁, 以玉抵鵲, 地使然也.

豐見山頂, 有山南王第故城. 徐葆光詩有 "頹垣宮闕無全瓦, 荒草牛羊似破村" 之句. 王之子孫, 今為那姓, 猶聚居於此.

辻山, 國人讀為 ‘失山’. 琉球字皆對音, 十失無別, 疑迻之誤也. 副使輯 『球雅』, 謂一字作二三讀, 二三字作一字讀者, 皆義而非音, 即所謂寄語, 國人盡知之. 音則合百餘字, 或十餘字為一音, 與中國音迥異. 國中惟讀書通文理者, 乃知對音, 庶民皆不知也.

久米官之子弟, 能言, 教以漢語; 能書, 教以漢文. 十歲稱若秀才, 王給米一石.

十五剃髮, 先謁孔聖, 次謁國王; 王籍其名, 謂之秀才, 給米三石. 長則選為通事, 為國中文物聲名最, 即明三十六姓後裔也. 那霸人以商為業, 多富室. 明洪武初, 賜閩人三十六姓善操舟者, 往來朝貢. 國中久米村, 梁, 蔡, 毛, 鄭, 陳, 曾, 阮, 金等姓, 乃三十六姓之裔, 至今國人重之.

與寄公談玄理, 頗有入悟處, 遂與唱和成詩. 法司蔡溫, 紫金大夫程順則, 蔡文溥, 三人集詩, 有作者氣. 順則別著 『航海指南』, 言渡海事甚悉. 蔡溫尤肆力於古文, 有 『蓑翁語錄』, 『至言』 等目, 語根經學, 有道學氣. 出入二氏之學, 蓋學朱子而未純者.

琉球山多瘠磽, 獨宜薯. 父老相傳, 受封之歲, 必有豐年. 今歲五月稍旱, 幸自後雨不愆期, 卒獲大豐, 薯可四收. 海邦臣民, 倍覺歡欣. 僉曰: "非受封歲, 無此豐年也."

六月初旬, 稻穀盡收. 球陽地氣溫暖, 稻常早熟, 種以十一月, 收以五六月. 薯則四時皆種, 三熟為豐, 四熟則為大豐. 稻田少, 薯田多, 國人以薯為命, 米則王官始得食. 亦有麥豆, 所產不多. 五月二十日, 國中祭稻神; 此祭未行, 稻雖登場, 不敢入家也.

七月初旬, 始見燕, 不巢人屋. 中國燕以八月歸, 此燕疑未入中國者; 其來以七月, 巢必有地. 別有所謂海燕, 較紫燕稍大, 而白其羽, 有全白似鷗者. 多巢島中, 間有至中國, 人皆以為瑞. 應潮雞, 雄純黑, 雌純白, 皆短足長尾, 馴不避人. 香購一小犬, 而毛豹斑, 性靈警, 與飯不食, 與薯乃食, 知人皆食薯矣. 鼠雀最多, 而鼠尤虐. 亦有貓, 不知捕鼠, 邦人以為玩. 乃知物性亦隨地而變. 鷹, 雁, 鵝, 鴨特少.

枕有方如圭者, 有圓如輪而連以細軸者, 有如文具藏數層者, 制特精, 皆以木為之. 率寬三寸, 高五寸; 漆其外, 或黑或朱. 立而枕之, 反側則仆. 按 『禮記·少儀』註: "穎, 警枕也. 謂之穎者, 穎然警悟也." 又司馬文正公, 以圓木為警枕, 少睡則轉而覺, 乃起讀書. 此殆警枕之遺.

衣制皆寬博交衽, 袖廣二尺, 口皆不緝, 特短袂, 以便作事. 襟率無鈕帶, 總名衾. 男束大帶, 長丈六尺, 寬四寸以為度; 腰圍四五轉, 而收其垂於兩脅間. 煙包, 紙袋, 小刀, 梳, 蓖之屬, 皆懷之, 故胸前襟帶起凸然. 其脅下不縫者, 惟幼童及僧衣為然. 僧別有短衣如背心, 謂之斷俗. 此其概也.

帽以薄木片為骨, 疊帕而蒙之, 前七層, 後十一層. 花錦帽, 遠望如屋漏痕者, 品最貴, 惟攝政王叔國相得冠之. 次品花紫帽, 法司冠之. 其次則純紫. 大略紫為貴, 黃次之, 紅又次之, 青綠斯下. 各色又以綾為貴, 絹為次. 國王未受封時, 戴烏紗帽. 雙翅, 側衝上向, 盤金, 朱纓垂領, 下束五色條. 至是冠皮弁, 狀如中國梨園演王者便帽, 前直列花瓣七, 衣蟒腰玉.

肩輿如中國餅橋, 中置大椅, 上施大蓋, 無帷幔, 轅粗而長, 無絆, 無橫木, 以八人左右肩之而行.

杜氏 『通典』 載琉球國俗, 謂婦人產必食子衣, 以火自炙, 令汗出. 余舉以問楊文鳳: "然乎?" 對曰: "火炙誠有之, 食衣則否." 即今中山已無火炙俗, 惟北山猶未盡改.

嫁娶之禮, 固陋已甚. 世家亦有以酒肴珠貝為聘者. 婚時即用本國轎, 結彩鼓樂而迎; 不計妝奩, 父母送至夫家即返; 不宴客, 至親具酒賀, 不過數人. 『隋書』 云琉球風俗, "男女相悅, 便相匹偶", 蓋其舊俗也. 詢之鄭得功, 鄭得功曰: "三十六姓初來時, 俗尚未改. 後漸知婚禮, 此俗遂革. 今國中有夫之婦, 犯奸即殺." 余始悟琉球所以號守禮之國者, 亦由三十六姓教化之力也.

小民有喪, 則鄰里聚送, 觀者護喪, 掩畢即歸. 宦家則同官相知者, 亦來送柩. 出即歸, 大都不宴客. 題主官率皆用僧, 男書 '圓寂大禪定', 女書 '禪定尼', 無考妣稱. 近日宦家亦有書官爵者. 棺制三尺, 屈身而殮之. 近宦家亦有長五六尺者, 民則仍舊.

此邦之人, 肘比華人稍短, 『朝野僉載』 亦謂人形短小似崑崙. 余所見士大夫短小者固多, 亦有修髥豐頤者, 頎而長者, 胖而腹腰十圍者, 前言似未足信. 人體多狐臭, 古所謂慍羝也.

世祿之家皆賜姓. 士庶率以田地為姓, 更無名, 其後裔則云某氏之子孫幾男. 所謂田, 米, 私姓也.

國中兵刑惟三章: 殺人者死, 傷人及重罪徒, 輕罪罰日中曬之. 計罪而定其日, 國中數年無斬犯; 間有犯斬罪者, 又率引刀自剖腹死.

七月十五夜, 開窗見人家門外, 皆列火炬二. 詢之土人云: 國俗於十五日盆祭, 預期迎神, 祭後乃去之. 盆祭者, 中國所謂盂蘭會也. 連日見市上小兒, 各手一紙幡, 對立招展, 作迎神狀. 知國俗盆祭祀先, 亦大祭矣.

龜山南岸有窯, 國人取車螯大蚶之殼之煅, 灰壁不及石灰, 而粘過者. 再東北有池, 為國人煮鹽處.

七月二十五日, 正副使行冊封禮, 途中觀者益眾. 上萬松嶺, 迤邐而東. 衢道修廣, 有坊, 榜曰: '中山道'. 又進一坊, 榜曰: '守禮之邦'. 世孫戴皮弁, 服蟒衣, 腰玉帶,垂裳結佩, 率百官跪迎道左. 更進為歡會門, 踞山巔, 疊礁石為城, 削磨如壁, 有鳥道, 無雉堞, 高五尺以上, 遠望如聚髑髏. 始悟 『隋書』 所謂王居多聚髑髏於其下者, 乃遠望誤於形似, 實未至城下也. 城外石崖, 左鐫 '龍岡'字, 右鐫 '虎'字. 王宮西向, 以中國在海西, 表忠順面向之意. 後東向為繼世門, 左南向為水門, 右北向為久慶門. 再進, 層崖有門西北向, 曰瑞泉, 左右甬道, 有左掖, 右掖二門. 更進有漏西向, 榜曰: '刻漏', 上設銅壺漏水. 更進有門西北向, 為奉神門, 即王府門也. 殿廷方廣十數畝, 分砌二道, 由甬道進至闕廷, 為王聽政之所. 壁懸伏羲畫卦像, 龍馬負圖立其前, 絹色蒼古, 微有剝蝕, 殆非近代物. 北宮殿屋固朴, 屋皋手可接, 以處山岡, 且阻海颸. 面對為南宮. 此日正副使宴於北宮. 大禮既成, 通國歡忭. 聞國王經行處, 悉有彩飾. 泉崎道旁, 列盆花異卉, 繞以朱欄, 中刻木作麒麟形, 題曰: "非龍非彪, 非熊非羆, 王者之瑞獸." 天妃宮前, 植大松六, 疊假山四, 作白鶴二, 生子母鹿三; 池上結棚, 覆以松枝, 松子垂如葡萄; 池中刻木鯉大小五, 令浮水面. 環池以竹, 欄旁有坊, 曰 '偕樂坊'. 柱懸一板, 題曰: "鹿濯濯, 鳥, 魚躍." 歸而述諸副使, 副使曰: "此皆 『志略』 所載, 事隔數十年. 一字不易, 可謂印板文字矣." 從客皆笑.

宜野灣縣有龜壽者, 事繼母以孝, 國人莫不聞. 母愛所生子, 而短龜壽於其父伊佐前, 且不食以激其怒. 伊佐惑之, 欲死龜壽, 將令深夜汲北宮, 要而殺之. 仆匿龜壽於家, 往諫伊佐, 伊佐縛而放之. 且謂事已露, 不可殺, 乃逐龜壽. 龜壽既被放, 欲自盡, 又恐張母惡. 值天雨雹, 病不支, 僵臥於路. 巡官見之, 近而撫其體猶溫, 知未死, 覆以己衣, 漸蘇. 徐詰其故, 龜壽不欲揚父母之惡, 飾詞告之. 初, 巡官聞孝子龜壽被放, 意不平. 至是見言語支吾, 疑即龜壽. 賜衣食令去, 密訪得其狀. 乃傳集村人, 系伊佐妻至, 數其罪而監之. 將告於王, 龜壽願以身代. 巡官不忍傷孝子心, 召伊佐夫婦面論之. 婦感悟, 卒為母子如初. 副使既為之記, 余復為詩以表章之. 詩云: "輶軒問俗到球陽, 潛德端須為闡揚. 誠孝由來能感格, 何殊閔損與王祥." 以為事繼母而不能盡孝者勸.

經迭山墟, 方集, 因步行集中. 觀所市物, 薯為多, 亦有魚, 鹽, 酒, 菜, 陶, 木器, 蕉苧, 土布, 粗惡無足觀者. 國無肆店, 率業於其家. 市貨以有易無, 不用銀錢. 聞國中率用日本寬永錢, 比來亦不見. 昨香攜示串錢, 環如鵝眼, 無輪廓, 貫以繩, 積長三寸許, 連四貫而合之, 封以紙, 上有鈐記. 此球人新制錢, 每封當大錢十. 蓋國中錢少, 寬永錢銅質較美, 恐或有人買去, 故收藏之, 特製此錢應用. 市中無錢以此.

國中男逸女勞, 無有肩擔背負者. 趨集, 織紉, 及採薪, 運水, 皆婦人主之, 凡物皆戴之頂.

女衣既無鈕無帶, 又不束腰, 而國俗男女皆無褲, 勢須以手曳襟. 襟較男衣長, 疊襟下為兩層, 風不得開. 因悟髻必偏墜者, 以手既曳襟, 須空其頂以戴物. 童而習之, 雖重百斤, 登山涉澗, 無傾側. 是國中第一絕技也. 其動作也, 常卷兩袖至背, 貫繩而束之. 發垢輒洗, 洗用泥; 脫衣結於腰, 赤身低頭, 見人亦不避. 抱兒惟一手, 又置腰間, 即藉以曳襟.

東苑在崎山, 出歡會門, 折而北. 逐瑞泉下流, 至龍淵橋, 匯而為池, 廣可十丈, 長可數十丈, 捍以堤, 曰 '龍潭'. 水清魚可數, 荷葉半倒. 再折而東, 有小村, 屏修整, 松蓋陰翳, 薄雲補林, 微風嘯竹. 園外已極幽趣. 入門, 板亭二, 南向. 更進而南, 屋三楹, 亭東有阜如覆盂. 折而南, 有岩西向, 上鐫梵字. 下蹲石獅一, 飾以五彩. 再下, 有小方池, 鑿石為龍首, 泉從口出. 有金魚池, 前竹萬竿, 後松百挺. 再東, 為望仙閣. 前有 '東苑閣', 後為'能仁堂'. 東北望海, 西南望山. 國中形勝, 此為第一.

南苑之勝, 亦不減於東苑. 苑中馬富盛, 折而東, 循行阡陌間, 水田漠漠, 番薯油油, 絕無秋景. 薯有新種者, 問知已三收矣. 再入山, 松陰夾道, 茅屋參差, 田家之景可畫. 計十餘里, 始入苑村, 名姑場川, 即 '同樂苑'也. 苑踞山脊, 軒五楹, 夾室為復閣, 頗曲折. 軒前有池, 新鑿, 狹而東西長, 疊礁為橋. 橋南新阜纍纍, 因阜以為亭,宜遠眺. 亭東植奇花異卉. 有花絕類蝴蝶, 絳紅色, 葉如嫩槐, 曰 '蝴蝶花'; 有松葉如白毛, 曰 '白髮松'. 池東, 舊有亭圮, 以布代之. 池西有閣, 頗軒敞, 四面風來, 宜納涼. 有閣曰 '迎暉', 有亭曰 '一覽', 即正副使所題也. 軒北有松, 有鳳蕉, 有桃, 有柳. 黃昏舉煙火, 略同中國.

余偕寄塵游波上. 板閣無他神, 惟掛銅片幡, 上鑿 "奉寄御幣"字, 後署云 "元和二年壬戌". 或疑為唐時物, 非也. 按, 元和二年為丁亥, 非壬戌也. 日本馬場信武, 撰『八卦通變指南』, 內列 '三元指掌', 云: "上元起永祿七年甲子, 止元和三年癸亥; 如元起寬永元年甲子, 止元和三年癸亥; 下元起貞亭元年甲子. 今元祿十六年癸未." 國中既行寬永錢, 證以元和日本僭號, 知琉球舊曾奉日本正朔, 今諱言之歟.

紙鳶制無精巧者, 兒童多立屋上放之. 按中國多放於清明前, 義取張口仰視, 宣導陽氣, 令兒少疾. 玆放於九月, 以非九月紙鳶不能上, 則風力與中國異. 即此可驗球陽氣暖, 故能十月種稻.

國俗男欲為僧者, 聽. 既受戒, 有廩給; 有犯戒者, 飭令還俗, 放之別島. 女子願為土妓者, 亦聽. 接交外客, 女之兄弟, 仍與外客敘親往來, 然率皆貧民, 故不以為恥, 若已嫁夫而復敢犯奸者, 許女之父兄自殺之, 不以告王; 即告王, 王亦不赦. 此國中良賤之大防, 所以重廉恥也.

此邦有紅衣妓, 與之言不解. 按拍清歌, 皆方言也. 然風韻亦正有佳者, 殆不減愍園. 近忽因事他遷, 以扇索詩, 因題二詩以贈之. 詩云: "芳齡二八最風流, 楚楚腰身剪剪眸; 手抱琵琶渾不語, 似曾相識在蘇州." "新愁舊恨感千端, 再見真如隔世難. 可惜今宵好明月, 與誰共卷繡簾看?"

國人率恭謹, 有所受, 必高舉為禮. 有所敬, 則俯身搓手而後膜拜. 勸尊者酒, 酌而置杯於指尖以為敬, 平等則置手心.

此邦屋俱不高, 瓦必　, 以避颶也. 地板必去地三尺, 以避濕也. 屋脊四出, 如八角亭. 四面接修, 更無重構復室, 以省材也. 屋無門戶, 上限刻雙溝, 設方格, 糊以紙, 左右推移, 更不設暗門, 利省便, 恃無盜也; 臨街則設矣. 神龕置青石於爐, 實以砂, 祀祖神也. 國以石為神, 無傳真也. 瓦上瓦獅, 『隋書』所謂 "獸頭骨角"也. 壁無粉墁, 示朴也. 貴家間有糊砑粉花箋, 習華風, 漸奢也.

龜山有峰獨出, 與眾山絕. 前附小峰, 離約二丈許. 邦人駕石為洞, 連二山, 高十丈餘. 結布幔於洞東. 不憩, 拾級而登, 行洞上; 又十餘級, 乃陟巔. 巔恰容一樓, 樓無名, 四面軒豁, 無戶牖. 副使謂余曰: "茲樓俯中山之全勢, 不可無名." 因名之曰 "蜀樓", 並為之跋曰: "蜀者何? 獨也. 樓何以蜀名, 以其踞獨山也." 不曰獨而曰蜀者, 以副使為蜀人. 樓構已百年, 而副使乃名之, 若有待也. 樓左瞰青疇, 右扶蒼石, 後臨大海, 前揖中山, 坐其中以望, 若建瓴焉. 余又請於副使曰: "額不可無聯." 副使因書前四語付之. 歸路, 循海而西, 崖洞溪壑, 皆奇峭, 是又一勝游矣.

越南山, 度絲滿村, 人家皆面海, 奇石林立. 遵海而西, 有山, 翠色攢空, 石骨穿海, 曰砂岳. 時午潮初退, 白石粼粼, 群馬爭馳, 飛濺如雨. 再西, 度大嶺村, 叢棘為籬, 漁網數百曬其上. 村外水田漠漠, 泥淖陷馬, 有牛放於岡. 汪 『錄』 謂馬耕無牛, 今不盡然也.

本島能中山語者, 給黃帽, 為酋長. 歲遣親雲上監撫之, 名奉行官, 主其賦訟, 各賦其土之宜, 以貢於王. 間切者, 外府之謂. 首里, 泊, 久米, 那霸四府為王畿, 故不設. 此外皆設, 職在親民, 察其村之利弊, 而報於親雲上. 間切, 略如中國知府. 中山屬府十四, 間切十; 山南省屬府十二, 山北省屬府九, 間切如其府數.

國俗自八月初十至十五日，並蒸米，拌赤小豆，為飯相餉，以祭月。風同中國。是夜，正副使邀從客露飲。月光澄水，天色拖藍，風寂動息，潮聲雜絲竹聲，自遠而至。恍置身三山，聽子晉吹笙，麻姑度曲，萬緣俱靜矣。宇宙之大，同此一月。回憶昔日蕭爽樓中，良宵美景，輕輕放過，今則天各一方，能無對月而興懷乎？

世傳八月十八日，為潮生辰。國俗，於是夜候潮波上。子刻，偕寄塵至波上，草如碧毯，沾露愈滑，扶仆行，憑垣倚石而坐。丑刻，潮始至，若雲峰萬疊，卷海飛來。須臾，腥氣大盛，水怪搏風，金蛇掣電，天柱欲折，地軸暗搖，雪浪濺衣，直高百尺，未敢遽窺鮫宮，已若有推而起之者。迷離惝恍，千態萬狀。觀此，乃知枚乘「七發」，猶形容未盡也。潮既退，始聞嘈吆之聲出礁石間。徐步至護國寺，尚似有雷霆震耳。潮至此，觀止矣。

元旦至六日，賀節。初五日，迎灶。二月，祭麥神。十二日，浚井，汲新水，俗謂之洗百病。三月三日，作艾糕。五月五日，競渡。六月六日，國中作六月節，家家蒸糯米，為飯相餉。十二月八日，作糯米糕，層裹棕葉，蒸以相餉，名曰鬼餅。二十四日，送灶。正，三，五，九為吉月，婦女率游海畔，拜水神祈福；逢朔日，群汲新水獻神。此其略也。余獨疑國俗敬佛，而不知四月八日為佛誕辰；臘八鬼餅如角黍，而不知七寶粥。

國王送菊二十餘盆，花葉並茂，根際皆以竹籤標名。內三種尤異類：一名'金錦'，朵兼紅，黃，白三色，小而繁，燦如列星；一名'重寶'，瓣如蓮而小，色淡紅；一名'素球'，瓣寬，不類菊，重疊千層，白如雪。皆所未見者，膝之以詩，詩云："陶籬韓圃多秋色，未必當年有此花。似汝幽姿真可惜，移根無路到中華。"

見獅子舞，布為身，皮為頭，絲為尾，翦彩如毛飾其外，頭尾口眼皆活，鍍睛貼齒。兩人居其中，俯仰跳躍，相馴狎歡騰狀。余曰："此近古樂矣。" 按『舊唐書·音樂志』，後周武帝時，造太平樂，亦謂之五方獅子舞。白樂天「西涼妓」云："假面夷人弄獅子, 刻木為頭絲作尾. 金鍍眼睛銀貼齒, 奮迅毛衣罷雙耳." 即此舞也.

此邦有所謂 '踏柭戲'者, 橫木以為梁, 高四尺餘, 復置板而橫之, 長丈有二尺, 虛
其兩端, 均力焉. 夷女二, 結束衣彩, 赤雙足, 各手一巾, 對立相視而歌; 歌未竟, 躍
立兩端. 稍作低昂, 勢若水碓之起伏, 漸起漸高. 東者陡落而激之, 則西飛起三丈
餘, 翩翩若輕燕之舞於空也. 西者落而陡激之, 則東者復起, 又如鷙鳥之直上青雲
也. 疊相起伏, 愈激愈疾, 幾若山雞舞鏡, 不復辨其孰為影, 孰為形焉. 俄焉, 勢漸
衰, 機漸緩, 板末乃安, 齊躍而下, 整衣而立. 終戲, 無虛蹈方寸者, 技至此絕矣.

接送賓客頗真率, 無揖讓之煩. 客至不迎, 隨意坐; 主人即具煙架, 火爐, 竹筒, 木
匣各一, 橫煙管其上, 匣以煙, 筒以棄灰也. 遇所敬客, 乃烹茶; 以細末粉少許雜茶
末, 入沸水半甌, 攪以小竹帚, 以沫滿甌面為度. 客去, 亦不送. 貴官勸客, 常以箸蘸
漿少許, 納客唇以為敬. 燒酒着黃糖則名福, 着白糖則名壽, 亦勸客之一貴品也.

重陽具龍舟競渡於龍潭. 琉球亦於五月競渡, 重陽之戲, 專為宴天使而設. 因成
三詩以志之, 詩云: "故園辜負菊花黃, 萬里迢迢在異鄉. 舟泛龍潭看競渡, 重陽錯
認作端陽." "去年秋在洞庭灣, 親摘黃花插翠鬟. 今日登高來海外, 累伊獨上望夫
山." "待將風信泛歸槎, 猶及初冬好到家. 已誤霜前開菊宴, 還期雪訪梅花."

聞程順則曾於津門購得宋朱文公墨跡十四字, 今其後裔猶寶之. 借觀不得, 因至
其家. 開卷, 見筆勢森嚴, 如奇峰怪石, 有岩岩不可犯之色. 想見當日道學氣象. 字
徑八寸以上, 文曰: "香飛翰苑圍川野, 春報南橋疊萃新." 後有名款, 無歲月. 文公
墨跡流傳世間者, 莫不寶而藏之. 蓋其所就者大, 筆墨乃其餘事, 而能自成一家言
如此. 知古人學力, 無所不至也.

又游蔡清派家祠. 祠內供蔡君謨畫像, 並出君謨墨跡見示, 知為君謨的派, 由明

初至琉球, 為三十六姓之一. 清派能漢語, 人亦倜儻. 由祠至其家, 花木俱有清致, 池圓如月, 為額其室曰: "月波大屋".

大抵球人工剪剔樹木, 疊砌假山, 故士大夫家率有丘壑以供遊覽. 庭中樹長竿, 上置小木舟, 長二尺, 桅舵帆櫓皆備. 首尾風輪五葉, 掛色旗以候風. 渡海之家, 率預計歸期. 南風至, 則合家歡喜, 謂行人當歸, 歸則撤之. 即古五兩旗遺意.

國王有墨長五寸, 寬二寸. 有老坑端硯, 長一尺, 寬六寸, 有'永樂四年'字; 硯背有 "七年四月東坡居士留贈潘老"字. 問知為前明受賜物. 國中有東坡詩集, 知王不但 寶其硯矣.

棉紙, 清紙, 皆以穀皮為之, 惡不中書者. 有護書紙, 大者佳, 高可三尺許, 闊二 尺, 白如玉; 小者減其半. 亦有印花詩箋, 可作札. 別有圍屏紙, 則糊壁用矣. 徐葆光 「球紙」詩云: "冷金入手白於練, 側理海濤凝一片. 昆刀截截徑尺方, 疊雪千層無 冪面." 形容殆盡.

南炮台間, 有碑二: 一正書, 剝蝕甚微, '奉書造' 三字; 一其國學書. 前朝嘉靖 二十一年建, 惟不能盡識. 其筆力正自遒勁飛舞.

有木曰山米, 又名野麻姑, 葉可染, 子如女貞, 味酸, 土人榨以為醋. 球醋純白, 不 甚酸, 供者以為米醋, 味不類, 或即此果所榨歟?

席地坐, 以東為上, 設氈. 食皆小盤, 方盈尺, 着兩板為腳, 高八寸許. 餚凡四進, 各盤貯而不相共. 三進皆附以飯, 至四餚乃進酒二, 不過三巡. 每進餚止一盤, 必撤 前餚而後進其次. 餚飯用油煎麵果, 次餚飯用炒米花, 三餚用飯. 每供餚酒, 主人必 親手高舉, 置客前, 俯身搓手而退. 終席, 主人不陪, 以為至敬. 此球人宴會尊客之禮, 平等乃對飲. 大要球俗, 席皆坐地, 無椅桌之用, 食具如古俎豆, 餚盡干制, 無所用勺. 雖貴官家食, 不過一餚, 一飯, 一箸; 箸多削新柳為之. 即妻子不同食, 猶有古人之遺風焉.

使院 '敷命堂' 後, 舊有二榜. 一書前明冊使姓名: 洪武五年, 封中山王察度, 使行人湯載; 永樂二年, 封武寧, 使行人時中; 洪熙元年, 封巴志, 使中官柴山; 正統七年, 封尚忠, 使給事中俞忭, 行人劉遜; 十三年, 封尚思達, 使給事中陳傳, 行人萬祥; 景泰二年, 封景福, 使給事中喬毅, 行人童守宏; 六年, 封尚泰久, 使給事中嚴誠, 行人劉儉; 天順六年, 封尚德, 使吏科給事中潘榮, 行人蔡哲; 成化六年, 封尚圓, 使兵科給事中官榮, 行人韓文; 十三年, 封尚真, 使吏科給事中董, 行人司司副張祥; 嘉靖七年, 封尚清, 使吏科給事中陳侃, 行人高澄; 四十一年, 封尚元, 使吏科左給事中郭汝霖, 行人李際春; 萬曆四年, 封尚永, 使戶科左給事中蕭崇業, 行人謝杰; 二十九年, 封尚寧, 使兵科右給事中夏子陽, 行人王土正; 崇禎元年, 封尚豐, 使戶科左給事中杜三策, 行人司司正楊倫. 凡十五次, 二十七人. 柴山以前, 無副也. 一書本朝冊使姓名: 康熙二年, 封尚質, 使兵科副理官張學禮, 行人王垓; 二十一年, 封尚貞, 使翰林院檢討汪楫, 內閣中書舍人林麟; 五十八年, 封尚敬, 使翰林院檢討海寶, 翰林院編修徐葆光; 乾隆二十一年, 封尚穆, 使翰林院侍講全魁, 翰林院編修周煌. 凡四次, 共八人.

清明後, 南風為常. 霜降後, 南北風為常. 反是颶將作. 正二三月多颶, 五六七八月多. 颶驟發而條止, 漸作而多日. 九月北風或連月, 俗稱九降風, 間有起, 亦驟如颶. 遇颶猶可, 遇難當. 十月後多北風, 颶無定期, 舟人視風隙以來往. 凡颶將至, 天色有黑點, 急收帆, 嚴舵以待, 遲則不及, 或至傾覆. 將至, 天邊斷虹若片帆, 曰破帆; 稍及半天如鱟尾, 曰屈鱟. 若見北方尤虐. 又海面驟變, 多穢如米糠, 及海蛇浮游, 或紅蜻蜓飛繞, 皆颶風征.

自來球陽, 忽已半年, 東風不來, 欲歸無計. 十月二十五日, 乃始揚帆返國. 至二十九日, 見溫州南杞山. 少頃, 見北杞山, 有船數十隻泊焉. 舟人皆喜, 以為此必迎護船也. 守備登後艄以望, 驚報曰: "泊者賊船也." 又報: "賊船皆揚帆矣." 未幾, 賊船十六隻, 吶喊而來. 我船從舵門放子母炮, 立斃四人, 擊喊者墮海. 賊退. 槍並發, 又斃六人; 復以炮擊之, 斃五人. 稍進, 又擊之, 復斃四人. 乃退去. 其時, 賊船已占上風, 暗移子母炮至舵右舷邊, 連斃賊十二人, 焚其頭篷, 皆轉舵而退. 中有二船較大, 復鼓譟, 由上風飛至. 大炮准對賊船, 即施放, 一發中其賊首, 煙迷里許. 既散, 則賊船已盡退. 是役也, 槍炮俱無虛發, 倖免於危.

不一時, 北風又至, 浪飛過船. 夢中聞舟人嘩曰: "到官塘矣!" 驚起. 從客皆一夜不眠, 語余曰: "險至此, 汝尚能睡耶?" 余問其狀, 曰: "每側則篷皆臥水; 一浪蓋船, 則船身入水, 惟聞瀑布聲, 垂流不息. 其不覆者, 幸耶!" 余笑應之曰: "設覆, 君等能免乎? 余入黑甜鄉, 未曾目擊其險, 豈非幸乎?" 鹽後, 登戰台視之, 前後十餘灶, 皆沒, 船面無一物, 爨火斷矣. 舟人指曰: "前即定海, 可無慮矣." 申刻乃得泊. 船戶登岸購米薪, 乃得食.

是夜修家書, 以慰芸之懸系, 而歸心益切. 猶憶昔年, 芸嘗謂余: "布衣菜飯, 可樂終身, 不必作遠遊." 此番航海, 雖奇而險, 瀕危倖免, 始有味乎芸之言也.

# 卷六 養生記道

自芸娘之逝, 戚戚無歡. 春朝秋夕, 登山臨水, 極目傷心, 非悲則恨. 讀「坎坷記愁」, 而余所遭之拂逆可知也.

　靜念解脫之法, 行將辭家遠出, 求赤松子於世外. 嗣以淡安, 揖山兩昆季之勸, 遂乃棲身苦庵, 惟以『南華經』自遣. 乃知蒙莊鼓盆而歌, 豈真忘情哉? 無可奈何, 而翻作達耳. 余讀其書, 漸有所悟. 讀「養生主」而悟達觀之士, 無時而不安, 無順而不處, 冥然與造化為一. 將何得而何失, 孰死而孰生耶? 故任其所受, 而哀樂無所措其間矣. 又讀「逍遙遊」, 而悟養生之要, 惟在閒放不拘, 怡適自得而已. 始悔前此之一段痴情, 得勿作繭自縛矣乎! 此「養生記道」之所以為作也. 亦或采前賢之說以自廣, 掃除種種煩惱, 惟以有益身心為主, 即蒙莊之旨也. 庶幾可以全生, 可以盡年.

餘年才四十, 漸呈衰象. 蓋以百憂摧撼, 歷年鬱抑, 不無悶損. 淡安勸余每日靜坐數息, 仿子瞻 「養生頌」之法, 余將遵而行之. 調息之法, 不拘時候, 兀身端坐. 子瞻所謂攝身使如木偶也. 解衣緩帶, 務令適然. 口中舌攪數次, 微微吐出濁氣, 不令有聲, 鼻中微微納之. 或三五遍, 二七遍, 有津咽下, 叩齒數通. 舌抵上齶, 唇齒相着, 兩目垂簾, 令朦朧然漸次調息, 不喘不粗. 或數息出, 或數息入, 從一至十, 從十至百, 攝心在數, 勿令散亂. 子瞻所謂 "寂然, 兀然, 與虛空等也". 如心息相依, 雜念不生, 則止勿數, 任其自然. 子瞻所謂 "隨" 也. 坐久愈妙. 若欲起身, 須徐徐舒放手足, 勿得遽起. 能勤行之, 靜中光景, 種種奇特. 子瞻所謂 "定能生慧". 自然明悟, 譬如盲人忽然有眼也. 直可明心見性, 不但養身全生而已. 出入綿綿, 若存若亡, 神氣相依, 是為真息.

息息歸根, 自能奪天地之造化, 長生不死之妙道也.

人大言, 我小語. 人多煩, 我少記. 人悖怖, 我不怒. 澹然無為, 神氣自滿. 此長生之藥. 「秋聲賦」云: "奈何思其力之所不及, 憂其智之所不能. 宜其渥然丹者為槁木, 黟然黑者為星星." 此士大夫通患也. 又曰: "百憂感其心, 萬事勞其形. 有動乎中, 必搖其精." 人常有多憂多思之患, 方壯遽老, 方老遽衰. 反此亦長生之法. 舞衫歌扇, 轉眼皆非. 紅粉青樓, 當場即幻. 秉靈燭以照迷情, 持慧劍以割愛欲. 殆非大勇不能也.

然情必有所寄. 不如寄其情於卉木, 不如寄其情於書畫. 與對艷妝美人何異? 可省許多煩惱. 範文正云: "千古賢賢, 不能免生死, 不能管後事. 一身從無中來, 卻歸無中去. 誰是親疏? 誰能主宰? 既無奈何, 即放心逍遙, 任委來往. 如此斷了, 即心氣漸順, 五臟亦和, 藥方有效, 食方有味也. 只如安樂人, 勿有憂事. 便吃食不下, 何況久病, 更憂身死, 更憂身後, 乃在大怖中, 飲食安可得下? 請寬心將息." 云云. 乃勸其中舍三哥之帖. 余近日多憂多慮, 正宜讀此一段.

放翁胸次廣大, 蓋與淵明, 樂天, 堯夫, 子瞻等, 同其曠逸. 其於養生之道, 千言萬語, 真可謂有道之士. 此後當玩索陸詩, 正可療余之病.

浴極有益. 余近制一大盆, 盛水極多. 浴後, 至為暢適. 東坡詩所謂 "淤槽漆斛江河傾, 本來無垢洗更輕", 頗領略得一二.

治有病, 不若治於無病. 療身, 不若療心. 使人療, 尤不若先自療也. 林鑑堂詩曰: "自家心病自家知, 起念還當把念醫. 只是心生心作病, 心安那有病來時." 此之謂自療之藥. 游心於虛靜, 結志於微妙, 委慮於無欲, 指歸於無為, 故能達生延命, 與道為久.

『仙經』以精, 氣, 神為內三寶; 耳, 目, 口為外三寶. 常令內三寶不逐物而流, 外三寶不誘中而擾. 重陽祖師於十二時中, 行住坐臥, 一切動中, 要把心似泰山, 不搖不動; 謹守四門, 眼 , 耳, 鼻, 口, 不令內入外出. 此名養壽緊要. 外無勞形之事, 內無思想之患, 以恬愉為務, 以自得為功, 形體不敝, 精神不散.

益州老人嘗言: "凡欲身之無病, 必須先正其心. 使其心不亂求, 心不狂思, 不貪嗜欲, 不着迷惑, 則心君泰然矣. 心君泰然, 則百骸四體, 雖有病, 不難治療. 獨此心一動, 百患為招, 即扁鵲華佗在旁, 亦無所措手矣."

林鑑堂先生有 「安心詩」 六首. 真長生之要訣也. 詩云:


我有靈丹一小錠, 能醫四海群迷病.
些兒吞下體安然, 管取延年兼接命.

安心心法有誰知, 卻把無形妙藥醫.
醫得此心能不病, 翻身跳入太虛時.

念雜由來業障多, 憧憧擾擾竟如何.
驅魔自有玄微訣, 引入堯夫安樂窩.

人有二心方顯念, 念無二心始為人.
人心無二渾無念, 念絕悠然見太清.

這也了時那也了, 紛紛攘攘皆分曉.
雲開萬里見清光, 明月一輪圓皎皎.

四海遨遊養浩然, 心連碧水水連天.
津頭自有漁郎問, 洞裡桃花日日鮮.

禪師與余談養心之法, 謂: "心如明鏡, 不可以塵之也. 又如止水, 不可以波之也." 此與晦庵所言: "學者, 常要提醒此心, 惺惺不寐, 日中天, 群邪自息," 其旨正同. 又言: "目毋妄視, 耳毋妄聽, 口毋妄言, 心毋妄動, 貪慎痴愛, 是非人我, 一切放下. 未事不可先迎, 遇事不宜過擾, 既事不可留住; 聽其自來, 應以自然, 信其自去. 忿恐懼, 好樂憂患, 皆得其正." 此養心之要也.

王華子曰: "齋者, 齊也. 齊其心而潔其體也, 豈僅茹素而已. 所謂齊其心者, 澹志寡營, 輕得失, 勤內省, 遠葷酒. 潔其體者, 不履邪徑, 不視惡色, 不聽淫聲, 不為物誘. 入室閉戶, 燒香靜坐, 方可謂之齋. 誠能如是, 則身中之神明自安, 升降不礙, 可以卻病, 可以長生."

余所居室, 四邊皆窗戶; 遇風即闔, 風息即開. 余所居室, 前簾後屏, 太明即下簾, 以和其內映; 太暗則捲簾, 以通其外耀. 內以安心, 外以安目, 心目俱安, 則身安矣.

禪師稱二語告我曰: "未死先學死, 有生即殺生." 有生, 謂妄念初生. 殺生, 謂立予剷除也. 此與孟子勿忘勿助之功相通.

孫真人「衛生歌」云: "衛生切要知三戒, 大怒大欲並大醉. 三者若還有一焉, 須防損失真元氣." 又云: "世人慾知衛生道, 喜樂有常嗔怒少. 心誠意正思慮除, 理順修身去煩惱." 又云: "醉後強飲飽強食, 未有此生不成疾. 入資飲食以養身, 去其甚者自安適."

又蔡西山「衛生歌」云: "何必餐霞餌大藥, 妄意延齡等龜鶴. 但於飲食嗜欲間, 去其甚者將安樂. 食後徐行百步多, 兩手摩脅並胸腹." 又云: "醉眠飽臥俱無益, 渴飲飢餐尤戒多. 食不欲粗並欲速, 寧可少餐相接續. 若教一頓飽充腸, 損氣傷脾非爾福." 又云: "飲酒莫教令大醉, 大醉傷神損心志. 酒渴飲水並啜茶, 腰腳自茲成重墜." 又云: "視聽行坐不可久, 五勞七傷從此有. 四肢亦欲得小勞, 譬如戶樞終不朽." 又云: "道家更有頤生旨, 第一戒人少嗔恚."

凡此數言, 果能遵行, 功臻旦夕, 勿謂老生常談.

潔一室, 開南牖, 八窗通明. 勿多陳列玩器, 引亂心目. 設廣榻, 長几各一, 筆硯楚楚, 旁設小几一. 掛字畫一幅, 頻換; 几上置得意書一二部, 古帖一本, 古琴一張. 心目間, 常要一塵不染.

晨入園林, 種植蔬果, 芟草, 灌花, 蒔藥. 歸來入室, 閉目定神. 時讀快書, 怡悅神氣. 時吟好詩, 暢發幽情. 臨古帖, 撫古琴, 倦即止. 知己聚談, 勿及時事, 勿及權勢,勿臧否人物, 勿爭辯是非. 或約閒行, 不衫不履, 勿以勞苦徇禮節. 小飲勿醉, 陶然而已. 誠然如是, 亦堪樂志. 以視夫蹙足入絆, 伸就羈, 游卿相之門, 有簪佩之累, 豈不霄壤之懸哉!

太極拳非他種拳術可及. 太極二字, 已完全包括此種拳術之意義. 太極, 乃一圓圈. 太極拳即由無數圓圈聯貫而成之一種拳術. 無論一舉手, 一投足, 皆不能離此圓圈; 離此圓圈, 便違太極拳之原理. 四肢百骸不動則已, 動則皆不能離此圓圈, 處處成圓, 隨虛隨實. 練習以前, 先須存神納氣, 靜坐數刻; 並非道家之守竅也, 只須屏絕思慮, 務使萬緣俱靜. 以緩慢為原則, 以毫不使力為要義, 自首至尾, 聯綿不斷. 相傳為遼陽張通, 於洪武初奉召入都, 路阻武當, 夜夢異人, 授以此種拳術. 余近年從事練習, 果覺身體較健, 寒暑不侵. 用以衛生, 誠有益而無損者也.

省多言, 省筆札, 省交遊, 省妄想, 所一息不可省者, 居敬養心耳.

楊廉夫有「路逢三叟」詞云: "上叟前致詞, 大道抱天全. 中叟前致詞, 寒暑每節宣. 下叟前致詞, 百歲半單眠."

嘗見後山詩中一詞, 亦此意. 蓋出應璩, 璩詩曰: "昔有行道人, 陌上見三叟. 年各百歲餘, 相與鋤禾麥. 往前問三叟, 何以得此壽? 上叟前致詞, 室內姬粗丑. 二叟前致詞, 量腹節所受. 下叟前致詞, 夜臥不覆首. 要哉三叟言, 所以能長久."

古人云: "比上不足, 比下有餘". 此最是尋樂妙法也. 將啼飢者比, 則得飽自樂; 將號寒者比, 則得暖自樂; 將勞役者比, 則優閒自樂; 將疾病者比, 則康健自樂; 將禍患者比, 則平安自樂; 將死亡者比, 則生存自樂.

白樂天詩有云: "蝸牛角內爭何事, 石火光中寄此身. 隨富隨貧且歡喜, 不開口笑是痴人."

近人詩有云: "人生世間一大夢, 夢裡胡為苦認真? 夢短夢長俱是夢, 忽然一覺夢何存!" 與樂天同一曠達也!

"世事茫茫, 光陰有限, 算來何必奔忙? 人生碌碌, 競短論長, 卻不道, 榮枯有數, 得失難量. 看那秋風金谷, 夜月烏江, 阿房宮冷, 銅雀台荒, 榮華花上露, 富貴草頭霜. 機關參透, 萬慮皆忘. 夸什麼龍樓鳳閣, 說什麼利鎖名韁. 閒來靜處, 且將詩酒猖狂, 唱一曲歸來未晚, 歌一調湖海茫茫. 逢時遇景, 拾翠尋芳. 約幾個知心密友, 到野外溪旁, 或琴棋適性, 或曲水流觴; 或說些善因果報, 或論些古今興亡; 看花枝堆錦繡, 聽鳥語弄笙簧. 一任他人情反覆, 世態炎涼, 優遊閒歲月, 瀟洒度時光."

此不知為誰氏所作, 讀之而若大夢之得醒, 熱火世界一貼清涼散也.

程明道先生曰: "吾受氣甚薄, 因厚為保生. 至三十而浸盛, 四十五十而浸盛, 四十五十而後完. 今生七十二年矣, 較其筋骨, 於盛年無損也. 若人待老而保生, 是猶貧而後蓄積, 雖勤亦無補矣."

口中言少, 心頭事少, 肚裡食少. 有此三少, 神仙可到. 酒宜節飲, 忿宜速懲, 欲宜力制. 依此三宜, 疾病自稀.

病有十可卻: 靜坐觀空, 覺四大原從假合, 一也; 煩惱現前, 以死譬之, 二也; 常將不如我者, 巧自寬解, 三也; 造物勞我以生, 遇病少間, 反生慶幸, 四也; 宿孽現逢, 不可逃避, 歡喜領受, 五也; 家庭和睦, 無交謫之言, 六也; 眾生各有病根, 常自觀察克治, 七也; 風寒謹訪, 嗜欲淡薄, 八也; 飲食寧節毋多, 起居務適毋強, 九也; 覓高明親友, 講開懷出世之談, 十也.

邵康節居安樂窩中, 自吟曰: "老年肢體素溫存, 安樂窩中別有春. 萬事去心閒偃仰, 四肢由我任舒伸. 炎天傍竹涼鋪簟, 寒雪圍爐軟布. 晝數落花聆鳥語, 夜邀明月操琴音. 食防難化常思節, 衣必宜溫莫懶增. 誰道山翁拙於用, 也能康濟自家身."

養生之道, 只 '清淨明了' 四字. 內覺身心空, 外覺萬物空, 破諸妄想, 一無執着 , 是曰 '清淨明了'.

萬病之毒, 皆生於濃. 濃於聲色, 生虛怯病. 濃於貨利, 生貪饕病. 濃於功業, 生造作病. 濃於名譽, 生矯激病. 噫, 濃之為毒甚矣! 樊尚默先生以一味藥解之, 曰 '淡'. 雲白山青, 川行石立, 花迎鳥笑, 谷答樵謳, 萬境自閒, 人心自鬧.

歲暮訪淡安, 見其凝塵滿室, 泊然處之. 嘆曰: "所居, 必洒掃涓潔, 虛室以居, 塵囂不雜. 齋前雜樹花木, 時觀萬物生意. 深夜獨坐, 或啟扉以漏月光, 至昧爽, 但覺天地萬物, 清氣自遠而屆, 此心與相流通, 更無窒礙. 今室中蕪穢不治, 弗以累心, 但恐於神爽未必有助也."

餘年來靜坐枯庵, 迅掃夙習. 或浩歌長林, 或孤嘯幽谷, 或弄艇投竿於溪涯湖曲, 捐耳目, 去心智, 久之似有所得. 陳白沙曰: "不累於外物, 不累於耳目, 不累於造次顛沛. 鳶飛魚躍, 其機在我." 知此者謂之善學, 抑亦養壽之真訣也.

聖賢皆無不樂之理. 孔子曰: "樂在其中." 顏子曰: "不改其樂". 孟子以 '不愧, 不怍' 為樂. 『論語』開首說樂. 『中庸』言 "無人而不自得". 程朱教尋孔顏樂趣, 皆是此意. 聖賢之樂, 余何敢望, 竊欲仿白傳之 "有叟在中, 白須飄然; 妻孥熙熙, 雞犬閒閒." 之樂雲耳.

冬夏皆當以日出而起, 於夏尤宜. 天地清旭之氣, 最為爽神, 失之甚為可惜. 余居山寺之中, 暑月日出則起, 收水草清香之味. 蓮方斂而未開, 竹含露而猶滴, 可謂至快. 日長漏永, 午睡數刻, 焚香垂幕, 淨展桃笙, 睡足而起, 神清氣爽. 真不啻天際真人也.

樂即是苦, 苦即是樂. 帶些不足, 安知非福? 舉家事事如意, 一身件件自在, 熱光景即是冷消息. 聖賢不能免厄, 仙佛不能免劫, 厄以鑄聖賢, 劫以煉仙佛也.

牛喘月, 雁隨陽, 總成忙世界; 蜂采香, 蠅逐臭, 同是苦生涯. 勞生擾擾, 惟利惟名. 牿旦晝, 蹶寒暑, 促生死, 皆此兩字誤之. 以名為炭而灼心, 心之液涸矣; 以利為蠱而螫心, 心之神損矣. 今欲安心而卻病, 非將名利兩字, 滌除淨盡不可.

余讀柴桑翁 「閑情賦」, 而嘆其鍾情; 讀 「歸去來辭」, 而嘆其忘情; 讀 「五柳先生傳」, 而嘆其非有情, 非無情, 鍾之忘之, 而妙焉者也. 余友淡公, 最慕柴桑翁, 書不求解而能解, 酒不期醉而能醉. 且語余曰: "詩何必五言? 官何必五斗? 子何必五男? 宅何必五柳?" 可謂逸矣! 余夢中有句云: "五百年謫在紅塵, 略成遊戲; 三千里擊開滄海, 便是逍遙." 醒而述諸琢堂, 琢堂以為飄逸可誦. 然而誰能會此意乎?

真定梁公每語人: 每晚家居, 必尋可喜笑之事, 與客縱談, 掀髯大笑, 以發舒一日勞頓鬱結之氣. 此真得養生要訣也.

曾有鄉人過百歲, 余扣其術. 答曰: "余鄉村人, 無所知. 但一生只是喜歡, 從不知憂惱." 此豈名利中人所能哉.

昔王右軍云: "吾篤嗜種果, 此中有至樂存焉. 我種之樹, 開一花, 結一實, 玩之偏愛, 食之益甘." 右軍可謂自得其樂矣. 放翁夢至仙館, 得詩云: "長廊下瞰碧蓮沼,小閣正對青藘峰." 便以為極勝之景. 余居禪房, 頗擅此勝, 可傲放翁矣.

　余昔在球陽, 日則步於空潭, 碧澗, 長松, 茂竹之側; 夕則挑燈讀白香山, 陸放翁之詩. 焚香煮茶, 延兩君子於坐, 與之相對, 如見其襟懷之澹宕, 幾欲棄萬事而從之游. 亦愉悅身心之一助也.

　余自四十五歲以後, 講求安心之法. 方寸之地, 空空洞洞, 朗朗惺惺, 凡喜怒哀樂, 勞苦恐懼之事, 決不令之入. 譬如制為一城, 將城門緊閉, 時加防守, 惟恐此數者闌入. 近來漸覺闌入之時少, 主人居其中, 乃有安適之象矣.

　養身之道, 一在慎嗜欲, 一在慎飲食, 一在慎忿怒, 一在慎寒暑, 一在慎思索, 一在慎煩勞. 有一於此, 足以致病. 安得不時時謹慎耶!

　張敦復先生嘗言: "古之讀 『文選』 而悟養生之理, 得力於兩句, 曰: '石藴玉而山輝, 水含珠而川媚.' 此真是至言. 嘗見蘭蕙, 芍藥之蒂者, 必有露珠一點, 若此一點為蟻蟲所食, 則花萎矣. 又見筍初出, 當曉, 則必有露珠數顆在其末, 日出, 則露復斂而歸根, 夕則復上. 田間有詩云: '夕看露顆上梢行' 是也. 若侵曉入園, 筍上無露珠, 則不成竹, 遂取而食之. 稻上亦有露, 夕現而朝斂, 人之元氣全在乎此. 故 『文選』 二語, 不可不時時體察. 得訣固不在多也."

　余之所居, 僅可容膝, 寒則溫室擁雜花, 暑則垂簾對高槐. 所自適於天壤間者, 止此耳. 然退一步想, 我所得於天者已多, 因此心平氣和, 無歆羨, 亦無怨尤. 此余晚年自得之樂也.

　圃翁曰: "人心至靈至動, 不可過勞, 亦不可過逸, 惟讀書可以養之." 閒適無事之人, 鎮日不觀書, 則起居出入, 身心無所棲泊, 耳目無所安頓, 勢必心意顛倒, 妄想生嗔, 處逆境不樂, 處順境亦不樂也. 古人有言: "掃地焚香, 清福已具. 其有福者, 佐以讀書; 其無福者, 便生他想." 旨哉斯言! 且從來拂意之事, 自不讀書者見之, 似為我所獨遭, 極其難堪. 不知古人拂意之事, 有百倍於此者, 特不細心體驗耳! 即如東坡先生, 歿後遭逢高孝, 文字始出, 而當時之憂讒畏譏, 困頓轉徙潮惠之間, 且遭跣足涉水, 居近牛欄, 是何如境界? 又如白香山之無嗣, 陸放翁之忍飢, 皆載在書卷. 彼獨非千載聞人? 而所遇皆如此. 誠一平心靜觀, 則人間拂意之事, 可以渙然冰釋. 若不讀書, 則但見我所遭甚苦, 而無窮怨尤嗔忿之心, 燒灼不靜, 其苦為何如耶! 故讀書為頤養第一事也.

吳下有石琢堂先生之城南老屋. 屋有五柳園, 頗具泉石之勝, 城市之中, 而有郊野之觀, 誠養神之勝地也. 有天然之聲籟, 抑揚頓挫, 蕩漾余之耳邊. 群鳥嚶鳴林間時, 所發之斷斷續續聲, 微風振動樹葉時, 所發之沙沙簌簌聲, 和清溪細流流出時, 所發之潺潺淙淙聲. 余泰然仰臥於青蔥可愛之草地上, 眼望蔚藍澄澈之穹蒼, 真是一幅絕妙畫圖也. 以視拙政園, 一喧一靜, 真遠勝之.

吾人須於不快樂之中, 尋一快樂之方法. 先須認清快樂與不快樂之造成. 固由於處境之如何, 但其主要根苗, 還從己心髮長耳. 同是一人, 同處一樣之境, 甲卻能戰勝劣境, 乙反為劣境所征服. 能戰勝劣境之人, 視劣境所征服之人, 較為快樂. 所以不必歆羨他人之福, 怨恨自己之命. 是何異雪上加霜, 愈以毀滅人生之一切也. 無論如何處境之中, 可以不必鬱鬱, 須從鬱鬱之中, 生出希望和快樂之精神. 偶與琢堂道及, 琢堂亦以為然.

家如殘秋, 身如戌晚, 情如剩煙, 才如遺電, 余不得已而游於畫, 而狎於詩, 豎筆橫墨, 以自鳴其所喜. 亦猶小草無聊, 自矜其花, 小鳥無奈, 自矜其舌. 小春之月, 一霞始晴, 一峰始明, 一禽始清, 一梅始生, 而一詩一畫始成. 與梅相悅, 與禽相得, 與峰相立, 與霞相揖, 畫雖拙而或以為工, 詩雖苦而自以為甘. 四壁已傾, 一瓢已敝,無以損其愉悅之胸襟也.

　圃翁擬一聯, 將懸之草堂中: "富貴貧賤, 總難稱意, 知足即為稱意; 山水花竹, 無恆主人, 得閒便是主人." 其語雖俚, 卻有至理. 天下佳山勝水, 名花美竹無限. 大約富貴人役於名利, 貧賤人役於饑寒, 總鮮領略及此者. 能知足, 能得閒, 斯為自得其樂, 斯為善於攝生也.

　心無止息, 百憂以感之, 眾慮以擾之, 若風之吹水, 使之時起波瀾, 非所以養壽也. 大約從事靜坐, 初不能妄念盡捐, 宜注一念, 由一念至於無念, 如水之不起波瀾. 寂定之餘, 覺有無窮恬淡之意味, 願與世人共之.

　陽明先生曰: "只要良知真切, 雖做舉業, 不為心累. 且如讀書時, 知強記之心不是, 即克去之; 有欲速之心不是, 即克去之; 有誇多鬥靡之心不是, 即克去之. 如此, 亦只是終日與聖賢印對, 是個純乎天理之心. 任他讀書, 亦只調攝此心而已, 何累之有?" 錄此以為讀書之法.

　湯文正公撫吳時, 日給惟韭菜. 其公子偶市一雞, 公知之, 責之曰: "惡有士不嚼菜根, 而能作百事者哉?" 即遣去. 奈何世之肉食者流, 竭其脂膏, 供其口腹, 以為分所應爾; 不知甘脆肥膩, 乃腐腸之藥也. 大概受病之始, 必由飲食不節. 儉以養廉, 澹以寡慾. 安貧之道在是, 卻疾之方亦在是. 余喜食蒜, 素不貪屠門之嚼, 食物素從省儉. 自芸娘之逝, 梅花盒亦不復用矣, 庶不為湯公所呵乎.

　留侯, 鄴侯之隱於白雲鄉, 劉, 阮, 陶, 李之隱於醉鄉, 司馬長卿以溫柔鄉隱, 希夷先生以睡鄉隱, 殆有所託而逃焉者也. 余謂白雲鄉, 則近於渺茫; 醉鄉, 溫柔鄉, 抑非所以卻病而延年; 而睡鄉為勝矣. 妄言息躬, 輒造逍遙之境; 靜寐成夢, 旋臻甜適之鄉. 余時時稅駕, 咀嚼其味, 但不從邯鄲道上向道人借黃粱枕耳.

養生之道, 莫大於眠食. 菜根粗糲, 但食之甘美, 即勝於珍饌也. 眠亦不在多寢, 但實得神凝夢甜, 即片刻, 亦足攝生也. 放翁每以美睡為樂. 然睡亦有訣. 孫真人云: "能息心, 自瞑目." 蔡西山云: "先睡心, 後睡眼." 此真未發之妙. 禪師告余, 伏氣, 有三種眠法: 病龍眠, 屈其膝也; 寒猿眠, 抱其膝也; 龜鶴眠, 踵其膝也. 余少時, 見先君子於午餐之後, 小睡片刻, 燈後治事, 精神煥發. 余近日亦思法之, 午餐後, 於竹床小睡, 入夜果覺清爽. 益信吾父之所為, 一一皆可為法.

余不為僧, 而有僧意. 自芸之歿, 一切世味, 皆生厭心; 一切世緣, 皆生悲想, 奈何顛倒不自痛悔耶! 近年與老僧共話無生, 而生趣始得. 稽首世尊, 少懺宿愆. 獻佛以詩, 餐僧以畫. 畫性宜靜, 詩性宜孤, 即詩與畫, 必悟禪機, 始臻超脫也.

# 부생육기

| | |
|---|---|
| 1판1쇄발행 | 2020년 6월 25일 |
| 지은이 | 심복 |
| 옮긴이 | 김지선 |
| 書 畵 | 박황재형 |
| 발행인 | 윤미소 |
| 발행처 | (주)달아실출판사 |
| 편 집 | 박제영 |
| 디자인 | 전형근 |
| 마케팅 | 배상휘 |
| 법률자문 | 김용진 |
| 주소 | 강원도 춘천시 춘천로17번길 37. 1층 |
| 전화 | 033-241-7661 |
| 팩스 | 033-241-7662 |
| 이메일 | dalasilmoongo@naver.com |
| 출판등록 | 2016년 12월 30일 제494호 |

ⓒ김지선, 박황재형 2020

ISBN 979-11-88710-70-6  03820